ULLSTEIN

Das Buch

»Willst du jenseits des Äußersten gehen? Willst du durch die grüne Tür?« Wenn Dr. John Havilland seinen Patienten diese Frage stellt, geschieht Furchtbares in Los Angeles. Denn der Psychiater spielt eine grauenvolle Doppelrolle: Einerseits ist er ein genialer Arzt, andererseits ein Horrorwesen, das als Dr. John the Night Tripper willige Jünger für seinen privaten Rachefeldzug rekrutiert. Als Sergeant Lloyd Hopkins von der Polizei Los Angeles einen rätselhaften Dreifachmord untersuchen soll, stößt er erstmals auf die Spur des verbrecherischen Mediziners. Für Hopkins beginnt damit ein wahrer Alptraum.

Der Autor

James Ellroy, 1948 in Los Angeles geboren, lernte nach dem Mord an seiner Mutter bereits als Zehnjähriger die finstere Seite seiner Heimatstadt kennen, geriet aus der Bahn und vermochte sich erst durch sein Schreiben wieder zu fangen. Mit *Die Schwarze Dahlie* gelang ihm international der große Durchbruch; mittlerweile genießt er Kultstatus. James Ellroy lebt in Kansas City.

Von James Ellroy sind in unserem Hause bereits erschienen:

Blut auf dem Mond
Blutschatten
Browns Grabgesang
Crime Wave
Ein amerikanischer Albtraum
Ein amerikanischer Thriller
Heimlich
Hollywood, Nachtstücke
Hügel der Selbstmörder
L.A. Confidential
Die Rothaarige
Die Schwarze Dahlie
Stiller Schrecken
White Jazz

James Ellroy

In der Tiefe der Nacht

Roman

Aus dem Englischen
von Rainer Schmidt

Ullstein

Besuchen Sie uns im Internet:
www.ullstein-taschenbuch.de

Umwelthinweis:
Dieses Buch wurde auf chlor- und säurefreiem Papier gedruckt.

Ullstein Verlag
Ullstein ist ein Verlag des Verlagshauses Ullstein Heyne List GmbH & Co. KG.
1. Auflage Juli 2003

Titel der amerikanischen Originalausgabe: *Because the Night*
Übersetzung: Rainer Schmidt
Umschlaggestaltung: Thomas Jarzina, Köln
Titelabbildung: Mauritius, Mittenwald
Druck und Bindearbeiten: Ebner & Spiegel, Ulm
Printed in Germany
ISBN 3-548-25753-4

Muß flüssiges Feuer mir untertan machen,
Erstürmen die Städte menschlicher Sehnsucht.
W. H. Auden

1

Der Schnapsladen stand am Ende einer langgestreckten Front von Neonlichtern, wo der Hollywood Freeway den Sunset Boulevard schneidet, an der Trennlinie zwischen hellen Lichtern und der Dunkelheit der Wohnbezirke.

Der Mann mit dem gelben Toyota stieß neben der Auffahrt ins Gebüsch, drehte das Lenkrad zur Straße hin und riß mit derselben fließenden Bewegung den Handbremshebel hoch. Er nahm einen großkalibrigen Revolver aus dem Handschuhfach und steckte ihn so in eine zusammengefaltete Zeitung, daß Griff und Abzugbügel herausragten; dann drehte er den Zündschlüssel auf *Parken* und öffnete die Wagentür. Flach atmend, wisperte er: »Jenseits des Äußersten«, und er ging auf die blinkende Leuchtschrift des Schnapsladens zu, hinweg über die Grenzlinie zwischen seinem alten Leben der Angst und seinem neuen Leben der Macht.

Als er durch die offene Tür trat, sah der Mann hinter der Theke seine teure Sportkleidung und das zusammengefaltete *Wall Street Journal* und kam zu dem Schluß, daß er ein Klasse-Scotch-Käufer sei – mindestens Chivas oder Walker Black. Er wollte eben fragen, ob er behilflich sein könne, als der Kunde sich über die Theke lehnte, ihm die Zeitung gegen die Brust hielt und sagte: »Einundvierzig Special. Probier's nicht aus. Gib mir das Geld.«

Der Ladenbesitzer gehorchte, den Blick auf die Registrierkasse gesenkt, um zu vermeiden, daß er sich das Gesicht des Räubers einprägte und ihm Grund gäbe, ihn zu erschießen. Er fühlte den Finger des Mannes am Abzug, und aus den Augenwinkeln sah er den Schatten seines Kopfes durch den Laden kreisen, während er mit ungeschickten Fingern das Geld in eine Papiertüte stopfte. Er wollte aufblicken, als er hinter sich, in der Nähe des Kühlschrankes, ein Schluchzen hörte; gleich darauf spannte der Räuber seinen Revolver. Als der Schnapsverkäufer dann den Kopf hob, war das *Wall Street Journal* verschwunden, ein dicker schwarzer Lauf senkte sich, und dann knackte es hinter seinem Ohr, und er hatte Blut in den Augen.

Der Räuber flankte über die Theke und zerrte den um sich schlagenden und tretenden Mann in den hinteren Teil des Ladens. Dann näherte er sich langsam und vorsichtig der Pappdeckel-Bierreklame neben der Kühltheke. Er trat den Reklameständer beiseite und sah eine junge Frau in einer blauen Jacke, die sich hinter einen alten Mann im Overall duckte.

Der Räuber schwankte auf seinen Beinen; nichts von dem, was ihm beigebracht worden war, hatte ihn darauf vorbereitet, daß es drei sein könnten. Sein Blick huschte hin und her zwischen den beiden wimmernden Gestalten vor ihm und dem Verkäufer zur Linken, und er suchte nach einem neutralen Standpunkt, wo er erkennen könnte, was zu tun war. Ziellos schaute er im Laden umher, er sah geometrisch aufgestapelte Flaschen, Regale mit Fertigmahlzeiten, Pappsilhouetten von Bikinimädchen, die Rum-Punsch und Spañada tranken. Nichts.

Ein Schrei quoll in seiner Kehle auf, als er den beigefarbenen Vorhang sah, der den Laden von der Wohnung dahinter trennte. Als ein Windstoß den Vorhang kräuselte, schrie er wirklich – er sah, wie die Falten des Baumwollstoffs die Form von Gittern und Henkerschlingen annahmen.

Da wußte er es.

Er riß das Mädchen und den Alten hoch und stieß sie zum Vorhang. Zitternd blieben sie davor stehen, und er schleifte den Verkäufer heran und postierte ihn daneben. Er murmelte: »Grüne Tür, grüne Tür«, maß fünf Schritte ab, wirbelte herum und feuerte drei perfekte Kopfschüsse ab. Der grauenhafte beigefarbene Vorhang explodierte hellrot.

2

Detective Sergeant Lloyd Hopkins starrte seinen besten Freund und Mentor Captain Arthur Peltz, genannt Dutch, über den Schreibtisch hinweg an und fragte sich, wann dieser Holländer seine Vorreden beenden und endlich verraten würde, weshalb er ihn hergerufen hatte. Von der Football-Liga des Los Angeles Police Department bis zu den neuesten Raubmeldungen hatten sie jetzt alles durchgekaut. Lloyd wußte, daß Dutch, seit Janice und die Mädchen ihn verlassen hatten, nach Gesprächseröffnungen suchen mußte – er schaffte es nie, geradeheraus zu sagen, was er wollte. Bisher hatte stets der familiäre Hintergrund als Eisbrecher dienen können, aber jetzt, da Lloyd keine Familie mehr hatte, brauchte Dutch Gemeinplätze, um ein Zusammengehörigkeitsgefühl zu schaffen. Lloyd wurde ungeduldig und schämte sich dessen; er schaute zum Fenster hinaus, wo die Nachtschicht die schwarz-weißen Streifenwagen aufheulen ließ, und sagte: »Du hast was, Dutch. Sag mir, was es ist, und ich helfe dir.«

Dutch legte die Buchstütze aus Quarz, mit der er gespielt hatte, aus der Hand. »Jungle Jack Herzog. Klingelt's?«

Lloyd schüttelte den Kopf. »Nein.«

Dutch reichte ihm einen braunen Pappdeckelordner und sagte: »Officer Jacob Herzog. Vierunddreißig. Seit dreizehn Jahren dabei. Ein vorbildlicher Coup mit unglaublichem Mumm. Sah aus wie ein Schluck Wasser, aber drückte zweihundertfünfzig im Liegen. Hat bei der Metropolitan Police gearbeitet, als V-Mann bei der nachrichtendienstlichen Abteilung, und als Leihgabe der Sitte solo in jedem Revier der Stadt. Drei Belobigungen wegen Tapferkeit. Bekannt als ›Der Alchimist‹, weil er wirklich *alles* nachmachen konnte. Er konnte ein alter Krüppel sein, ein betrunkener Ledernacken, ein Schwuler, ein Motorradrocker – was du willst.«

Lloyds Blick wurde bohrend. »Und?«

»Und er wird seit drei Wochen vermißt. Erinnerst du dich an Marty Bergen? Den ›alten Angsthasen‹?«

»Ich weiß, daß zwei Bimbos seinen Partner mit 'ner Schrotflinte mitten durchgeschossen haben, und daß Bergen daraufhin die Waffe wegwarf und türmte wie der Blitz. Ich weiß, daß er wegen Feigheit im Feuer ein Verfahren bekam und daß er aus dem Department flog. Ich weiß, daß er ein paar Shortstorys veröffentlicht hatte, als er noch im Streifendienst war, und daß er im *Big Orange Insider* Anti-Bullen-Scheiße am laufenden Meter absondert, seit er gefeuert wurde. Was hat er damit zu tun?«

Dutch deutete auf die Akte. »Bergen war Herzogs bester Freund. Herzog hat bei dem Verfahren für ihn ausgesagt, mächtig rumgestänkert und das Department herausgefordert, ihn doch auch gleich mitzufeuern. Der Chief selber ließ ihn von der Straße nehmen und ihm irgendeinen Schreibtischjob in der City zuteilen – Personalakten verwalten. Aber Jungle Jack war zu gut, als daß man ihn auf die Weide hätte schicken können. Er hat dann als Undercover-Mann gearbeitet, angefordert von der Hälfte aller Sittenchefs auf dieser Seite des

Berges. In den letzten zwei Monaten war er hier in Hollywood; Walt Perkins hat ihn geholt und Cash aus seinem Informantenfonds bezahlt, damit er ihm hilft, Verstöße gegen das Alkoholgesetz zu verfolgen. Jack faßte die Typen auf frischer Tat, während Walts Leute nicht mal mehr einen Fuß in die Tür setzen konnten, ohne erkannt zu werden.«

Lloyd nahm die Akte und schob sie in seine Jacke. »Vermißtenanzeige? Familie? Freunde?«

»Alles negativ, Lloyd. Herzog war ein steinharter Einzelgänger. Keine Familie außer seinem alten Vater. Sein Hauswirt hat ihn seit über einem Monat nicht gesehen, und er hat sich weder hier noch auf seinem Job in der Personalabteilung in der City gezeigt.«

»Schnaps? Drogen? Weiber?«

Dutch seufzte. »Ich würde sagen, er war das, was man einen asketischen Intellektuellen nennt. Und das Department scheint sich nicht drum zu kümmern – Walt und ich sind die ersten, die überhaupt bemerkt haben, daß er nicht da ist. Seit Bergen gefeuert wurde, lief er mit 'nem mürrischen Dickschädel rum.«

Lloyd seufzte zurück. »Du sprichst in der Vergangenheitsform von ihm, Dutchman. Glaubst du, Herzog ist tot?«

»Yeah. Du nicht?«

Lloyds Antwort wurde von Gebrüll im darunterliegenden Bereitschaftsraum unterbrochen. Man hörte Schritte im Gang, und ein paar Sekunden später schob ein uniformierter Cop den Kopf durch die Tür. »Schnapsladen Ecke Sunset und Wilton, Skipper. Drei Leute erschossen.«

Lloyd fühlte ein Kribbeln, und sein Körper wurde abwechselnd heiß und kalt. »Bin schon unterwegs«, sagte er.

3

Der Mann im gelben Toyota bog von der Topanga Canyon Road ab und fuhr auf dem Pacific Coast Highway nach Norden; an den Ampeln trödelte er herum, damit er pünktlich mit der Dämmerung am Strandhaus des Doctors einträfe. Wie immer verschaffte ihm das schwindende Tageslicht Erleichterung, das Gefühl, einen weiteren Spießrutenlauf siegreich hinter sich gebracht zu haben. Mit der Dunkelheit kam der Lohn dafür, daß er der unentbehrliche rechte Arm des Doctors war, der einzige Mensch außer dem Night Tripper, der wußte, in welchem Maße seine *lonelies* angezapft, geleert, gemolken, ausgebeutet werden konnten.

Der Frühling war ein süßer Feind, dachte er. Qualvoll lange Perioden des Sonnenscheins waren zu überwinden, Durststrecken, die das Hereinbrechen der Nacht um so befriedigender werden ließen. An diesem Morgen war er schon bei Sonnenaufgang aufgestanden und hatte sich acht Stunden lang ans Telefon gehängt, um die Namen aus den Freierlisten, die der Doctor von seinen Hurenpatientinnen hatte, auf ihren Kredit zu überprüfen. Ein ausgefüllter Tag, und hoffentlich lag ein ebenso ausgefüllter Abend vor ihm: seine erste Gruppensitzung, seit er drei Leute zum Totentanz geführt hatte, und später vielleicht noch ein Trip durch die Single-Bars der South Bay, um neue reiche *lonelies* aufzutreiben.

Das Timing des Mannes war perfekt: Er verließ den Pacific Coast Highway und fuhr die Zufahrtsstraße hinunter, als die Einleitungsmusik des Doctors über den Parkplatz wehte. Sechs Autos – sechs *lonelies*: ein volles Haus. Er würde sich jetzt beeilen müssen, in den Lautsprecherraum zu kommen, ehe der Night Tripper ungeduldig wurde.

Der Mann betrat das Haus; er ignorierte das Barockquartett, dessen Musik über die Zentrallautsprecher ertönte. Er begab sich in einen kleinen, rechteckigen Raum, der mit schallschluckenden Platten ausgekleidet war. Darin stand ein Hauptaufnahmepult mit sechs Lautsprechern – einen für jedes der Schlafzimmer im Obergeschoß, mit Mikrofonanschlüssen für jeden Kanal und sechs Kopfhörern und einem enormen Tapedeck mit Zwölf-Zoll-Spulen, mit dem man die Aktivitäten in *allen* Schlafzimmern auf einen einzigen Knopfdruck hin aufzeichnen konnte.

Er machte sich an die Arbeit; zuerst schaltete er den Verstärker ein, dann schob er die Lautstärkeregler für alle sechs Boxen gleichzeitig hoch. Eine Kakophonie von Gesängen bohrte sich in seine Ohren, und er zog die Regler herunter. Die *lonelies* waren noch dabei, ihre Mantras zu brüllen, und brachten sich damit allmählich in den tranceähnlichen Zustand, der notwendig war, damit der Doctor mit seiner Beratung beginnen könnte. Der Mann zog Notizbuch und Stift hervor, machte es sich vor dem Aufnahmepult in einem Ledersessel bequem und wartete darauf, daß die roten Lampen am Verstärker zu blinken anfingen und ihm so das Zeichen gaben, zuzuhören, aufzuzeichnen und seine Bewertung als Dr. John Havillands leitender Mitarbeiter abzugeben.

Seit zwei Jahren arbeitete er in dieser Position; zwei Jahre verbrachte er jetzt damit, Los Angeles auf der Jagd nach menschlicher Beute zu durchstreifen. Der Doctor hatte ihn gelehrt, seine eigenen zwanghaften Triebe zu beherrschen, und zum Ausgleich für diesen Dienst war er zu dem Werkzeug geworden, das Havillands eigene Obsession verwirklichen half.

Der Doctor hatte ihm erklärt, eine »Bewußtseins-Implosion« sei an die Stelle der »Bewußtseins-Explosion« der sechziger Jahre getreten und habe dazu geführt, daß eine große Zahl von Menschen sowohl dem amerikanischen Evangelium von Heim, Herd und Vaterland als auch den Offenbarungen der Gegenkultur aus den Sechzigern den Rücken kehrten. Drei ausbeutbare Fakten waren geblieben: eines, das der naiven prä-sechziger Psyche entstammte, zwei, die zur angeödeten post-sechziger Psyche gehörten – Gott, Sex und Drogen. Bei den richtigen Leuten würden die Variationsmöglichkeiten zu diesen drei Themen grenzenlos sein.

Seine Aufgabe war es, die richtigen Leute zu finden. Havilland beschrieb seine typische Schachfigur so: »Weiß, männlich oder weiblich, Kind reicher Eltern, das sich nie anpassen und nie erwachsen werden konnte; schwächlich, ängstlich, von tödlicher Langeweile erfüllt, ziellos, aber mit einer Neigung zum Mystizismus. Sie sollten entweder verwaist und von einem Legat oder einer Kapitalrente leben, oder sie sollten sich mit der Familie ernsthaft entzweit haben und mit regelmäßigen Geldanweisungen unterstützt werden. Sie sollten sich dem Konzept des ›Spirituellen Meisters‹ bereitwillig öffnen, ohne auch nur zu ahnen, daß sie in Wirklichkeit nur jemanden haben wollen, der ihnen sagt, was sie tun sollen. Sie sollten Rauschgift lieben und über eine ausgeprägte Sexualität verfügen. Sie sollten sich selbst für Rebellen halten, sollten aber ihr rebellisches Empfinden stets nur durch schüchterne Beteiligung an Massenbewegungen ausgelebt haben. Finde solche Leute für mich. Es wird leichter sein, als du glaubst, denn während du nach ihnen suchst, werden sie nach mir suchen.«

Die Suche führte ihn in Single-Bars, Selbstfindungs-Workshops, in die Ashrams eines halben Dutzends von Gurus sowie in Vortragsveranstaltungen zu allen möglichen Themen, von der sozialen Mobilisation der Neuen Linken bis zu makrobiotischem Hebammentum, und dabei fand er sechs Personen, die Havillands Kriterien in jedem Punkt entsprachen und mit Haut und Haaren auf sein Charisma hereinfielen. Nebenher leistete er dem Doctor noch andere Dienste. Er brach in die Wohnungen der regulären Patienten ein, fahndete nach Informationen, die zur Rekrutierung weiterer *lonelies* führen würden, setzte Sex-Anzeigen in die Untergrundblätter, mit denen er reiche alte Leute suchte, an die er die *lonelies* verkuppeln könnte, plante die Übungssitzungen und führte die mit komplizierten Querverweisen ausgefüllten Akten.

Er war mit dem Doctor vorangeschritten, unentbehrlich als Beschaffer menschlichen Tons. Bald würde Havilland sein ehrgeizigstes Projekt in Angriff nehmen, und zwar mit ihm an seiner Seite. Gestern abend hatte er glanzvoll bewiesen, was in ihm steckte.

Aber die Kopfschmerzen . . .

Das Licht über Lautsprecher Nummer eins blinkte auf und veranlaßte den Mann, seinen Stift fallenzulassen und nach dem Kopfhörer zu greifen. Er hatte sie eben aufgesetzt und eingestöpselt, als er hörte, wie der Doctor hustete – das Zeichen für ihn, aufmerksam zuzuhören und alles zu notieren, was ungewöhnlich oder besonders brauchbar erschiene.

Zuerst kam ein Schwall von Freundlichkeiten, gefolgt von den Lobeshymnen der beiden *lonelies* über die Ausstattung des Raumes. Der Mann hörte, wie der Doctor mit bescheidenem Naserümpfen über die Rokoko-Gobelins hinwegging und seinen beiden Schützlingen versicherte, daß sie ein Geburtsrecht auf eine solche Umgebung hätten.

»Kommen Sie zur Sache, Doc«, knurrte der Mann am Tonbandgerät.

Wie zur Antwort sagte der Doctor: »Aber jetzt Schluß mit dem leichten Geplauder. Wir sind hier, um das Prosaische zu durchbrechen, nicht, um darin verhaftet zu bleiben. Wie ist es in eurem Haushalt in Santa Barbara gegangen? Habt ihr etwas über euch gelernt? Irgendwelche Dämonen ausgetrieben?«

Eine sanfte Männerstimme antwortete. Der Mann erkannte

sie sofort und erinnerte sich an die Rekrutierung: eine Schwulenbar in West Hollywood; ein rundlicher Angestellter, dessen wachsame Haltung fast wie eine Neonleuchtschrift verkündet hatte: »Verschreckter Anfänger auf der Suche nach sexueller Identität.« Ihn zu verführen, war einfach gewesen, und der Verführte hatte allen Kriterien des Doctors entsprochen.

»Wir haben das Koks benutzt, um es in Gang zu bringen«, erzählte die sanfte Stimme. »Unser Klient war alt und scheute sich, seinen Körper zur Schau zu stellen, aber das Koks brachte seine Säfte in Wallung, und –«

»*Ich* habe den alten Knacker in Wallung gebracht«, unterbrach eine Frauenstimme. »Er hatte sich nicht mal bis auf die Unterhose ausgezogen, als ich ihm schon zwischen die Beine griff. Er wollte, daß *die Frau* die Führung übernahm – das spürte ich gleich, als wir drin waren und ich all die Fantasy-Kunst an den Wänden sah, Amazonen mit Ketten und Peitschen und dieser ganze Scheißdreck. Er –«

Die sanfte Männerstimme nahm einen jammernden Tonfall an. »Ich habe die Einleitung genossen! Der Doctor hat gesagt, wir sollten es langsam angehen; der Kerl war ja nicht vorbereitet. Wir hatten ihn aus den Sex-Anzeigen, und der Doctor hat gesagt –«

»Blödsinn!« kläffte die Frau. »Du wolltest bloß selber koksen, und du wolltest, daß der Alte dich mochte, weil du derjenige mit dem Stoff warst, und wenn wir es auf deine Weise durchgezogen hätten, dann wäre das ganze eine Kokain-Teestunde geworden.«

Der Mann legte seinen Stift aus der Hand, als der Angestelltentyp anfing zu blubbern. Nach kurzem Schweigen flüsterte der Doctor: »Pst, Billy. Pst. Geh hinaus und setz dich in den Gang. Ich möchte mit Jane allein sprechen.«

Man hörte Schritte auf dem Holzboden und wütendes Türenknallen. Der Mann lächelte in der freudigen Erwartung auf einen exquisiten Havilland-Auftritt. Als die Stimme des Doctors aus dem Lautsprecher kam, griff er beinahe liebevoll genüßlich zu seinem Stift.

»Du läßt dich von deinem Zorn leiten, Jane.«

»Ich weiß, Doctor«, sagte die Frau.

»Deine Macht besteht darin, ihn umsichtig einzusetzen.«

»Ich weiß.«

»War der Auftrag eine Erfüllung für dich?«

»Ja. Ich entschied mich für Sex und brachte sie dazu, es zu mögen.«

»Aber danach hattest du ein hohles Gefühl?«

»Ja und nein. Ich war befriedigt, aber Billy und der alte Mann waren so *schwach!*«

»Psst, Janey. Du verdienst es, mit stärkeren Egos zu verkehren. Ich werde ein Auge auf die hochklassigen Anzeigen haben. Wir werden ein paar streitsüchtige Intellektuelle für dich finden, mit denen du deine Kräfte messen kannst.«

»Und einen Partner mit Mumm?«

»Nein. Beim nächsten Mal gehst du solo.«

Der Mann hörte, daß Jane vor Dankbarkeit weinte. Angewidert den Kopf schüttelnd, hörte er, wie der Doctor zum Gnadenstoß ansetzte: »Er hat die vollen fünftausend gezahlt?«

»Ja, Doctor.«

»Hast du dir mit deiner Prämie etwas Hübsches gegönnt?«

»Ich hab' mir einen Pullover gekauft.«

»Du hättest großzügiger sein können.«

»Ich – ich wollte, daß Sie das Geld bekommen, Doctor. Ich habe den Pullover nur als symbolischen Lohn für diesen Auftrag genommen.«

»Danke, Jane. Sonst ist alles in Ordnung? Hast du deine Angst-Mantras gesagt? Das Programm befolgt?«

»Ja, Doctor.«

»Gut. Dann laß das Geld bei mir. Ich rufe dich irgendwann in dieser Woche an der Telefonzelle an.«

»Ja, Doctor.«

Die Abschiedslaute zwangen den Mann, sich mit seinen Notizen zu beeilen. Wie auf ein Stichwort hin klatschte der Doctor in die Hände und sagte: »Himmel, was für ein häßliches Geschöpf. Lautsprecher drei, Goff. Effizienztraining.«

Goff schob den Stecker in Lautsprecher drei und drückte auf den Aufnahme-Knopf. Als das Tonband sich drehte, ging er auf Zehenspitzen die Treppe hinauf, um zuzuschauen. Dies würde seine erste Probenbeobachtung sein, seit er sein »Jenseits« zur Hölle geschossen hatte, und er mußte sehen, wie weit der Night Tripper seine Rekruten bringen würde. Nur einer von ihnen war fähig, eine so extreme Entwicklung wie er selbst zu erreichen, und alle seine Instinkte sagten ihm, daß Havilland im Begriff war, ihn jetzt dorthin zu drängen.

Goff irrte sich. Als er durch den Türspalt spähte, sah er den Professor und den Bücherwurm auf Gymnastikmatten vor dem Spiegel knien, der die gesamte westliche Wand bedeckte. Ihre Hände waren wie zum Gebet gefaltet, und Havilland stand bei ihnen und murmelte ermutigende Worte. Billy Boy und die Lesbe hatten ihre Beratung schon hinter sich; das hieß, daß der Doctor die scharfe Rote und den echten Psychopathen für zuletzt aufsparte.

Goff preßte sich an die Wand und starrte in das Zimmer, als die beiden Männer auf den Matten ihre Unterhemden auszogen und anfingen, ihre Angst-Mantras zu brüllen. »*Patria infinitum patria infinitum patria infinitum patria infinitum patria infinitum.*« Bei jeder Wiederholung hämmerten sie sich mit der Hand gegen die Brust, jedesmal heftiger, und ihr Gebrüll wurde mit jedem Schlag lauter. Die ganze Zeit über behielten sie Augenkontakt mit ihren Spiegelbildern, ohne zu zucken, auch als sich an ihren Oberkörpern blutunterlaufene Schwellungen entwickelten.

Goff schaute auf den Sekundenzeiger seiner Uhr. Eine Minute. Zwei. Drei. Er dachte schon, die Schreier müßten jeden Augenblick zusammenbrechen, als er das Wort »*Stopp!*« hörte.

Havilland kniete auf der Matte nieder, den beiden Männern gegenüber. Goff beobachtete, wie ihre Blicke vom Spiegel zu den Augen des Doctors wanderten. Sie streckten ihre rechten Arme aus und ballten die Fäuste. Havilland griff in die Tasche seines Laborkittels und holte eine Einwegspritze und ein paar Wattetupfer heraus. Die erste Injektion bekam der Bücherwurm; dann wischte er die Nadel ab, und der Professor war als nächster an der Reihe. Die beiden *lonelies* schwankten auf den Knien, aber sie hielten sich aufrecht.

Der Doctor stand auf, lächelte und sagte: »Denkt an nichts als Effizienz. Robert, du hast einen Auftrag in einem sehr reichen Haus. Ein älteres Ehepaar, Mann und Frau, lechzt nach deinen Freundlichkeiten. Das Telefon klingelt. Beide gehen hin. Wohin gehst *du*?«

Robert stammelte. »I-ins B-badadezimmer? Nach Drogen suchen?«

Havilland schüttelte den Kopf. »Nein. Du hast den Kopf voller Drogen; da liegt deine Schwäche. Monte, was würdest *du* tun?«

Monte wischte sich den Schweiß von der Brust und verrenkte sich, um sich im Spiegel anzustarren. »*Ich* würde mich fragen, was an diesem Anruf so verdammt wichtig sein kann, daß sie beide zum Telefon rennen mußten, vor allem, wenn ich da bin, um sie aufzugeilen. Also würde ich zu einem Nebenanschluß gehen und den Hörer genau gleichzeitig mit dem alten Wichser abnehmen, und dann würde ich zuhören, um festzustellen, ob das Gespräch irgendwelche bemerkenswerten Informationen enthält.«

Havilland lächelte. »Bravo.« Er schlug Monte ins Gesicht und flüsterte: »Bravo – aber du mußt mich immer ansehen, wenn du mir antwortest. Wenn du dich selbst ansiehst, bekommst du das Gefühl, du könntest unabhängig denken. Begreifst du, welcher Irrtum darin liegt?«

Monte senkte den Blick; dann schaute er wieder auf und sah Havilland in die Augen. »Ja, Doctor.«

»Gut. Robert. Eine hypothetische Frage für dich. Denke effizient, und antworte mir offen. Mein Vorrat an legal erworbenen pharmazeutischen Drogen geht zu Ende, weil einem neuen Gesetz zufolge Hypnotika und dergleichen nur noch an Krankenhausärzte ausgegeben werden dürfen. Du hast großes Verlangen danach und begreifst, daß sie es sind, was dir in meiner Obhut hier am besten gefällt. Was tust du?«

Der Bücherwurm sann über die Frage nach, und sein Blick huschte zwischen dem Spiegel und dem Doctor hin und her. Goff grinste, als ihm klar wurde, daß der Doctor den beiden eine Ladung Pentothal verpaßt hatte.

Schließlich wisperte Robert: »Das würde Ihnen nie passieren. Es könnte einfach nicht sein.«

Havilland legte Robert die Hände auf die Schultern und drückte sie sanft. »Die perfekte Antwort. Monte hätte eine intellektuelle Analyse angestellt, aber deine Antwort ist reine Offenheit aus reinem Herzen. Und natürlich hattest du recht. Ich möchte, daß ihr beide jetzt eure Mantras singt. Haltet Augenkontakt mit euch selbst, aber denkt an *mich*.«

Als Havilland auf die Tür zukam, sprang Goff die Treppe hinunter und zurück in den Lautsprecherraum. Er spulte das Band vom Effizienztraining zurück und steckte die Spule in einen großen braunen Umschlag. Dann schloß er den Kopfhörer an die mittlere Box an, und augenblicklich hörte er männlich/weibliches Sexualgegrunze, das in ersticktes Stöhnen und kindisches Kichern überging. Das Kichern verwandelte sich in ein schrilles Raucherkeuchen, und Goff mußte selber lachen. Es *war* die enge kleine Rote, die er im Lingerie Club aufgelesen hatte und die ihn mit ihren Kundalini-Yoga-Stellungen fertiggemacht hatte. Er hatte von Glück sagen können, daß er lebendig aus ihrer Wohnung in den Bunker Hill Towers entkommen war.

Der Doctor sprach als erster. »Bravo. Bravo.« Seine monotone Stimme stürzte die Frau in neuerliche Lachkrämpfe. Der Mann, mit dem sie sich gepaart hatte, mühte sich noch immer, wieder zu Atem zu kommen. Goff hatte den Eindruck, er müsse am Rande eines Herzanfalls auf dem Bett liegen.

Wieder sprach der Doctor. »Später, Helen. Ich möchte den Puls des Opfers kontrollieren. Es kann sein, daß du diesmal zu weit gegangen bist.«

»Jenseits des Äußersten«, sagte Helen. »Ist das nicht unser Motto, Doctor?«

»Touché«, antwortete der Doctor. »Ich rufe dich am Donnerstag an.«

Klein Helen schlüpfte munter zur Tür hinaus, und danach war es fünf Minuten lang völlig still. Goffs Eingeweide krampften sich zusammen. Er wußte, daß der männliche Liebhaber da oben ein echter Psychopath war und daß der Night Tripper dabei war, ihn einen großen Schritt näher an den Rand zu führen. Daher kamen das Klirren von Glas und der Strom von Obszönitäten im Kielwasser der Stille nicht unerwartet, ebensowenig wie die fürsorglichen Worte des Doctors. »Es ist gut, Richard, es ist alles gut. Manchmal bedeutet ›Jenseits des Äußersten‹ auch Haß. Zuerst mußt du dies als Wirklichkeit akzeptieren, und dann mußt du dich hindurcharbeiten. Du kannst dich nicht für das, was du bist, hassen. Im Grunde bist du *gut* und *stark*, denn sonst wärest du jetzt nicht bei mir. Du hast einfach zufällig eine ungewöhnlich hohe Gewaltschwelle zu überwinden, um zu deinem Selbstsein zu finden.«

Thomas Goff versank in die Erinnerung daran, wie er Richard Oldfield rekrutiert hatte; angefangen hatte es mit der verkrüppelten Hure, die täglich für dreihundert Dollar Koks verbrauchte. Sie war ihm in »Plato's Retreat West« über den Weg gelaufen und hatte ihm von einem Börsenmakler/Bodybuilder/Scheckempfänger erzählt, der ihr fünf Hunderter pro Nummer zahlte, um sie zu verprügeln, weil sie solche Ähnlichkeit mit der Gouvernante hatte, die ihn als Kind gequält hatte. Der Kontakt im Fitness-Center hatte die Wucht eines Alptraums gehabt: Oldfield sah Goff so ähnlich, daß man ihn für seinen Zwillingsbruder hätte halten können, und er stemmte vierhundert Pfund. Aber der Bodybuilder hatte vor den Manipulationen des Doctors kapituliert wie ein Säugling, der an die Titten seiner Mutter will.

Wieder splitterte Glas. Oldfield weinte. Goff hörte, wie Havilland abwechselnd ein Liedchen pfiff und murmelte: »Na, na.« Er wußte, daß der Umschwung bevorstand.

Er kam in Gestalt einer Ohrfeige, deren Klatschen den Lautsprecher mit statischem Knistern erfüllte. »Du Schwächling«, zischte Dr. Havilland. »Du mickriger Poseur. Du speichelleckender Hurenbock. Ich besorge dir den besten Fick in unserem Programm, verspreche dir, dich zu führen, wohin dein Pipi-Gewissen dich niemals gehen lassen würde, und dafür schlägst du hier die Fenster ein und flennst.«

»Doctor, bitte«, wimmerte Richard Oldfield.

»Bitte *was*, Richard?«

»Bi- – Sie wissen ...«

»Du mußt es sagen.«

»Bi-bitte bringen Sie mich so weit, wie ich gehen kann.«

Der Doctor seufzte. »Bald, Richard. Ich werde eine große

Menge von Informationen sammeln, und dabei sollte eigentlich der Name einer Frau herauskommen, die für dich geeignet ist. Denke daran, wenn du deine Angst-Mantras sagst.«

»Danke, Dr. John.«

»Danke mir nicht, Richard. Deine grünen Türen sind meine grünen Türen. Geh jetzt nach Hause. Ich bin müde, und ich werde die Gruppe heute früh heimschicken.«

Goff hörte, wie der Doctor Oldfield zur Tür brachte. Das Tonband nahm rauschende Stille auf. Der leitende Assistent des Night Trippers stellte sich vor, daß die Stille von ruhenden Alpträumen in Gestalt von kühlen braunen Umschlägen bewohnt sei, aus denen Daten hervorquollen, die menschliche Wesen in Schachfiguren verwandeln würden. Der Alchimist und die sechs Opfer waren nur der Anfang. Eine Reihe von Havillands Slogans ließ Goff den Kopfschmerz, der hinter einem beigefarbenen Vorhang in seinem Schädel brannte, schaudernd zurückdrängen. Gestern abend. Drei. Was, wenn die Datenbewahrer sich nicht kaufen ließen? Der Kopfschmerz drang pochend durch den Vorhang, ein hungriger Wurm, der sein Gehirn auffraß.

Im Obergeschoß wurden Türen geschlagen. Auf Perioden der Stille folgten die stolpernden Abgänge der *lonelies*. Mercedes und Audis rollten hinaus zum Pacific Coast Highway, dann war es wieder still. Plötzlich hatte Goff Angst.

»Schlimme Gedanken, Thomas?«

Goff fuhr in seinem Sessel herum und warf seinen Stenoblock auf den Boden. Er blickte auf in die hellbraunen Augen von Dr. John Havilland, verankerte seinen Blick in ihnen, genau wie der Doktor es ihn gelehrt hatte. »Bloß Gedanken, Doctor.«

»Gut. Die Zeitungen sind voll von dir. Was ist es für ein Gefühl?«

»Ein dunkles und ruhiges Gefühl.«

»Gut. Beunruhigen dich die Spekulationen über einen ›psychopathischen Killer‹?«

»Nein. Sie amüsieren mich, weil sie so weit von der Wahrheit entfernt sind.«

»Du mußtest drei ausschalten?«

»Ja. Ich – ich erinnerte mich an Ihr Effizienztraining. Es – es kann sein, daß ich es noch einmal tun muß.«

»Die Waffe war kalt? Man kann sie nicht zurückverfolgen?«

»Eiskalt. Ich habe sie gestohlen.« »Gut. Was machen die Kopfschmerzen?«

»Es geht. Ich singe, wenn sie wirklich schlimm werden.«

»Gut. Wenn du wieder verschwommen siehst, komm sofort zu mir. Ich gebe dir eine Spritze. Träume?«

»Manchmal träume ich vom Alchimisten. Er war gut, nicht wahr?«

»Er war ausgezeichnet, Thomas. Aber er ist fort. Ich habe ihn vom Antlitz der Erde verjagt.«

Havilland reichte Goff einen Zettel. »Sie ist eine reguläre Patientin – hat in der Praxis telefonisch einen Termin vereinbart. Ich habe mich bei einigen Mädchen aus der Szene nach ihr erkundigt. Sie kostet tausend Dollar pro Nacht. Sieh dir ihr Freierbuch an – wer sich sie leisten kann, kann sich auch uns leisten.«

Goff warf einen Blick auf den Zettel: Linda Wilhite, 9819 Wilshire Blvd, 91W. Er lächelte. »Das Haus macht keine Mühe. Ich war schon mal drin.«

Havilland lächelte zurück. »Gut, Thomas. Fahr jetzt nach Hause und genieße deine Träume.«

»Woher wissen Sie, daß ich sie genießen werde?«

»Ich *kenne* deine Träume. Ich habe sie gemacht.« Goff sah dem Doctor nach, der sich abwandte und auf die Pergolaterrasse hinausging, von der aus man einen Blick auf den Strand hatte. Er ließ den letzten Satz des Doctors in seinen Gedanken nachklingen; dann stellte er die Aufnahmegeräte ab und ging hinaus zu seinem Wagen. Er wollte die Zündung einschalten, als er das Bündel ausgestopftes Plastik auf der Ablage über dem Armaturenbrett erblickte. Er packte es und schrie, denn er wußte, es war *beigefarbenes* Plastik, und das bedeutete, daß *er* es wußte.

Goff riß den Plastikmüllsack in Fetzen und schlug dann mit den Fäusten gegen das Armaturenbrett, bis der Schmerz das Schreien in seinem Kopf betäubte. Als er die Scheinwerfer einschaltete, sah er, daß etwas Weißes unter dem Scheibenwischer klemmte. Er stieg aus und sah nach, was es war. Eine geprägte Visitenkarte von Dr. med. John R. Havilland, Facharzt für Psychiatrie, starrte ihn an. Er drehte die Karte um. Auf der Rückseite, in säuberlichen Druckbuchstaben, standen die Worte: *Ich kenne deine Alpträume.*

4

Nachdem er sechsunddreißig Stunden nonstop an dem Schnapsladen-Fall gearbeitet hatte, schlief Lloyd Hopkins in seinem Zimmerchen im Parker Center ein und träumte von Vernichtung. Geräuschwellen bombardierten ihn, Raubvögel attackierten den absichtsvoll verriegelten Teil seines Gehirns, in dem der Mann, den er bei den Watts-Unruhen getötet hatte, und der Mann, den er letztes Jahr zu töten versucht hatte, wohnten. Die Vögel rissen scharfkantige Löcher in den Himmel und ließen blutrote Kristalle hereinrieseln. Als er erwachte, knüppelte er die Bilder mit ruhigen Stilleben von Janice und den Mädchen in San Francisco nieder und wartete darauf, daß die Zeit diese Wunde heilte oder die Trennung bekräftigte. Dann übernahm die Erinnerung an das Schnapsgeschäft/Schlachthaus das Kommando und drängte die Liebe zur Familie zurück ins Sicherheitsabteil zu den Alpträumen. Lloyd war erleichtert.

Der Todesschauplatz expandierte in seinem Kopf, von den Kreide-Rastern der Spurensicherung überzogen. Abseits, zur Linken, stand eine offene Registrierkasse, eine mit Zehnern und Zwanzigern übersäte Theke, und überall auf den unteren Regalen waren zerbrochene Flaschen. Absatzspuren, wo der Besitzer zur Hinrichtung geschleift worden war. Im Raster zur Rechten lag ein umgekippter Reklameständer aus Pappe, Absatzspuren markierten die Stelle, wo die beiden anderen Opfer sich vermutlich vor dem Mörder versteckt hatten. Mitten durch das Raster zog sich eine dunkelrote Bahn in das Hinterzimmer des Ladens, und drei Leichen lagen verdreht auf einem ehedem beigefarbenen Vorhang, der von der Wucht dreier .41er Hohlspitzengeschosse, die drei Schädeldecken durchschlagen hatten, aus dem Türrahmen gerissen worden war. Erkennbare Flugbahn- oder Spritzrichtungen gab es nicht; zerplatztes Gehirn und Knochensplitter hatten den ganzen kleinen Lagerraum in ein Schlachthaus verwandelt.

Lloyd schüttelte sich, um vollends wach zu werden, und dachte: *Ein Psychopath*. Kommt in den Laden, zieht eine monströse Handflak und verlangt das Geld. Dann sieht oder hört er etwas und flippt aus. Wutentbrannt hüpft er über die Theke, zerrt den Besitzer an den Haaren zur Türöffnung. Das Mädchen und der Alte verraten sich. Er wirft den Pappständer um und läßt sie vor dem Vorhang antreten. Dort macht er sie hin, mit drei Dumdums aus einem vorderlastigen Schießeisen mit monströsem Rückstoß, und läßt das Geld auf der Theke liegen. Ein Vulkan mit Eiswasser-Einspritzpumpe.

Lloyd stand auf und reckte sich. Er fühlte, wie die letzten Reste von Schlaf verwehten, ging den Gang hinunter zur Toilette und blieb vor dem Waschbecken stehen. Abwechselnd starrte er sein Spiegelbild an und ließ sich kaltes Wasser über das Gesicht laufen. Er ignorierte das Gesumm der zum Frühdienst eintrudelnden Officers, die um ihn herum verhalten lachten und alberten, und für einen Sekundenbruchteil war ihm bewußt, daß sie ihre Stimme dämpften, weil sie Respekt vor seinem Ruf und vor seiner wohlbekannten Abneigung gegen allen Lärm hatten. Seine Wut steigerte sich immer mehr, und er definierte den Killer mit selbstgerechten Cop-Schmähungen: *Psychopathische Sackratte. Umlegen, bevor er ein zweites Mal ausrastet.*

Die ersten sechsunddreißig Stunden der Ermittlungen hatte er damit verbracht, nachzudenken und Computerprints hinterherzujagen. Er hatte gesehen, daß vor dem Schnapsladen das Parken verboten war und daß dieses Parkverbot für den ganzen Block galt; daraufhin hatte Lloyd die Theorie entwickelt, der Mörder sei entweder zu Fuß gekommen oder habe in den Büschen neben der Auffahrt zum Freeway geparkt. Die zweite These hatte sich als zutreffend erwiesen – unter den Leuchtstoff-Bogenlampen hatte die Spurensicherung frische Reifenabdrücke im weichen Boden und winzige gelbe Lackspuren an den Spitzen abgebrochener Zweige gefunden. Vier Stunden später hatte das Labor des Los Angeles Police Department die Farbanalysen abgeschlossen und auch bekanntgegeben, was die Gipsabdrücke der Reifenspuren, die von der Spurensicherung angefertigt worden waren, hergegeben hatten: Der Wagen war ein japanisches Importfahrzeug, ein neues Modell; die Farbe war ein Standardprodukt, das in allen japanischen Automobilfabriken verwendet wurde; die Reifen waren zur Serienausstattung gehörende Radialreifen, die ausschließlich bei japanischen Automarken Verwendung fanden.

Eine Computerüberprüfung der in letzter Zeit verübten bewaffneten Raubüberfälle und Morde ergab, daß keine gelben japanischen Importfahrzeuge auf die Namen überführter und in Freiheit befindlicher Räuber oder Mörder zugelassen waren und daß innerhalb des vergangenen Jahres auch kein solches Fahrzeug bei einem Raubüberfall oder Mord eine Rolle gespielt hatte. Die frustrierendste Information kam von der kalifornischen Kraftfahrzeugzulassungsbehörde: In Los Angeles County waren 311 819 gelbe japanische Autos der Baujahre '77 bis '84 registriert, wodurch eine konzertierte Überprüfung auf das Vorhandensein von Strafregistern im Zusammenhang mit diesen Wagen eine verwaltungstechnische Unmöglichkeit wurde. Selbst die »Heiße Liste« von L.A. County ergab Nullkommanichts: Insgesamt acht gelbe Toyotas, Subaras und Hondas waren in den vergangenen sechs Wochen als gestohlen gemeldet worden, und alle acht waren wieder aufgetaucht. Der Wagen führte in eine Sackgasse.

Damit blieb die Waffe.

Für Lloyd stand bereits fest, was in dem noch ausstehenden Bericht über die Fingerabdrücke stehen würde: Schmierspuren, Verwischungen, Teilabdrücke und bestenfalls ein paar vollständige von den dort ansässigen Suffköppen, die den Laden frequentierten. Sollten die drei Cops, die er mit Hintergrundermittlungen zur Person der drei Opfer beauftragt hatte, da nur auf eigene Faust losoperieren – die Fingerabdruck-Manie oder der »Drei töten, um einen zu erwischen«-Trick, dem er auf Anweisung seiner Vorgesetzten beim Raub/Mord-Dezernat sein besonderes Augenmerk widmen sollte, waren ebenso tote Hosen wie das Auto. Das sagte ihm jedes Gramm seines Instinkts, ebenso wie ihm jedes Gramm seines Instinkts sagte, was die Dreieinigkeit dieses Falles war: die Psychose des Killers, seine Coolness und *seine Waffe*.

Aus dem Bericht der ballistischen Untersuchung und dem

Autopsieprotokoll sprach unverhohlenes Staunen. Henry McGuire, Wallace Chamales und Susan Wischer waren aus einer Entfernung von vier bis fünf Metern mit einem .41er Revolver erschossen worden. Alle drei Kugeln hatten genau zwischen die Augen getroffen. Der Mörder war ein Scharfschütze, die Waffe eine Anomalie. .41er Revolver waren älter als der Wilde Westen; sie waren schon vor dem Bürgerkrieg nicht mehr produziert worden. Sie waren zu unhandlich, zu schwer, und besaßen eine ausgeprägte Neigung zur Ungenauigkeit. Die .41er Munition war noch schlimmer: Ob Hartkern- oder Hohlspitzengeschosse, die unberechenbaren Explosionen vermochten einmal dem Schützen fast den Arm auszukugeln und ploppten dann beim nächsten Mal wie nasses Popcorn. Wer immer die drei Leute in dem Schnapsladen am Freeway erschossen hatte, hatte eine schwierig zu handhabende antike Schußwaffe mit antiker Munition beherrscht, und er hatte seine Meisterschaft in dieser Kunst in einer extremen Belastungssituation unter Beweis gestellt.

Lloyd starrte sein eigenes Spiegelbild noch eindringlicher an und überlegte, was er jetzt anfangen sollte, nachdem er sich bei jedem Polizeirevier in Kalifornien nach gestohlenen Waffen erkundigt und persönlich jeden Antikwaffenhändler im Branchenverzeichnis befragt hatte. Überall hatte er negative Antworten bekommen – keine .41er am Lager, keine gekauft. Wahrscheinlich würde es noch rund vierundzwanzig Stunden dauern, bis die Polizeireviere auf seine Anfrage antworteten. Der Papierkram war verdaut, die Fakten waren einsortiert. Jetzt konnte er nur noch warten.

Und Warten stand im Gegensatz zu seiner Natur. Lloyd kehrte zurück in sein Büro und starrte die Wände an. Schnappschüsse von seinen Töchtern umrahmten die zehn Meistgesuchten des FBI wie ein Sternenkranz. Eine mit Stecknadeln übersäte Karte von L.A. County zeigte, daß die Mordrate in Hollywood, South Central und East Valley anstieg. In dem Schnapsladen-Fall lag es nahe, jetzt bei der Kriminalpolizei in Hollywood nachzufragen, ob dort die Informanten irgend etwas angebracht hätten. Auf der Suche nach einer Möglichkeit, seine Hirnsäfte ein wenig zu erhitzen, griff er nach der Akte, die Dutch Peltz ihm gegeben hatte, bevor die hektischen vierunddreißig Stunden begonnen hatten. *Herzog, Jacob Michael, 3. 5. 49,* stand in Maschinenschrift auf dem braunen Deckel des Ordners, und darin befanden sich Fotokopien von Statistikformularen, Fitness-Reports, Belobigungsnotizen und ein Sammelsurium von Vermerken seiner Vorgesetzten. Lloyd betrachtete Herzog als einen Verstorbenen und die Akte als seine Grabschrift. Er zog sich einen Stuhl heran und las jedes Wort fünfmal.

Ein einzigartiger Mann kam zum Vorschein. Jungle Jack Herzog hatte einen Intelligenzquotienten von 137; mit knapper Not erreichte er die beim Los Angeles Police Department vorgeschriebene Mindestgröße und das Mindestgewicht. Geboren war er in Beirut im Libanon. Er sprach fließend drei Nahostsprachen; auf dem College hatte er gegen den Vietnamkrieg protestiert, bevor er dann zur National Air Guard gegangen war. Die Ausbildung an der Polizeiakademie hatte er als Zwölftbester seines Jahrgangs abgeschlossen, und er hatte Ehrenurkunden in Allgemeinbildung, Scharfschießen und Sport erhalten. In den ersten vier Jahren bei der Polizei hatte er in Wilshire Streifendienst geschoben und dann dort bei der Sitte gearbeitet. Seine Fitness-Zeugnisse waren erstklassig gewesen und hatten ihm das Lob aller seiner Vorgesetzten eingebracht – mit Ausnahme eines Lieutenants bei der Sitte, der ihn wieder in Uniform gesteckt hatte, weil Herzog sich geweigert hatte, sich in einer öffentlichen Toilette auf die Lauer zu legen, um dort Männer bei homosexuellen Handlungen zu ertappen. Derselbe Lieutenant hatte seine Kritik später widerrufen und beantragt, daß Herzog seine Leute darin unterwies, Wettbüros und Prostituierte zu überwachen, und zwar unter besonderer Berücksichtigung des Einsatzes von Verkleidungstechniken. Herzogs »Seminare« waren so erfolgreich gewesen, daß er schließlich den Status eines Beraters erlangt und die Zivilpolizisten der ganzen Stadt ausgebildet hatte; man hatte ihn auch da noch weiterhin angefordert, als er für vier beziehungsweise drei Jahre nach West L.A. und nach Venice versetzt worden war.

Jungle Jack wurde unter dem Namen »Alchimist« bekannt, ein Hinweis auf sein Talent, sich zu verwandeln und auf der Straße regelrecht unsichtbar zu machen. Zudem hatte er eine spektakuläre Tapferkeit an den Tag gelegt: Zweimal hatte er Geiselnahmen beendet – das erstemal, indem er sich selbst dem Bewaffneten, der die Bar besetzt hatte, die er, Herzog, wegen möglicher Vorstöße gegen die Alkoholgesetze beobachtete, als Geisel anbot.

Der Bewaffnete hatte sich eine junge Prostituierte gegriffen und preßte ihr ein Messer an die Kehle, während sein Komplize die Registrierkasse leerte und Börsen und Brieftaschen der Bargäste kassierte. Herzog, als betrunkener Krüppel verkleidet, forderte den Messermann heraus, das Mädchen laufenzulassen und ihn an ihrer Stelle festzuhalten, er überschüttete ihn mit lautstarken Obszönitäten und schob sich näher und näher an den Gangster heran, dessen Messerklinge die Kehle des Mädchens bereits blutig ritzte. Als er bis auf einen halben Meter herangekommen war, stieß der Bewaffnete das Mädchen beiseite und wollte Herzog packen. Er schrie noch, als Jungle Jacks Ellbogen sich krachend in seine Luftröhre bohrte. Mit einem Karatehieb setzte Herzog den Mann vollends außer Gefecht und setzte dem Komplizen nach. Fünf Blocks weiter erwischte er ihn.

Die zweite Geiselnahme beendete er auf noch waghalsigere

Weise. Ein Mann, der bei der örtlichen Polizei als gewohnheitsmäßiger PCP-User bekannt war, hatte ein kleines Mädchen in seine Gewalt gebracht und drohte, es zu erschießen. Eine Menschenmenge sammelte sich um ihn. Jack Herzog drängte sich in Uniform durch die Menge und ging auf den Mann zu. Der ließ das kleine Mädchen fallen und feuerte dreimal auf ihn. Die Schüsse gingen fehl, und Herzog blies dem Mann aus nächster Nähe das Gehirn aus dem Schädel.

Herzog hatte sich im Police Department einen Namen gemacht; immer häufiger wurde er von Sittendezernaten und den Chefs der zivilen Kriminalpolizei angefordert. Dann beging Sergeant Martin Bergen, Herzogs bester Freund, einen Akt der Feigheit, der ebenso bemerkenswert war wie Herzogs Tollkühnheiten. Ein Verfahren wurde eröffnet, und Herzog ging für seinen Freund von Pontius zu Pilatus, sprach jeden an, der ihm einen Gefallen schuldete, in der Hoffnung, dadurch Bergens Karriere retten zu können; er trat bei dem Verfahren als Leumundszeuge für seinen Freund auf und zog gegen die Heldenmentalität der Polizei als einer ihrer größten Helden zu Felde. Martin Bergen wurde unehrenhaft aus dem Polizeidienst entlassen und Herzog auf einen Schreibtischposten verbannt – eine nicht minder schmähliche Niederlage. Auch ein Held sollte den Bossen nicht ans Knie pissen.

Lloyd legte die Akte aus der Hand, als er merkte, daß ein Schatten über die Seiten fiel. Er blickte auf und sah, daß Officer Artie Cranfield vom Kriminallabor ihn anstarrte.

»Hallo, Lloyd. Wie ist die Lage?«

»Knifflig.«

»Du mußt dich mal rasieren.«

»Weiß ich.«

»Was Neues in der Schnapsladen-Sache?«

»Nein. Ich warte auf ein paar Auskünfte. Schon mal von einem Cop namens Jungle Jack Herzog gehört?«

»Yeah. Wer kennt ihn nicht? Ein Revolvermann aus dem Bilderbuch.«

»Schon mal von einem Ex-Cop namens Marty Bergen gehört?«

»Was ist das hier – ein Ratespielchen? Jeder kennt den ›alten Angsthasen‹ und das Scheißhaus-Blättchen, für das er schreibt. Wieso?«

»Herzog und Bergen waren Kumpels. Mr. Mumm und Mr. Angsthase. Gefällt dir das?«

»Nicht besonders. Du siehst ziemlich verkniffen aus, Lloyd.«

»Wenn ich warte, fühle ich mich verkniffen. Wenn ich nicht schlafe, sehe ich verkniffen aus.«

»Gehst du nach Hause? Schlafen?«

»Nein. Ich gehe Mr. Mumm suchen.«

Artie schüttelte den Kopf. »Bevor du gehst, mußt du noch irgend 'ne Macho-Bemerkung über das Arschloch aus dem Schnapsladen machen.«

Lloyd grinste. »Wie wär's damit: ›Sein Arsch ist das Gras, und ich bin der gottverdammte Rasenmäher‹?«

»Gefällt mir! Gefällt mir!«

»Hab' ich mir gedacht.«

Lloyd fuhr zu Jack Herzogs letzter bekannten Adresse, einem Appartementhaus mit zwanzig Wohnungen auf der zum Tal gelegenen Seite der Hollywood Hills. Das pinkfarbene Stuckgebäude war von zwei Einkaufszentren eingerahmt, und der Eingangsflur beherbergte eine Videospielhalle. Ein Blick auf die Bewohnertafel ergab, daß Herzog in Appartement 423 wohnte. Lloyd stieg zu Fuß die vier Treppen hinauf und schaute im Korridor auf und ab, bevor er das Türschloß mit einer Kreditkarte aufdrückte und die Tür von innen hinter sich schloß. Beinahe wäre er über den Berg der ungeöffneten Post auf dem Fußboden gestolpert.

Er knipste das Licht an und betrachtete das erste, auf das sein Blick fiel: eine Trophäenvitrine voller Urkunden und Pokale. Die Tinte auf Herzogs Totenschein waren die weißen Scheuerpulverwischspuren auf allen hölzernen und gläsernen Flächen. Eine rasche Überprüfung des Appartements zeigte, daß die streifigen Scheuerpulverspuren jede glatte Fläche bedeckten, die Fingerabdrücke hätte enthalten können. Hier hatte ein gewissenhafter Profi gearbeitet.

Lloyd blätterte durch die Briefumschläge am Boden. Keine privaten Briefe oder Postkarten – nur Strom- und Wasserrechnungen und Reklamemüll. Er ließ den Blick durch das Wohnzimmer wandern, und was er sah, fügte sich zu einer unpersönlichen Unterkunft zusammen: keinerlei Bildschmuck, keine maskuline Unordnung, und die Möbel gehörten wahrscheinlich zum Mietvertrag. Die Urkunden und Pokale hatten das Aussehen von Erbstücken, und als Lloyd mit zusammengekniffenen Augen die auf ihnen eingeprägten Namen und Daten las, stellte er fest, daß es Renntrophäen waren, die Herzogs Vater gegen Ende der vierziger Jahre im Libanon gewonnen hatte.

Die Küche war noch spartanischer – Geschirr und Besteck waren säuberlich auf der Abtropfplatte gestapelt, und weder im Kühlschrank noch auf den Regalen fanden sich irgendwelche Lebensmittel. Nur das Schlafzimmer zeigte Spuren einer Persönlichkeit: Ein Schrank hing voll mit Polizeiuniformen und einem gewaltigen Vorrat an Zivilkleidern; alle denkbaren Outfits waren vorhanden, von der Jacke eines Lumpensammlers über Zuhälteranzüge mit breiten Revers bis zum Lederdreß eines Motorradgangsters. Neben dem Bett stand ein hohes Regal voller Bücher. Lloyd überflog die Rückentitel. Es waren lauter Biographien, vor allem Lebensbeschreibungen von Generälen, Eroberern und religiösen Bilderstürmern. Ein komplettes Bord enthielt ausschließlich Werke über Richard Löwenherz und Martin Luther, ein anderes Bücher über Peter den Großen. Romantische Plünderer, Despoten und wahnsinnige Visionäre. Lloyd verspürte eine Welle der Zuneigung zu Jungle Jack Herzog.

Nachdem er einen Blick ins Bad geworfen hatte, suchte Lloyd das Telefon und rief Dutch Peltz auf dem Revier Hollywood an. Als Dutch sich meldete, sagte er: »Ich bin in Herzogs Bude. Hier hat ein Profi saubergemacht. Herzog kannst du endgültig streichen, aber sag's noch nicht weiter. Okay?«

»Okay. Ist die Bude verwüstet worden?«

»Nein. Ich habe das Gefühl, der Mörder war nur vorsichtig. Wollte in jeder Hinsicht auf Nummer Sicher gehen. Kannst du mir ein paar Gefallen tun?«

»Schieß los.«

»Wenn die Sitte da ist, frag Walt Perkins, in welchen Bars Herzog gearbeitet hat. Greif dir alle Berichte, die Herzog vielleicht eingereicht hat. Um Marty Bergen kümmere ich mich selber, und heute abend komme ich noch mal her und frage Herzogs Nachbarn aus. Ich rufe dich dann gegen sieben zu Hause an.«

»Soll mir recht sein.«

»Ach, und – Dutch? Deine Jungs sollen ihre Informanten nach Antikwaffen-Fans ausfragen, oder nach irgendwelchen Arschlöchern, die als gewalttätig bekannt sind und die in letzter Zeit angefangen haben, Schußwaffen zu tragen. Auch wenn es bloß Quatsch und Straßentratsch ist – ich will es wissen.«

»Du tappst im dunkeln, Lloyd.«

»Ich weiß. Ich melde mich um sieben.«

Lloyd durchquerte Jungle Jack Herzogs öde Wohnung. Als er die Tür hinter sich ins Schloß zog, brummte er: »Du armes edles Arschloch – wieso mußtest du dich so verdammt gründlich beweisen?«

Lloyd brauchte eine halbe Stunde, um nach West Hollywood in die Redaktion des *Big Orange Insider* zu fahren. Hitze, Smog und der fehlende Schlaf führten mit vereinten Kräften dazu, daß ein dröhnender Kopfschmerz den Asphalt vor seinen Augen verschwimmen ließ. Um dagegen anzukämpfen, kurbelte er das Fenster hoch und schaltete die Klimaanlage auf volle Kraft, und ihn schauderte, als ihn ein neuer Adrenalinstoß überkam. Zwei neue Fälle, hier drei Tote, da vermutlich einer. Keinen Schlaf für mindestens noch einmal zwölf Stunden.

Der *Big Orange Insider* hauste im ersten Stock eines Pseudo-Art-déco-Châteaus am San Vicente, einen Block südlich vom Sunset Boulevard. Lloyd trat ein und ging an der Rezeptionistin vorbei; er wußte, daß sie ihn als Cop erkannte und sofort in den Redakteursbüros anrufen würde, um die Leute vor dem nahenden Feind zu warnen. Er kam in einen großen, mit Schreibtischen vollgestopften Raum und grinste, als mißtrauische Augen von den Schreibmaschinen aufblickten und ihn abschätzend musterten. Als die Blicke feindselig wurden, verneigte er sich und warf der versammelten Mannschaft eine Kußhand zu. Er fühlte sich wohler, als zwei Frauen zurückwinkten. Dann zupfte ihn jemand am Ärmel. Er drehte sich um. Dicht hinter ihm stand ein hochgewachsener junger Mann.

»Wer hat Sie nach hinten gelassen?« wollte der junge Mann wissen.

»Niemand«, antwortete Lloyd.

»Sind Sie Polizist?«

»Ich bin ein Überläufer. Ich habe bei den Cops gekündigt und suche Asyl bei der freien Presse der Gegenkultur. Ich

möchte meine Memoiren verkau
Ihrem schlauesten Ghostwriter.«

»Sie haben dreißig Sekunden, um dies
sen.«

Lloyd trat einen Schritt auf den jungen Mann zu
Mann wich zwei Schritte zurück. Lloyd sah die Angst
nen Augen. »Scheiße«, sagte er. »Detective Sergeant Hopk
vom L.A.P.D. Ich möchte Marty Bergen sprechen. Sagen Sie ihm, es geht um Jack Herzog. Ich warte vorn am Empfang.«

Er ging zurück in den Eingangsraum. Die Frau, die dort am Schreibtisch saß, starrte ihn ausdruckslos an, und so vertrieb er sich die Zeit damit, die vergrößerten, gerahmten Leitartikel-Cartoons zu betrachten, die an allen vier Wänden hingen, boshafte Karikaturen, die das L.A.P.D. und den L.A. County Sheriff attackierten. Fette, schweinsgesichtige Polizisten, in die amerikanische Flagge gehüllt, pieksten schlafende Betrunkene mit einem Dreizack; Chef Gates baumelte an Marionettenfäden, gehalten von zwei Männern in Ku-Klux-Klan-Gewändern. Wolfsgesichtige Bullen scheuchten schwarze Prostituierte in einen Polizeibus, während der Officer am Steuer an einer Schnapsflasche nuckelte; eine Sprechblase offenbarte seine Gedanken: »Wow! Bei der Polizei ist es aufregend! Ich hoffe bloß, die Bimbos haben Geld bei sich! Die Rate für meinen Wagen ist überfällig!«

»Ich gebe zu, es ist übertrieben.«

Lloyd drehte sich um, als er die Stimme hörte, und musterte offen den Mann, dem sie gehörte. Martin Bergen war über eins achtzig groß und blond, und sein einstmals kräftiger Körper wurde sichtbar schlaff. Sein rotes Gesicht war zu einem Ausdruck von unfroher Heiterkeit verzogen, und seine hellblauen Augen waren wäßrig, aber ihr Blick war fest. Sein Atem bestand zu gleichen Teilen aus Whiskey und Pfefferminz-Mundwasser.

… es wissen. Sie waren – wie lange? Dreizehn … ierzehn Jahre dabei?«

»Sechzehn, Hopkins. Und Sie?«

»Achtzehneinhalb.«

»Und bei zwanzig ist Schluß?«

»Nein.«

»Verstehe. Was ist mit Jack Herzog?«

Lloyd trat zurück, um die Reaktion des ganzen Körpers übersehen zu können. »Herzog ist seit über drei Wochen verschwunden. Seine Bude ist gesäubert worden. Er hat in der Personalverwaltung in der City gearbeitet und war an die Sitte Hollywood ausgeliehen. Weder im Parker Center noch im Revier Hollywood hat ihn jemand gesehen. Was schließen Sie daraus?«

Marty Bergen begann zu zittern. Sein rotes Gesicht wurde bleich, und seine Finger zupften an seinen Hosenbeinen. Er wich rückwärts zurück bis an die Wand und fiel auf einen stählernen Klappstuhl. Die Frau am Empfang brachte ein Glas Wasser, zögerte und verschwand in der Damentoilette, als sie sah, daß Lloyd den Kopf schüttelte.

Lloyd setzte sich auf einen Stuhl neben Bergen und fragte: »Wann haben Sie Herzog zuletzt gesehen?«

Bergens Stimme klang ruhig. »Vor ungefähr einem Monat. Wir haben uns immer noch getroffen; Jack hat mir nicht vorgeworfen, was ich getan habe. Er wußte, daß wir uns in dieser Hinsicht unterschieden. Er hat mich nicht verurteilt.«

»In welcher geistigen Verfassung war er?«

»Ruhig. Nein – ruhig war er immer, aber in letzter Zeit war er launisch: Gerade noch fröhlich, und im nächsten Moment down.«

»Worüber haben Sie gesprochen?«

»Alles mögliche. Scheiß. Bücher hauptsächlich. Über meinen Roman – den, an dem ich gerade schreibe.«

»Haben Sie mit Herzog über seine Aufträge gesproch

»Über Polizeiangelegenheiten haben wir nie gesprochen.

»Ich habe gehört, Herzog sei ein ›eingefleischter Einzelgänger‹ gewesen. Würden Sie das auch sagen?«

»Ja.«

»Können Sie mir andere Freunde nennen, die er hatte?«

»Nein.«

»Frauen.«

»Er hatte eine Freundin, mit der er sich gelegentlich traf. Ich weiß nicht, wie sie heißt.«

Lloyd lehnte sich zu Bergen hinüber. »Was ist mit Feinden? Was ist mit Leuten bei der Polizei, die ihn haßten, weil er zu Ihnen gestanden hat, wie er es getan hat? Sie kennen die Mentalität des Durchschnittsbullen so gut wie ich. Herzog muß bei einigen Ärgernis erregt haben.«

»Der einzige, bei dem er Ärgernis erregt hat, war ich. Er war so viel besser in allen Dingen als ich, daß ich ihn immer am meisten liebte, wenn ich ihn am meisten haßte. Wir waren so – so *verschieden*. Als wir das letztemal miteinander redeten, sagte Jack, er werde meine Unschuld beweisen. Aber ich *bin* abgehauen. Ich *bin* schuldig.«

Bergen fing an zu schluchzen. Lloyd stand auf und ging zur Tür. Bevor er hinausging, sah er sich noch einmal nach dem Lohnschreiber um, der dort weinend unter den gerahmten Schmähungen dessen saß, was er einmal selbst gewesen war. Bergen verbüßte eine lebenslange Strafe, die ihm nicht erlassen werden konnte. Die Last dieses Gedankens ließ ihn schaudern.

Die Rückfahrt zum Valley milderte Lloyds Erschöpfung. Behaglich in seinem klimatisierten Blechkokon sitzend, ließ er seinen Gedanken über Herzog und Bergen freien Lauf – intellektuelle Cop-Kumpane, zwei Männer, von denen sein Instinkt ihm sagte, daß sie einander mindestens so ähnlich waren, wie Bergen behauptete, daß sie sich unterschieden. Der Schnapsladen-Mord wich für eine Weile in den Hintergrund, und als er vor Jack Herzogs Haus parkte, spürte er, wie der »Zweite Atem« seines Geistes sich auch körperlich bemerkbar machte. Er lächelte, denn er wußte jetzt, daß er noch Saft für eine lange Jagd hatte. Kurz nach fünf kamen Herzogs Nachbarn allmählich von der Arbeit nach Haus. Die ersten paar musterte Lloyd vom Wagen aus, und er stellte fest, daß ihr gemeinsamer Nenner jenes müde Mittelklasse-Aussehen war, wie es Valley-Bewohnern beiderlei Geschlechts eigen war. Genau das Richtige für das Versicherungsauszahlungs-Spielchen. Er nahm einen Stapel falscher Visitenkarten aus dem Handschuhfach und übte sein Lächeln des freundlichen Versicherungsmannes aus der Nachbarschaft, um sich auf einen Auftritt vorzubereiten, bei dem er herausfinden würde, wie sehr Jungle Jack Herzog Einzelgänger gewesen war.

Drei Stunden und zwei Dutzend Stegreifbefragungen später mußte Lloyd einsehen, daß Herzog vom Einzelgänger zur Ziffer geworden war. Keiner der Leute, mit denen er geredet hatte, konnte sich erinnern, den Mieter von Appartement 423 auch nur mal *gesehen* zu haben; sie hatten alle angenommen, die Wohnung stünde aus irgendeinem Grunde leer. Die unbezweifelbare Offenheit ihrer Angaben war wie ein Tritt in die Zähne gewesen; die Tatsache, daß mehrere von ihnen erwähnt hatten, der Vermieter/Hausmeister werde frühestens nächste Woche wieder in der Stadt sein, hatte ihm den Rest gegeben. Ein solides Stück Ermittlungsarbeit war für die Katze.

Lloyd fuhr zu einer Telefonzelle und rief Dutch Peltz an. Dutch meldete sich nach dem ersten Klingeln. »Peltz. Wer spricht?«

»Hat dir schon mal jemand gesagt, daß du dich meldest wie ein Bulle?«

Dutch lachte. »Ja. Du. Hast du was zum Schreiben?«

»Schieß los.«

»Herzog hat in zwei Single-Bars gearbeitet, im ›First Avenue West‹ und im ›Jackie D.‹, beide an der Highland, nördlich vom Boulevard. Vor allem hielt er Ausschau nach Barkeepern, die für ein Schmiergeld an Minderjährige ausschenkten, und nach Huren, die in der Garderobe Lutschnummern lieferten; wir hatten da ein Dutzend Beschwerden. Mehr als sechs Wochen hat er in den Läden gearbeitet, ohne je seine Tarnung zu verlieren. Immer wenn er sah, daß was im Busch war, rief er die Streife oder das Rauschgiftdezernat über einen Münzfernsprecher an. Er war an sechs Verhaftungen wegen Kokain und neun wegen Prostitution beteiligt. Rausgekommen ist, daß die Aufsichtsbehörde beiden Läden die Schanklizenz entzieht.«

Lloyd stieß einen Pfiff aus. »Was ist mit den Berichten, die er eingereicht hat?«

»Es gibt keine, Lloyd. Anweisung von Walt Perkins. Die Berichte haben die Polizisten verfaßt, die die Festnahmen vollzogen haben. Walt wollte Jack nicht kompromittieren.«

»Scheiße. Das bedeutet, daß wir Rache als Motiv streichen können.«

»Ja – zumindest, soweit es die Festnahmen betrifft, die in letzter Zeit auf sein Konto gegangen sind. Was war mit Bergen?«

»Nichts. Bergen hat Herzog seit über einem Monat nicht mehr gesehen. Sagt, er sei launisch gewesen, bedrückt. Die Nachricht hat ihn tief getroffen. War um zwei Uhr nachmittags schon betrunken. Armes Schwein.«

»Wir werden einen Bericht an die Vermißtenstelle geben müssen, Lloyd.«

»Ich weiß. Soll das Internal Affairs Department sich nur drum kümmern – was allerdings bedeutet, daß man dich und

Walt Perkins anscheißen wird, weil ihr die Sache nicht früher gemeldet habt, und wahrscheinlich gibt's noch einen größeren Anschiß, weil Herzog außertariflich beschäftigt worden ist.«

»Vielleicht übertragen sie dir den Fall, wenn Raub/Mord ihn bekommt.«

»Man wird die Leiche doch niemals finden, Dutch. Die Sache ist von vorn bis hinten profimäßig durchgezogen worden. Die vom I.A.D. werden sich vertraulich damit befassen und alles vertuschen. Laß mir noch achtundvierzig Stunden Zeit in der Sache, bevor du sie weitergibst. Okay?«

»Okay.«

»Was hast du aus euern Informanten zu dem Schnapsladen-Fall herausbekommen?«

»Noch gar nichts. Ich habe eine Notiz an alle meine Leute geschickt, aber für eine Antwort ist es noch ein bißchen früh. Was machst du jetzt im Fall Herzog?«

»Werd' mal einen Zug durch die Bars machen, Dutchman. Stell dir vor: Ich als Swingin' Single.«

»Viel Spaß.«

Lloyd lachte. »Am Arsch.« Er hängte ein.

Von Diskomusik bombardiert, kämpfte Lloyd um einen Stehplatz an der Bar im »First Avenue West«. Er zeigte seine Versicherungskarte und Jack Herzogs Foto aus der Personalakte drei Barkeepern, vier Cocktailkellnerinnen und zwei Dutzend Singles, aber er bekam nur negative Antworten, variiert allenfalls durch feindselige Blicke und Kopfschütteln von Motorradtypen, die ihn als Bullen erkannten, und verärgerten Zurückweisungen von jungen Frauen, denen seine Art nicht gefiel. Schließlich ging Lloyd hinaus und schüttelte jetzt selber wütend den Kopf: Hier würde er auf keinen grünen Zweig kommen.

Das »Jackie D.«, drei Häuser weiter, war beinahe leer. Lloyd zählte die Köpfe, als er auf einem Barhocker Platz nahm. Ein Pärchen drehte sich langsam auf der Tanzfläche, und zwei überalterte Swinger fütterten die Musicbox. Der Barkeeper legte eine Serviette vor ihn hin und erklärte, was los war. »›Zwei trinken, einen bezahlen‹ – im ›First Avenue West‹. Jeden Dienstagabend. Bringt mich um. Ich hab' immer niedrige Preise, damit's die Masse bringt, und trotzdem springe ich über die Klinge. Gibt's keine Gnade in diesem Leben?«

»Keine«, antwortete Lloyd.

»Wollte ich nur hören. Was trinken Sie?«

Lloyd legte eine Dollarnote auf den Tresen. »Ginger Ale.«

Der Bartender schnaubte. »Sehen Sie, was ich meine? Keine Gnade.«

Lloyd zeigte das Foto von Jack Herzog hervor. »Haben Sie diesen Mann schon mal gesehen?«

Der Barkeeper studierte das Foto, goß Lloyds Glas voll und nickte. »Yeah, hab' ich hier oft gesehen.«

Lloyds Haut prickelte. »Wann?«

»Vor 'ner Weile. Ist 'n Monat her, sechs Wochen, vielleicht zwei Monate, kurz bevor diese Schwanzlutscher von der Behörde mir Scherereien mit meiner Schanklizenz machten. Sind Sie 'n Cop?«

»Richtig.«

»Von der Sitte?«

»Raub/Mord. Erzählen Sie mir was über den Mann auf dem Bild.«

»Was soll ich da erzählen? Kam rein, trank, gab gutes Trinkgeld, machte keine Miezen an.«

»Je mit ihm gesprochen?«

»Eigentlich nicht.«

»Ist er mal mit jemandem zusammen gekommen oder gegangen?«

Der Bartender verzog das Gesicht, als er in seiner Erinnerung wühlte. »Yeah«, sagte er dann. »Er hatte einen Kumpel. Aschblond. Mittelgroß, vielleicht Anfang Dreißig.«

»Hat er den hier kennengelernt?«

»Das kann ich Ihnen nun nicht sagen.«

Lloyd ging zu dem Münztelefon vor der Herrentoilette, rief das Revier Hollywood an und verlangte Lieutenant Perkins. Als Perkins sich meldete, sagte Lloyd: »Walt, hier ist Lloyd Hopkins. Ich hab' eine Frage.«

»Nur zu.«

»Hat Herzog bei seinen Bar-Einsätzen allein gearbeitet?«

Perkins schwieg eine ganze Weile. Schließlich sagte er: »Ich bin da nicht ganz sicher, Lloyd. Ich *vermute*, manchmal ja, manchmal nein. Ich habe Jack immer freie Hand gelassen. Wenn er mit einzelnen von unseren Leuten irgendwelche Verabredungen traf, war das seine Sache. Soll ich morgen abend beim Appell mal rumfragen?«

»Ja. Wie wär's mit einem aschblonden Mann, mittelgroß, Anfang Dreißig? Kann sein, daß Herzog mit ihm gearbeitet hat.«

»Die Hälfte unserer Truppe sieht so aus, Lloyd.«

Wieder folgte ein Augenblick des Schweigens. Schließlich sagte Lloyd: »Er ist tot. Ich melde mich«, und er hängte den Hörer ein. Der Barmann blickte auf, als er zum Ausgang ging. »Es gibt keine Gnade!« rief er.

Zermürbt von Schlaflosigkeit und schwindenden Möglichkeiten, fuhr Lloyd in die Stadt zum Parker Center; er hoffte, die diensthabende Nachtaufsicht in der Personalabteilung würde leicht einzuschüchtern sein. Als er den Mann hinter der Theke dösend auf dem Stuhl sitzen sah, einen Science-fiction-Roman auf der Brust, wußte er, daß er schon gewonnen hatte.

»Verzeihung, Officer!«

Der Diensthabende fuhr hoch und starrte Lloyds Dienstmarke an. »Hopkins, Raub/Mord«, sagte Lloyd. »Jack Herzog hat ein paar Unterlagen für mich in seinen Schreibtisch gelegt. Zeigen Sie mir, wo er steht?«

Der Officer gähnte und deutete auf eine Reihe von Plexiglaskabinen. »Herzog arbeitet in der Tagschicht; deshalb weiß ich nicht genau, wo sein Schreibtisch steht. Aber bedienen Sie sich nur, Sergeant. Die Namen stehen an den Türen.«

Lloyd begab sich in das Labyrinth der Plexiglas-Büros, und mit Erleichterung sah er, daß Herzogs Zelle vom Platz des Officers aus nicht zu sehen war. Die Tür war nicht verschlossen, und als er den Schreibtisch durchwühlte, nahm eine zweite unpersönliche Behausung Gestalt an: Bleistifte, Notizblocks und verschiedene Blanko-Dienstformulare kamen zum Vorschein. Eine Schublade; zwei Schubladen; drei Schubladen. Herzog, die Ziffer.

Lloyd hob die Faust, um auf die Schreibtischplatte zu schlagen, als er am Fußboden die Ränder einiger Papiere erblickte, die dort, wo Wand und Teppichboden aneinanderstießen, in einem Spalt verborgen lagen. Er hockte sich nieder und zog sie heraus, und es überlief ihn kalt, als er Aktenanforderungsformulare erkannte, mit Namen, Dienstgrad, Geburtsdatum und Dienstmarkennummer der angeforderten Akte oben und dem Namen und Dezernat des anfordernden Officers unten. Mit zusammengekniffenen Augen überflog er die fünf Zettel. Die Namen der betroffenen Cops kannte er nicht, wohl aber den Namen des anfordernden Officers: Captain Frederick T. Gaffaney, Internal Affairs Department, hatte alle fünf Personalakten angefordert. Der alte Sektenchrist Fred Gaffaney, der ihm als Lieutenant beim Raub/Mord-Dezernat die Hölle heißgemacht hatte. Als Lloyd genauer hinschaute, fühlte er, wie die Kälte ihm über das Rückgrat hinauf ins Hirn kroch. Er kannte Gaffaneys Unterschrift. Das hier waren plumpe Fälschungen.

Lloyd zog sein Notizbuch hervor und kritzelte die Namen der Officers hinein, deren Akten angefordert worden waren. Tucker, Duane W.; Lieutenant, Wilshire Division; Murray, Daniel X., Captain, Central Divison; Rolando, John L., Lieutenant, Devonshire Division; Kaiser, Steven A., Captain, West Valley Division; Christie, Howard J., Lieutenant, Rampart Division.

Er starrte auf die Namen, und einem Impuls folgend, fuhr er noch einmal mit der Hand unter dem Teppichrand entlang. Er zog noch ein letztes Blatt hervor, und er erstarrte in eisiger Kälte, als er den Namen las, der in Druckbuchstaben im Kopf des Formulars stand: *Hopkins, Lloyd W., No. 1114, geb. 27.2.42, Sergeant, Raub/Mord.*

5

Thomas Goffs Beschattungsfotos hatten ihn nicht auf die Schönheit dieser Frau vorbereitet. Nichts in seinen mündlichen und schriftlichen Berichten beschrieb auch nur annähernd ihre Aura von Finesse. Eine Tausend-Dollar-Hure in einem Tausend-DollarRohseidenkleid. Dr. John Havilland lehnte sich in seinem Stuhl zurück und tat, als verschlüge es ihm die Sprache. Mochte die Frau vorläufig die Oberhand bekommen, mochte sie glauben, ihr Charisma hätte seine Professionalität untergraben. Als Linda Wilhite unter seinem eindringlichen Blick kein Unbehagen erkennen ließ, brach er das lange einleitende Schweigen. »Wollen Sie mir etwas über sich erzählen, Ms. Wilhite? Über die Gründe, die Sie bewogen haben, sich in eine Therapie zu begeben?«

Linda Wilhites Blick wanderte im Sprechzimmer umher;

ihre Hände strichen über die Armlehnen ihres Sessels. Glänzend polierte Eichenpaneelwände, ein gerahmtes Edward-Hopper-Original. Keine Couch. Die Sessel, in denen sie und der Doctor saßen, waren mit reinem Cashmere bezogen. »Sie haben etwas übrig für hübsche Dinge«, stellte sie fest.

Havilland lächelte. »Sie auch. Das ist ein sehr hübsches Kleid.«

»Danke. Weshalb kommen die Leute meistens zu Ihnen?«

»Weil sie ihr Leben verändern wollen.«

»Natürlich. Können Sie erraten, womit ich meinen Lebensunterhalt verdiene?«

»Ja. Sie sind Prostituierte.«

»Woher genau wissen Sie das?«

»Sie haben meinen Auftragsdienst angerufen und einen Termin mit mir vereinbart, ohne zu verlangen, mit mir persönlich verbunden zu werden, und Sie haben nicht gesagt, wer Sie empfohlen hat. Wenn eine Frau auf diese Weise Kontakt mit mir aufnimmt, nehme ich an, daß sie aus der Szene kommt. Ich habe schon viele Prostituierte beraten, und ich habe mehrere Monographien über die Ergebnisse meiner Untersuchungen veröffentlicht, ohne dabei je die Anonymität meiner Patientinnen zu lüften. Im Jargon würde man mich einen Einzelkämpfer nennen. Ich habe keine Empfangsdame und keine Sekretärin, denn ich traue solchen Leuten nicht. Dies ist der Grund, weshalb Frauen aus der Szene *mir* vertrauen.«

Linda fuhr mit der Fingerspitze über die Muster im Seidenstoff ihres Kleides und in den Cashmeresesseln des Doctors. »Dieses Kleid hat dreizehnhundert Dollar gekostet. Die Schuhe sechshundert. Ich liebe hübsche Dinge, Sie lieben hübsche Dinge, und wir haben beide eine Menge Geld. Aber was ich tue, um dieses Geld zu verdienen, bringt mich um, und ich muß damit aufhören.«

Havilland ließ die Worte der Frau auf sich wirken und beugte sich dann vor. Er senkte seine Stimme, so weit es ging, und fragte: »Sind Sie bereit, kleinkarierten Scheißdreck wie Dreizehnhundert-Dollar-Kleid für die wahre Macht zu opfern? Sind Sie bereit, Ihre Vergangenheit zu durchwühlen, um herauszufinden, weshalb Sie kreatürliches Behagen so nötig brauchen, daß Sie Ihre Integrität dafür aufgeben? Sind Sie bereit, sich ganz zu demontieren und mir zu helfen, Sie so weit zu führen, wie Sie gehen können?«

Linda zog unter diesem Feuerwerk von Fragen den Kopf zwischen die Schultern. »Ja«, sagte sie.

Havilland stand auf, streckte sich und beschloß, mit Volldampf einzusteigen. Er setzte sich wieder und sagte: »Linda, die Art meiner Therapie ist keine Einbahnstraße. Was Sie glauben, das ich wissen will und was ich wissen muß, sind möglicherweise zwei verschiedene Dinge. Ich möchte unsere erste Sitzung mit Fragen und Antworten ausfüllen. Ich stelle ein paar fundierte Schätzungen und Vermutungen über Sie an, und Sie sagen mir, wie zutreffend sie sind. Was ich herstellen möchte, ist eine Art von instinktiver Übereinstimmung. Können Sie mir folgen?«

Mit bebender Stimme fragte Linda: »Wie weit ist ›so weit, wie ich gehen kann‹?«

Dr. John Havilland warf den Kopf in den Nacken und lachte. »Meine Vermutung ist, daß Sie den Ball aus dem Stadion und bis ins nächste County schlagen können.«

Linda lächelte. »Dann wollen wir anfangen«, sagte sie.

Havilland stand auf, ging zum Fenster und blickte auf den Strom von Autos und Menschen hinunter, der sich sechsundzwanzig Stockwerke tiefer dahinwälzte. Er hüstelte und drückte auf den Einschaltknopf, der in der Fensterbank eingelassen war; ein Stromkreis schloß sich, und ein Tonbandgerät hinter der Wandtäfelung setzte sich in Gang.

Er drehte sich um und sah Linda Wilhite an. »Sie sind einunddreißig oder zweiunddreißig, aus einer großen Familie im nördlichen Mittelwesten – Michigan oder Wisconsin. Die beste und intelligenteste unter Ihren Geschwistern. Ihre Brüder haben Sie angebetet, Ihre Schwestern verabscheut. Ihre Eltern sind neureich, und das schafft Ihnen Unbehagen: Sie haben Angst, das schwer verdiente Geld wieder zu verlieren. Sie sind vor dem Examen vom College abgegangen und haben in Gelegenheitsjobs gearbeitet, bis eine Reihe von desillusionierenden Erfahrungen Sie langsam in die Szene geraten ließen. Wie nah bin ich an der Wahrheit?«

Linda schüttelte den Kopf. »Ich bin neunundzwanzig, aus Los Angeles, Einzelkind. Meine Eltern starben, als ich zehn war. Ich lebte in mehreren Pflegefamilien, bis ich die High-School hinter mich gebracht hatte. Auf dem College bin ich nicht gewesen. Meine Eltern waren mittelarm. Es war mein bewußter Entschluß, Prostituierte zu werden, genauso wie es mein bewußter Entschluß war, damit aufzuhören. Bitte halten Sie mich nicht für typisch.«

Havilland ging im Kreis herum, und sein Blick wanderte hin und her zwischen Linda Wilhite und dem Perserteppich, der seine Schritte dämpfte. »Ist es ein Verbrechen, typisch zu sein? Nein, antworten Sie nicht; lassen Sie mich fortfahren. Sie genießen Sex mit älteren Freiern einer gewissen Art, und es verletzt Sie, wenn sie mit einer anderen schlafen. Wenn Sie einen Kunden attraktiv finden, fantasieren Sie über ihn, und hinterher hassen Sie sich dafür. Sie verachten Huren, die sich für ›Therapeutinnen‹ und dergleichen halten. Ihr grundlegendes Dilemma besteht darin, daß Sie eine konservative Natur mit einem ethischen Verhältnis zur Arbeit sind, gleichzeitig aber wissen, daß das, was Sie tun, ein Dreck ist, eine Antithese zu jedem anständigen Moralinstinkt, den Sie besitzen. Seit Jahren versuchen Sie, diesen Widerspruch rational zu verarbeiten, Sie haben sich mit Lebenshilfebüchern und spirituellen Traktaten vollgestopft, aber das hilft jetzt nicht mehr, und deshalb kommen Sie zu mir. Touché, Ms. Wilhite?«

Die Stimme des Doctors war lauter und lauter geworden, kleine Crescendi der Wahrheit, und Linda wußte, daß sie an Umfang und Intimität zunehmen würden, ohne daß der Mann je wankte. Ihre Hände flatterten über ihrem Schoß und suchten nach etwas an und von ihr, das sie hätte anfassen können. Als sie sich auf grüne Paisley-Seide herabsenkten, zuckten sie zurück, und sie sagte: »Ja. Ja. Ja. Woher wissen Sie das?«

Dr. John Havilland setzte sich wieder und streckte die Beine aus, bis seine Fußspitzen nur eine Handbreit von Lindas Alligatorschuhen entfernt waren. »Linda, ich bin der Beste, den es gibt. Um es platt zu sagen: Ich bin gottverdammtes Kunstwerk.«

Linda lachte, bis sie merkte, daß eine leise Röte an ihrem Dekolleté heraufkroch. »Ich habe einen Freier, der erzählt mir genau das gleiche. Er sammelt kolumbianische Kunst; daher weiß ich, daß er in diesen Fragen Experte ist. Und wissen Sie, was komisch ist? Er nennt mich ein ›gottverdammtes Kunstwerk‹, aber er geht nie mit mir ins Bett. Er fotografiert mich bloß. Ist das nicht zum Schießen?«

Havilland lachte mit, erst schallend, dann ruhiger. Als sein Lachen erstorben war, sagte er: »Was tut dieser Mann mit den Fotos von Ihnen?«

»Er läßt sie vergrößern, und dann rahmt er sie ein und hängt sie in seinem Schlafzimmer auf«, antwortete Linda.

»Wie fühlen Sie sich dabei? Verehrt? Angebetet?«

»Ich ... ich fühle mich meiner Schönheit würdig.«

»Haben Ihre Eltern früh anerkannt, daß Sie schön sind? Haben sie Sie deswegen verwöhnt?«

»Mein Vater.«

»Haben Ihre Eltern Sie fotografiert?«

Bei dem Wort *fotografiert* zuckte Linda zusammen. »N-nein«, stammelte sie.

Havilland beugte sich vor und legte ihr die Hand aufs Knie. »Sie sind blaß geworden, Linda. Warum?«

Wieder zog Linda den Kopf zwischen die Schultern. »Es geht so schnell. Ich wollte Ihnen davon heute noch nichts erzählen, weil es mir meistens so weit entfernt zu sein scheint. Mein Vater war ein gewalttätiger Mann. Er war Hafenarbeiter, und für Geld machte er Boxkämpfe mit bloßer Faust in den Docks von San Pedro. Er gewann oder er verlor, und immer wettete er große Summen auf sich selbst; wenn er dann gewonnen hatte, überschüttete er Mutter und mich mit Geschenken, und wenn er verloren hatte, brütete er vor sich hin und schlug alles kurz und klein. Meistens verlief es fifty-fifty – er gewann, verlor, gewann, verlor . . . Ich wußte nie, was ich zu erwarten hatte.

Als ich zehn war, hatte Daddy eine Pechsträhne. Seine Laune war schlechter als je zuvor, und er zerschlug alle Fenster in unserem Haus. Es war Winter, und weil wir pleite waren, hatte man uns die Heizung abgestellt, und der kalte Wind pfiff durch die zerschlagenen Fenster herein. Den Tag, an dem es geschah, werde ich nie vergessen. Ich kam aus der Schule nach Hause, und da standen Polizeiautos vor der Tür. Ein Polizist nahm mich beiseite und brachte mir bei, was passiert war. Daddy hatte Mutter ein Kopfkissen über den Kopf gestülpt und ihr ins Gesicht geschossen. Dann hatte er sich die Pistole in den Mund geschoben und sich selbst erschossen. Man steckte mich in ein Heim, und zwei Tage später sagte die Leiterin, ich müsse die Leichen identifizieren. Sie zeigte mir Fotos von der Autopsie – Daddy und Mutter, und beide hatten das halbe Gesicht weggeschossen. Ich weinte und weinte, aber ich konnte den Blick nicht von den Fotos wenden.«

»Und, Linda?« wisperte Havilland.

»Und ich kam zu einem älteren Ehepaar, das mich wie eine Prinzessin behandelte«, fuhr Linda fort. »Ich klaute die Fotos, die die Heimleiterin mir gezeigt hatte, und zwang mich, über sie zu lachen und mich an ihnen zu weiden. Diese Bilder befreiten mich von dem beschissenen Leben, das ich geführt hatte, und wenn ich über sie lachte, war es, als rächte ich mich an meinen Eltern. Ich –«

Havilland hob die Hand, um sie zu unterbrechen. »Lassen Sie mich zu Ende erzählen. Ihre Pflegeeltern ertappten Sie dabei, wie Sie über die Fotos lachten, und bestraften Sie. Danach war Ihr Verhältnis zu ihnen nie wieder so wie vorher?«

»Ja«, sagte Linda.

Wieder wanderte der Doctor in seinem Büro herum und fuhr leicht mit den Fingerspitzen über die Eichenholztäfelung der Wände. »Noch ein paar Fragen, und dann beenden wir diese Sitzung. Ist der Mann – der Kunde, den Sie anziehend finden – ein großer, körperlicher Typ, intelligent und gebildet, aber nicht ohne die Aura einer gewissen Gewalttätigkeit?«

Lindas Stimme war ein erstauntes Flüstern. »Ja.«

Havilland lächelte. »Erstklassige Fortschritte in nur einer Sitzung. Ist es Ihnen recht, wenn die nächste Sitzung übermorgen – Freitag – stattfindet? Sagen wir, um zehn Uhr dreißig?«

Linda Wilhite stand auf und stellte überrascht fest, daß ihre Knie nicht zitterten. Sie strich sich den Rock glatt und sagte: »Ja, ich werde dasein. Danke.«

Havilland nahm sie beim Arm und führte sie zum Ausgang. »Es war mir ein Vergnügen.«

Als Linda Wilhite gegangen war, schaltete der Doctor, bewaffnet mit ihrem Bilde und den Fakten, die Goff ausgekundschaftet hatte, die Lichter aus und spielte das Zeitreisespiel.

Als Linda zwei war und mit ihren Lumpenproleten-Eltern in

einem Loch in San Pedro wohnte, war er zwölf und verschaffte sich heimlich Zutritt zu den Häusern der Reichen in Bronxville und Scarsdale, New York, und vertrieb die Dämonen aus seinem nächtlichen Herzen, indem er sich der stillen Muse der Häuser fremder Menschen auslieferte, manchmal stahl, manchmal nicht ...

Als Linda vierzehn war und sexuelle Experimente mit schwachsinnigen Surfern in Huntington Beach durchführte, war er vierundzwanzig und bestand als Jahrgangsbester sein Examen an der medizinischen Fakultät in Harvard, der legendäre »Dr. John the Night Tripper«, der geniale Rauschgiftchemiker/Abtreiber, dessen Lehrer hingerissen seinen Ausführungen über die Theorien Kinseys, Pomeroys und Havelock Ellis' lauschten ...

Als Linda in einer Reihe von Pflegefamilien zu exquisiter Schönheit heranwuchs, voller Staunen über den Tod ihrer Eltern und die Apostasie, die das Blutbad hervorgebracht hatte, war er –

Die Zeitmaschine kreischte, erschauerte und kam knirschend zum Stehen. Eine grüne Tür öffnete sich, und dahinter stand ein Mann in grauer Uniform neben einem lachsrosafarbenen '56er Ford-*Victoria*-Kabrio. Kleine Mädchen in Partykleidern drängten sich in dem Wagen, und kurz bevor er lichterloh explodierte, drehten sie sich um, deuteten mit den Fingern auf ihn und lachten.

Der Night Tripper ging hinaus in die Diele, knipste das Licht an und suchte nach Bestätigung. Er fand sie in glasgeschützten Tributgaben, gerahmten Diplomen von der New York University, aus Harvard, dem St. Vincent und dem Castleford Hospital – Pergamentdokumente, auf denen unmißverständlich zu lesen war, daß er der Beste war. Die Daten, die sie trugen, erklärten, weshalb die Zeitmaschine nicht funktionierte. Linda war mächtig. Linda hatte wie er eine Katastrophe erlitten, und sie verlangte, daß er seine Geschichte von Anfang an der ihren gegenüberstellte ...

1956. Scarsdale, New York. Johnny Havilland, elf Jahre alt, bekannt als »Spatz«, »Schlappschwanz« und »Kackstelze«. Sherrynuckelnde Mutter mit jenem inzuchtmäßigen Aussehen, wie es den weißen, angelsächsisch-protestantischen Nobelfamilien, die nie für ihren Lebensunterhalt haben arbeiten müssen, angeboren ist; Vater mit großem Geld, ein Nimrod, dessen Schrotsalven die Ungezieferpopulationen in sechs Countys des Staates New York dezimiert haben. Johnny haßt die Schule; Johnny haßt alle Ballspiele; Johnny liebt es, zu träumen und mit seinem Kofferradio Musik zu hören.

Johnnys Vater hält ihn für einen Schlappschwanz und beschließt, ein Ritual zu vollziehen, um seine Männlichkeit zutage zu bringen: Erschieße den altersschwachen Apportierhund der Familie. Johnny weigert sich und wird von seinem Vater dazu verdonnert, einen »Trainingskurs« bei einer extremistischen Nonnensekte zu absolvieren. Die Nonnen sperren Johnny in einen Keller voller Ratten, er bekommt nichts zu essen oder zu trinken und hat nur eine Schaufel, um sich zu schützen. Zwei Tage vergehen. Johnny kauert sich in eine Ecke und schreit sich die Kehle wund, während die Ratten ihn in die Beine beißen. Am dritten Tag schläft er auf dem Boden liegend ein, und er erwacht, als eine dicke Ratte mit einem Stück aus seiner Lippe davonhuscht. Johnny schreit, packt seine Schaufel und schlägt jede Ratte im Keller tot.

Am nächsten Tag holt Johnnys Vater ihn nach Hause. Er zerzaust ihm das Haar und nennt ihn »Dads kleinen Rattenkiller«. Johnny geht schnurstracks zum Gewehrschrank seines Vaters, sucht sich eine großkalibrige Schrotflinte aus und marschiert damit hinaus zum Zwinger, hinter dessen Stacheldraht fünf Labradors und Drahthaar-Pointer herumtollen. Johnny schießt die Hunde in Fetzen, dreht sich um und schaut seinen Vater an. Der wird blaß und fällt in Ohnmacht. Wochen vergehen. Sein Vater meidet ihn. Johnny weiß, daß er von seinem Vater ein kostbares Geschenk bekommen hat, sehr viel wertvoller als landläufige Männlichkeit. Johnny liebt seinen Vater, und er möchte ihm mit seiner neuentdeckten Kraft Freude machen.

1957. »Green Door« von Jim Lowe steigt in der Hitparade nach oben und erfüllt Johnny mit der dumpfen Ahnung dunkler Geheimnisse.

»Midnight, one more night without sleeping.
Watching, 'till the morning comes creeping.
Green door, what's that secret you're keeping?«

(Mitternacht, und wieder eine Nacht ohne Schlaf.
Lauernd, bis der Morgen herankriecht.
Grüne Tür, welches Geheimnis verbirgst du?)

Johnny möchte das Geheimnis erfahren, damit er es seinem Vater verraten und ihn so lieben kann.

Die Suche nach dem Geheimnis beginnt damit, daß er am Regenrohr eines Nachbarhauses hinaufklettert und in den dunklen Dachboden eindringt. Johnny findet Kojoten auf Rädern und Schaufensterpuppen. Die Puppen haben Bohrlöcher im Gesicht und in der Genitalregion, und jemand hat rote Farbe in die Löcher geschmiert und heraussickern lassen, so daß sie aussehen wie Wunden. Johnny stiehlt das Glasauge eines Kojoten und legt es seinem Vater auf den Schreibtisch. Sein Vater erwähnt das Geschenk nie. Als weitere Geschenke aus anderen dunklen Häusern folgen, erkennt Johnny, daß sein Vater Angst vor ihm hat.

Johnnys Einbrecherkarriere nimmt ihren Fortgang; die geräumigen Häuser von Westchester County sind ihm Lehrer und Freund. Der Wunsch, die Liebe seines Vaters zu verdienen, verblaßt unter den unberechenbaren Wogen der Leidenschaft, von denen er sich in schattenverhüllten Schlafzimmern und Korridoren durchtränken läßt. Grüne Tür über grüne Tür birst vor ihm auf. Und dann war da die vorletzte Tür und der Mann in Uniform, und hinter der letzten Tür liegt pechschwarze Leere ...

Die Dunkelheit vertiefte sich, als die Zeitmaschine endgültig versagte und die Chronographennadel auf dem 2. Juni 1957 steckenblieb. Die Leere zog sich über Monate hin. Der unerfahrene kleine Johnny Havilland, der darin verschwand, war nur eine Hülse, verglichen mit dem selbstbewußten John, der wieder zum Vorschein kam ...

Immer diese Erinnerungslücke, dachte der Night Tripper. Vater war da, als sie begann, und fort, als seine Erinnerungen wieder in linearer Folge einsetzten. Er nahm die Fotos, die Goff von Linda Wilhite gemacht hatte, vom Schreibtisch und fächerte sie vor sich aus wie ein Kartenspiel. Linda erwachte für einen kurzen Augenblick zum Leben, und der Schnitt, der ihr Mund war, verriet Ratlosigkeit. Sie wollte wissen, *warum* er so groß war, wie er war.

Havilland schob die Fotos durcheinander und ließ Linda um die Antwort betteln. Er lächelte. Er würde es ihr sagen, und dazu würde er die Hilfe der Zeitmaschine nicht brauchen.

1958. Vater war seit Monaten nicht mehr da; Mutter, in ihrem ständigen Sherry-Nebel, schien es nicht zu kümmern. Alle zwei Monate kam ein Scheck aus dem steuerfreien Stiftungsfonds, den Vater vor fast einem halben Jahrhundert angelegt hatte. Es war, als hätte ein gigantischer Marionettenspieler den Mann in die Ewigkeit hinaufgerissen und seinen materiellen Reichtum zum Erstaunen aller zurückgelassen, um sicherzustellen, daß Johnny *alles* bekam, was er wollte.

Johnny wollte Wissen. Er wollte Wissen, weil er begriff,

daß es ihm Souveränität über den psychischen Schmerz verleihen würde, unter dem alle Menschen außer ihm litten. Sein Gram über das Verschwinden seines Vaters hatte sich verwandelt und war zu einer Rüstung geworden, umhüllt von einem Glas, das nur in eine Richtung durchsichtig war. *Er* konnte hinausschauen und *alles* sehen; niemand konnte hineinschauen und *ihn* sehen. Derart unverwundbar, strebte John Havilland nach Wissen.

Er fand es.

1962 bestand John Havilland die Abschlußprüfungen an der Scarsdale High-School als Klassenprimus, vom Leiter der Schule gepriesen als »menschliche Enzyklopädie«. Es folgte die New York University, und mit ihr kamen weitere akademische Ehren, die ihren Höhepunkt in der Mitgliedschaft in der *Phi Beta Kappa*-Vereinigung und einem *Summa cum laude*-Examen fanden. Am Ende stand ein Vollstipendium für das Medizinstudium in Harvard.

An der medizinischen Fakultät in Harvard gelang es John Havilland dann, seine Wissens-Lust und seine Beherrschung der menschlichen Gefühle zur Beherrschung anderer Menschen zu kombinieren. Wie seine frühe Einbrecherkarriere begann es auch diesmal mit einer Kletterpartie am Regenrohr und einem Satz durch ein offenes Fenster. Aber während er früher mit Schnickschnack zurückgekommen war, um damit seinem Vater eine Freude zu machen, fand er diesmal Fragen und Antworten, von denen er wußte, daß sie *ihn* zum spirituellen Patriarchen zahlloser biegsamer Seelen machen würden.

Das Fenster war der Weg zu den Tonbandaufzeichnungen vertraulicher Interviews, die Alfred Kinsey in den Jahren 1946 und 1947 durchgeführt hatte. Die Interviewten wurden mit knappen Sätzen beschrieben und dann aufgefordert, sich selbst zu beschreiben. Der Variationsfaktor war verblüffend – die Leute beschrieben sich fast immer anhand einer physischen Abnormität. Die folgenden Frage-und-Antwort-Sitzungen verliefen nach einem einförmigen Muster und enthüllten profane Dinge – Lust, Schuld und Ehebruch, Dinge, die John Havillands Immunsystem schon in früher Jugend überwunden hatte.

Als er die Bänder etwa zweihundert Stunden lang angehört hatte, wußte John zwei Dinge. Erstens: Kinsey war ein gewandter Interviewer gewesen, ein Wissenschaftler, für den Faktenerklärungen in sich erhellend waren. Zweitens: Dies zu wissen, genügte nicht, Kinsey war gescheitert, weil er seine Interviewten *nicht* dazu hatte bringen können, über irgendwelche Varianten des Fickens und Lutschens hinaus offen über Fantasien zu sprechen. Geständnisse von düsterer Großartigkeit konnte er nicht hervorlocken, weil er dergleichen selbst nicht kannte. Seine Probanden waren Hinterwäldler, die keinen blassen Dunst hatten. Kinsey operierte auf der Grundlage freudianisch-humanistischer Ethik: Stelle die Kenntnis von Verhaltensmustern zur Verfügung, um dem Subjekt einen Standpunkt der Objektivität zu eröffnen, von dem aus es seine Neurosen dem Schrottplatz nicht funktionierender Dinge überantworten kann. Zeige ihm, daß seine Ängste und extremen Fantasien irrational sind, und überzeuge es davon, daß es ein liebevoller, langweiliger, glücklicher Mensch ist.

Als er die Bänder etwa sechshundert Stunden lang angehört hatte, wußte John zwei weitere Dinge. Erstens: Die profundeste aller Wahrheiten lag in den Labyrinthen, die sich hinter einer grünen Tür in der Seele des Probanden schlängelten, und zwar in dem Augenblick, da Kinsey sagte: »Erzählen Sie mir von Ihren Fantasien.« Zweitens: Mit den richtigen Informationen und den korrekten Stimuli könnte er sorgfältig ausgewählte Menschen dazu bringen, diese Türen aufzubrechen und ihre Fantasien auszuleben, jenseits aller moralischen

Schranken und den Fesseln des Gewissens, und dabei *ihn* über sein schon jetzt absolutes Wissen um die unaussprechliche Dummheit des Menschen hinaus in ein neues Nachtreich zu führen, das sich bis jetzt seiner Vorstellungskraft entzog. Denn die Nacht war da, um ausgeplündert zu werden, und nur jemand, der über ihren Gesetzen stand, vermochte ihr ihre Reichtümer zu entreißen, ohne zugrunde zu gehen.

Jetzt, da er mit einer Mission ausgestattet war, blieb ihm nur noch die Aufgabe, die zu ihrer Ausführung nötigen Mittel ausfindig und verfügbar zu machen. Es war das Jahr 1967. Drogen und Hardrock fluteten durch Harvard, hereingetragen von Scharen von Studenten, Einheimischen und durchreisenden Hippies, die bereit waren, gegen alles zu protestieren, alles zu probieren und alles zu fressen, um sich zu finden, sich zu verlieren oder »transzendentale Erfahrungen« zu machen. Ein sozialer Wandel lag in der Luft und produzierte eine »Bewußtseins-Explosion«, die John Havilland für einfältig hielt, von Versagern propagiert, von denen viele es nicht einmal mehr erlebten, wie diese Periode infolge ihrer eigenen Leere dahinschwand und von neu aufflammender reaktionärer Glut verdrängt wurde. Er gab dieser Jugendkultur eine Lebenserwartung von höchstens zwei Jahren und beschloß, eine ihrer Leitfiguren zu werden. Die Menschen würden ihm folgen: Sie hatten gar keine Wahl.

Zwei Abtreibungen, gratis in seinem antiseptisch sauberen Appartement in Beacon Hill vollzogen, verhalfen ihm zu einem heimlichen Ruf unter den Studenten von Harvard; eine Platte, die auf einer Marihuana-Party gespielt wurde, verschaffte ihm einen machtvollen Kriegsnamen. »Doctor John the Night Tripper« war ein Kreole, der mit kreischender Stimme Oden auf Dope und Sex sang, begleitet von zwei Saxophonen, Schlagzeug und einer elektrischen Orgel. Auf einer Party hielt ein schwer bedröhnter Anthropologie-Professor ihm ein Plattencover unter die Nase und brüllte: »Das bist du, Mann! Dein Name ist John, und du bist auf der Medizinischen! Irre!«

Der Spitzname blieb hängen, und er bekam weitere Nahrung durch die Ausflüge des jungen Doctors in die Fabrikation von LSD und flüssigem Methamphetamin. Rauschgift kochende Medizinstudenten waren nichts Besonderes, aber ein Drogendoctor, der seinen Stoff verschenkte, ohne irgendwelche Bedingungen zu stellen, bot Anlaß zu mancherlei Spekulationen. Die Leute kamen zu ihm in die Wohnung und suchten an seinem Wissen teilzuhaben. Er erzählte ihnen, was sie hören wollten: Einen Brei aus dem Gedankengut der Gegenkultur, angerührt aus den Absonderungen aller ihrer Heroen. Sie merkten nie, daß sie verarscht wurden, nicht einmal, als der Night Tripper schließlich offenbarte, daß es doch Bedingungen gab.

Die Experimente begannen. Willst du *wirklich* herausfinden, wer du bist? fragte Doctor John sein potentielles Subjekt. Willst du *wirklich* in die Tiefen deiner Möglichkeiten vordringen? Ist dir klar, daß du, wenn ich deine geheimsten Fantasien erkunde, an einem einzigen Wochenende erfahren wirst, was die Psychoanalyse niemals ans Licht wird ziehen können?

Die Subjekte waren ausnahmslos »vorsortierte« Besucher seines Appartements in Beacon Hill. Sie gehörten, ob männlich oder weiblich, alle zum gleichen Typ: Ästheten ohne originelles Denken; Kinder reicher Eltern auf der Suche nach Geistigem, deren rebellische Ader eine lange Vorgeschichte übermäßiger Abhängigkeit von den Eltern durchzog. Ein Wochenende, um Doctor John bei seiner Examensarbeit zu helfen? Na klar.

Die Wochenenden begannen mit erstklassigem Marihuana und scherzhaft formulierten Fragen nach dem Sexualleben.

Noch mehr Gras und mündliche Fragen folgten, und der Doctor erheiterte seine Subjekte mit erfundenen Anekdoten aus seinem eigenen Geschlechtsleben. Wenn die Subjekte mit Gras und Musik beinahe eingeschläfert waren, injizierte Doctor John ihnen eine Dosis Natrium-Pentothal, erzählte ihnen Horrorgeschichten und registrierte ihre Reaktionen. Wenn sie genüßlich reagierten, zielte er direkt auf die Schlagader ihrer Fantasie und verflocht seine Horrorgeschichten mit denen des Subjekts, und er ließ Wandgemälde entstehen, die vom Abschlachten der Familien bis zu sexuellen Eroberungszügen *en gros* alles enthielten. Wenn das Subjekt einschlief, schlief der Night Tripper neben ihm ein und genoß das Gefühl bekleideter Körper, die einander in der Gemeinsamkeit des Alptraumes fast berührten.

Immer kleinere Dosen Pentothal, begleitet von visuellen Hilfen, erfüllten das restliche Wochenende und führten das Subjekt an die Schnittstelle zwischen Fantasie und Realität, wo es einigermaßen erkennen konnte, was es offenbart hatte. Anti-Kriegs-Aktivisten feixten über den Fotos napalmverschmorter Babys, zeigten einen Moment lang Reue und lachten dann in der Freude der neugewonnenen Freiheit über diese Anwandlung. Der Doctor beschrieb die geliebten Eltern in würdelosen Situationen mit Kühen und Schweinen, und die Subjekte schmückten diese Schilderungen mit widerlichen, humorvollen Details aus. Seelen durchbrachen grüne Türen, kehrten dann in die Normalität zurück und ließen ihre Wochenend-Offenbarungen gutmütig vor sich hinköcheln, bis der rechte Zeitpunkt oder der rechte Katalysator käme oder auch nicht.

Nach vier Monaten solcher Wochenenden brach Dr. John seine Experimente ab. In ihrer ständigen Wiederholung waren sie eintönig geworden, und er hatte einen Punkt erreicht, wo er die Reaktionen seiner Subjekte unfehlbar vorhersagen konnte. Er hatte bei seiner Mission Quantensprünge zu bewerkstelligen, aber er wußte, daß er auf diese Sprünge noch Jahre würde warten müssen.

Als er 1969 sein Medizinstudium abgeschlossen hatte, wurde John Havilland Assistenzarzt am St. Vincent's Hospital in der New Yorker Bronx, wo er sich in Zwölf-Stunden-Schichten um die Nöte von Sozialhilfeempfängern und ihren Familien kümmerte. Es war langweilige Medizinerarbeit, und er wurde von Tag zu Tag rastloser und schickte Bewerbungen an jedes Krankenhaus im Großraum New York, von dem bekannt war, daß sein psychiatrisches Personal erneuerungsbedürftig war. Die Facharztausbildung für Psychiater erforderte eine dreijährige Arbeit als Assistent, und er wollte sichergehen, daß er seinen Ausbildern überlegen war – von Anfang an.

Sechzehn Bewerbungen: Sechzehn Zusagen. Drei Monate Detektivarbeit. Ergebnis: Castleford Hospital, eine Stunde weit nördlich von New York City. Schlechte Bezahlung, Alkoholiker in den Schlüsselpositionen der Verwaltung, in der Psychiatrie vier ältliche Ärzte und eine pillensüchtige Stationsschwester. Umfangreiche Rehabilitations-Verträge mit dem Bewährungsausschuß des Staates New York, was bedeutete, daß es dort jede Menge gerichtlich eingewiesene Kriminelle geben würde. Er würde sein Spiel mit aller Finesse, deren er fähig war, spielen, und sie würden ihm freie Hand lassen. Am 4. März 1971 bezog Dr. John Havilland sein neues Quartier neben dem Hauptverwaltungsgebäude des Castleford Hospital in Nyack, New York, und er wußte, daß etwas geschehen würde. Er irrte sich nicht. Nachdem er sechs Monate lang in tristen Hundeleben herumgewühlt hatte, begegnete er Thomas Goff.

In der ersten Analysesitzung war Goff hyperkinetisch und witzig gewesen, obwohl ihn Migräne belastete. »Mein Lebensziel war immer, *nichts* zu tun, und das außergewöhnlich gut. Mein Verderben war der Umstand, daß ich es gern in gestohlenen Autos tat ... Ich werde alles tun, um nicht wieder ins Gefängnis zu müssen – ich werde Taucher für eine Abwrackfirma oder Gigolo für alte jüdische Jungfern in Miami Beach. Was empfehlen Sie, Doctor? Lasse ich mir Kiemen wachsen? Oder lasse ich mich beschneiden? Herrgott, verdammte Scheiße – diese Kopfschmerzen bei Tageslicht bringen mich noch um!«

Havilland hatte gespürt, wie seine Instinkte einrasteten und ihn drängten, jetzt zu handeln. Er gehorchte seinen Instinkten und injizierte Goff eine große Dosis Demerol intravenös. Während Goff in einer schmerzfreien Drogenwolke schwebte, stellte er ihm Fragen und erfuhr, daß es Goff Spaß machte, Leuten weh zu tun, und daß er darüber nie redete, weil man dafür ins Gefängnis kam. Er hatte schon vielen Leuten weh getan, aber sein Zellengenosse im Zuchthaus von Attica war der Müllsack-Mann gewesen, und da hatten auch die Kopfschmerzen angefangen, und war diese wilde psychedelische Zimmerdecke nicht *beige*? Gib mir meine Kopfschmerzen zurück!

Havilland hatte ihn endgültig eingeschläfert und seine Akte gelesen, während er bewußtlos war. Thomas Lewis Goff, geboren 19. 6. 49; Haarfarbe hellbraun, Augenfarbe blau, Größe 180 cm, Gewicht 155 Pfund. High-School-Aussteiger; IQ 161; Autodiebstahl, Einbruch, Zuhälterei. Dreimal wegen schwerer Körperverletzung festgenommen, wieder freigelassen, als die weiblichen Opfer ihre Aussage zurückzogen. Verurteilt wegen Autodiebstahls bei zwei Vorstrafen zu fünf Jahren Haft im Staatsgefängnis; am 4. 11. 69 nach Attica eingewiesen, galt als Musterhäftling. Nach den kürzlich stattgefundenen Unruhen auf Bewährung in Freiheit gesetzt, nachdem eine psychiatrische Untersuchung im Gefängnis ergab, daß er eine Psychose entwickeln würde, wenn er weiter inhaftiert bliebe. Hauptsymptome: psychosomatische Kopfschmerzen und Angst vor Tageslicht; stammen anscheinend aus der Zeit der Unruhen, während derer er in einem abseits gelegenen Zellenblock die Zelle mit einem gewissen Paul Mandarano teilte, einem überführten Mörder, der als der »Müllsack-Killer« bekannt war. Mandarano hatte Selbstmord begangen, indem er sich am Gitter des Zellenfensters aufgehängt hatte, und Goff war mit der Leiche in der Zelle eingesperrt geblieben, bis der Aufstand niedergeschlagen worden war. Ein neurologischer Schaden war nicht vorhergesehen worden; seine Bewährungsaussichten hatte man als ausgezeichnet eingestuft.

Das Schicksal schloß Dr. John Havilland in seine Arme. Als Thomas Goff das Bewußtsein wiedergewann, sagte er: »Es wird alles gut werden, Thomas. Bitte vertraue mir.«

Der Night Tripper pirschte Goffs Alpträumen nach, er nahm ihnen die Schärfe mit Drogen und neuen Fantasien, bis Goff nicht mehr genau wußte, ob es Attica und den Müllsack-Mann wirklich gegeben hatte. Mit Hilfe von Natrium-Pentothal und Altersregressions-Hypnose führte der Doctor ihn zurück zu dem Punkt, wo das Trauma sich verflüssigte, und er erfuhr, daß Paul Mandarano sich mit einem beigefarbenen Plastiksack erhängt hatte und daß ein Gebläseventilator draußen vor dem Zellenblock die losen Plastikenden unablässig vor dem Gitter hatte auf und ab flattern lassen; dies und das Flutlicht der Sicherungsscheinwerfer hatte die Zelle, in der Goff mit einem verwesenden Leichnam gekauert hatte, in eine abwechselnd grell erleuchtete und stockfinstere Horrorshow verwandelt. Der klassische Symbolismus: Licht vergrößerte das Grauen, die Dunkelheit verringerte es. Nach sieben Monaten Therapiesitzungen in einem kühlen, matt erleuchteten Zimmer war Thomas Goffs Angst vor dem Tageslicht so weit gemildert, daß sie erträglich war. »Austern werde ich immer hassen, Doc; aber manchmal muß ich eben zusehen, wie andere welche essen. Man kann dem Tageslicht nicht dauernd aus dem Weg gehen, aber wie Nietzsche sagt: ›Was mich nicht umbringt, macht mich stärker.‹ Richtig, Doc?«

Der Night Tripper verspürte ein Liebesbeben in sich, als er Goff reden hörte. Es war richtig, daß Goff ihn liebte, aber den umgekehrten Fall durfte es nicht geben. »Ja, Thomas, Nietzsche hat es ganz richtig gesehen. Es wird dir um so deutlicher werden, je weiter wir auf unserer Reise zusammen vordringen.«

Diese Reise wurde für mehr als zehn Jahre unterbrochen.

Thomas Goff verschwand, tauchte unter in dem Nebel, der im besten Falle immer ein Hexengebräu aus Fantasie und Wirklichkeit bleiben würde. Der Doctor grämte sich um den Verlust dessen, der seine rechte Hand hatte sein sollen, und konzentrierte sich darauf, die Kunst der Psychiatrie auszuüben; er spezialisierte sich auf die Beratung von Prostituierten und Kriminellen, in Castleford und dann in seiner Privatpraxis in Los Angeles, er suchte und speicherte Wissen, schrieb und veröffentlichte Monographien und verschaffte sich den Ruf des brillanten Einzelgängers, der wuchs und wuchs, während die Eroberungspläne in ihm gärten. Und dann, eines Tages, stand Thomas Goff vor seiner Tür, wimmernd: Die Kopfschmerzen seien wieder da, und ob der Doctor ihm nicht helfen könne?

Das Schicksal schnipste mit den Fingern. »Ja«, sagte Dr. John Havilland.

Es folgten Neuro-Scans, Elektroenzephalographien, Blutuntersuchungen und eine ausgiebige Therapie, und jede physische, jede geistige Untersuchung führte einen Schritt näher zu der Startlinie, an der die Mission des Night Trippers beginnen sollte. Die letzten zehn Jahre, die Thomas Goff hinter sich hatte, waren außergewöhnlich gewesen. Havilland beschrieb sie in seinem Tagebuch:

Seit meiner letzten Analyse hat das Subjekt klassische kriminelle Verhaltensmuster angenommen und sich zu einem Lehrbeispiel für eine paranoid/soziopathische Persönlichkeit entwickelt, jedoch mit einer bemerkenswerten Abweichung: Sein kriminelles Verhalten ist pathologischen Ursprungs, wird indessen nicht in pathologischer Weise realisiert. Goff zeigt große Anpassungsfähigkeit, wenn es darum geht, seine gewalttätigen Impulse einer umsichtigen Auswahl seiner Opfer unterzuordnen, und er unterläßt es stets, ihnen beträchtlichen körperlichen Schaden zuzufügen oder sie zu töten. Er hat zehn Jahre lang überall an der Ostküste nächtliche Einbrüche verübt und ist nie gefaßt worden; er hat schätzungsweise zweihundert gewalttätige Angriffe gegen Frauen unternommen und dabei sexuelle Befriedigung erlebt, *ohne daß es zu schwerer Körperverletzung gekommen wäre, wie es für seine Überfälle vor unseren Sitzungen im Jahre 1971 charakteristisch war*. Da Goff als Psychopath im wahrsten Sinne des Wortes bezeichnet werden muß, ist diese Zurückhaltung (auf die er sich etwas zugute hält, was er meiner damaligen Behandlung zuschreibt!) nicht bloß außergewöhnlich – sie ist beinahe unglaublich. Es ist offensichtlich, daß er meint, ich hätte ihm das Leben gerettet (und zwar, indem ich seine Angst vor Tageslicht gemildert und seine Erinnerungen an den in Attica miterlebten Selbstmord abgestumpft habe), und daß er implizit glaubt, dies hätte ihn in krimineller Hinsicht regelrecht mit einer *carte blanche* ausgestattet. Tatsächlich behauptet Goff (mit einem I. Q. von 161!), *ich hätte ihn zu denken gelehrt*. Es ist unverkennbar, daß dieser brillante

Kriminelle eine Vater-Sohn-Beziehung mit mir anstrebt und daß seine »Kopfschmerzen« ein psychosomatisches Mittel sind, uns zusammenzubringen, um meine Pläne, deren Existenz er spürt, zu verwirklichen. Die Anziehungskraft, die ich auf ihn ausübe, ist *weder* offen *noch* verdeckt homosexuell; Goff setzt mich, auf einer Sensor-Stimulus-Ebene, lediglich gleich mit Frieden, Ruhe und der Erfüllung seiner Träume.

Als die neue Phase der Therapie drei Wochen gedauert hatte und Goffs immer wiederkehrende Kopfschmerzen mit halluzinogen angereichertem Codein erstickt worden waren, stieg der Night Tripper mit voller Kraft ein und zwang ihn zur endgültigen Kapitulation.

»Weißt du, daß ich dich liebe, Thomas?«

»Ja.«

»Weißt du, daß ich hier bin, um dich so weit zu bringen, wie du gehen kannst?«

»Ja.«

»Willst du mir helfen, anderen zu helfen? Sie hinauszuführen, wie ich dich hinausgeführt habe?«

»Sie wissen, daß ich das will.«

»Willst du mir helfen, Wissen zu erringen?«

»Nennen Sie's beim Namen, deuten Sie mit dem Finger darauf, und ich tu's.«

»Würdest du für mich töten?«

»Ja.«

In dieser Nacht umriß der Doctor Goffs Rolle bei seiner Mission. Einsame Männer und Frauen sollte er anwerben, reisende Geistsucher, rückgratlose Bürger des »New Age«, ohne Familie und mit viel Geld. In der Bewußtseinsszene der Gegenkultur, in den Nachttreffs der Singles müßte es von ihnen wimmeln. Goff sollte ihre Empfänglichkeit abschätzen, sie herausholen und zu ihm bringen, und zwar mit äußerster Diskretion und Vorsicht und ohne physische Gewalt. Auch Kundschaftereinbrüche sollte er unternehmen, er sollte in die Wohnungen der Huren eindringen, die beim Doctor in Therapie waren, und ihre Freierlisten nach den Namen reicher Kunden durchsuchen – Zielpersonen waren Männer mit schwacher Willenskraft und einer monogamen Beziehung zu einer Hure. »Laß dir Zeit und sei vorsichtig, Thomas«, sagte Havilland. »Dieser Prozeß dauert ein Leben lang.«

Der Prozeß erbrachte im ersten Jahr drei *lonelies*. Havilland war zufrieden mit dem Fortgang seiner Arbeit an ihrer Psyche, aber die karge Ausbeute an purem Wissen frustrierte ihn. Weitere acht Monate vergingen; weitere drei *lonelies* wurden rekrutiert. Der Doctor verfeinerte seine Techniken und füllte Hunderte von Seiten mit dem, was er lernte. Aber immer noch schmachtete er nach puren Daten, nach schmiegsamem Ton, den er genußvoll in den Händen halten und dann in das menschliche Bildwerk verknoten konnte, das er hier schuf. In seiner Frustration schlug er vor Wut mit der Faust auf den Tisch, und er beschwor die Zeitverwerfungen seiner Vergangenheit, die Antworten auf Fragen auszuspeien, für die es keine Antworten gab. Und dann trafen zwei Ereignisse zusammen und brachten ihm eine Antwort.

Trotz der Medikamente wurden Thomas Goffs Kopfschmerzen schlimmer. Havilland führte eine neue Testreihe durch und sah seine psychosomatische Diagnose widerlegt. Goff litt an Leptomeningitis, an chronischer Hirnhautentzündung. Sie war der Grund für seine Kopfschmerzen, und sie hatte wahrscheinlich im Laufe der Jahre als verstärkender Faktor zu seinem gewalttätigen Verhalten beigetragen. Zum erstenmal in seiner beruflichen Laufbahn sah der Doctor sich in einer Krise. Leptomeningitis war heilbar, durch eine Operation und auch durch eine Vielzahl von Medikamenten. Die

Gesundheit seines Ersten Offiziers ließe sich wiederherstellen, und alles würde seinen normalen Gang gehen. Leptomeningitis war auch dafür bekannt, daß sie bei sonst friedfertigen Männern und Frauen mörderische Tobsuchtsanfälle hervorrief, und doch hatte es geschehen können, daß Thomas Goff, ein gewalttätiger, soziopathischer Krimineller, mehr als zehn Jahre lang an der Krankheit gelitten hatte, ohne daß er sich von ihr über die Grenze zu besinnungsloser Metzelei hatte drängen lassen. Ohne Behandlung würde Thomas Goff bald den Verstand verlieren und schließlich an einer massiven Gehirnblutung sterben. *Aber wenn sich Goffs Krankheit durch sorgfältigen Einsatz von Antibiotika und Schmerzmitteln ganz nach Laune de-eskalieren und eskalieren ließe, dann hätte er damit seinen eigenen Roboter: Er hätte Gelegenheit zu sehen, wie eine absolut emotionslose menschliche Maschine Spießrutenläufe der Belastung absolvierte, wie sie in der Geschichte der Psychiatrie einzigartig waren. Und wenn es sein mußte, ließe Goff sich als unüberbietbare Tötungsmaschine einsetzen.*

Der Night Tripper beschloß, seinen Ersten Offizier/sein Protegé/seinen Sohn dem Gott des Wissens zu opfern.

Da erschien der Alchimist.

Goffs Leptomeningitis befand sich seit drei Wochen in einer »remittierenden« Phase, als er dem Doctor erzählte, daß er einem Cop von der Sitte begegnet war, einem Verkleidungskünstler und Leser von Heldenbiographien, und er hatte ihm angesehen, daß er danach lechzte, sich jemandem zu beugen. Havilland hatte erst zurückhaltend reagiert – der Mann war schließlich Polizist –, doch dann, nach sieben Gesprächssitzungen mit dem einzigen Ziel, den Alchimisten durch seine unübersehbare grüne Tür zu führen, hatte der Cop dem Night Tripper das letzte, langgesuchte Steinchen des Puzzles gegeben: grausame, erbarmungslose Daten. Manipulationshebel, die ihm erlauben würden, Hunderte von Menschen wie Zweige zu verbiegen. Die sechs Ordner, die er zum Zeichen dafür bot, daß er sich dem Charisma des Doctors unterwarf, waren der erste Schlüssel. Vier Datensammlungen und zwei Bände Polizistenlegenden. Der Alchimist hatte sich große Mühe gegeben, ihm eine Freude zu machen, und in seiner Dankbarkeit hatte der Doctor ihn viel zu schnell durch seine grüne Tür geführt, und er war geflüchtet vor den Offenbarungen über ihn selbst, die sich da unversehens vor ihm entfaltet hatten.

Jetzt war der Alchimist verschwunden. Nur sein Vermächtnis von potentiellem Wissen war noch da.

In die Gegenwart zurückgekehrt, ließ der Night Tripper seine Gedanken spielerisch über die Akten in seinem Wandtresor streifen. Cops. Männer, die es gewohnt waren, die Gewalt als eine Lebensart zu betrachten. Goff würde sein Mittelsmann sein müssen, aber der näherte sich dem Ende – noch ein paar Monate, und die Leptomeningitis würde nicht mehr steuerbar sein. Seine Trainingsmission war beunruhigend verlaufen; sie stellte die Wirksamkeit seiner Therapie in Frage. Goff hätte den Schnapsladen nach möglichen Zeugen absuchen und sich dann zurückziehen müssen, bis der Besitzer allein gewesen wäre. Ein Mord war Vollkommenheit, drei waren gefährlich.

Havilland trat ans Fenster und schaute hinaus. Er beobachtete die mikroskopischen Wanderungen der Menschen unter ihm, die umherwieselten wie Labortiere in einem Versuchslabyrinth. Er fragte sich, ob sie je ahnen würden, daß es seltsame Momente gab, in denen er sie liebte.

6

Zweiundsiebzig Stunden Arbeit an der Schnapsladensache: mehr als zweitausend Mannstunden, in denen jeder denkbare Aspekt wissenschaftlich erkundet worden war. Resultat: Zero. Ausführliche Hintergrundüberprüfungen der drei Opfer: Zero, multipliziert mit dem Schweigen des Zufallsfaktors – anständige Leute zur falschen Zeit am falschen Ort; liebende Hinterbliebene, die Gott beschworen, ihnen den Grund zu nennen; das Ausgraben langweiliger Fakten, die nirgendwohin führten. Der Bericht über die Fingerabdrücke war ein Flikkenteppich aus Flecken, Wisch- und Schmierstellen; die Sohlenspuren und Textilfaserproben stammten allesamt von den Opfern. Die Informantenberichte, die zu den Beamten der Hollywood Division hereinsickerten, hatten alle etwas Übertriebenes an sich und standen in krassem Gegensatz zu Lloyds Ansicht, der Killer sei sehr smart und sehr cool und überhaupt nicht daran interessiert, für seine Arbeit Ruhm zu ernten. Wenn das Resultat der Anfrage nach gestohlenen .41er Revolvern ebenfalls negativ wäre, bliebe nur noch die Möglichkeit, die Waffe in die landesweite Fahndung zu geben und ein Team von Computerjockeys und gewieften Schreibtischkriminalisten auf die über dreihunderttausend registrierten gelben Japan-Autos anzusetzen, damit sie sie mit den Akten von Straftätern und mit den Akten solcher Personen, die mit Straftätern Bekanntschaft pflegten, abglichen und nach brisanten Punkten suchten. Wenn dabei keine zwei Fakten funkensprühend aufeinanderstießen und wenn die Fahndung nach der Waffe im Sande verliefe, dann würde der Fall in den bürokratischen Rückstau umgeleitet werden.

Lloyd wußte, daß die Zeit fast abgelaufen war, und der Gedanke schreckte ihn. Er saß an Dutch Peltz' Schreibtisch und genoß das Gefühl der Stille im Revier Hollywood, während es der Dämmerung entgegentrieb; er las in den Kopien der Außenvernehmungsberichte, die er stadtweit angefordert hatte. In der Nacht des 23. April waren elf gelbe japanische Autos wegen Verstoßes gegen die Straßenverkehrsordnung und/oder wegen »verdächtigen Benehmens« gestoppt worden. Vier der festgenommenen und inhaftierten Personen waren Frauen gewesen, fünf Schwarze aus dem Getto; zwei von denen waren nicht vorbestraft und drei wegen Ordnungswidrigkeiten registriert gewesen, wegen Drogenbesitzes oder wegen nicht geleisteter Unterhaltszahlungen. Die beiden letzten, zwei Weiße, waren ein wegen Alkohols am Steuer angehaltener und dann festgenommener Anwalt und ein Teenager, der unter dem Einfluß einer narkotischen Substanz gefahren war; der für die Festnahme verantwortliche Beamte vermutete, daß es sich um Modellflugzeugkleber handelte. Keine Funken.

Lloyd schrie »Scheiße!« und stampfte wie ein Wirbelsturm durch seine behelfsmäßige Kommandozentrale, um Bleistift und Papier aufzutreiben. Endlich fand er oben auf Dutchs Bücherschrank einen gelben Kanzleiblock und ein Bündel Bleistifte, und er fing an zu schreiben.

Dutchman, ich habe nicht mehr viel Zeit. In der City hat's eine ganze Karrenladung Hotelüberfälle gegeben; vermutlich werden sie mir deshalb bald eine Raubsache vor den Latz knallen. Die Außenvernehmungen vom 23. 4. und die Informantenreports sind Windeier. Kannst Du folgendes für mich tun?

1. Laß noch einmal ein Team von uniformierten Beamten in der Gegend um den Freeway Liquor Store (in einem Radius von 6–8 Blocks) von Haus zu Haus gehen. Sollen fragen nach:

A. gelben Japs-Autos, die kürzlich in der Gegend gesehen wurden (Kennzeichen);
B. nach Personen, die kürzlich dort herumlungerten;
C. nach kürzlich mit den Opfern geführten Gesprächen. Alle drei stammten aus der Gegend. Haben *sie* vielleicht etwas Verdächtiges erwähnt?
D. *Ein paar Leute sollen die Klinkenputzerreports der Streifenpolizisten, die in der Tatnacht von Haus zu Haus gegangen sind, noch mal durchsehen und sich diejenigen Anwohner vornehmen, die dabei nicht zu Hause waren.*
E. Sag den Leuten, daß Raub/Mord für diesen Fall unbegrenzte Überstunden genehmigt hat – mit dem nächsten Gehaltsscheck kriegen sie harte $ dafür.

2. Schnapp Dir alle Außenvernehmungsakten der Division H. W. der letzten sechs Monate, in denen gelbe Japs.-Autos erwähnt werden. Zweige alle eingehenden A. V.-Akten zum selben Thema ab, und vergleiche sie mit den eingehenden Raub/Mord-Dossiers, in denen es ebenfalls vorkommt.

3. Betr. Herzog: Ich hab' 'n komisches Gefühl in dieser Sache – nicht bloß weil J. H. meine Akte geklaut hat. Ich will irgendwas in der Hand haben, ehe wir das Internal Affairs Dep. da reinziehen. Hast Du über die Buschtrommel was Neues zu den 6 Officers erfahren? Sind die Akten immer noch verschwunden? Die nächsten paar Nächte werde ich in J. H.s Bude schlafen – (886-3317) – mal sehen, was passiert. Außerdem – wenn Raub/Mord mich nicht findet, können sie mir auch keinen neuen Fall aufbrummen. L. H.

Es klopfte an der Tür, und dann hustete jemand. Lloyd schob seine Notiz unter Dutchs Quarzbuchstütze und rief: »Herein!«

Lieutenant Walt Perkins trat ein und schloß die Tür hinter sich. Als er nervös mit den Füßen scharrte, fragte Lloyd: »Suchst du mich oder den Dutchman, Walt?«

»Dich«, sagte Perkins.

Lloyd deutete auf einen Stuhl. Perkins ignorierte ihn. »Ich hab' mich im Dezernat erkundigt«, sagte er. »Herzog hat immer allein gearbeitet. Viele wollten mit ihm zusammenarbeiten, wegen seines guten Rufes, aber Jack hat immer abgelehnt. Im Scherz behauptete er immer, fünfundneunzig Prozent der Cops bei der Sitte seien Alkoholiker. Er ... « Perkins sprach nicht weiter, als er sah, daß Lloyd sich gespannt aufrichtete. Der Aschblonde war also kein Cop.

Wieder scharrte Perkins mit den Füßen und malte Achten auf den Boden. »Lloyd, ich will nicht, daß das I.A.D. im Dezernat rumschnüffelt.«

»Wieso nicht?« fragte Lloyd. »Das Schlimmste, was du kriegen kannst, ist eine Abmahnung. Die Sittenchefs beschäftigen Herzog seit Jahren schwarz. Das weiß jeder.«

»Darum geht es nicht.«

»Um was dann?«

Perkins hörte auf mit seinen Achten und zwang sich, Lloyd fest ins Gesicht zu sehen. »Um dich. Ich kenne die ganze Geschichte, die dir letztes Jahr passiert ist; ich habe sie von einem Deputy Chief, also aus erster Hand. Ich bewundere dich für das, was du getan hast – das ist nicht der Punkt. Ich weiß aber, daß der Beförderungsausschuß die unwiderrufliche Anweisung hat, weder dich noch Dutch jemals zu befördern, und ich –«

Am Rande von Lloyds Sichtfeld pulsierte es schwarz. Er schluckte, um zu verhindern, daß er brüllte. »Und du willst, daß ich die Geschichte unter dem Teppich lasse? Wo ein Kollege ermordet worden ist?«

Perkins schüttelte den Kopf und senkte den Blick. »Nein«,

sagte er leise. »Ich habe einen Verwaltungsangestellten in der Personalabteilung geschmiert; er wird Herzog noch ungefähr eine Woche lang als anwesend führen und ihn dann als vermißt melden. Es wird eine Untersuchung geben.«

Lloyd trat gegen einen Blechpapierkorb, und ein Haufen zerknülltes Papier flog gegen Perkins' Hosenbein. Der Lieutenant wich bis an die Tür zurück und hob den Blick. »Die Weißwäscher im I.A.D. haben dich auf dem Kieker, Hopkins. Vor allem Gaffaney. Du bist ein großartiger Cop, aber du scheißt auf jeden anderen Cop, und die Leute in deiner Umgebung riskieren, daß sie was abkriegen. Sieh dir doch an, was Dutch Peltz dir zu verdanken hat. Kannst du es mir da übelnehmen, daß ich meinen Arsch absichern will?«

Lloyd entspannte seine Hände, die er zu Fäusten geballt hatte. »Es ist ein Tauschgeschäft. Du bist ein Verwaltungsmann, ich bin ein Jäger. Du bist ein beliebter Vorgesetzter, was bedeutet, daß die Typen, die dir unterstellt sind, sich von den Huren einen blasen lassen, von den Dealern mit Shit versorgt werden und in ganz Hollywood gratis rumsaufen. Ich bin nicht so beliebt, und manchmal kriege ich komische Ideen, die euch angst machen. Aber ich bin bereit, den Preis dafür zu zahlen, und du bist es nicht. Also hast du mich auch nicht zu verurteilen. Und wenn du nichts abkriegen willst, mußt du mir eben aus dem Weg gehen, denn ich werde diese Sache durchziehen.«

Lloyd tat, als hantierte er mit den Papieren auf Dutchs Schreibtisch. Kaum hatte er den Blick abgewandt, schlüpfte Perkins zur Tür hinaus.

Eine Stunde später, als die letzten Spuren des Zwielichts sich im Dunkel der Nacht aufgelöst hatten, fuhr Lloyd zu »Jackie D.s Bar«. Der Barmann, mit dem er zwei Abende zuvor gesprochen hatte, stand wieder hinter der Theke. Das Lokal war leer. Der Barmann hatte den gleichen müden Gesichtsausdruck und legte Lloyd automatisch eine Serviette hin, als dieser auf einem Hocker Platz nahm; er schüttelte den Kopf und sagte: »Keine Gnade. Die Ginger-Ale-Trinker kommen immer wieder zurück. Es gibt keine Gnade.«

»Worüber beklagen Sie sich diesmal?« fragte Lloyd.

»Nebenan läuft ein ›Nasse T-Shirts‹-Wettbewerb. Erst muß ich mit Gratisschnaps konkurrieren, jetzt muß ich mit Gratistitten konkurrieren. Ich hab' gehört, daß der Kerl, dem die Eiterbeule nebenan gehört, auch noch Frauen-Schlammringen veranstalten will, und dann vielleicht Frauen-Schamhaarrasieren und Frauen-Schwanzmessen; und wenn er sich dumm und dußlig verdient hat, will er in 'ne solide Branche überwechseln, in den Heroinhandel zum Beispiel. Keine Gnade!«

»Ist seine Alkohollizenz nicht ebenfalls suspendiert?«

»Schon, aber er ist jung und hat genug Chuzpe, im großen Stil zu denken und sein Angebot zu erweitern. Sie wissen schon – einen vierzig Stockwerke hohen Club für Paare, gebaut wie ein Schwanz, mit 'ner Tiefgarage, die aussieht wie 'ne Möse. Sie fahren rein und kriegen elektrisch 'n Orgasmus gebeamt. Keine Gnade!«

»Es gibt Gnade. Ich bin hier, um es Ihnen zu beweisen.«

Der Barmann schenkte Lloyd ein Ginger-Ale ein. »Bei Cops gibt's keine Gnade, bei Cops gibt's Ärger.«

Lloyd zog eine Papiertüte aus der Jackentasche. »Sie erinnern sich an den Mann, nach dem ich Sie neulich abends fragte? Sie haben ihn hier mit einem anderen Mann gesehen, aschblond, Anfang Dreißig.«

»Yeah, ich erinnere mich.«

»Gut. Dann machen wir jetzt mal ein kleines Bild von diesem Typen. Sie sind der Künstler. Kommen Sie zu mir herüber.«

Lloyd breitete sein Material auf der Theke aus. »Das hier nennt man ein ›Identikit‹. Kleine, zusammensetzbare Gesichtszüge, die wir nach den Schilderungen eines Zeugen aneinanderfügen. Mit der Stirn fangen wir an und arbeiten uns nach unten vor. Wir haben über dreißig Nasentypen und so weiter. Sehen Sie, wie die Schlitze sich ineinanderschieben lassen?«

Der Barmann befingerte die Augenbrauen, Kinne und Münder aus Pappe und meinte: »Yeah. Ich schieb' einfach diese Stücke zusammen, bis es aussieht wie dieser Typ. Richtig?«

»Richtig. Und ich gebe der Sache dann mit dem Bleistift den letzten Schliff. Verstanden?«

»Sehe ich aus, als wäre ich blöd?«

»Sie sehen aus wie Rembrandt.«

»Wer ist das denn?«

»Ein Barkeeper, der nebenher Bilder gemalt hat.«

Der Barmann sortierte, verglich, verwarf und prüfte eine halbe Stunde lang und hatte dann ein Bild zusammengesetzt. Lloyd betrachtete das Porträt. »Nicht schlecht. Ein gutaussehender Kerl mit 'ner niederträchtigen Ader. Würden Sie das auch sagen?«

»Yeah«, meinte der Barmann. »Jetzt, wo Sie's sagen – er hatte wirklich was Niederträchtiges an sich.«

»Okay. Und jetzt zeigen Sie mir, was auf den Einzelteilen nicht drauf ist.«

Lloyd zog einen Bleistift aus der Tasche und hielt ihn abwartend über das IK-Bild. Der Barmann studierte das Porträt aus verschiedenen Blickwinkeln; dann griff er nach dem Bleistift und machte sich eigenhändig an die Arbeit; er schraffierte die Wangen, verbreiterte die Nase und versah die Lippen mit einer dünnen, bösartigen Linie. Mit einem schwungvollen Schnörkel beendete er sein Werk. »So! Das ist der Schwanzlutscher, wie er leibt und lebt.«

Lloyd hielt den Papprahmen ins Licht und sah, wie das Gesicht eines lebhaften, hageren Mannes Gestalt annahm. Der schmale Mund verlieh den ebenmäßigen Zügen eine eisige Kälte. Er lächelte, als der Barmann ihn am Ärmel zupfte. »Was ist jetzt mit dieser beschissenen Gnade, von der Sie sprachen?«

Lloyd schob das Phantombild in die Tasche. »Rufen Sie morgen früh um zehn in der Lizenzbehörde an. Man wird Ihnen sagen, daß die Beschwerde gegen Sie zurückgezogen wurde und daß Ihre Lizenz nicht mehr suspendiert ist.«

»Haben Sie so viel zu sagen?«

»Yeah.«

»Gnade! Es gibt doch noch Gnade!«

Es gibt nur die Jagd, dachte Lloyd, als er über den Cahuenga Pass zu Herzogs Appartement fuhr. Verfolge alle sichtbaren Verbindungslinien vorwärts und rückwärts in der Zeit, und du wirst feststellen, daß du dich auf genau demselben Punkt befindest, auf dem du vor vier und vor acht und vor sechzehn Jahren gestanden hast, auf der Jagd nach Friedhofsdämonen, zu verkorkst, als daß man sie Menschen, zu jämmerlich, als daß man sie anders nennen könnte; du findest sie oder findest sie nicht, vollziehst deine Untersuchungen nach einem Muster aus Haß und Angst, verschaffst einer moralisch vieldeutigen Gerechtigkeit Geltung, stürzt dich Hals über Kopf auf Geistererscheinungen, die sich ebenso unablässig ändern, wie dein Bedürfnis, sie zu kennen, unwandelbar ist. Daß die Jagd immer in derselben Landschaft stattfand, war das sicherste Anzeichen für ihre Dauerhaftigkeit. Los Angeles County, das waren tausend Meilen Teerstraße, Neon und von Büschen gesprenkelte Hügelhänge, Arterien, die sich um und um und wieder zu sich zurückwanden und menschliche Wanderströme hervorbrachten, die unfehlbar in blutigen Eruptionen hervorbersten und eine Topographie beflecken würden, die danach anders und genauso zugleich aussah.

Lloyd schaute aus dem Fenster; an den Reklametafeln abseits der Straße sah er genau, wo er war. Er spähte hinaus und suchte Ray Becker's Tropics, eine Bar, die fünfzehn Jahre zuvor, als er bei der Sitte gewesen war, zu seinem Arbeitsbereich gehört hatte. Sie war nicht mehr da. Der ganze Block war unkenntlich gemacht worden. Das Tropics war ein Waschsalon, und die Texaco-Tankstelle an der Ecke war eine koreanische Kirche. Ein Gedanke ging ihm durch den Sinn. Wenn erst die ganze Stadt nicht mehr wiederzuerkennen wäre und wenn die blutigen Eruptionen das einzige Anzeichen von Dauerhaftigkeit wären, würde er dann wahnsinnig werden?

Im Eingangsflur zu Herzogs Wohnhaus drängten sich Teenager, die PacMan spielten. Lloyd ging an ihnen vorbei zum Aufzug und fuhr hinauf in den vierten Stock. Wieder lag der Korridor verlassen da; hinter verschlossenen Türen schmetterte ein vielfältiges Sortiment von Musik und Fernsehgeräuschen. Er ging zu Nummer 423 und lauschte. Als er nichts hörte, nestelte er das Schloß auf und trat ein.

Er berührte den Schalter an der Wand, und das Licht beleuchtete dasselbe sterile Appartement wie beim letzten Mal; seit seinem letzten Besuch war nur ein neuer Stapel Reklamepost und »letzte Mahnungen« von Bell Telephone und den Wasser- und Elektrizitätswerken von L.A. County dazugekommen. Lloyd wußte, daß sich in Schlafzimmer und Küche nichts verändert haben würde. Er setzte sich auf die Couch, um ruhig zu werden und nachzudenken.

In Gedanken spielte er Kreuzchen und Kringel, mit einem .41er Revolver als x und Herzogs Aktenanforderungen als o, als das Telefon klingelte. Lloyd nahm den Hörer ab und nuschelte ein »Hallo?« in die Sprechmuschel.

»Dutch hier, Lloyd.«

»Scheiße.«

»Hast du jemand anderen erwartet?«

»Eigentlich nicht. Ich hatte vergessen, daß ich dir die Nummer dagelassen habe.«

»Gibt's was Neues in der Sache Herzog?«

»Ein gutes Phantombild von einem Mann, mit dem Herzog gesehen wurde. Mehr nicht.«

»Ich habe was über die Aktenanforderungen erfahren können. Hast du was zum Schreiben?«

Lloyd wühlte einen Spiralblock und einen Bleistift aus seiner Jackentasche. »Schieß los.«

»Okay«, sagte Dutch. »Erstens: Die Akten sind allesamt immer noch verschwunden. Zweitens: Sie wurden *nicht* von irgendwo innerhalb des Departments angefordert. Drittens: Alle sechs sind angesehene Leute im Depart-«

»Wie sieht's mit einem gemeinsamen Nenner aus?« unterbrach Lloyd. »Ich bin als einziger der sechs weniger als ein Lieutenant. Hast du –«

»Dazu wollte ich jetzt kommen. Okay – sechs Akten. Nummer eins bist du; du giltst als der beste Mann im Morddezernat des L.A.P.D. Nummer zwei ist Johnny Rolando. Du hast von ihm gehört – er war technischer Berater für ein halbes Dutzend Fernsehserien. Man könnte sagen, ihr beide fallt unter die Kategorie ›Legendäre Bullen‹. Die anderen vier dagegen – Tucker, Murray, Christie und Kaiser sind nichts weiter als hart arbeitende uniformierte Bonzen mit zwanzig Dienstjahren auf dem Buckel. Was –«

»Ist das alles, was du hast?« fiel Lloyd ihm ins Wort.

Dutch seufzte. »Hör mir einfach zu, okay? Die anderen vier haben eines gemeinsam: Sie arbeiten schwarz als Sicherheitschefs für Industriefirmen. Du kennst diese Deals – es sind Werke, die jede Menge billige Arbeitskräfte beschäftigen, jede Menge Kiffer und Vorbestrafte, die klauen wie die Raben, weil haufenweise Chemikalien herumliegen, aus denen sich Dope herstellen läßt, und das muß man im Griff behalten: Man sorgt dafür, daß die Angestellten eben nur soundso viel klauen, und basta. So sieht's da aus.«

In Lloyds geistigem Getriebe schwirrten die Rädchen. »Wer hat dir diese Neuigkeiten zugesteckt, Dutch?«

»Ein Freund beim FBI. Er sagt, die vier Firmen – Avonoco Fiberglass, Junior Miss Cosmetics, Jahelka Auto King und Surferdawn Plastics – sind das, was man halbseiden nennen könnte: Das Wachpersonal besteht aus Bauern, die es nicht geschafft haben, Cops zu werden; sie haben Akten über ihre Angestellten, in denen allerlei saftiger Kram steht und die sie als Hebel verwenden können, falls mal einer ausflippt, weil er zuviel Lackverdünner geschnüffelt hat. Die Akten der Arbeiter bei Avonoco sind wirklich heavy – die haben Sicherheitsstufe zwei dort. Sie machen Befestigungen für das Raumfahrtprogramm in Andrews Air Force Base, und sie zahlen jedem unterhalb der Managementebene Minimallohn. Gefällt dir das?«

»Ich weiß nicht. Was für eine Theorie steckt dahinter? Sie heuern ordentliche Cops als Pro-forma-Chefs an, die dafür sorgen, daß das dämliche Sicherheitspersonal nicht aus der Reihe tanzt, und die als Vermittler einspringen können, wenn ein Angestellter bei einer krummen Tour verhaftet wird?«

Dutch gähnte. »Im Prinzip ist es das, yeah, würde ich auch sagen.«

»Gibt es irgend etwas Handfestes über die Cops selbst?«

»Eigentlich nicht. Johnny Rolando vögelt Fernsehstars; Christie, der Sicherheitschef bei Avonoco Fiberglass, ist notorischer Spieler und war in psychiatrischer Behandlung; du pißt gern vorgesetzten Beamten ans Knie und schläfst nie zu Hause. Ein wahllos zusammengestelltes Sortiment vom Feinsten, das L.A. zu bieten hat.«

Lloyd wußte nicht, ob er über die letzte Bemerkung lachen oder ob er beleidigt sein sollte. Unversehens fühlte er, wie Reue in ihm aufstieg und die Worte aus ihm herausdrückte. »Ich werde mich bei Perkins entschuldigen.«

»Gut«, sagte Dutch. »Das bist du ihm schuldig. Ich werde tun, was du in der Schnapsladensache aufgeschrieben hast, und für Herzog gebe ich dir noch mal achtundvierzig Stunden. Danach werde ich ihn als vermißt melden. Herzogs Vater ist ein alter Mann, Lloyd. Wir sind's ihm schuldig, daß er etwas erfährt.«

»Yeah. Wovor hat Perkins Angst, Dutch?«

»Nicht vor dem Quatsch, den du ihm an den Kopf geworfen hast. Sein Sittendezernat ist eins der saubersten in der Stadt.«

»Wovor dann?«

»Vor dir. Ein zweiundvierzig Jahre alter eisenfressender Bulle, der nichts zu verlieren hat, kann einem eine Scheiß-Angst einjagen. Manchmal sogar mir.«

Lloyds Reue legte sich wie ein Stein mitten in sein Herz. »Gute Nacht, Dutch.«

»Nacht, Kleiner.«

Lloyd hängte den Hörer auf die Gabel, und sogleich gingen ihm neue Aspekte durch den Kopf. Kreuzchen und Kreise drängten sich um das Wort »Erpressung«, aber sein Blick wanderte immer wieder zum Telefon zurück. Sollte er Janice und die Mädchen in San Francisco anrufen? Ihnen erzählen, daß das Haus fast so, wie sie es verlassen hatten, versiegelt war, daß er nur das Arbeitszimmer und die Küche benutzte und die übrigen Zimmer als Testament dessen bewahrte, was sie einmal gehabt hatten und was sie wieder haben könnten? Seine Telefongespräche mit Janice waren endlich über Höflichkeiten hinausgediehen. War dies der richtige Augenblick, um auf die Wiederbelebung der familiären Vergangenheit, soweit sie möglich war, zu drängen?

Sein Job beantwortete diese Frage. Nein. Die Polizisten, die die formelle Untersuchung von Herzogs Verschwinden übernehmen würden, müßten auch Herzogs Telefonrechnung überprüfen, und sie würden das Ferngespräch entdecken. Janices rotziger Liebhaber, der hin und wieder bei ihr wohnte, würde ein R-Gespräch wahrscheinlich nicht übernehmen. Wieder einmal hatten ihn die Realitäten des Bullenlebens in den Arsch gekniffen.

Lloyd streckte sich auf der Couch aus und versenkte sich in ein ausgiebiges, langes Gedankenspiel. Eine halbe Stunde lang erging er sich in Variationen zum Thema Erpressung, und dann klopfte es leise an der Tür und eine gedämpfte Frauenstimme fragte: »Jack? Jack, bist du da?«

Lloyd ging zur Tür und öffnete. Das Licht im Gang umrahmte eine große blonde Frau. Ihre Augen blickten verschwommen, und ihre Bluse und ihre Designer-Jeans waren zerknautscht. Sie sah zu ihm auf. »Sind Sie Marty Bergen? Ist Jack hier?«

Lloyd deutete in die Wohnung und musterte sie unverhohlen. Anfang Dreißig, ein sanft/starkes Gesicht, geprägt von Intelligenz. Ein schlanker Körper, angespannt im Streß, aber das mit Anmut. *Geh sie behutsam an.*

Als sie neben der Couch stand, sagte er: »Mein Name ist Hopkins. Ich bin Polizist. Jack Herzog kommt seinen beiden Dienstaufträgen seit fast einem Monat nicht mehr nach. Ich bin auf der Suche nach ihm.«

Reflexartig trat die Frau einen Schritt zurück; sie stieß mit den Fersen an die Couch und setzte sich. Ihre Hände flogen zu ihrem Gesicht und klammerten sich dann um ihre Oberschenkel; Lloyd sah, wie die Fingerknöchel weiß wurden. Er setzte sich neben sie und fragte: »Wie heißen Sie?«

Die Hände der Frau entspannten sich. Sie rieb sich die Augen und starrte ihn an. »Meg Barnes.«

Er nahm ihre gefaßte Stimme als Signal, die Vernehmung eindringlicher fortzusetzen. »Ich habe eine Menge persönlicher Fragen.«

»Stellen Sie sie«, sagte Meg Barnes.

Lloyd lächelte. »Wann haben Sie Herzog zuletzt gesehen?«

»Vor ungefähr einem Monat.«

»Was für eine Beziehung hatten Sie zu ihm?«

»Wir waren Freunde, gelegentlich Liebhaber. Das Sexuelle kam und ging. Keiner von uns hat darauf gedrängt. Als ich Jack das letztemal sah, sagte er mir, er wolle eine Zeitlang allein sein. Ich sagte, ich würde in ungefähr einem Monat wieder vorbeikommen.«

»Was Sie heute abend taten?«

»Ja.«

»Hat Herzog irgendwann im Laufe des Monats Kontakt mit Ihnen aufgenommen?«

»Nein.«

»War der sexuelle Teil Ihrer Beziehung unmittelbar vor Ihrer letzten Begegnung mit Herzog gerade aktiv?«

Meg schrak zusammen. »Nein. Aber was hat das mit Jacks Verschwinden zu tun?«

»Herzog ist ein außergewöhnlicher Mann, Miss Barnes. Alles, was ich bisher über ihn herausgefunden habe, deutet darauf hin. Ich versuche lediglich, mir einen Begriff davon zu machen, in welcher geistigen Verfassung er sich befand, als er verschwand.«

»Das kann ich Ihnen erzählen«, sagte sie. »Jack war entweder himmelhoch jauchzend oder zu Tode betrübt, wie auf einer Achterbahn. Seine Gespräche drehten sich meist darum, Marty Bergen zu rehabilitieren. Er sagte, er werde den Bonzen im L.A.P.D. den Arsch aufreißen für das, was sie Marty angetan hätten.«

»Wieso glaubten Sie, ich sei Bergen?« fragte Lloyd.

»Weil Bergen und ich die einzigen Freunde sind, die Jack auf der Welt hat, und weil Sie groß sind; so hat er Bergen beschrieben.«

Lloyd schwieg eine Weile und sammelte seine Gedanken. »Hat Herzog näher erläutert, wie er Bergen rehabilitieren oder den Bonzen den Arsch aufreißen wollte?«

»Nein, nie.«

»Können Sie mir genauer beschreiben, wie er sich benahm, wenn er himmelhoch jauchzend oder zu Tode betrübt war?«

Meg Barnes dachte über diese Frage nach und sagte dann: »Jack war entweder sehr still oder er lachte über absolut alles, ob es nun komisch war oder nicht. Er war immer hysterisch vor Lachen über jemanden oder etwas namens Doctor John the Night Tripper. Als ich ihn das letztemal sah, meinte er, er habe tatsächlich Angst, und das sei ein gutes Gefühl.«

Lloyd zog das Phantombild heraus. »Haben Sie diesen Mann je gesehen?«

Sie schüttelte den Kopf. »Nein.«

»Sagen Ihnen die Namen Howard Christie, John Rolando, Duane Tucker, Daniel Murray oder Steven Kaiser etwas?«

»Nein.«

»Avonoco Fiberglass, Jahelka Auto King, Surferdawn Plastics, Junior Miss Cosmetics?«

»Nein. Was ist das?«

»Nicht so wichtig. Was ist mit meinem Namen – Lloyd Hopkins.«

»Nein! Wieso stellen Sie mir solche Fragen?«

Lloyd antwortete nicht. Er stand von der Couch auf und warf das Polsterkissen, an das er sich gelehnt hatte, auf den Boden. Dann trug er den Couchtisch zur Wand. Als er sich wieder umdrehte, starrte Meg Barnes ihn an. »Jack ist tot«, sagte sie.

»Ja.«

»Ermordet?«

»Ja.«

»Werden Sie den, der es getan hat, erwischen?«

Kalt kroch es an ihm herauf. Lloyd schüttelte es ab. »Ja.«

Meg deutete auf den Fußboden. »Wollen Sie da schlafen?« Sie hatte sich abgefunden, und das nahm ihrer Stimme die Schärfe der Beherrschung.

Lloyds eigene Stimme klang ihm dumpf in den Ohren. »Ja.«

»Hat Ihre Frau Sie hinausgeworfen?«

»So ähnlich.«

»Sie könnten mit mir nach Hause gehen.«

»Ich kann nicht.«

»Ich mache dieses Angebot nicht dauernd.«

»Ich weiß.«

Sie stand auf und ging zur Tür. Lloyd sah, daß ihr Gang ein Wettlauf zwischen Beinen und Tränen war. Als sie den Türknopf berührte, fragte er: »Was für ein Mann war Herzog?«

Meg Barnes' Worte und ihre Tränen erreichten die Ziellinie gleichzeitig. »Ein guter Mann, der Angst davor hatte, verwundbar zu sein. Ein zärtlicher Mann, der Angst vor seiner Zärtlichkeit hatte und sie hinter einer Marke und einem Revolver versteckte. Ein sanfter Mann.«

Die Tür fiel ins Schloß, als die Tränen die Worte überflüssig machten. Lloyd knipste das Licht aus und starrte hinaus in die neongefaßte Dunkelheit.

7

Erzählen Sie mir von Ihren Träumen.«

Linda White erwog die Worte des Doctors und fragte sich, ob er Wachträume oder Schlafträume meinte. Sie entschied sich für das letztere, zupfte am Saum ihres ausgeblichenen Levis-Hemdes und antwortete: »Ich träume selten.«

Havilland rückte seinen Sessel ein Stück näher an sie heran und legte seine Hände zu einem Spitzdach zusammen. »Menschen, die selten träumen, haben meist eine aktive Fantasie. Stimmt das in Ihrem Fall?« Als Lindas Augenlid bei dieser Frage zuckte, hob er das Spitzdach bis auf zwei, drei Handbreit vor ihr Gesicht. »Bitte antworten Sie, Linda.«

Linda schlug nach dem Spitzdach, aber der Doctor hatte seine Hände schon wieder in den Schoß gelegt. »Drängen Sie nicht so heftig«, sagte sie.

»Reden Sie konkret«, sagte Havilland. »Überlegen Sie genau, was Sie sagen wollen.«

Linda hauchte die Worte langsam hervor. »Die Sitzung hat gerade erst angefangen, und Sie übernehmen schon das Kommando. Ich wollte ein paar Dinge mit Ihnen besprechen, Dinge, die mir seit einiger Zeit im Kopf herumgehen, und Sie bedrängen mich sofort mit Ihren Fragen. Ich mag aggressives Benehmen nicht.«

Der Doctor ließ das Spitzdach zusammenfallen und verschränkte die Hände. »Aber Sie fühlen sich zu aggressiven Männern hingezogen.«

»Ja, aber was hat das damit zu tun?«

Havilland ließ sich in seinem Sessel nach vorn sinken. »Touché, Linda. Aber erlauben Sie mir, daß ich meine Seite des Falles vortrage, bevor ich mich entschuldige. Sie bezahlen mir hundertfünfzehn Dollar die Stunde, und das können Sie sich leisten, weil Sie sehr viel Geld verdienen, indem Sie etwas tun, das Sie verachten. Ich betrachte diese Therapie als eine Übung in purem Pragmatismus: Finden Sie heraus, weshalb Sie eine Hure sind, und beenden Sie die Therapie. Wenn Sie aufhören, Hure zu sein, werden Sie mich nicht mehr brauchen und nicht mehr bezahlen können, und dann trennen sich unsere Wege. Ich kann Ihnen Ihr Dilemma nachfühlen, Linda – also verzeihen Sie meine Hast.«

Linda spürte, wie die Entschuldigungsrede dieses brillanten Mannes ein kleines Stück ihres Herzens schmelzen ließ. »Es tut mir leid, daß ich schroff war«, sagte sie. »Ich weiß, daß Sie auf meiner Seite sind, und ich weiß, daß Ihre Methoden funktionieren. Also . . . um Ihre Frage zu beantworten: Jawohl, ich habe eine aktive Fantasie.«

»Wollen Sie darauf näher eingehen?« fragte Havilland.

»Vor ungefähr sechs Jahren posierte ich für eine Fotoserie, bekleidet und halb nackt; daraus wurde dann ein Schickimicki-Hochglanzbildband für den Couchtisch. Da war ein entsetzliches Team von schwulen Fotografen und Technikern; sie ließen mich vor Klimaanlagen posieren, die mir die Haare durcheinanderbliesen und Gänsehaut machten; sie stellten mich neben eine Heizung, daß mir der Schweiß eimerweise ausbrach, und sie drehten und wendeten mich wie eine Lumpenpuppe. Es war schlimmer als einen dreihundert Pfund schweren Besoffenen zu ficken.«

»Und?« wisperte Havilland.

»Und in meiner Fantasie stellte ich mir immer vor, diese Tunten zu ermorden und das von jemandem filmen zu lassen, und dann mietete ich ein großes Kino und füllte es mit den Mädchen vom Strich. Sie applaudierten dem Film, und sie applaudierten mir, als wäre ich Fellini.«

Der Doctor lachte. »Das war doch nicht so schlimm, oder?«

»Nein.«

»Haben Sie diese Fantasie öfter?«

»Na ja . . . nein . . . «

»Aber Variationen davon?«

Linda lächelte. »Sie hätten Polizist werden sollen, Doctor. Die Leute würden Ihnen alles erzählen, was Sie wissen wollen. Okay, es gibt eine, sagen wir, etwas flottere Version dieser Filmfantasie. Man braucht kein Genie zu sein, um zu erkennen, daß sie vom Tode meiner Eltern herrührt. Ich stehe hinter der Kamera. Ein Mann schlägt eine Frau tot, und dann erschießt er sich. Ich filme es, und es ist real und es ist nicht real. Was ich meine, ist – *natürlich* ist das, was geschieht, real, nur sind die Leute nicht *für immer* tot. Damit rechtfertige ich diese Fantasie. Was ich glaube –«

»Interpretieren Sie die Fantasie«, unterbrach der Doctor.

»Lassen Sie mich ausreden!« platzte Linda heraus. Mit gedämpfter Stimme fuhr sie fort: »Ich wollte sagen, daß es irgendwie alles auf Liebe hinausläuft. Diese realen oder imaginären oder was-auch-immer Leute sterben, damit ich herausfinden kann, was meine versaute Kindheit zu bedeuten hatte. Und dann begegne ich diesem großen, klobigen Mann, einem Einzelgängertyp, der sich nicht auf der Nase herumtanzen läßt. Er hat das gleiche Leben hinter sich wie ich, ich zeige ihm meinen Film, und wir verlieben uns. Ende der Fantasie. Ist es nicht gräßlicher Sirup?«

Linda sah dem Doctor ins Gesicht, und sie stellte fest, daß seine Züge sich sanft entspannt hatten und seine Augen plötzlich von beinahe durchscheinendem Hellbraun waren. Als er nicht antwortete, stand sie auf und ging zu der Wand, an der die gerahmten Diplome hingen. Einem Impuls folgend, fragte sie: »Wo ist Ihre Familie, Doctor?«

»Ich habe eigentlich keine Familie«, antwortete Havilland. »Mein Vater verschwand, als ich noch nicht erwachsen war, und meine Mutter ist in einem Sanatorium in New York.«

Linda drehte sich zu ihm um. »Das tut mir leid.«

»Es muß Ihnen nichts leid tun; sagen Sie mir nur, was Sie jetzt gerade fühlen.«

Linda lachte. »Ich fühle, daß ich eine Zigarette haben möchte. Ich habe vor acht Monaten damit aufgehört – einer meiner kleinen Selbstbeherrschungstrips, und jetzt lechze ich nach einer Zigarette.«

Havilland lachte ebenfalls. »Erzählen Sie mir mehr von dem Mann, in den Sie sich verlieben.«

Linda wanderte im Zimmer umher und strich mit den Fingerspitzen über die Eichentäfelung. »Im Grunde weiß ich nicht mehr, als daß er einen Pullover Größe vierundvierzig trägt. Ich weiß das, weil ich einmal einen Freier mit einer perfekten Figur hatte, und der trug diese Größe – aus irgendeinem Grund schaute ich auf das Etikett, als er sich anzog. Als ich mit diesen Fantasien anfing, stellte ich mir immer das Gesicht dieses Freiers vor, aber dann zwang ich mich dazu, sein Gesicht zu vergessen, denn es widerstrebte der Fantasie. Einmal bin ich sogar in die Stadt zu Brooks Brothers gefahren und habe zweihundert Dollar für einen marineblauen Cashmerepullover in Größe vierundvierzig auf den Kopf gehauen.«

Linda setzte sich und trommelte auf den Armlehnen ihres Sessels herum. »Finden Sie, daß es eine traurige Geschichte ist, Doctor?«

Havillands Stimme war sehr sanft. »Ich glaube, es wird mir gefallen, Sie nach jenseits des Äußersten zu führen.«

»Was haben Sie gesagt?«

»Das ist nur so ein Merksatz von mir, der das Potential eines Patienten betrifft. Darüber sprechen wir später ausführlich. Bevor wir aufhören, sagen Sie mir bitte rasch, was Ihnen zu einer hypothetischen Situation einfällt. Unter meinen Patienten gibt es einen jungen Mann, der töten möchte. Wäre es nicht schrecklich, wenn er eine junge Frau träfe, die sterben möchte, und wenn jemand mit einer Kamera dabei wäre, um es zu filmen?«

Linda schlug mit der Faust auf die Armlehne. Ihre Stimme ließ den Boden vibrieren. »Ja! Aber wieso wird mir kribbelig bei dieser Idee?«

Havilland stand auf und deutete auf die Uhr. »In fünfzig Minuten wurde noch keine Seele gerettet. Montag um die gleiche Zeit?«

Auf dem Weg zur Tür nahm Linda seine Hand. »Ich werde kommen«, sagte sie, und ihre Stimme wurde zu einem Flüstern.

Havilland fuhr in seine Wohnung/Zuflucht in Beverly Hills und begab sich geradewegs in sein innerstes Heiligtum, das einzige der sechs Zimmer, wo die Wände nicht vom Boden bis zur Decke mit Stahlregalen bedeckt waren, die von psychologischen Fachtexten überquollen.

Der Night Tripper sah seine drei Behausungen als ein Rad der Wissenserkundung und sich selbst als die Nabe. Seine Praxis in Century City war die Aufnahmespeiche; seine Wohnung war ein Quell des Studierens und der Betrachtung; das Haus in Malibu Beach war die Speiche, durch die er seine *lonelies* hinausschickte, über ihr Äußerstes hinaus.

Aber der Mittelpunkt seiner Arbeit lag hier, hinter einer Tür, die er eigenhändig von ihrem Lack befreit und in einem kraß von der Umgebung abstechenden Hellgrün gestrichen hatte. Hier war der Steuerraum der Zeitmaschine.

Ein Drehstuhl und ein Tisch mit einem Telefon standen in der Mitte des Zimmers, und ringsum hatte er freien Blick auf die vier von Informationen bedeckten Wände.

An einer Wand hing eine große Karte von Los Angeles County. Rote Stecknadeln bezeichneten die Adressen seiner *lonelies,* blaue zeigten die Standorte der Telefonzellen, über die er mit ihnen in Verbindung trat – ein Sicherheitspuffer, den er einmal erdacht hatte. Grüne Nadeln kennzeichneten die Häuser, in denen die *lonelies* ihre Aufträge zu erfüllen hatten, und Klebeziffern aus Plastik markierten Thomas Goff, flink und beweglich auf seiner Suche nach neuen roten Nadeln.

Zwei Wände bildeten eine Tiefensonde, mittels derer der Night Tripper die Leere seiner Kindheit erkunden konnte. Als Markierungen auf dieser Sonde dienten die WCBS-Top-Forty-Tabellen des Frühjahrs 1957, die mit roten und blauen Nadeln an der Wand befestigt waren, und ein Regal mit den Füßen toter Tiere, die jetzt aussahen wie Rollschuhräder, mit weichen braunen Haarlöckchen, die aus einer Familienbibel gestohlen worden waren, und mit einem blutbefleckten Teppichfetzen.

Hinweise.

Die vierte Wand war übersät mit maschinengeschriebenen Zitaten von den Bewohnern dieser Leere und in annähernd chronologischer Ordnung angeklebt:

Dezember 1957: Mutter – »Dein Vater war ein Monstrum, und ich bin froh, daß er weg ist. Die Stiftungsverwalter sind angewiesen, uns nichts zu sagen, und darüber bin ich froh. Ich will es gar nicht wissen.« (Gegenwärtige Disposition: Sanatoriumsaufenthalt in Yonkers, N.Y., wegen schwerer alkoholischer Senilität.)

März 1958: Frank Baxter (Vaters Anwalt) – »Denke einfach das Beste, Johnny. Denke einfach, daß dein Dad dich sehr liebt und daß er dir und deiner Mutter deshalb all das schöne Geld schickt.« (Disposition: Beging Selbstmord im August 1960.)

Frühjahr 1958: (Fantasien? Erinnerungen aus dem Sommer zuvor?) Kriminalpolizisten befragen Mutter nach Vaters Aufenthalt. Unterwürfig – das macht die Achtung vor dem Reichtum. (Disposition: Absolute Nichtbeachtung aller meiner Anfragen bei der Polizei Scarsdale und Westchester County 1961–68.) *Geträumt?*

Juni 1958: Schwester und Arzt in der Scarsdale Junior High-School (belauscht) – »Ich glaube, der Junge hat eine leichte motorische Aphasie.« – »Bah, Doctor! Der Junge hat einen unglaublichen Verstand! Er will eben nur lernen, was er lernen will.« – »Ich verlasse mich lieber auf die Röntgenbilder als auf Ihre Analyse, Miss Watkins.« (Disposition: Arzt tot, Schwester unbekannt verzogen. NB: Röntgenaufnahmen und andere in Harvard vorgenommene Tests ergeben keinerlei Hinweis auf aphasische Läsionen.)

Wände voller Schlüssel. Räder im Innern des Rades seiner selbst und aller Speichen seiner Räder.

Havilland ließ seinen Stuhl rotieren; er stieß sich mit den Füßen ab und drehte sich schneller und schneller, bis das Zimmer vor seinen Augen verschwamm und die Schlüssel sich verwandelten und zu Schnellfeuerbildern von Linda White und ihren Heimkinofantasien wurden. Er schloß die Augen, und Richard Oldfield stand nackt vor einer Kamera, während andere *lonelies* mit Bogenlampen und Tonmaschinen hantierten. Der Stuhl war kurz davor, von den Rollen zu kippen, als das Telefon klingelte, und der Augenblick gefror. Tief durchatmend, um aus seinen Träumen freizukommen, ließ der Night Tripper den Stuhl zum Stillstand kommen. Als er sicher war, daß seine Stimme ruhig klingen würde, nahm er den Telefonhörer ab und sagte: »Hast du gute Nachrichten, Thomas?«

Goffs Stimme klang selbstzufrieden und zugleich rauh vor Spannung. »Erledigt. Junior Miss Cosmetics. Ich brauchte nicht mal Kontakt mit dem Cop aufzunehmen. Hab' auf einer seiner Marionetten gespielt wie auf einem Akkordeon. Murray wird gar nichts davon erfahren.«

»Hast du sie?«

»Heute abend«, sagte Goff. »Kostet uns nur einen Riesen und ein bißchen pharmazeutisches Koks.«

»Wo? Ich will genau wissen, wann und wo.«

»Warum? Sie haben gesagt, das ist mein Baby.«

»Sag's mir, Thomas.« Havilland hörte, wie rauh seine eigene Stimme klang, und er umhüllte seine Worte mit Zucker. »Du hast brillant gearbeitet, und es *ist* dein Baby. Ich will mir nur eine genaue Vorstellung von deinem Triumph machen können.«

Goff schwieg. Der Doctor sah ein stolzes Kind vor sich, das sich nicht zu sagen getraute, wie dankbar es war, wenn man es mit billigem Lob überhäufte. Endlich beugte das Kind sich dem Vater. »Heute abend um halb elf. Am Ende der Nichols Canyon Road, in dem kleinen Park, wo die Picknickbänke sind.«

Havilland lächelte. Noch einen Brosamen für das Kind. »Mehr als brillant. Perfekt. Ich komme um elf in deine Wohnung. Zur Feier des Tages planen wir die Zusammenstellung der nächsten Gruppe. Dazu brauche ich das Feedback von dir.«

»Ja, Doctor.« Um ein Haar hätte es kriecherisch geklungen. Havilland legte auf und spielte das Gespräch noch einmal ab, und er wußte, daß Linda White in seinen Gedanken nur einen halben Schritt weit zurückgetreten war und die ganze Zeit über gewartet hatte.

Um halb zehn fuhr Havilland nach Nichols Canyon und parkte hinter einer Gruppe von Ahornbäumen am Rande des Picknickplatzes. Buschbewachsene Felshügel schirmten ihn ab, erlaubten ihm jedoch, Goffs Treffpunkt zu überblicken.

Die Laternen, die die ganze Nacht über brannten, damit der Platz nicht zu einem Schwulentreff wurde, würden das Bild einrahmen, und wenn Goff und der Plattfuß vom Werkschutz nicht miteinander flüsterten, würden ihre Stimmen bis zu seinem Versteck dringen. Es *war* perfekt.

Um zehn nach zehn tauchte Goffs gelber Toyota auf. Havilland beobachtete, wie sein Erster Offizier ausstieg und sich streckte und wie er dann einen schweren Revolver aus dem Hosenbund zog und eine Gunfighter-Pirouette vollführte: Blitzschnell wirbelte er um seine Achse und schoß imaginäre Gegner über den Haufen. Das Licht der Laternen beleuchtete das pochende Netz der Venen in seiner Stirn: die Sturmwarnung vor einem Leptomeningitis-Anfall. Fast fühlte Havilland selber Goffs jagenden Puls und seine Schweißausbrüche. Als das Motorengeräusch eines zweiten Wagens näher kam und Goff die Waffe einsteckte und den Kolben mit seiner Windjacke bedeckte, spürte Havilland, wie ihn der kalte Schweiß überlief.

Ein zerbeulter, mit grauer Rostschutzfarbe gestrichener Chevy erschien; er schleuderte leicht, als der Fahrer auf die Bremse trat. Ein fetter Schwarzer in einer hautengen Uniform aus hellblauem Hemd, Khakihose und Koppel mit Schulterriemen stieg aus. Mit großem Getue schlug er die Wagentür zu und setzte eine Whiskeyflasche an den Hals. Ein Schauder überlief Havilland, als er an eine von Goffs Lieblings-Tötungsfantasien dachte: »Nigger abknallen«.

Der Schwarze schlenderte auf Goff zu und hielt ihm die Flasche entgegen. Goff lehnte kopfschüttelnd ab und fragte: »Hast du sie mitgebracht?« Havilland kniff die Augen zusammen und sah, daß Goffs Finger zitterten und unwillkürlich an seinem Hosenbund zupften.

Der Schwarze nahm einen tiefen Schluck aus seiner Flasche und kicherte. »Gibst du mir die Asche, greif ich in die Tasche.

Gibst du mir das Dope, geb ich dir ... Scheiße, jetzt fällt mir kein Reim ein. Du siehst nervös aus, Kollege. Hast dir 'n bißchen zu viel von deinem eigenen Stoff reingezogen, wie?«

Goff trat einen Schritt zurück. Seine ganze linke Seite vibrierte, als hätte sie ein Eigenleben. Havilland sah, daß sein linkes Bein zuckte, als versuchte es angestrengt, im rechten Winkel vom Körper wegzustreben. Der Schwarze hob die Hände in einer beschwichtigenden Gebärde, und Angst glomm in seinen Augen, als er sah, wie Goffs Gesicht sich krampfhaft verzerrte. »Mann, du bist dicht, ich seh's am Gesicht. Ich geh das Zeug holen, du gibst mir die Kohlen – und das alles machen wir jetzt schön langsam, okay?«

Goff fand die Sprache wieder. Seine Willenskraft überwand sogar das Zittern. »Laß gehen, Leroy. Du willst es langsam – wir machen es langsam.«

»Ich heiße nicht Leroy«, erwiderte der Schwarze. »Kapiert?«

»Kapiert, Amos. Jetzt klemm dir den Scheiß und hol mir das Zeug raus. *Kapiert?*« Goff hatte die Daumen in die Gürtelschlaufen gehakt. Seine Hände zuckten zur Waffe hin. Havilland sah, daß der Schwarze aufbrausen wollte, dann aber lächelte. »Für einen Riesen und zwei Gramm erstklassiges Koks kannst du mich nennen, wie du willst – bloß nicht Sambo.« Er ging zu seinem Wagen, langte auf den Rücksitz und holte zwei große Pappkoffer heraus. Er kam zu Goff zurück und stellte ihm die Koffer vor die Füße. »Frisch aus dem Kopierer. Niemand außer mir weiß davon. Rück die Knete raus, Kollege.«

Goff schob eine zitternde Hand in seinen Anorak, zog eine Plastiktüte heraus und warf sie neben dem Wagen des Schwarzen auf die Erde. »Gib Gas, Leroy. Kauf dir 'n Cadillac, und laß dir auf meine Kosten die Krause aus dem Haar ziehen.«

Der Schwarze hob die Tüte auf und knüllte sie in seiner Faust zusammen. Dann trank er seine Flasche leer und schleuderte sie gegen Goffs Toyota. Sie traf den Kofferraumdeckel und zerbarst. Goffs Hand fuhr zu seinem Hosenbund, doch dann drang ein erstickter Schrei aus seiner Kehle, und er riß die Revolverhand an den Mund und biß hinein. Auch Havilland unterdrückte einen Aufschrei; er beobachtete, wie der Schwarze die Hände hob und langsam rückwärts zu seinem Wagen ging, unablässig murmelnd: »Ich bin ganz ruhig, ganz ruhig, und schön langsam. Schöööön langsam.« Er stieß mit dem Rücken gegen die Fahrertür, wand sich hinters Steuer, drehte das Fenster hoch und gab im Rückwärtsgang Vollgas. Als der Staub, den seine Flucht aufwirbelte, sich gelegt hatte, sah Havilland, wie Thomas Goff weinend mit seinem schweren Revolver auf den Mond zielte.

Eine Stunde nachdem Goff schluchzend davongefahren war, fuhr der Doctor zu der Wohnung seines Untertanen in den Distrikt Los Feliz. Der Mond lockte am Rande seines Gesichtsfeldes und lenkte immer wieder seinen Blick von der Straße. Er parkte vor Goffs Haus und überprüfte den Inhalt seiner schwarzledernen »Wahrheitstasche«. Natrium-Pentothal-Ampullen, 10-cc-Fläschchen Morphinlösung und ein Sortiment Wegwerfspritzen. Er würde Goffs Schmerzen annullieren und das Ausmaß seines Abgleitens sondieren.

Goff öffnete auf sein erstes Klopfen hin. Er war nackt bis zu den Hüften, und Schweiß rann an seinem Oberkörper herunter. Havilland trat ein; die Kälte einer auf vollen Touren arbeitenden Klimaanlage schlug ihm entgegen. Er sah Goff an. Seine Gliedmaßen waren angespannt, als hätten sie ein Erdbeben zurückgehalten, und seine Augen waren fiebrig gelb. Im Geiste unterzog Havilland ihn rasch einer hypothetischen Untersuchung, die auf Beobachtungen und sorgfältig studierten Fallgeschichten basierte, und er gab seinem Königsbauern noch einen Monat zu leben.

Die Tür schloß sich, als er seine Diagnose stellte, und der Doctor nahm Goff beim Arm und führte ihn zur Couch. Die beiden Pappkoffer lagen ungeöffnet neben dem Kaffeetisch. Goff lächelte durch den Tremor in seinem Gesicht und zeigte auf die Koffer. »Die Sache läuft, Doctor John.«

Havilland erwiderte das Lächeln und öffnete seine Ledertasche. Er nahm eine neue Spritze und eine Morphiumampulle heraus, drückte die Nadel durch den porösen Gummistöpsel und sog gerade genug Dope für einen anregenden Schuß auf. Goff fuhr sich mit der Zunge über die Lippen. »So schlimm ist es noch nie gewesen. Ich hab' noch ein bißchen mehr über Migräne gelesen. Ab dreißig soll es schlimmer werden. Ich glaube, ich habe wirklich Angst.«

Der Doctor zielte auf eine dicke, pulsierende Ader hinter Goffs linkem Ohr. Er drückte die Handflächen als Aderpresse dicht über Goffs Schlüsselbein an den Hals. »Ruhig, Thomas, ruhig«, flüsterte er, und gleichzeitig schob er die Nadel glatt in die Ader und drückte den Kolben herunter. Ein feiner Blutstrahl spritzte heraus, als das Morphium eindrang. Goffs Züge entspannten sich erleichtert, und lächelnd korrigierte Havilland sein Todesurteil. Eine kleine Dosis brachte immer noch Linderung. Sechzig Tage.

Goffs Gliedmaßen wurden schlaff, und die Adern in seiner Stirn schwollen ab, bis sie ihr Normalmaß erreicht hatten. Havilland betrachtete seinen Patienten forschend und entwarf aus dem Stegreif einen Notfallplan: Wenn die Schmerzen innerhalb der nächsten halben Stunde wieder auftreten, würde er Goff noch für dreißig Tage mit Spritzen aufrechterhalten; dann könnte er noch einen Sicherheitsakteneinsatz mit ihm riskieren und ihn danach aus der Stadt schaffen und liquidieren. Die restlichen Einsätze würde er später solo absolvieren.

Wenn die Schmerzen für längere Zeit nachließen, würde er ihm sechzig Tage Zeit und freie Hand für zwei weitere Einsätze geben. Um ihm seine Anspannung bei dem Treffen mit dem Bimbo zu erklären, würde er das Wahrheitsspiel spielen. Problem *gelöst*.

Goff schloß die Augen, und eine Wolkenbank aus Drogen und Erschöpfung umschloß ihn. Havilland stand auf und ging im Wohnzimmer umher; mit Absicht vermied er es, zu den Koffern hinzuschauen. Die niedrige Decke war schwarz gestrichen, die Wände militärisch braun. Goffs therapeutisch kontrollierte Helligkeitsphobie hatte ihn dazu getrieben, eine heitere Wohnung in eine Neurosen-Dekompressionskammer zu verwandeln. Jedesmal wenn der Doctor das Appartement besuchte, hielt er nach Farbklecksen Ausschau, nach Hinweisen darauf, daß er endlich, endlich einen totalen Erinnerungsausfall herbeigeführt und Goff damit zu seiner völligen Unterwerfung ein wenig Seelenfrieden verschafft hätte. Aber alles, was sich dunkel hatte erwerben oder einfärben lassen, blieb so, vom Teppichboden bis zum Inhalt der Schränke.

Der Doctor betrachtete die Dekompressionskammer so, als sei dies womöglich ein Abschied. Dunkelheit in unterschiedlichen Schattierungen stürmte auf seine Sinne ein und rief ein angenehmes Schwindelgefühl in ihm hervor, und eine Kindheitserinnerung erwachte – ein Riesenrad in einem Vergnügungspark in der Bronx. Eben wollte das Rad ihn erfassen, als ein rosarotes, grell von der Umgebung abstechendes Aufgleißen ihm wie ein Schraubenschlüssel ins Getriebe fuhr.

Mit einem Ruck schleuderte es Havilland in die Gegenwart zurück, und er sah, daß es ein rosafarbenes Stück Papier war, das auf dem Ablagetisch neben der Schlafzimmertür lag, halb verdeckt von einem schwarzen Keramikaschenbecher. Er hob es auf und hatte das Gefühl, das Zimmer drehte sich um ihn. Es war ein Entlassungsformular vom Los Angeles Police Department, ausgestellt auf den Namen Thomas Goff gegen Entrichtung von fünfundsechzig Dollar Kaution. Das zur Last gelegte Vergehen war No. 673.1 – Nichterscheinen vor dem Verkehrsrichter. Der Doctor las die von Abkürzungen durchsetzte Maschinenschrift am unteren Rand und zerknüllte das Blatt in der Hand. Sein Erster Offizier war verhaftet worden, weil er einen Strafzettel nicht bezahlt hatte.

Das Riesenrad blieb stehen, als die Gondel am höchsten stand, und dann stürzte es senkrecht zur Erde und warf ihn in ein Land des Verrats. Er blickte zu Goff hinüber, der sich in seinem Rausch regte und mit den Schultern die Sofapolster knetete.

Der Doctor fühlte, wie eine Welle der Wut ihn überrollte, und Haß traf ihn wie ein Doppelhaken in den Solarplexus. Um dagegen anzukämpfen, atmete er ein-aus, ein-aus, bis die kontraproduktiven Emotionen zu professioneller Ruhe verflachten. Als er sicher war, daß er die Form würde wahren können, ordnete er die Instrumente aus seiner Wahrheitstasche auf dem Couchtisch und füllte eine Injektionsspritze mit Morphium und eine zweite mit Natrium-Pentothal. Als Goffs Bewegungen heftiger wurden, streckte der Doctor die Hand aus, drückte ihm die Nase zu und zählte langsam bis zehn. Bei neun war Goff ruckartig hellwach und schrie. Havilland nahm die Hand von seiner Nase und preßte sie ihm auf den Mund; dabei drückte er Goffs Kopf gegen die Wand. »Ruhig, Thomas, ruhig«, flüsterte er und bohrte die Morphiumspritze durch die Haut in den linken Arm und den linken Brustmuskel. Als er sah, daß Goff sich augenblicklich entspannte, nahm er seine Hand weg und sagte: »Du hast mir nicht erzählt, daß du vorigen Monat verhaftet worden bist.«

Goff schüttelte den Kopf, bis sein ganzer Körper bis hinunter zu den Zehen mitzitterte. »Ich war seit Attica nicht mehr im Knast, das wissen Sie, Doc.«

Es war das heisere Krächzen eines verängstigten Mannes, der die reine Wahrheit sagte. Havilland lächelte. »Deinen linken Unterarm, Thomas«, flüsterte er. Goff gehorchte, und er schoß 30 cc Natrium-Pentothal in die große Vene in der Ellbogenbeuge. Goff schnappte nach Luft und fing an zu kichern. Havilland zog die Nadel heraus und lehnte sich auf der Couch zurück. »Erzähl mir von der Aktentransaktion bei Junior Miss.«

Goff kicherte und starrte mit glasigen Augen auf die gegenüberliegende Wand. »Ich hab' die Werkschutz-Affen beobachtet, von der Bar auf der anderen Seite des Parkplatzes aus«, nuschelte er. »Alles weiße Penner und Nigger. Die anderen Nigger sahen zu verschlagen aus, deshalb entschloß ich mich für die Type aus Oklahoma. Ich fragte ein paar Stammgäste nach ihm aus, ganz beiläufig. Sie sagten, er sei ein Kokser, aber einer, der's im Griff hat, und schweigsam sei er auch. Schien genau das zu sein, was ich suchte. Also lockte ich ihn langsam aus der Reserve, und gestern war der Deal unter Dach und Fach. Vor zwei Stunden hab' ich mich mit ihm getroffen. Da in den beiden Koffern sind die Akten.«

Havilland spürte ein Summen in seinem Hirn, als hätte ihm jemand eine Stromleitung in den Kopf gesteckt. Goff war inzwischen so weit jenseits von Gut und Böse, daß er selbst gegen eine massive Dosis hypnotischer Drogen immun war. Für seinen Ersten Offizier war die Uhr abgelaufen – er hatte noch zwei Wochen zu leben. Bestenfalls.

Thomas Goff quiekte weiter vor Lachen, und seine Hände tanzten über seinen Körper. Havilland untersuchte das rosafarbene Entlassungsformular. Das Kennzeichen des Wagens war nicht eingetragen. Offensichtlich war Goff zu Fuß angehalten worden, und bei einer Routineüberprüfung waren alte unbezahlte Strafmandate zutage gekommen. Havilland wedelte mit dem Zettel vor Goffs Augen hin und her. Goff ignorierte das grelle Aufblitzen und lachte noch heftiger.

Havilland stand auf und schlug Goff mit der flachen Hand weit ausholend ins Gesicht. Goff kreischte: »Bitte nicht!«, als der Schlag ihn traf. Dann barg er den Kopf in den Händen und rollte sich auf der Couch wie ein Fötus zusammen. Der Doctor hockte sich neben ihn und legte ihm eine Hand auf die Schulter. »Du mußt dich ausruhen, Thomas«, sagte er. »Die Migräneanfälle zehren deine Kräfte auf. Wir werden zusammen ein bißchen Urlaub machen. Ich werde wegen deiner Kopfschmerzen einen Spezialisten zu Rate ziehen, und dann werde ich dich selbst behandeln. Bleib zu Hause und ruh dich aus, und in achtundvierzig Stunden rufst du mich an. Okay?«

Goff verrenkte sich, um den Doctor anzusehen. Er wischte sich ein Blutrinnsal von der Nase und wimmerte. »Ja, aber was ist mit der nächsten Gruppe? Wir wollten die Zusammensetzung planen, wissen Sie noch?«

»Das müssen wir verschieben. Wichtig ist, daß wir deine Kopfschmerzen in den Griff bekommen.«

Thomas Goffs Augen verschwammen in Tränen. Der Doctor nahm eine Flasche Tetracyclin-Morphin-Lösung aus der Tasche und machte eine Spritze bereit. »Antibiotika«, erklärte er. »Für den Fall, daß deine Migräne auf einen Virus zurückgeht.« Goff nickte, während Havilland an seinem Handgelenk eine Ader suchte und mit der Nadel hineinstach. Der Gnadenakt ließ seine Tränen überfließen, und als der Doctor die Injektionsnadel herauszog, schlief er schon.

Dr. John Havilland nahm die beiden Koffer, und überrascht merkte er, daß er nicht an die gnadenlosen Informationen dachte, die sie enthielten. Als er das Licht ausknipste und die Tür hinter sich schloß, dachte er an einen Vietnam-Leichensack aus schwarzem Vinyl, den er an einem Bierabend während seines Medizinstudiums als Scherzpreis gewonnen hatte, und an Hunde, die hinter einem Stacheldrahtzaun zu roten Wolken explodierten.

8

Lloyd erwachte in seinem Arbeitszimmer, und noch bevor er ganz klar im Kopf war, fing er an, Stunden zu zählen. Sechsunddreißig waren seit Dutchs Ultimatum vergangen, ohne daß neue Spuren aufgetaucht wären – melde Herzog als vermißt. Mehr als hundert Stunden seit dem Gemetzel im Schnapsladen – alle Spuren hatten in eine Sackgasse geführt. Fang an, die dreihunderttausend gelben Japs-Autos abzugleichen, und nimm dir diejenigen Personen vor, die durch bewaffnete Raubüberfälle aufgefallen sind; setze sie unter Druck, quetsche alle ihre bekannten und vermuteten wunden Punkte, um irgendwelche Informationen sicherzustellen. Dreckarbeit auf der ganzen Linie.

Lloyd streckte sich und wälzte sich in derselben Bewegung von seinem Klappbett herunter; dann ging er in die Küche und öffnete den Kühlschrank, um sich von der kalten Luft vollends wecken zu lassen. Als sich unter seinem T-Shirt und den Boxershorts eine Gänsehaut bildete, wühlte er einen halbgeleerten Napf Hüttenkäse hervor und aß mit dem Löffel, der noch drinsteckte. Die klebrig-fade Masse herunterwürgend, wanderte er durch die drei kleinen Räume, die er sich in Abwesenheit seiner Familie zugestanden hatte: das Arbeitszimmer zum Schlafen, Denken und Aktenstudieren, die Küche zur Zubereitung solcher Gourmetkost wie Hüttenkäse und kaltes Chilli aus der Dose und das Bad unten für Hygienezwecke. Als er anfing, sich auszurechnen, wie viele Stunden vergangen waren, seit Janice und die Mädchen ihn verlassen hatten, brach sein geistiger Rechner den Arbeitsvorgang unvermittelt ab. Wenn du anfängst, Tabellen zu führen, wirst du verrückt, und dann tust du etwas Verrücktes, um sie zurückzubekommen. Laß es. Wenn du ihnen verstohlen nachpirschst, werden sie wissen, daß du dich nicht verändert hast. Ein Wartespielchen zur Buße.

Lloyd frühstückte zu Ende, duschte heiß und kalt und zog das Buttondown-Hemd vom Vortag und seinen einzigen sauberen Anzug an, einen sommerlichen Nadelstreifenanzug, der nicht in die Jahreszeit paßte. »Jetzt oder nie«, brummte er; er setzte sich an den Schreibtisch, suchte einen Spiralblock heraus und fing an zu schreiben.

28. 4. 84
An: Chef der Kriminalpolizei
Von: Det. Sergeant Lloyd Hopkins, Dezern. Raub/Mord
Sir:
Vor vier Tagen wurde ich von meinem Freund Captain Arthur Peltz, dem Leiter der Hollywood Division, angesprochen. Er teilte mir mit, daß Officer Jacob Herzog, ein Mitarbeiter der Personalabteilung im Parker Center, der inoffiziell an die Sitte Hollywood ausgeliehen war, seit fast einem Monat vermißt werde. Captain Peltz bat mich, eine Untersuchung vorzunehmen, und in deren Verlauf stellte ich fest, daß Herzogs (intaktes) Appartement auf professionelle Weise von Fingerabdrücken gesäubert worden war. Ich befragte Herzogs besten Freund Martin Bergen, ehemals Sergeant beim L.A.P.D.; er sagte aus, er habe Herzog ebenfalls seit einem Monat nicht gesehen, und bei ihrem letzten Zusammentreffen sei Herzog »launisch« gewesen. Ein Gespräch mit Herzogs Freundin bestätigt, daß Herzog vor einem Monat verschwunden ist und »launisches« Verhalten gezeigt hat. Ich bin der Ansicht, Herzog ist einem gründlich geplanten Mord zum Opfer gefallen, und sein Verschwinden muß unverzüglich umfassend untersucht werden. Ich weiß, daß ich früher hätte Anzeige erstatten müssen; daß ich es *nicht* getan habe, diente ausschließlich

dem Zweck, zunächst den Nachweis (oder Indizien) für eine Straftat zu erbringen. Captain Peltz hatte mir befohlen, Ihnen unverzüglich Meldung zu machen, aber ich habe diesen Befehl mißachtet.

Hochachtungsvoll, Lloyd Hopkins, No. 1114

Lloyd überflog das Geschriebene noch einmal, und es erfüllte ihn mit seltsamer Befriedigung, daß er den Löwenanteil des Risikos, hochherrschaftlichen Zorn zu erregen, auf sich genommen hatte. Er riß das Blatt aus dem Block und schob es in die Innentasche seiner Jacke. Dann hakte er den .38er und die Handschellen an den Gürtel und ging zur Haustür. Er hatte die Hand auf dem Türknopf, als das Telefon klingelte.

Er ließ es zehnmal klingeln, ehe er den Hörer abnahm – nur Penny betrieb einen Anruf mit solcher Hartnäckigkeit.

»Rede. Es ist dein Zehner.«

Pennys Kichern drang aus der Hörmuschel. »Nein, ist es *nicht*, Daddy! Es sind meine ein Dollar vierzig.«

Lloyd lachte. »Entschuldigung. Die Inflation hatte ich ganz vergessen. Was gibt's Neues, Pinguin?«

»Immer das gleiche alte Lied. Und du? Läuft bei dir was?«

Lloyd tat schockiert. »Penny Hopkins, ich muß mich über dich wundern!«

»Nein, mußt du nicht. Du hast mir erzählt, ich hätte mich schon in der Wiege gelangweilt. Du hast meine Frage nicht beantwortet, Daddy.«

»O.k. – um deine Frage zu beantworten: Bei mir läuft nichts.«

Pennys Gekicher wurde um eine Oktave höher. »Gut. Mom hat mir deinen ersten Brief vorgelesen, weißt du. Wir sprachen neulich abends darüber. Er sei exzessiv, meinte sie; *du* seist exzessiv, und selbst als du zugabst, ein mieser Schürzenjäger zu sein, seien deine Geständnisse exzessiv gewesen. Aber ich hab' gemerkt, daß sie beeindruckt war.«

»Das freut mich. Wohnt Roger noch bei euch?«

»Ja. Mom schläft mit Roger, aber sie redet von dir. Eines Abends werde ich sie betrunken machen, und dann zwinge ich sie zuzugeben, daß du ihre Hauptliebe bist. Ich werde dir wörtlich berichten, was sie gesagt hat.«

Lloyd fühlte, wie ein Stück von seinem Herzen abbröckelte und nach San Francisco hinaufflog. »Ich will euch alle wiederhaben, Pinguin.«

»Ich weiß. Ich möchte auch wieder zurückkommen, und Anne ebenso. Das sind zwei Stimmen für dich. Mom und Caroline wollen in Frisco bleiben. Unentschieden.«

»Anne und Caroline geht es gut?«

»Anne steht derzeit voll auf vegetarische Küche und fernöstliches Gedankengut, und Caroline ist in diesen Punkrock-Idioten von nebenan verliebt. Ist 'n High-School-Aussteiger. Gräßlich.«

Lloyd lachte. »Das ist Teenagerlos. Aber ich hätte da was für dich. Doctor John the Night Tripper. Klingelt's da bei dir?«

»Antik, Daddy. Aus den Sechzigern. Er war ein wilder Rock 'n' Roller. Caroline hat eine Platte von ihm – ›Bad Boogaloo‹.«

»Sonst nichts?«

»Nein. Wieso?«

»Ein Fall, an dem ich arbeite. Dutch arbeitet auch dran. Wahrscheinlich steckt nichts dahinter.«

Pennys Stimme nahm einen leisen, gerissenen Tonfall an. »Daddy, wann erzählst du mir, was gleich nach eurer Trennung passiert ist? Ich bin nicht doof – ich weiß, daß man auf dich geschossen hat. Onkel Dutch hat es Mom gegenüber praktisch zugegeben.«

Lloyd seufzte, als das Gespräch seinem gewohnten Ende entgegenging. »Warte noch zwei Jahre ab, Baby. Wenn du eine weltmüde Fünfzehnjährige bist, werde ich auspacken. Vorläufig bedeutet es nichts weiter, als daß ich einer Menge Leute etwas schuldig bin.«

»Was bist du ihnen schuldig, Daddy?«

»Ich weiß es nicht, Baby. Das ist das Verzwickte daran.«

»Wirst du's mir sagen, wenn du's rausgefunden hast?«

»Du wirst die erste sein, die es erfährt. Ich liebe dich, Penny.«

»Ich liebe dich auch.«

»Ich muß jetzt gehen.«

»Ich auch. Ich lieb' dich lieb' dich lieb' dich.«

»Ich dich auch.«

»Bye.«

»Bye.«

Ihr »Was bist du ihnen schuldig, Daddy?« klang ihm noch in den Ohren, als er in die Stadt und zum Parker Center fuhr. Seine Notiz an den Chef der Kriminalpolizei brannte wie eine glühende Kohle in seiner Jackentasche. Er beschloß, zuerst einen Blick auf seinen Posteingangskorb zu werfen, ehe er das Schreiben bei der Sekretärin des Chiefs abgäbe, und so nahm er den Aufzug in den sechsten Stock. Er ging den Gang hinunter zu seinem Büro, und sein Blick fiel sofort auf den Zettel, der an der Tür hing. »Hopkins, rufen Sie Det. Dentinger im B.H.P.D. an. Betr.: Ihre Schußwaffenfahndung.«

Lloyd griff nach dem Telefon und wählte die vertraute siebenstellige Nummer des Beverly Hills Police Departments. »Detective Dentinger«, sagte er, als die Telefonistin sich meldete. Er hörte, wie der Anruf durchgestellt wurde, und eine Männerstimme sagte mechanisch: »Dentinger. Was gibt's?«

»Detective Sergeant Hopkins, L.A.P.D.«, sagte Lloyd schroff. »Was haben Sie zu meiner Schußwaffenfahndung?«

Dentinger brummte »Scheiße!« vor sich hin, und in den

Hörer sagte er: »Wir haben einen Einbruch, der zwei Wochen zurückliegt. Ungeklärt, keine Fingerabdrücke. Ein Revolver vom Kaliber .41 stand auf der Liste der gestohlenen Gegenstände. Wir haben Ihre Anfrage nicht sofort beantwortet, weil die Leute vom Einbruchsdezernat, die den Fall ursprünglich bearbeiteten, den Eindruck hatten, die Liste sei ein bißchen gepolstert – Sie wissen schon, wegen der Versicherung. Ein Riesenhaufen Mist war als gestohlen gemeldet, und dabei war der Einbrecher durch ein kleines Kellerfenster eingestiegen. Er hätte den ganzen Scheißdreck da gar nicht rausbringen können, weil's nicht gepaßt hätte. Ich bekam den Auftrag, die Geschichte zu untersuchen und festzustellen, ob wir den Witzbold wegen Vortäuschung einer Straftat beim Wickel nehmen sollten. Ich gebe Ihnen die gen-«

»Glauben Sie, es *war* ein Einbruch?« unterbrach Lloyd.

Dentinger seufzte. »Ich sage Ihnen, wie ich den Fall einschätze: Jawohl, es hat einer eingebrochen. Kleine Gegenstände wurden gestohlen, wie etwa der Schmuck auf der Liste, die Waffe, und wahrscheinlich auch noch ein bißchen Scheißzeug, von dem das Opfer nichts erwähnt, zum Beispiel Kokain – ich halte ihn für einen eingefleischten Kokser, völlig abgefahren. Wissen Sie, wo der Hase im Pfeffer liegt? Der Kerl hat zwei von diesen antiken Revolvern, in Präsentationsetuis, mit Originalmunition aus dem Bürgerkrieg, aber er meldet nur *einen* als gestohlen. Ich bezweifle nicht, daß das Scheißding tatsächlich gestohlen wurde, aber jeder intelligente Versicherungsbetrüger würde die zweite Waffe verstecken und ebenfalls als gestohlen melden. Hab' ich recht?«

»Sie haben recht«, sagte Lloyd. »Geben Sie mir die Daten des Bestohlenen.«

»Okay«, sagte Dentinger. »Morris Epstein, vierundvierzig Jahre alt, wohnhaft eins-acht-sechs-sieben Elevado. Nennt sich einen literarischen Agenten, sieht aber aus wie einer von diesen Nachtschwärmern aus Hollywood mit der großen Kohle. Sie wissen schon – ein feines Leben auf Kredit und heiße Luft führen, aber nie wissen, woher der nächste Dollar kommt. Persönlich halte ich diese –«

Lloyd wartete nicht, bis Dentinger seinen Spruch zu Ende gebracht hatte. Er warf den Hörer auf die Gabel und rannte zum Aufzug.

1867 Elevado war ein lachsrosafarbenes, im spanischen Stil gehaltenes Haus im Wohnbezirk von Beverly Hills. Lloyd saß in seinem Wagen am Straßenrand und sah, daß Dentingers Beschreibung des »Nachtschwärmers mit der großen Kohle« zutreffend gewesen war: Der Rasen mußte gemäht werden, die Hecken mußten geschnitten werden, und der schokoladenbraune Mercedes in der Einfahrt mußte gewaschen werden.

Er ging zum Haus und klopfte an die Tür. Ein paar Augenblicke später riß ein kleiner Mann mittleren Alters mit sauber frisiertem graubraunem Haar die Tür auf. Als er Lloyd sah, langte er nach dem Reißverschluß vorn an seinem Overall und zog ihn bis zur Brust hoch. »Sie kommen wohl nicht von der Mach-es-selbst-Produktion, wie?« fragte er.

Lloyd hielt ihm Marke und Ausweis entgegen. »Ich bin vom L.A.P.D. Sind Sie Morris Epstein?«

Der Mann zog sich schlurfend in seinen Hausflur zurück. Lloyd folgte ihm. »Sind Sie hier nicht außerhalb Ihres Zuständigkeitsbereiches?« wollte er wissen.

Lloyd schloß die Tür hinter ihnen beiden. »Ich werd's Ihnen leicht machen, Epstein. Ich habe Grund zu der Annahme, daß der .41er Revolver, den Sie als gestohlen gemeldet haben, bei einem Dreifachmord benutzt worden ist. Ich möchte Ihren zweiten .41er für Vergleichstests ausborgen. Kommen Sie mir entgegen, und ich sage den Cops in Beverly Hills, daß Ihre Versicherungsmeldung vielleicht ein bißchen übertrieben, aber nicht gefälscht war. Klar?«

Morris Epstein wurde lebhaft. Speichel blinkte in seinen Mundwinkeln auf. Wütend wedelte er mit dem Arm in die Richtung der Haustür und zischte: »Verlassen Sie das Haus, bevor ich Sie wegen polizeilicher Schikane anzeige. Ich habe Freunde bei der Bürgerrechtsunion. Die werden Ihnen an die Karre fahren, Plattfuß.«

Lloyd drängte sich an Epsteins Arm vorbei in ein Art-déco-Wohnzimmer, behängt mit gerahmten Filmplakaten und übergroßen, goldgeränderten Spiegeln. Auf der Glasplatte eines Kaffeetisches lag eine Rasierklinge mit gerader Schneide, und Spuren von weißem Pulver waren auch zu sehen. An der Wand neben dem Kamin stand eine große Kommode. Lloyd öffnete und schloß die Schubladen, bis er einen Zellophanbeutel mit Pulver gefunden hatte. Er drehte sich um; Epstein stand neben ihm, das Telefon in der Hand. Als er ihm den Beutel vor die Augen hielt, sagte der kleine Mann: »Sie können mich nicht bluffen. Das hier ist eine illegale Hausdurchsuchung. Ich bin persönlich befreundet mit Jerry Brown. Ich habe Beziehungen. Ein Anruf von mir, und Sie sind weg vom Fenster, Mutterficker.«

Lloyd packte das Telefon, das Epstein in der Hand hielt, riß die Schnur aus der Wand und warf den Apparat auf den Kaffeetisch. Die Platte zersprang, und Glassplitter flogen bis an die Decke. Epstein wich an die Wand zurück und flüsterte: »Hören Sie, Freund, wir können darüber verhandeln. Wir können – «

»Das Stadium des Verhandelns liegt hinter uns. Bringen Sie mir die Waffe. Sofort.«

Epstein zog den Reißverschluß seines Overalls herunter und fing an, seine Brust zu kneten. »Ich sage immer noch, daß dies eine illegale Hausdurchsuchung und Beschlagnahme ist.«

»Dies ist eine legale Hausdurchsuchung und Beschlagnahme im Zusammenhang mit der Untersuchung einer Straftat. Bringen Sie mir die Waffe – im Etui. Fassen Sie sie nicht an.«

Morris Epstein riß wütend seinen Reißverschluß hoch und kapitulierte. Als er das Zimmer verlassen hatte, duchstöberte Lloyd es rasch; er warf einen Blick in die übrigen Schubladen und überlegte, ob er zum Revier Beverly Hills fahren und den Einbruchsbericht überprüfen sollte. Dentinger hatte gesagt, es seien keine Fingerabdrücke gefunden worden, aber vielleicht gab es ja Streifenberichte über gelbe Japs-Importe oder andere Hinweise, die ihm einen Denkanstoß geben könnten. Er schaute in die letzte Schublade und wandte seine Aufmerksamkeit dann dem Sims über dem Kamin zu. Er hörte, wie sich Epsteins Schritte näherten, als sein Blick auf eine geschliffene Kristallschale voller Streichholzheftchen fiel. Er nahm eine Handvoll heraus. Sie kamen alle aus der First Avenue West – aus einer der beiden Bars, in den Jungle Jack Herzog gearbeitet hatte.

»Hier ist Ihre Kanone, Bulle.«

Lloyd drehte sich um; Epstein hielt eine hochglanzlackierte Rosenholzschatulle in der Hand. Er ging auf ihn zu und nahm ihm die Schatulle ab. Als er sie aufgeklappt hatte, sah er einen großen Revolver aus blauem Stahl mit Griffschalen aus Perlmutt, in ein rotsamtenes Kissen gebettet. Rings um die Waffe herum waren weichnasige Kupfermantelpatronen arrangiert. Lloyd nahm einen Kugelschreiber aus der Tasche, schob ihn in die Mündung und hob die Waffe heraus. An der Unterseite des Laufes waren die eingravierten Ziffern 9471 deutlich zu lesen.

»Zufrieden?« fragte Epstein.

Lloyd senkte den Lauf und klappte den Deckel der Schatulle zu. »Ich bin zufrieden. Woher haben Sie diese Waffen?«

»Ich hab' sie billig gekauft, vom Produzenten dieser Bürgerkriegs-Miniserie, die ich letztes Jahr verkauft habe.«

»Wissen Sie die Seriennummer des anderen Revolvers?«

»Nein, aber ich weiß, daß die beiden Waffen aufeinanderfolgende Nummern haben. Sagen Sie – glauben die Bullen in Beverly Hills wirklich, ich hätte den Bericht getürkt?«

»Ja. Aber ich werde denen sagen, wie Sie kooperiert haben. Ich habe hier Streichhölzer aus der First Avenue West gesehen. Gehen Sie da oft hin?«

»Ja. Wieso?«

Lloyd nahm ein Foto von Jack Herzog aus der Brieftasche. »Diesen Mann schon mal gesehen?«

Epstein schüttelte den Kopf. »Nein.«

Lloyd zog eine Kopie des IK-Porträts von dem Mann, der mit Herzog gesehen worden war, hervor. »Und den?«

Epstein warf einen Blick auf das Bild und zuckte zusammen. »Scheiße, das ist ja unheimlich, Mann. Mit dem Typen hab' ich mir mal abends vor ›Bruno's Serendipity‹ einen reingezogen. Die Ähnlichkeit ist irre, verdammt.«

Lloyd sah, wie zwei divergente Beweislinien sich plötzlich kreuzten und wie an ihrem Schnittpunkt eine unglaubliche Erkenntnis aufleuchtete. »Hat dieser Mann Ihnen gesagt, wie er heißt?«

»Nein. Wir haben uns die Linie reingezogen, und dann haben wir uns getrennt. Aber komisch war's. Er war ein unheimlicher, ein hartnäckiger Typ. Stellte mir dauernd Fragen nach meiner Familie, und ob ich nicht Lust hätte, mich mal mit diesem Burschen mit dem unglaublichen Durchblick zu unterhalten, den er da kennt. Was ist los, Bulle? Sie sind blaß geworden.«

Lloyds Finger umspannten den Revolverkasten so fest, daß er die Sehnen knacken hörte. »Haben Sie ihm Ihren Namen genannt?«

»Nein. Aber ich habe ihm meine Karte gegeben.«

»Haben Sie ihm von Ihren Revolvern erzählt?«

Epstein schluckte. »Yeah.«

»Wann haben Sie mit dem Mann gesprochen?«

»Vor zwei oder drei Monaten vielleicht.«

»Haben Sie ihn seither wiedergesehen?«

»Nein, ich war nicht mehr im ›Bruno's‹. Mir stinkt's da.«

»Haben Sie den Mann in einen Wagen steigen sehen?«

»Ja, In einen gelben Kleinwagen.«

»Marke? Modell?«

»Ausländisch. Mehr weiß ich nicht. Hören Sie, was soll das alles? Sie kommen hier rein und schubsen mich rum, zerschmeißen mir den Glastisch –« Epstein brach ab, als er sah, daß Lloyd zur Tür lief. »He, Bulle, kommen Sie gelegentlich noch mal vorbei, und wir quatschen ein bißchen«, rief er ihm nach. »'n großen bösen Cop wie Sie könnte ich in einer Serie unterbringen!«

Mit Blinklicht und Sirene schaffte Lloyd es, in der Rekordzeit von fünfundzwanzig Minuten zum Parker Center zurückzufahren. Mit der Waffenschatulle in der Armbeuge rannte er die drei Treppen zum Büro des Untersuchungslabors hinauf und stürmte durch mehrere Türen, bis er Officer Artie Cranfield gegenüberstand. Der ließ sein *Penthouse*-Heft sinken und meinte: »Mann, du siehst aber aufgeregt aus.«

»Ich *bin* auch aufgeregt.« Lloyd schnappte nach Luft. »*Und* du mußt mir ein paar Gefallen tun. In diesem Kasten ist ein Revolver. Kannst du ihn auf die Schnelle nach Abdrücken untersuchen? Und danach brauchen wir einen ballistischen Vergleichstest.«

»Ist es eine potentielle Mordwaffe?«

»Nein. Aber ich glaube, die Waffe, die bei dem Schnapsladenmord benutzt wurde, und diese hier haben aufeinanderfolgende Seriennummern. Die Munition in dieser Schatulle und die Munition, die bei dem Mord benutzt wurde, ist antik und wahrscheinlich aus ein und demselben Guß, und deshalb hoffe ich, daß die Laufmarken an den Geschossen so ähnlich sein werden, daß wir annehmen können –«

»So etwas können wir aber nicht annehmen«, warf Artie ein. »Solche Theorien kannst du vor Gericht nicht aufrechterhalten.«

Lloyd reichte Artie die Waffenschatulle. »Artie, ich wette zwanzig zu eins, daß dieser Fall auf der Straße geregelt wird. Würdest du dieses Schätzchen jetzt bitte für mich nach Fingerabdrücken untersuchen?«

Artie nahm einen Bleistift von seinem Schreibtisch und schob den Deckel damit auf. Dann steckte er einen zweiten Bleistift in den Lauf des Revolvers, schob ihn mit dem anderen Ende in das obere Scharnier des Kastens und verkeilte ihn so, daß die Waffe feststand. Als Schatulle und Waffe so gesichert waren, holte er einen kleinen Pinsel und ein Röhrchen Fingerabdruckpulver hervor und bestäubte die Oberflächen aus blauem Stahl, Perlmutt und Rosenholz. Als er fertig war, schüttelte er den Kopf. »Glatte Handschuhabdrücke auf dem Griff, Schmierspuren auf dem Lauf. Den Kasten hab' ich nur zum Spaß eingestäubt. Die Schmierspuren sind wahrscheinlich von dir, und die Handschuhabdrücke deuten darauf hin, daß der Kasten sorgfältig geöffnet worden ist. Du hast es mit einem Profi zu tun, Lloyd.«

Lloyd schüttelte den Kopf. »Ich habe eigentlich nicht geglaubt, daß wir etwas finden würden. Er hat das Pendant geklaut, aber ich dachte mir, er könnte dieses Exemplar wenigstens berührt haben.«

»Hat er auch. Mit OP-Handschuhen aus Gummi.« Artie lachte.

»Leck mich am Arsch«, sagte Lloyd. »Laß uns mit dem Monstrum zum Tank gehen und sehen, wie es schießt.«

Artie führte Lloyd durch das Kriminallabor in einen kleinen Raum, in dessen Fußboden mit Wasser- und Wattelagen versehene Ballistiktanks eingelassen waren. Lloyd schob drei Patronen in die Trommelkammern des .41ers und feuerte in die oberste Wasserschicht. Man hörte ein gedämpftes Schwirren, und dann hockte Artie sich an der Seite des Tanks nieder und zog eine Klappe auf. Er nahm die Auffangwatte in die Hand, zupfte die drei Projektile heraus und sah sie an. »Perfekt. Ich habe ein Vergleichsmikroskop in meinem Büro. Wir lassen uns die Kugeln aus dem Schnapsladen aushändigen, und dann schauen wir sie uns an.«

Lloyd setzte seine Unterschrift unter ein Formular des Kriminallabors, bekam die drei Geschosse, die man aus den Leichen der Opfer geschnitten hatte, und trug sie in einem durchsichtigen Plastikbeutel in Arties Büro. Artie legte sie auf den linken Objekttisch eines großen Doppelokular-Mikroskops und die drei Projektile aus dem Ballistiktank auf den rechten, und mehr als eine halbe Stunde lang studierte er die beiden Sätze, einzeln und zusammen. Schließlich stand er auf, rieb sich die Augen und gab sein Untersuchungsergebnis bekannt. »Abgesehen von der Tatsache, daß der Projektilsatz, der im Schnapsladen abgeschossen wurde, durch den Aufprall auf menschliche Schädel abgeplattet wurde, während die Tankgeschosse intakt geblieben sind, und abgesehen davon, daß die Laufkerbung der Schnapsladenprojektile durch den Aufprall verzerrt wurden, würde ich sagen, daß die grundlegenden Flächen- und Kerbenmuster so identisch sind, wie es bei aus zwei verschiedenen Schußwaffen abgefeuerten Geschossen nur möglich ist. Nagle das Schwein fest, Lloyd. Gib's ihm mit dem großen Knüppel, wo es am meisten weh tut.«

Bruno's Serendipity, Single-Bar und Backgammonclub, lag am Rodeo Drive, im Herzen des Boutiquenviertels von Beverly Hills. Die Inneneinrichtung war dunkel und üppig; eine lange, mit Ziernägeln beschlagene schwarzlederne Bar beherrschte die eine Hälfte der Grundfläche, Sessel und beleuchtete Backgammontische füllten die andere. Ein mit Spangen zusammengeraffter Samtvorhang trennte die beiden Bereiche, und gleich hinter dem Eingang erhob sich ein Podium, das von beiden Seiten des Lokals aus sichtbar war. Lloyd lächelte, als er sich der Bar näherte. Die Einrichtung war logistisch perfekt.

Der Barkeeper war ein dürrer Jüngling mit einer Punkfrisur. Lloyd setzte sich auf einen Barhocker, zog seine Brieftasche hervor, nahm einen Zehn-Dollar-Schein und das Phantombild heraus und ließ den Barmann einen Blick auf seine Polizeimarke werfen – alles in einer einzigen Bewegung. Als der Junge sagte: »Ja, Sir? Was kann ich für Sie tun?«, stopfte Lloyd ihm den Zehner in die Westentasche und reichte ihm die Fotokopie.

»L.A.P.D. Haben Sie diesen Mann schon mal gesehen? Gehen Sie damit zum Licht, und sehen Sie es sich in aller Ruhe an.«

Der Bartender gehorchte; er ging zu seiner Registrierkasse und knipste eine Lampe an. Nachdem er das Bild studiert hatte, schüttelte er den Kopf. »Klar. Schon oft. Irgendwie 'n intensiver Typ. Ich glaube, er ist bi. Ich meine, ich hab' ihn schon mit Männern und mit Frauen echt intensive Gespräche führen sehen. Was hat er gemacht?«

Lloyd bedachte den Jüngling mit einem strengen Blick. »Er belästigt kleine Jungs. Wann haben Sie ihn zuletzt gesehen?«

»Himmel. Irgendwann letzte Woche. Dieser Kerl ist ein Kinderschänder?«

»So ist es. Um welche Zeit kreuzt er normalerweise hier auf?«

Der Barmann deutete zu den Backgammontischen hinüber. »Sehen Sie, wie tot es noch ist? Vor acht kommt kaum jemand her. Wir machen nur deshalb so früh auf, weil für gewöhnlich spätnachmittags ein paar Schnapsdrosseln aus den Büros vorbeikommen.«

»Mir ist aufgefallen, daß Sie keinen Parkplatz haben«, sagte Lloyd. »Haben Sie einen Dienstmann, der die Autos woanders parkt, oder so was Ähnliches?«

Der Junge schüttelte den Kopf. »Brauchen wir nicht. Wenn die Boutiquen schließen, gibt's auf der Straße genug Parkplätze.« Er deutete auf die Plattform im Eingang. »Aber Sie werden ihn gut erkennen können. Wenn es dunkel ist, geht jedesmal, wenn jemand die Tür öffnet, Diskomusik an, und an der Decke leuchten bunte Spots auf, erst weiß, dann blau und rot, wissen Sie – damit die Leute wissen, wer kommt. Sie werden ihn wirklich gut sehen können.«

Lloyd legte einen Dollarschein auf den Tresen und ging zu einem Hocker am hinteren Ende der Bar. »Ein Ginger-Ale mit Zitrone. Und bringen Sie mir ein paar Erdnüsse oder so was. Ich habe vergessen, etwas zu Mittag zu essen.«

Sechs Stunden lang trank Lloyd Ginger-Ale und grübelte nach einer logischen Erklärung dafür, daß seine beiden Fälle zu einem einzigen narrativen Faden verschmolzen. Aber nur das Gefühl, für die Entwirrung dieses Fadens gerüstet zu sein, erwuchs aus seinen Überlegungen, die von der Disco-Lightshow am Eingang des Clubs begleitet wurden. Von sechs Uhr an war jeder, der hereinkam, einen Augenblick lang Mittelpunkt einer blitzenden Lichtorgel, die im Takt eines aufgemotzten Arrangements von Melodien aus *Saturday Night Fever* erstrahlte. Die meisten Gäste waren jung und modisch gekleidet und vollführten ein paar kurze Tanzschritte, ehe sie sich an die Bar oder zu den Backgammontischen begaben. Lloyd musterte jedes Männergesicht, sobald das weiße Licht aufleuchtete; niemand hatte auch nur annähernd Ähnlichkeit mit seinem Verdächtigen. Nach und nach verschwammen die männlichen und weiblichen Gesichter in einem androgynen Wirbel, der seinen Augen weh tat und sich mit dem Lärm subtiler wie unverfrorener Paarungsouvertüren vereinte, um alle seine Sinne aus dem Gleichgewicht zu bringen.

Um elf Uhr ging Lloyd zur Herrentoilette und tauchte den Kopf in ein Waschbecken mit kaltem Wasser. Einigermaßen erfrischt trocknete er sich mit Papierhandtüchern ab und schlenderte zurück in den Club. Er war im Begriff, an der Bar Platz zu nehmen, als sein Phantombild in Fleisch und Blut an ihm vorbeiging.

Lloyds Haut prickelte, und er mußte seine Revolverhand zur Faust ballen, um zu verhindern, daß er reflexhaft nach seinem .38er griff. Für den Bruchteil einer Sekunde trafen sich die Blicke der beiden Männer; Lloyd wandte seinen zuerst ab und dachte: *Pack ihn draußen bei seinem Wagen*. Dann hörte er ein heiseres Keuchen hinter sich, gefolgt von einem metallischen Klicken.

Beide Männer drehten sich im selben Augenblick um. Lloyd sah, wie der Phantombildmann seinen monströsen Revolver hob und die Mündung auf ihn richtete. Er duckte sich auf die Knie, als es rot aus dem Lauf barst, und der Knall dröhnte in seinen Ohren. Flaschen explodierten hinter der Bar, wo die Kugel einschlug; Schreie erfüllten den Raum. Lloyd rollte über den Boden auf den spangengefaßten Trennvorhang zu, zog dabei seinen .38er und versuchte, aus einer Rückwärtsrolle heraus zu zielen, doch alle möglichen Körperteile in panischer Bewegung versperrten ihm den Blick auf sein Ziel. Wieder zwei donnernde Explosionen; der Barspiegel zersplitterte; das Schreien schwoll weiter an. Lloyd wälzte sich von dem Vorhang weg und stieß krachend gegen einen Backgammontisch. Er kam eben auf die Beine, als ein weiterer Schuß die Vorhangschiene traf und den Vorhang herunterprasseln ließ. Menschen kauerten unter den Tischen, zusammengepreßt in einem Gewirr von Armen und Beinen. Pulverqualm hing über der Bar, aber durch den Nebel sah Lloyd, wie sein Gegner den Revolver im Bogen herumschwenkte und nach *seinem* Ziel Ausschau hielt.

Lloyd streckte seinen Revolverarm aus; mit der Linken hielt er das rechte Handgelenk umfaßt. Er feuerte zweimal – zu hoch. Der Phantombildmann wandte sich um und rannte zurück in Richtung der Toiletten. Über einen Hinderniskurs aus bebenden Körpern stolpernd, setzte Lloyd ihm nach, und vor der Herrentoilette preßte er sich flach an die Wand. Mit der Fußspitze schob er die Tür sachte nach innen. Von drinnen hörte er mühsames Atmen, und er stieß die Tür ganz auf und feuerte blind in Brusthöhe hindurch; dann zuckte er zurück, als ein Schuß von drinnen die Tür in der Mitte zerbersten ließ.

Lloyd rutschte an der Wand herunter zu Boden und zählte die Schüsse, die abgegeben worden waren: fünf von dem Psycho, drei von ihm selbst. Greif ihn an und bring ihn um. Er fummelte drei Patronen aus seinem Gürtel in die Kammern seines Kurzläufigen und feuerte dann noch einmal durch die Toilettentür, in der Hoffnung darauf, daß der Mann panisch zurückschießen würde. Als sich nichts rührte, stürmte er durch die halb zerschossene Tür und erhaschte noch einen verschwommenen Blick auf zwei Beine, die sich über der Toilette durch ein schmales Fenster zwängten und verschwanden.

Lloyd streifte die Jacke ab, sprang hoch und versuchte, sich durch das Fenster zu quetschen. Er blieb mit den Schultern stecken, und der Holzrahmen splitterte, aber sosehr er sich auch wand und mit jedem Zoll seines Körpers zusammenzog, er paßte nicht hindurch. Er sprang auf den Boden und rannte zurück durch den Club, der jetzt eine Wüste aus Glasscherben, umgestürzten Möbeln und schutzsuchenden Menschenhaufen war. Er war nur noch zwei oder drei Schritte vom Eingangsspalier entfernt, als die Tür aufgestoßen wurde und drei Streifenpolizisten hereindrängten. Sie richteten Pumpguns auf seinen Kopf, Schrotgewehre mit pumpenschwengelartigem Repetiergriff. Er sah die Angst in ihren Augen und wie ihre Finger am Abzug vibrierten, und er ließ seinen .38er zu Boden fallen. »L.A.P.D.«, sagte er sanft. »Meine Marke und mein Ausweis sind in der Jackentasche.«

Der mittlere der drei Cops rammte Lloyd die Mündung seiner Pumpgun gegen die Brust. »Du hast keine Jacke an, Arschloch. Dreh dich um und leg die Hände über deinem Kopf an die Wand. Dann mach die Beine breit. Das alles schön langsam.«

Lloyd gehorchte, langsam wie in äußerster Zeitlupe. Er fühlte, wie rauhe Hände ihn grob abklopften. Aus der Ferne hörte er Sirenengeheul näher kommen. Als sie ihm die Hände auf den Rücken drehten und ihm Handschellen anlegten, sagte er: »Meine Jacke liegt auf der Toilette. Ich habe hier einem Mordverdächtigen aufgelauert. Sie müssen einen Fahndungsbefehl und eine Fahrzeugbeschreibung herausgeben. Es handelt sich um einen gelben japanischen -‹«

Ein schwerer Gegenstand fuhr ihm ins Kreuz. Lloyd fuhr herum und sah, daß der mittlere Cop den Kolben seines Schrotgewehrs vor sich ausgestreckt hielt. Die beiden anderen Cops waren einen Schritt zurückgewichen und machten ratlose Gesichter. »Er trägt ein Schnellziehhalfter«, flüsterte der eine. »Ich seh mal auf dem Klo nach.«

Der mittlere Cop fiel ihm ins Wort. »Einen Scheißdreck tust du. Wir buchten ihn ein. Du kümmerst dich um die Leute hier, stellst fest, ob jemand verletzt ist, nimmst ihre Aussagen zu Protokoll. Der Krankenwagen wird gleich hier sein, und dann hilfst du den Sanitätern. Jensen und ich bringen das Arschloch hier weg.«

Mit zusammengekniffenen Augen spähte Lloyd auf das Namensschild des kommandoführenden Cops. Burnside. Er bemühte sich, mit beherrschter Stimme zu sprechen. »Burnside, Sie lassen einen Massenmörder und mutmaßlichen Copkiller laufen. Gehen Sie auf die Toilette, und holen Sie meine Jacke.«

Burnside packte ihn bei der Schulter, drehte ihn herum und schob ihn zum Ausgang und in einen Streifenwagen, der draußen am Rinnstein stand. Lloyd schaute aus dem Fenster und sah, daß weitere Beverly-Hills-Streifenwagen und Ambulanzfahrzeuge mitten auf dem Gehweg stoppten. Der Wagen fuhr an, und er suchte vergeblich nach einem gelben japanischen Auto; ihm war, als brenne sein ganzer Körper wie Trockeneis.

Die Fahrt zum Revier Beverly Hills dauerte zwei Minuten. Burnside und Jensen schoben Lloyd die Hintertreppe hinauf und führten ihn durch einen schmuddeligen Gang zu einer mit Drahtgitter gesicherten Arrestzelle. Burnside stieß ihn hinein, ohne ihm die Handschellen abzunehmen, und sagte zu seinem Partner: »Ich glaube, wir haben hier einen fetten Fang gemacht. Jeder echte Bulle vom L.A.P.D. hätte einen von unseren Jungs mitgenommen, wenn er einem Mordverdächtigen auflauern wollte. Holen wir den Skipper.«

Die beiden Cops schlossen die Käfigtür ab und liefen den Gang hinunter. Lloyd lehnte sich gegen das Drahtgitter und lauschte dem Gelächter und Gejohle aus der Ausnüchterungszelle am anderen Ende des Korridors. Er ließ seine Gedanken abfließen, bis sein Kopf leer war, und dann trug er die Ereignisse in Bruno's Serendipity Stück für Stück zusammen und ließ sie im Geiste noch einmal ablaufen. Ein Gedanke beherrschte alles: Irgendwie war es dem Identikit-Mann gelungen, ihn augenblicklich als Feind zu erkennen. Sicher – seine Größe und sein unmoderner Straßenanzug hätten jeden Idioten mit einiger Straßenerfahrung aufmerksam werden lassen, aber der I.K.-Mann hatte nur einen ganz kurzen Blick auf ihn werfen können, und das im Gedränge und bei künstlicher Beleuchtung. Lloyd hielt diesen Gedanken fest, suchte ihn nach undichten Stellen ab, fand keine. *Etwas hier lag weit abseits der üblichen kriminellen Gerissenheit.*

»Sie haben Scheiß gebaut, Sergeant.«

Lloyd blickte in die Richtung, aus der die Stimme gekommen war. Draußen stand ein Captain der Polizei von Beverly Hills; er trug Uniform. In den Händen hielt er Lloyds Anzugjacke und seinen .38er, und er schüttelte langsam den Kopf.

»Lassen Sie mich raus, und geben Sie mir meine Jacke und meine Waffe zurück«, sagte Lloyd.

Der Captain schüttelte ein letztes Mal den Kopf, schob einen Schlüssel in die Käfigtür und ließ sie aufschwingen. Er nahm einen Handschellenschlüssel aus der Tasche und schloß Lloyds Handschellen auf. Lloyd rieb sich die Handgelenke und nahm dem Captain Jacke und Revolver ab; dabei sah er, daß der Mann mindestens zwölf Jahre jünger war als er. »Yeah, ich habe Scheiß gebaut«, sagte er.

»Nett, mal zu hören, wie der legendäre Lloyd Hopkins zugibt, daß auch er nicht unfehlbar ist«, sagte der Captain. »Wieso haben Sie den Leiter unserer Kriminalpolizei nicht über Ihren Einsatz informiert? Er hätte einen zweiten Mann für Sie abgestellt.«

»Es ging zu schnell. Ich wollte draußen bei seinem Wagen auf den Verdächtigen warten. Ich hätte eine Streife von Ihnen zu Hilfe gerufen, aber er erkannte mich als Cop und rastete aus.«

»Wie groß sind Sie – einsneunzig? Zweihundertfünfundzwanzig Pfund? Man braucht kein Genie zu sein, um sich denken zu können, womit Sie Ihr Geld verdienen.«

»Ach ja? Ihre eigenen Leute konnten es sich aber nicht denken.«

Der Captain lief rot an. »Officer Burnside wird sich bei Ihnen entschuldigen.«

»Entzückend«, sagte Lloyd. »Und inzwischen verschwindet ein durch und durch psychopathischer Mörder als freier Mann aus Beverly Hills. Mit einem Fahndungsbefehl und einer Fahrzeugbeschreibung hätte man ihn vielleicht noch schnappen können.«

»Stellen Sie meine Geduld nicht auf die Probe, Hopkins. Seien Sie nur froh, daß niemand im Bruno's verletzt worden ist. Wenn Sie für die Verwundung oder den Tod eines Bürgers aus meinem Bezirk verantwortlich wären, dann würde ich Sie kreuzigen lassen. So überlasse ich es Ihrem Department, sich mit Ihnen auseinanderzusetzen.«

Vor Lloyds Augen pulsierte es rot. Er schloß die Lider, um das Pochen zu begrenzen. »Möchten Sie die ganze Geschichte hören?«

»Nein. Ich will einen umfassenden Bericht, in dreifacher Ausfertigung. Gehen Sie nach oben, suchen Sie sich einen Schreibtisch und schreiben Sie ihn sofort. Ich habe Ihre Vorgesetzten beim Raub/Mord informiert. Sie sollen sich morgen früh um zehn beim Chef der Kriminalpolizei melden. Gute Nacht, Sergeant.«

Kochend vor Wut sah Lloyd dem Captain nach. Er gab sich zehn Minuten zum Abkühlen, und dann fuhr er mit dem Aufzug hinauf in die Kraftfahrzeugmeldestelle. Ein Angestellter, der hier den Nachtdienst versah, gab ihm einen gelben Kanzleiblock und einen Kugelschreiber, und die nächsten zwei Stunden verbrachte er damit, in Blockbuchstaben drei detaillierte Berichte über die Ereignisse im Bruno's zu verfassen und seine Untersuchungen zu dem Dreifachmord in dem Schnapsladen und zum Verschwinden des Kollegen Jack Herzog zusammenzufassen; seine noch nicht abgegebene Notiz an den Chief fügte er dem Bericht wörtlich hinzu; er hoffte, man würde ihm dies als Bemühung zum »Teamspiel« auslegen. Als er fertig war, brachte er die Blätter zum Officer des Nachtdienstes und wollte zum Parkplatz hinausgehen. Er war schon fast draußen, als eine Lautsprecherstimme ihn zurückfahren ließ. »Dringender Anruf für Sergeant Hopkins! Sergeant Hopkins, bitte!«

Lloyd kehrte zurück zum wachhabenden Beamten und nahm den Telefonhörer entgegen. »Ja?«

»Dutch hier, Lloyd. Was ist passiert?«

»Ein Haufen Scheiße. Wer hat es dir erzählt?«

»Thad Braverton. Du sollst morgen früh zu ihm kommen.«

»Ich weiß. Ist er sauer?«

»Kommt darauf an, was du ihm zu sagen hast. Was ist *passiert?*«

Trotz Wut und Erschöpfung mußte Lloyd lachen. »Du wirst nicht *glauben*, was passiert ist. Es ist ein und derselbe Typ, der die Sache im Schnapsladen durchgezogen und Jack Herzog umgebracht hat. Ich bin sicher. Er hat mit der Kanone aus dem Schnapsladen auf mich geschossen. Wir haben eine Single-Bar in Beverly Hills zerlegt, so gut wir konnten. Es war wild.«

»*Was!*« Dutch brüllte.

»Morgen, Partner. Ich rufe dich an, wenn ich mit Braverton gesprochen habe.«

Dutchs Stimme wurde sanft. »Herrgottsakrament verdammte Scheiße.«

Lloyds Stimme war sanfter. »Amen. Hast du gute Nachrichten für mich? Ich könnte welche gebrauchen.«

»Zweierlei«, sagte Dutch. »Erstens: Ich habe mich nach diesem verrückten Namen umgehört, nach dem du mich gefragt hast. Doctor John the Night Tripper. Vor Jahren hieß ein Rock-Bimbo so, und außerdem ist es der Spitzname eines Psychiaters, der vorzugsweise als Therapeut für Huren und vom Gericht überwiesene Kriminelle arbeitet. Er ist sehr geachtet. Sein wirklicher Name ist John Havilland, und seine Praxis hat er in Century City. Zweitens: Beim Internal Affairs Department liegt nichts gegen dich vor. Ich habe heute morgen Fred Gaffaney angerufen und Herzog als vermißt gemeldet. Ich habe auch den Ärger auf mich genommen, der darin bestand, daß Gaffaney ein paarmal ›Scheiße‹ schrie.«

Den ersten Teil prägte Lloyd sich ein, über den zweiten lachte er. »Gute Arbeit, Partner. Wir sprechen uns morgen.«

Dutch lachte ebenfalls. »Bleib am Leben, Kleiner.«

Lloyd legte auf und ging hinaus auf den Parkplatz. Er schlängelte sich durch ein Labyrinth aus planlos geparkten Streifenwagen und nicht gekennzeichneten Fahrzeugen. Als er den Gehweg erreicht hatte, sah er Officer Burnside auf sich zukommen. Burnside kicherte im Vorübergehen; Lloyd blieb stehen und tippte ihm auf die Schulter. »Haben Sie mir etwas zu sagen?«

Burnside drehte sich um. »Yeah. Sind Sie nicht 'n bißchen zu alt, um außerhalb Ihres Bezirks den wilden Mann zu spielen?«

Lloyd lächelte und rammte Burnside eine kurze Rechte in den Leib. Nach Luft schnappend, krümmte Burnside sich zusammen. Lloyd drückte ihm mit der Linken das Kinn hoch und schlug ihm die rechte Faust mit voller Kraft auf den Nasenrücken. Er fühlte, wie der Knochen brach. Burnside flog rückwärts aufs Pflaster, und stöhnend rollte er sich zu einer Kugel zusammen, um weiteren Schlägen zu entgehen. Lloyd ging zu seinem Wagen; er fühlte sich alt und betäubt, und er hatte seinen Beruf satt.

9

Der Night Tripper las die Akten von Junior Miss Cosmetics eben zum viertenmal, als das Telefon in seiner Praxis klingelte, vierundzwanzig Stunden vor Goffs nächstem planmäßigen Anruf. Er sah seine Marionette vor sich, wie sie mit einem Bakterienfieber kämpfte, und er nahm den Hörer ab und flüsterte: »Du bist zu früh dran, Thomas. Was gibt's?«

Goffs Antwort kam stoßweise keuchend. »Cop! Der große aus den Cop-Akten! Hab' versucht, ihn kaltzumachen wie das Ungeziefer im Schnapsladen, aber er –« Das Keuchen ging in ein angstvolles Heulen über.

Havilland sah Goff vor sich, wie er nach Luft schnappte und schäumte und die Telefonzelle mit seinem Fieber und seiner hilflosen Raserei in Glut brachte. Im Geiste sprach er das Urteil, und laut sagte er: »Geh nach Hause, Thomas. Kannst du mich verstehen? Geh nach Hause, und warte auf mich. Atme dreimal ein und aus, und dann sag mir, daß du nach Hause gehen wirst. Wirst du das für mich tun?«

Die drei Atemzüge mündeten in etwas, das einer menschlichen Stimme glich. »Ja ... ja ... bitte beeilen Sie sich.«

Der Doctor legte den Hörer auf und hielt sich die Hände vor die Augen. Sie waren völlig ruhig. Er ging ins Bad und starrte in den Spiegel. Seine hellbraunen Augen blickten fest und unerschütterlich in dem Wissen, daß Goff zwar gefallen, aber dennoch unverwundbar war. Er griff unter das Waschbecken und holte das Todeswerkzeug hervor, das er am Abend zuvor bereitgemacht hatte; er kehrte zurück in sein Arbeitszimmer und stopfte es in die alte schwarze Lederaktentasche, die er schon auf der Universität gehabt hatte. Dann hockte er sich nieder, hob ein loses Teppichstück hoch und öffnete seinen Fußbodensafe. Er nahm einen einzelnen braunen Ordner heraus, und für den Bruchteil einer Sekunde ging ihm durch den Sinn, daß der Mann auf dem Foto, das an das erste Blatt geheftet war, genauso aussah wie sein Vater.

So für den Gnadenakt bewaffnet, verließ er sein Appartement, ging auf die Straße und sah sich nach einem Taxi um. Nach wenigen Minuten kam eines vorbei. »Michael's Restaurant, Los Feliz, Ecke Hillhurst«, sagte Havilland zu dem Fahrer. »Und bitte beeilen Sie sich.« Der Fahrer raste durch den spätabendlichen Verkehr, ohne sich ein einziges Mal nach seinem Fahrgast umzusehen. Als er vor dem Restaurant anhielt, fragte er: »Schnell genug für Sie?«

Der Doctor lächelte und reichte ihm einen Zwanziger. »Behalten Sie den Rest«, sagte er.

Als das Taxi abgefahren war, ging Havilland die vier Blocks zu Goffs Wohnung zu Fuß, und erleichtert nahm er zur Kenntnis, daß in den Nachbarwohnungen nirgends Licht brannte. Er klopfte leise an die Tür, und als Antwort vernahm er ein Stöhnen wie aus einer anderen Welt. Die Sicherheitskette wurde abgenommen, und Goff erschien im Türrahmen; mit angstvollen Augen starrte er ihm flehentlich entgegen, die Hände wie zum Gebet zusammengepreßt. Der Doctor betrachtete die Hände, die zitternd ein paar Zoll weit vor seinem Gesicht schwebten. Die Finger waren blutige Stümpfe, als hätte Goffs animalische Panik ihn getrieben, sich aus seinem Leben hinauszugraben. Als er einen Blick auf die Innenseite der Tür warf, sah er Kratzspuren und Blutgerinnsel.

Havilland legte Goff sanft die Hände auf die Schultern und schob ihn zurück ins Wohnzimmer. Auf dem Couchtisch lag der nach Kordit stinkende Revolver. Er verschloß und verriegelte die Tür und schickte Goff auf das Sofa; in seiner Aktentasche wühlte er nach seinen Werkzeugen der Anklage und der Gnade. Den braunen Pappordner legte er mit der Vorderseite nach unten auf den Boden, und aus einer Laborphiole zog er mit einer Injektionsspritze eine Dosis Strychnin auf. Dabei flüsterte er: »Zwei Fragen, bevor ich dir ein Beruhigungsmittel gebe, Thomas. Erstens: Hat die Polizei dein Auto gesehen?«

Goff schüttelte den Kopf und versuchte, seine Lippen zu einem »Nein« zu formen. Der Doctor sah ihm in die Augen. *Wahrscheinlich die Wahrheit.*

»Gut, gut«, flüsterte er, und dann legte er Goff die linke Hand auf den Mund und preßte seinen Kopf mit aller Kraft an die Wand. Goffs Augen quollen aus den Höhlen, aber ihr Blick löste sich nicht von den Augen seines Herrn. Havilland nahm den Pappordner vom Boden auf und zog das Foto von der ersten Seite ab. Er hielt es so, daß Goff es sehen konnte, und fragte: »Ist das der Polizist?«

Goffs Augen weiteten sich, und seine Pupillen wurden groß. Ein Schrei stieg in seiner Kehle auf, und er verdrehte den Kopf und biß den Doctor in die Hand. Havilland drängte sich mit seinem ganzen Gewicht gegen ihn und tastete mit dem freien Arm hierhin und dorthin, um seine Spritze zu finden. Er bekam sie zu fassen, als Goffs Zähne sich in seine Handfläche gruben. Er warf sich quer über Goffs sich windenden Oberkörper und stieß ihm die Nadel in den Hals, aber er verfehlte die Ader, auf die er gezielt hatte, und als die Kanüle sich in Muskelgewebe bohrte, zog er sie wieder heraus. Noch einmal zielte er, und er sah, wie sein Vater und der Polizist auf dem Foto zu einer Person verschmolzen, während das Riesenrad in dem Vergnügungspark in der Bronx eben mit seinem Abstieg begann. Die Nadel traf; sein Daumen drückte auf den Kolben; das Gift drang ein. Goffs Rücken bog sich durch, seine Füße zuckten, und er stemmte sich in einem mächtigen Anfall, der den ganzen Körper erfaßte, gegen die Wand. Herr und Knecht wurden zusammen auf den Boden geschleudert. Goff wand sich, und Schaum trat ihm vor den Mund. Havilland richtete sich auf den Knien auf und sah, wie sein Vater und der Polizist sich wieder in zwei separate Wesen auflösten und von einem kleinen Mädchen in einem Partykleid im Stil der fünfziger Jahre verdrängt wurden, das ihn auslachte. Er schüttelte den Kopf, um das Bild zu verjagen, und er hörte, wie Goffs Rückenwirbel auseinanderschnappten, als dieser versuchte, sein Inneres nach außen zu kehren. Der Doctor stand auf, und er sah, wie eine Tür sich öffnete, hinter der es schwarz war, und er sah Grabsteine hinter Stacheldraht. Er hielt sich die Hände vors Gesicht und sah, daß sie ruhig waren. Er schaute zu Boden und sah Thomas Goff, tot, erstarrt in einer endgültigen Verkörperung der Qual.

»Vater«, wisperte der Night Tripper. »Vater, Vater.«

Jetzt blieb nur noch die Beseitigung der Leiche.

Der Doctor durchwühlte seine Aktentasche, nahm den Leichensack aus schwarzem Vinyl heraus und breitete ihn der Länge nach auf dem Boden aus. Er riß ihn auf, warf zuerst Goffs Revolver hinein, stopfte dann Goff selber hinterdrein und zog den Reißverschluß zu.

Goffs Autoschlüssel lagen auf dem Couchtisch. Havilland steckte sie in die Tasche, ging in die Hocke und wuchtete sich den nunmehr schmerzfreien Goff auf die rechte Schulter. Dann nahm er seine Aktentasche, knipste das Deckenlicht aus, zog die Tür hinter sich ins Schloß und ging hinaus auf die Straße.

Goffs Toyota parkte vier Häuser weiter. Havilland schloß den Kofferraum auf, zwängte den Toten hinein und klemmte den Leichensack fest, indem er den Ersatzreifen und den Wagenheber auf Goffs Leib legte. Er vergewisserte sich, daß nichts zu sehen war, schlug den Kofferraumdeckel zu und fuhr zu Goffs letzter Ruhestätte.

Thomas Goffs Grab war der Wartungskeller eines Lager- und Garagenhauses im Industriegebiet von East Los Angeles.

Es gehörte einem früheren kriminellen Klienten des Doctors, der vor zwei Jahren zu einer lebenslänglichen Gefängnisstrafe verurteilt worden war, weil er zum drittenmal eines bewaffneten Raubüberfalls überführt worden war. Frühestens nach zehn Jahren würde man die Strafe zur Bewährung aussetzen können. Havilland zahlte die Abgaben für das Gebäude und schickte der Frau des Mannes alle drei Monate einen Scheck. Die düstere alte Ziegelfestung würde ihm noch mindestens acht Jahre lang gehören.

Der Night Tripper brauchte zehn Minuten, um die Grabstelle zu sichern; er suchte in dem Schlüsselbund, den sein Klient ihm gegeben hatte, öffnete eine ganze Serie von Türen, die mit Vorhängeschlössern doppelt versperrt waren, und fuhr durch einen Hinderniskurs aus verschimmelten Kartons und verrottendem Holz, bis er tief in den stockfinsteren Eingeweiden des Gebäudes angelangt war. Er wischte seine Fingerabdrücke vom Wagen ab und tastete sich im Dunkeln zurück, und mit jedem Vorhängeschloß, das er einschnappen ließ, wurde das Gefühl von Befriedigung und Vollendung heftiger spürbar: Thomas Goff hatte sein ganzes Erwachsenenleben damit zugebracht, die Abwesenheit von Licht zu suchen, und der Doctor hatte versprochen, ihm zu helfen; jetzt umschloß Dunkelheit Schicht um Schicht die Stätte seiner ewigen Ruhe.

Als er das Schloß der Ausgangstür hinter sich hatte einrasten lassen, ging der Night Tripper zu Fuß in die Stadt zurück, und seine Gedanken richteten sich auf die Zukunft. Jetzt, da Goff tot war, flog er solo; sämtliche Akteneinsätze würde er selbst durchzuführen haben. Es war an der Zeit, die derzeitigen *lonelies* mit Bemerkungen über bevorstehende »letzte« Aufträge zu vertrösten und sich auf das Sammeln von Daten und auf das mögliche Duell mit dem Polizisten, der seinem Vater so sehr ähnelte, zu konzentrieren. Als Havilland die

Third Street Bridge überquerte und die Lichter der Business-Monolithen der City vor ihm flimmerten, mußte Havilland an ein Schachspiel denken: Richard Oldfield, klinisch wahnsinnig, doch von exquisiter Vorsicht, und er glich dem verstorbenen Thomas Goff wie ein Zwillingsbruder. *Bauer auf Dame*. Linda White, die Hure, die in ihren Fantasien Tötungsfilme drehte und die sich nach einem Leben in seliger Häuslichkeit mit einem großen, grobschlächtigen Mann sehnte. *Dame auf König*.

Und schließlich der so verwitterte »König« selbst: Detective Sergeant Lloyd Hopkins, der übergroße Cop aus L.A. mit dem I.Q., der nicht mehr in die Tabelle paßte, der Mann, von dem der Alchimist gesagt hatte: »Seine Akte hab' ich geklaut, weil er einfach der Beste ist, den es gibt. Wenn er nicht ein so unverschämter Schürzenjäger wäre und wenn er nicht solche Wildwestmethoden anwendete, dann wäre er Chef der Kriminalpolizei. Er ist innerhalb des Departments beinahe völlig autonom, weil die hohen Tiere wissen, daß er der Beste ist, und weil sie glauben, daß er nicht alle Tassen im Schrank hat. Er war es, der im vorigen Jahr den Fall des ›Hollywood-Schlächters‹ abgeschlossen hat. Keiner weiß wirklich, was da passiert ist, aber man munkelt, daß Hopkins einfach loszog und das Schwein umbrachte.«

Havilland ließ sich diese Worte noch einmal durch den Kopf gehen und stellte sie dem unübertrefflichen Verhaftungsrekord aus der Akte und dem unsteten Familienleben gegenüber, das in dem Ordner ebenfalls detailliert dokumentiert war. *Schachmatt*. Sein Blick versank tiefer in den Lichtern vor ihm, und er dachte daran, wie er die Tür zu seiner Kindheit aufschließen würde – mit einem symbolischen Vatermord.

10

Bevor wir anfangen, möchte ich Sie bitten, den *Big Orange Insider* von heute morgen zu lesen.«

Lloyd rutschte auf seinem Stuhl hin und her und senkte den Blick; er fragte sich, ob Thad Braverton ihm die gespielte Zerknirschung wohl abkaufen mochte. Das Händeschütteln war ein guter Anfang gewesen, aber in Bravertons Augen blinkten die Nadelspitzen mühsam beherrschter Wut und straften die Achtung gebietende Ruhe seines Tonfalls Lügen.

»Martin Bergens Kolumne?« fragte Lloyd.

Der Chef der Kriminalpolizei schüttelte den Kopf. »Nein. Erstaunlicherweise hat es ein anderer bullenhassender Schmierfink geschrieben. Der Kommentar eines gewissen Officer Burnside ist besonders interessant.«

Lloyd stand auf und nahm die zusammengefaltete Zeitung, die der Chief ihm entgegenhielt; gleichzeitig reichte er ihm seinen säuberlich getippten Bericht zum Schnapsladen/Herzog-Fall. Er setzte sich und las den aufgeblasenen Artikel des *Insider* über die Schießerei in Bruno's Serendipity, eine dreispaltige Anklage des »Cowboy-Faustrechts«, in der mit großem Nachdruck von den »unschuldigen jungen Singles« die Rede war, »deren Leben von einem schießwütigen Kriminalpolizisten des L.A.P.D. aufs Spiel gesetzt wurde«. Der letzte Absatz gab die Bemerkungen eines Carl D. Burnside, Officer im Revier Beverly Hills, vierundzwanzig Jahre alt, zum besten, »der sich kürzlich bei einem Jogging-Unfall das Nasenbein gebrochen hat«:

»Sergeant Hopkins versuchte, seinen Verdächtigen in einem Raum voller unschuldiger Personen zu verhaften, obwohl er wußte, daß der Typ bewaffnet und gefährlich war. Er hätte einen Officer aus Beverly Hills bei sich haben müssen. Seine rücksichtslose Mißachtung der Sicherheit unserer Bürger hier in Beverly Hills ist abscheulich. Wildgewordene Cops wie Hopkins bringen vernünftige, sicherheitsbewußte Polizisten wie mich in Verruf.«

Lloyd unterdrückte einen Lachanfall, während er die Zeitung zusammenfaltete und zusah, wie der Chief seinen Bericht durchlas. Fünf Stunden lang hatte er zu Hause darüber geschwitzt, hatte beide Fälle von Anfang an detailliert geschildert und nachgezeichnet, wie sie sich einander Schritt für Schritt genähert hatten; er hatte betont, daß er von Marty Bergens Unschuld an Jack Herzogs mutmaßlichem Tod überzeugt sei, und berichtet, wie Herzog die sechs Personalakten des L.A.P.D. gestohlen hatte und daß der Identikit-Mann *diese Akten gesehen haben mußte* – denn nur so hatte er ihn in einem verräucherten Lokal voller Menschen als Polizisten identifizieren können.

Die letzte Seite aber enthielt den Knalleffekt: den dokumentierten Beweis, der Thad Braverton hoffentlich vom Stuhl werfen und ihm selbst die Schmach einer Disziplinarstrafe ersparen würde. Im Morgengrauen war er noch einmal zu Bruno's Serendipity gefahren und hatte die beiden Arbeiter, die damit beschäftigt gewesen waren, die Verwüstungen der vergangenen Nacht zu beseitigen, bestochen, damit sie ihm erlaubten, nach den verschossenen .41er Projektilen zu suchen. Er hatte die Flugbahnen über den Daumen kalkuliert und die Wände mit einer Taschenlampe abgesucht; es war ihm gelungen, zwei plattgedrückte Revolverkugeln sicherzustellen. Cranfield und sein Vergleichsmikroskop hatten den Rest erledigt und die unwiderlegbare ballistische Bestätigung erbracht: *Die drei Projektile aus dem Schnapsladen und die zwei aus den Wänden im Serendipity stammten aus derselben Waffe.*

Thad Braverton las den Report zu Ende und fixierte Lloyd mit undurchdringlicher Miene. »Ein gedämpftes Bravo, Hopkins. Ich wollte Sie suspendieren, aber im Lichte Ihres Berichts werde ich Sie mit einer Abmahnung davonkommen lassen. Wagen Sie sich nie wieder in einen fremden Zuständigkeitsbereich, ohne vorher dem Chef des Reviers Pfötchen zu geben. Haben Sie mich verstanden?«

Lloyd verzog sein Gesicht zu einem Ausdruck, der Betretenheit darstellen sollte. »Jawohl, Chief.«

Braverton lachte. »Versuchen Sie nicht, reumütig zu gukken. Sie sehen aus wie ein Schulbengel, der gerade zum erstenmal gevögelt hat. Sie sind vom Raub/Mord-Dezernat offiziell beauftragt, die Untersuchungen in dem Schnapsladen-Fall zu führen, ja?«

»Ja.«

»Gut. Arbeiten Sie fulltime an der Sache. Den Fall Herzog gebe ich ans Internal Affairs Department; die werden sich verschwiegen darum kümmern, und das ist wichtig: Falls Herzog in kriminelle Aktivitäten verwickelt war, möchte ich nicht, daß die Presse davon Wind bekommt. Außerdem haben sie bessere Möglichkeiten, diese Aktengeschichte diskret zu überprüfen – die Unternehmen, um deren Werkschutz es da geht, sind große Fische, und ich will nicht, daß Sie denen auf die Zehen treten. *Comprende*?«

Lloyd wurde rot. »Ja.«

»Gut. Ich werde einen Kontakt arrangieren, damit Sie mit dem I.A.D. ihre Notizen vergleichen können. Was haben Sie als nächstes vor?«

»Ich möchte alles, was uns zur Verfügung steht, einsetzen, um dieses Arschloch zu identifizieren. Das Identikit-Phantombild ist ihm außergewöhnlich ähnlich, und ich will, daß jeder Cop im County es sich anschaut. Ich stelle mir folgendes vor: eine geschlossene Informationsveranstaltung, heute nachmittag hier im Center. Vertreter der gesamten Polizei von L.A. und aller Sheriffs sollen dabeisein. Keine Presse-Spinner. Ich werde rund zehntausend Kopien von dem Phantombild anfertigen lassen und den Leuten sagen, sie sollen sie bei ihren Appellen an die Mannschaften verteilen. Ich werde meine Erfahrungen mit dem Verdächtigen darlegen und meine Einschätzung seiner psychischen Verfassung auseinandersetzen. Jeder Cop in L.A. County wird nach ihm suchen. Wenn wir eine positive Identifikation haben, können wir einen Fahndungsbefehl herausgeben, und dann werden wir ja sehen.«

Thad Braverton schlug mit beiden Handflächen auf den Tisch. »Genehmigt. Meine Sekretärin wird unverzüglich damit anfangen, bei den einzelnen Dienststellen anzurufen. Was meinen Sie – halb drei? Dann haben die Leute noch Zeit, zu ihren Revieren zurückzufahren und die Kopien auszuhängen, ehe die Nachtschicht kommt. Sie können sie inzwischen besorgen.«

Lloyd stand auf. »Danke. Sie hätten mir eine Menge Ärger machen können, aber Sie haben's nicht getan.« Er ging zur Tür, doch dann drehte er sich noch einmal um. »Warum nicht?«

»Wollen Sie es wirklich wissen?«

»Ja.«

Der Chef der Kriminalpolizei seufzte. »Dann werde ich's Ihnen sagen. Nur vier Leute wissen *genau*, was letztes Jahr mit Ihnen passiert ist. Sie und Dutch Peltz natürlich, und dann der Big Chief und ich. Bestimmt wissen Sie, daß Gerüchte die Runde machen und daß manche Cops Sie für das, was Sie getan haben, bewundern, während andere finden, daß Sie dafür nach Camarillo gehören. Ich liebe Sie für das, was Sie getan haben. Normalerweise ist mit mir nicht gut Kirschen essen, aber von Leuten, die ich liebe, lasse ich mir 'ne Menge Scheißdreck gefallen.«

Bei den letzten Worten des Chiefs huschte Lloyd zur Tür hinaus. Der Mann brauchte nicht zu sehen, daß er kurz davor war, loszuheulen.

Vier Stunden später stand Lloyd hinter dem Pult an der Vorderseite des Hauptvortragsraumes im Parker Center; vor sich sah er schätzungsweise zweihundert Polizisten in Uniform und in Zivil. Jeder der anwesenden Männer und Frauen hatte beim Eintreten eine braune Mappe in die Hand bekommen. Jede Mappe enthielt fünfzig Kopien des Phantombildes mit folgender Beschreibung:

> Verdächtig des mehrfachen Mordes. Weiß/männl., 30–35, Haarf. hl-brn, Augenf. unbek., 175–180 cm, 150–160 Pfd. Fährt gelbes Kfz., neues Modell, jap. Import. Bewaffnet mit antikem Rev. Kal. .41. Verkehrt in Single-Bars und nimmt Kokain. *Dieser Mann hat am 23. April in einem Spirituosengeschäft in Hollywood drei Menschen ermordet. Er ist bewaffnet und höchst gefährlich.*

Als die letzten Nachzügler ihre Plätze eingenommen hatten, hielt Lloyd eine Ausgabe der *Los Angeles Times* hoch und sprach ins Mikrofon. »Guten Tag. Bitte hören Sie mir aufmerksam zu. Auf Seite zwei der *Times* von heute finden Sie einen akkuraten Bericht über mein gestriges Zusammentreffen mit dem Mann, dessen Porträt Sie jetzt in der Hand halten. Daß ich heute noch lebe, habe ich nur dem Umstand zu verdanken, daß er einen Single-Action-Revolver benutzt. Ich habe gehört, wie er den Hahn spannte, und habe deshalb seinem ersten Schuß ausweichen können. Hätte er eine praktischere Double-Action-Waffe verwendet, wäre ich jetzt tot.«

Lloyd ließ seinen Blick durch das Publikum wandern. Er spürte, daß er sie fest in der Hand hatte, und fuhr fort: »Nach einem Schußwechsel mit mir entkam der Mann. Die *harten* Fakten, die ihn betreffen, finden Sie auf den Identikit-Bildern. Das Porträt ist ihm übrigens ungewöhnlich ähnlich – es wurde von einem intelligenten Zeugen zusammengesetzt und von zwei anderen sofort wiedererkannt. *Das ist unser Mann.* Was ich noch hinzufügen möchte, sind die Beobachtungen, die ich im Zusammenhang mit diesem Killer gemacht habe.«

Er machte eine Pause und sah zu, wie die versammelten Polizisten ihre Mappen studierten und dann Blocks und Bleistifte hervorzogen. Als ihre Blicke sich nach und nach wieder dem Vortragspult zuwandten, sagte er: »In der vergangenen Woche hat dieser Mann drei Menschen ermordet, mit sauberen, eines Scharfschützen würdigen Kopfschüssen. Gestern abend hat er aus einer Distanz von drei Metern auf mich geschossen und nicht getroffen. Die vier darauf folgenden Schüsse gab er in wilder Panik ab. Ich glaube, daß dieser Mann ein Psychopath ist und daß er töten wird, bis er selbst getötet oder festgenommen wird. Wir müssen mit vereinten Kräften versuchen, ihn zu identifizieren. Ich möchte, daß die Phantombilder an *jeden* Officer in L. A. County und an jeden vertrauenswürdigen Informanten verteilt werden. Er kokst, und er verkehrt in Single-Bars; also soll jeder Beamte bei der Sitte und beim Rauschgiftdezernat *seine* Informanten anspitzen und *seine Kneipenquellen* anzapfen. Zeugen haben ausgesagt, daß er behauptet habe, einen ›Typen mit unglaublichem Durchblick‹ zu kennen; es kann also sein, daß unser Verdächtiger einen Partner hat. Ich will, daß jeder, der *große* Ähnlichkeit mit diesem Verdächtigen hat, festgenommen und *sorgfältig* verhört wird, und zwar mit vorgehaltener Waffe. Alle Festgenommenen sind nach Möglichkeit ins Gefängnis der Central Division zu bringen. Ab fünf Uhr werde ich dort sein, mit einem Rechtshelfer und einem Stapel Haftentschädigungs-Verzichtserklärungen – es werden ein paar Unschuldige verhaftet werden, aber das ist unvermeidbar. Alle Anfragen, ob von der Polizei oder von außerhalb, sind an mich weiterzuleiten: Sergeant Lloyd Hopkins, Central Division, Telefon fünf-null-neun.«

Lloyd wartete, bis die Polizisten alles notiert hatten; er wußte, daß ihre konzentrierte Aufmerksamkeit bis jetzt auf rein professioneller Ebene gelegen hatte. Er räusperte sich, klopfte auf das Mikrofon und zielte auf ihre ganz private Schlagader. »Ich habe Ihnen hinreichende Gründe genannt, weshalb die Ergreifung dieses Verdächtigen auf der Prioritätenliste der Polizei von Südkalifornien an erster Stelle steht, aber ich habe noch etwas Besseres: Dieser Mann ist der Hauptverdächtige im Falle eines verschwundenen und wahrscheinlich ermordeten Polizeibeamten aus Los Angeles. Schnappen wir uns das Pißgesicht. Guten Tag.«

Lloyd brauchte zwei Stunden, um im Häftlingsaufnahmebüro der Central Division eine Kommandozentrale einzurichten. Da er eine Flut von Anrufen erwartete, hatte er zunächst in der Büromaterialausgabe des Raub/Mord-Dezernats drei unbenutzte Telefone beschlagnahmt und sie in freie Telefonbuchsen neben dem Anwaltszimmer des Gefängnisses eingestöpselt. Durch Einschüchterung mehrerer Dienststellenleiter der Bell Telephone Company hatte er erreicht, daß die drei Apparate an den bereits existierenden Anschluß geschaltet wurden. Die Telefonisten der Central Division waren angewiesen, eingehende Anrufe zu sichten und alle polizeilichen *und* zivilen Anrufer, die sich wegen des Phantombildes meldeten, im Falle einer Leitungsüberlastung vorrangig zu behandeln. Alle *lebenden* Verdächtigen, die hereingebracht würden, sollten in ein schalldichtes, mit Einwegspiegeln ausgestattetes Vernehmungszimmer geführt werden. Erst wenn Lloyd durch seine negative Identifizierung ihre Unschuld bestätigte, sollte der »Rechtshelfer« der Central Division, ein Streifenpolizist, der Jura studiert hatte und dann viermal durch die Zulassungsprüfung für die kalifornischen Gerichte gefallen war, sie behutsam überreden, ihren Verzicht auf eine Haftentschädigung zu erklären. Sodann seien sie zum Ort der »Verhaftung« zurückzufahren und dort freizulassen.

Lloyd machte sich auf eine lange Nacht gefaßt. Er legte sich Notizblocks und frisch gespitzte Bleistifte zurecht, um sich alles notieren zu können, und schaffte eine große Thermoskanne Kaffee heran, der ihm als Treibstoff dienen sollte, falls sein Gehirn schlappmachte. Um alles hatte er sich gekümmert. Die beiden Beamten, die unter seiner Leitung den Schnapsladen-Fall bearbeiteten, waren von ihrer augenblicklichen Arbeit abgezogen und angewiesen worden, eine Liste sämtlicher Single-Bars im Zuständigkeitsbereich des L.A.P.D. zusammenzustellen. Danach sollten sie die Sittenchefs der ganzen Stadt anrufen, damit diese Kontrollteams losschickten. Die Revierkomandanten hatten den Befehl, beim Abendappell ausdrücklich auf den Identikit-Mann hinzuweisen und allen Teams einzuschärfen, sich möglichen Verdachtspersonen mit dem Schrotgewehr im Anschlag zu nähern. Wenn der Identikit-Mann auf der Straße unterwegs war, bestand eine gute Chance, ihn zu fassen.

Aber nicht lebendig, dachte Lloyd. Er blätterte durch die Entschädigungsverzichtsformulare auf seinem Schreibtisch, und er wußte, daß sein Killer nicht kampflos aufgeben würde und daß die Chancen, unschuldiges Blut zu vergießen, an diesem Abend so hoch waren wie nie. Es konnte passieren, daß ein panischer oder übereifriger Cop auf einen angetrunkenen, streitsüchtigen Geschäftsmann feuerte, weil dieser dem Phantombild ähnelte; vielleicht auch würde ein übervorsichtiger Officer sich mit versöhnlichem Lächeln einem gelben Japs-Auto nähern und sich von einem Hohlspitzengeschoß des Kalibers .41 das Gesicht wegschießen lassen. Das Verfahren Festnahme/Identifikation/Freilassung entsprang reiner Verzweiflung – jeder erfahrene Cop des Morddezernats würde es wissen, ohne daß es jemand sagte.

Um sechs Uhr kam der erste Anruf; seine Herkunft erriet Lloyd sofort: Die Nachtstreifen waren seit einer Stunde unterwegs, und zahllose Polizisten hatten ihre Informanten angesprochen. Und er hatte recht. Der Anrufer bezeichnete sich selbst als »rechtschaffenen Dope-Dealer«. Er sei sicher, erzählte er Lloyd, daß es sich bei dem Schnapsladen-Killer um einen »Nigger mit gefärbten Haaren« handele, der die drei Leute im Zusammenhang mit einer »Black-Power-Verschwörung abgemurkst« habe. Sodann gab er seine eigene Definition von Black Power: »Vier Bimbos, die einen Cadillac in die Tankstelle schieben, um für fünfzig Cents Sprit zu tanken.« Lloyd erklärte dem Mann, diese Definition wäre 1968 vielleicht amüsant gewesen, und legte auf.

Es folgten weitere Anrufe.

Lloyd jonglierte mit den drei Leitungen. Er sortierte das Geschwafel von Betrunkenen, Kiffern und verlassenen Liebhabern und notierte sich alles, was in einigermaßen vernünftigem Ton mitgeteilt wurde. Was ihm da angeboten wurde, stammte größtenteils aus dritter und vierter Hand – jemand kannte jemanden, der gesagt hatte, jemand habe dies oder jenes gesehen oder gehört oder *geahnt*. Aller Wahrscheinlichkeit nach war es ein Labyrinth von *Fehl*informationen, aber es mußte dennoch aufgeschrieben werden.

Um zehn, nach vier Stunden an den Telefonen, hatte Lloyd einen ganzen Kanzleiblock vollgeschrieben; das gesamte Material stammte aus außerpolizeilichen Quellen. Er verlor allmählich die Hoffnung darauf, jemals wieder mit einem Berufskollegen zu tun zu haben, als zwei hartgesichtige Streifenpolizisten der Newton Street Division den ersten »schweren« Verdächtigen hereinführten, einen drahtig dürren, einsachtzig großen blonden Burschen von Anfang Zwanzig. Die beiden Cops benahmen sich, als hätten sie den Teufel am Schwanz gepackt; jeder umklammerte einen Bizeps des Verdächtigen mit einer Hand, deren Knöchel weiß waren.

Lloyd warf einen Blick auf das verängstigte Trio. »Nehmt ihm die Handschellen ab«, sagte er und reichte dem Jungen eine Verzichtserklärung. Dieser unterschrieb, und Lloyd befahl den beiden Polizisten, ihren »Killer« dahin zu bringen, wohin er wollte, und ihm unterwegs eine Flasche Schnaps zu kaufen. Die drei jungen Männer zogen ab. »Versucht, am Leben zu bleiben!« rief er ihnen nach.

Innerhalb der nächsten drei Stunden wurden drei annehmbare Faksimiles des Verdächtigen hereingebracht, zwei von Streifenteams der Hollywood Division, eines von Detectives des Sheriffs aus dem Unterbezirk San Dimas. Jedesmal schüttelte Lloyd den Kopf und sagte: »Bindet ihn los.« Dann zwangsernährte er den Verdächtigen mit einem harten Blick, einer Verzichtserklärung und einem Kugelschreiber. Alle drei unterschrieben bereitwillig. Lloyd stellte sich vor, wie ihnen sämtliche je gedrehten Filme zum Thema »Unschuldiger zu Unrecht verhaftet« durch den Kopf gingen, während sie hastig ihren Namen auf das Papier kritzelten.

Mitternacht kam und ging. Der Strom der Anrufe versiegte. Lloyd wechselte von Kaffee zu Kaugummi, als sein Magen zu knurren begann. Er überlegte, daß der mitternächtliche Schichtwechsel ihm wahrscheinlich eine kurze Telefonpause einbringen würde, und so lehnte er sich auf seinem Stuhl zurück und ließ die üblichen Knastgeräusche durch seine Koffein-Erschöpfung strömen und ihn in einen Halbschlaf lullen. Er war im Begriff, vollends einzuschlafen, als eine Stimme ihn ins Bewußtsein zurückriß. »Sergeant Hopkins?«

Lloyd drehte sich mit seinem Stuhl um. Ein Motorradcop des L.A.P.D. stand vor ihm, einen Computerregisterausdruck in der Hand. »Confrey, von Rampart Motor«, stellte der Officer sich vor. »Ich bin eben zum Dienst gekommen und habe Ihr Phantombild gesehen. Letzten Monat habe ich einen geschnappt, der genauso aussah. Es ging um ein paar Strafmandate. Ich habe mich an ihn erinnert, weil er so was Unheimliches an sich hatte. Hier ist sein Registerauszug und die Kraftfahrzeugakte. Und der Erkennungsdienst hat ihn nach der Festnahme fotografiert.«

Lloyd nahm das Blatt und zog den Streifen der Polizeifotos ab. Der Identikit-Mann sprang ihm entgegen, sein Gesicht nahm Gestalt an, von vorn, von der Seite, im Halbprofil – wie ein Porträt, zu dem man Zahlen miteinander verbinden mußte und das nun endlich fertig war.

»Ist er das?« wisperte Confrey.

Lloyd nickte. »Ja.« Er starrte auf die Frontal- und Profilfotos des Mannes, der ihn beinahe getötet hätte, und er zitterte, als er die kalten Fakten las, die ein Monster beschrieben.

Thomas Lewis Goff, weiß/männl., geb. 19. 6. 49, Haarf. brn., Augenf. bl., Größe 180 cm. Wohnhaft 3193 Melbourne No. 6, L.A. – Strafreg. (N.Y. State): 3 Verhaftg. wg. schw. Körperverl. (Verf. eingest.) Autodiebst. 1. Grd. verurt. 4. 11. 69 zu 3–5 Jhr. Gef. Bewährg. ab 10. 71. (Calif. State): Nichtersch. vor Gericht, 19. 3. 84 Kaution $ 65.- bezahlt. Kalif. Führersch. Nr. 01734; Fahrzg. Toyota Limous. Bj. '80, Kennz. JLE 035. Kein lfd. Verfahren.

Lloyd legte den Computerbogen aus der Hand. »Wer leitet die Frühschicht in Rampart?«

»Lu-lieutenant Praeger«, stammelte Confrey.

»Gut. Rufen Sie ihn an und sagen Sie ihm, wir haben unseren großen Fisch; die Adresse ist Melbourne, Ecke Hillhurst. Er soll am Apparat bleiben; ich bin gleich wieder da.«

Während Confrey telefonierte, rannte Lloyd den Gang hinunter zur Waffenkammer der Central Division und riß dem diensthabenden Officer eine Pumpgun und eine Schachtel Patronen aus der Hand. Als er in den Zellentrakt zurückkehrte, reichte Confrey ihm den Hörer und flüsterte: »Sprechen Sie langsam; der Lieutenant ist 'n nervöser Typ.«

Lloyd atmete tief durch und hob die Sprechmuschel vor den Mund. »Lieutenant, hier ist Lloyd Hopkins, Raub/Mord-Dezernat. Können Sie etwas für mich arrangieren?«

»Ja«, antwortete eine angespannte Stimme. »Sagen Sie mir, was Sie brauchen.«

»Ich brauche ein halbes Dutzend Einheiten in Zivil, die sich in der Gegend um Melbourne und Hillhurst nach einem gelben Toyota umsehen – Baujahr '80, Kennzeichen JLE null-drei-fünf. Nicht rangehen, nur im Auge behalten. In genau vierzig Minuten muß der dreizehnhunderter Block der Melbourne an beiden Enden abgeriegelt sein. In genau vierzig Minuten sollen mich fünf erfahrene Detectives an der Ecke Melbourne/Hillhurst erwarten. Sagen Sie denen, sie sollen kugelsichere Westen anziehen und Schrotgewehre mitbringen, und für mich sollen sie auch eine Weste bereithalten. Ich will *keinen* Streifenwagen in der Gegend haben. Können Sie das in die Wege leiten?«

Lloyd wartete die Antwort nicht ab. Er gab Confrey den Hörer zurück und rannte zu seinem Auto.

Im Zickzack raste er durch den Verkehr und über rote Ampeln, und so schaffte er es in zwanzig Minuten bis Melbourne/Hillhurst. Noch war kein Zivilstreifenwagen zu sehen, aber er fühlte die allzu perfekte Stille, die den bevorstehenden Explosionen ringsum vorausging. Er wußte, daß bald Scheinwerfer durch die Stille herangleiten würden, und das Knistern des Polizeifunks und das Wummern starker Motoren im Leerlauf würde die Stille vertreiben. Männer würden sich mit Nachnamen vorstellen, er würde seine Befehle erteilen, und dann käme nur noch die Explosion selbst.

Lloyd parkte unter einer Laterne am Rande der Kreuzung, schaltete die Warnblinkanlage ein, um den anderen Polizisten ein Zeichen zu geben, und schob Patronen in seine Pumpgun; eine ließ er in die Kammer springen, und dann stellte er die Waffe auf volle Streuung. Er nahm seine Taschenlampe, stieg aus und ging die Melbourne hinunter, immer dicht unter den Bäumen am Gehsteigrand; dankbar sah er, daß keine nächtlichen Spaziergänger unterwegs waren und daß niemand seinen Hund ausführte. Die Straße führte durch einen massiven Komplex aus zweistöckigen Appartementhäusern, deren Fassaden mit den zurückliegenden zweiten Stockwerken identisch aussahen. Drei-eins-neun-drei lag in der Mitte des Blocks, ein dunkelgrauer Stuckbau mit schmiedeeisernem Zaungitter und einer fensterlosen, in einer Nische gelegenen Haustür. Lloyd richtete den Strahl seiner Taschenlampe auf die Reihe der Briefkästen vor dem Haus. T. Goff – Appartm. 6, wie es im Registerauszug gestanden hatte. Er zählte die Postschlitze, und dann trat er zurück und zählte die Türen; der Lichtstrahl seiner Lampe wanderte dabei über die Zahlen, die in Augenhöhe eingeprägt waren. Zehn Wohneinheiten, fünf oben, fünf unten. Appartement sechs war die erste Einheit im Obergeschoß. Lloyd schauderte, als er sah, daß hinter den zugezogenen Vorhängen gedämpftes Licht glimmte.

Er ging zur Hillhurst zurück und musterte unterwegs die parkenden Autos. Kein gelber Toyota stand am Straßenrand. Als er zur Kreuzung kam, war sie durch hölzerne Böcke mit Umleitungsschildern und roten Blinklichtern gesperrt. Das Knistern eines Radios drang durch die Stille, gefolgt von heiserem Flüstern. Lloyd spähte umher und sah drei ungekennzeichnete Dienstwagen, die quer hinter der Barrikade parkten. Er richtete seine Taschenlampe auf den nächststehenden und blinkte einmal. Es blinkte zweimal zurück. Dann öffneten sich die Autotüren, und fünf Männer in kugelsicheren Westen und mit Pumpguns in den Händen standen vor ihm.

»Hopkins«, sagte Lloyd; »Henderson«, »Martinez«, »Penzler«, »Monroe« und »Oleander« war die Antwort. Einer reichte ihm eine Weste. Er schlüpfte hinein. »Fahrzeug?« fragte er.

Fünf Köpfe wurden verneinend geschüttelt, und einer der Officer fügte hinzu: »Im Umkreis von acht Blocks kein gelber Toyota.«

Lloyd zuckte die Achseln. »Macht auch nichts. Das fragliche Gebäude liegt auf halber Strecke in diesem Block. Die Wohnung ist im ersten Stock, das Licht brennt. Henderson und ich gehen rein. Martinez und Penzler, Sie stehen unten an der Treppe, und Monroe und Oleander, Sie halten das Rückfenster im Auge.« Er fühlte, wie ein breites Grinsen sich über sein Gesicht legte, als er sich verbeugte und flüsterte: »Los, meine Herren.«

In Keilformation liefen die Männer die Melbourne entlang zum Haus 3193. Sie blieben vor dem Haus auf dem Gehweg stehen, und Lloyd deutete hinauf zum ersten Fenster im Obergeschoß, dem einzigen dort, hinter dem Licht brannte. Monroe und Oleander nickten und blieben zurück, und Martinez und Penzler nahmen automatisch ihre Position unten an der Treppe ein. Lloyd stieß Henderson mit dem Kolben seiner Waffe an und wies nach oben. »Rechts und links von der Tür. Ein Tritt«, wisperte er.

Auf Zehenspitzen schlichen sie, Lloyd vorneweg, die Treppe hinauf, und oben trennten sie sich, um sich der Tür von Appartment sechs von beiden Seiten zu nähern. Henderson legte das Ohr an den Türrahmen und formte mit den Lippen ein lautloses »Nichts«. Lloyd nickte, trat zurück und hob sein Schrotgewehr. Henderson stellte sich neben ihm in gleicher Weise auf. Beide Männer hoben gleichzeitig einen Fuß und traten im selben Augenblick zu. Die Tür barst nach innen, an beiden Seiten aus dem Rahmen gerissen, und baumelte schief an einer einzigen Angel. Beim Krachen dieser Implosion preßten Lloyd und Henderson sich platt an die Wand und lauschten auf Reflexreaktionen in der Wohnung. Als sie nichts hörten als das Knarren der Tür, traten sie ein.

Lloyd würde nie vergessen, was er da sah. Während Henderson weiterstürmte, um die übrigen Zimmer zu durchsuchen, blieb er in der Tür stehen; er konnte den Blick nicht von den Alptraumhieroglyphen wenden, die ihn hier zu allen Seiten umgaben.

Die Wände des Wohnzimmers waren dunkelbraun gestrichen; die Decke war schwarz. Ringsum an den Wänden hingen, mit Klebestreifen befestigt, Fotos nackter Männer, offenbar aus Schwulenpornos ausgeschnitten. Aber ihre Körper waren aus verschiedenen, nicht zueinander gehörenden Teilen zusammengesetzt, aus Torsos, Köpfen und Genitalgegenden, und die Figuren waren durch Illustriertenfotos von antiken Handfeuerwaffen miteinander verbunden. Über jeder Collage stand in kontrastgelben Blockbuchstaben eine Überschrift: »Auferstehung des Chaos«, »Reich des Todes«, »Toten-Kong« und »Blitzkrieg«. Lloyd sah sich die Blockbuchstaben genauer an. Zwei der Inschriften zeigten eine unverkennbare Linkshänderneigung, die beiden anderen strebten steil aufwärts und ließen auf einen Rechtshänder schließen. Als er die Wand rund um die Ausschneidebilder betrachtete, sah er, daß sie von Scheuerpulverspuren überzogen war. Er rieb mit den Fingerspitzen in unregelmäßigen Kreisen darüber; eine weiße Pulverschicht blieb an ihnen haften. Wie Jack Herzogs

Appartement war auch diese Wohnung in professioneller Weise gegen Fingerabdruckidentifikation gesichert worden.

Henderson tauchte hinter Lloyd auf und ließ ihn zusammenschrecken. »Himmel, Sergeant, haben Sie so was schon mal gesehen?«

»Ja«, sagte Lloyd sehr leise.

»Wo?«

»Nein.« Lloyd schüttelte den Kopf. »Fragen Sie mich nicht noch mal. Wie sind die anderen Zimmer?«

»Wie in einer normalen Wohnung, abgesehen von der Farbe der Wände und Decken. Aber sämtliche Flächen sind abgewischt worden. Mit Ajax oder irgend 'nem anderen Scheiß. Dieser Mutterficker ist zwar nicht ganz dicht, aber clever.«

Lloyd ging zur Tür und blickte hinaus. Martinez und Penzler standen immer noch unten, und noch war in den Nachbarwohnungen niemand aufgewacht. »Holen Sie die Männer herauf«, sagte er zu Henderson. »Und dann wecken Sie die Bürger auf.« Er gab ihm den Streifen der Erkennungsdienstfotos von Thomas Goff. »Zeigen Sie die jedem hier, und fragen Sie die Leute, wann sie den Schweinehund zuletzt gesehen haben. Bringen Sie mir jeden her, dem er in den letzten vierundzwanzig Stunden über den Weg gelaufen ist.«

Henderson nickte und ging nach unten. Lloyd zählte bis zehn, um seine Sinne von allen Vorurteilen hinsichtlich dessen, was er hier suchen sollte, zu befreien, und ließ seinen Blick dann zu einer raschen Bestandsaufnahme durch das Wohnzimmer streifen. Dabei dachte er: dunkel über die ästhetischen Grenzen des avantgardistischsten Innenarchitekten hinaus. Ein schwarzes Kunstledersofa, ein anthrazitgrauer Flauschteppich. Ein High-Tech-Couchtisch aus schwarzem Plastik. Die dicken Vorhänge waren olivgrün und ließen selbst den grellsten Sonnenschein nicht durchdringen, und die einzige Lampe, eine Stehlampe, war mit einem schwarzen Plastikschirm versehen. Das Ganze erzeugte ein Gefühl der Eingeschlossenheit. Obgleich das Wohnzimmer für eine kleine Wohnung recht geräumig war, verlieh das Fehlen jeder Farbe ihm doch ein erstickendes, Klaustrophie erregendes Gewicht. Lloyd fühlte sich wie von einer wütenden Faust umschlossen. In einer Reflexreaktion auf dieses Gefühl zog er seine kugelsichere Weste aus, und überrascht stellte er fest, daß sie schweißgetränkt war.

Küche und Badezimmer waren Variationen dieses düsteren Motivs. Jede Wand, jede Armatur, jedes Accessoir war mit einer dicken Schicht schwarzer Emailfarbe bepinselt worden. Lloyd forschte nach Flächen, die womöglich Fingerabdrücke enthalten könnten, aber jeder Quadratzentimeter war abgewischt worden.

Er trat ins Schlafzimmer. Es war das verstörte Herz der wütenden Faust: ein kleines schwarzes Rechteck, dessen Bodenfläche beinahe vollständig von einem großen Sprungrahmen mit Matratze, bedeckt von einer purpurfarbenen Samtdecke, ausgefüllt wurde. Lloyd zog die Tagesdecke herunter. Die dunkelblau gemusterte Bettwäsche war zerknüllt und starr von Schweiß. Männerkleidung in unterschiedlichen Farben lag verstreut darauf herum. Er hockte sich nieder, um die Sachen zu untersuchen; Hemden und Hosen waren schick und teuer, und sie paßten in der Größe zu Thomas Goffs Körpermaßen. Am Kopfende des Bettes lag eine umgestürzte Pappschachtel. Lloyd stellte sie wieder auf und betrachtete den Inhalt. Die oberste Schicht, die er durchstöberte, bestand aus Herrentoilettenartikeln. Es folgte eine Lage Taschenbücher, Science-fiction-Romane. Zuunterst fand sich, fest hineingepreßt, ein Stapel mitgenommen aussehender Schallplatten.

Er blätterte den Stapel durch und las die Titel auf den Covers. Dutzende von Alben von den Beatles, den Roling Stones und Jefferson Airplane, und alle trugen die gleiche, in Blockbuchstaben geschriebene Warnung: »Vorsicht! Eigentum von Tom Goff! Finger weg! Vorsicht!« Lloyd hielt zwei der Platten hoch und schaute sich die Buchstaben genauer an. Es war die Schrift eines Rechtshänders, identisch mit den Inschriften an den Wohnzimmerwänden. Lloyd lächelte, als er sich bestätigt sah; er schaute sich die restlichen Platten an und stellte fest, daß Goffs Musikgeschmack in den sechziger Jahren geprägt worden war. Kalt überlief es ihn, als er ein grelles Album erblickte; sein Titel war »Doctor John the Night Tripper – *Bayou Dreams*«.

Lloyd studierte das Cover. Ein kraushaariger Weißer in einer roten, unten ausgestellten Satinhose tutete mit seinem Saxophon einem zähnefletschenden Alligator entgegen. Die Songtitel auf der Rückseite enthielten den typischen Drogen-, Sex- und Rebellionsquark der sechziger Jahre, beinahe nostalgisch in ihrer Naivität. Er legte die Schallplatte aus der Hand und fragte sich, ob sie eine Verbindung zwischen Herzog und Goff darstellte, die über eine allgemeine ästhetische Seltsamkeit hinausging – eine Verbindung, die sich nach Beweismaterial ausloten ließe.

Jemand klopfte hinter ihm mit den Fingerspitzen an die Wand. Lloyd richtete sich auf und drehte sich um. Henderson und ein kleiner Mann im Frotteebademantel standen in der Tür. Der Mann starrte ungläubig auf die schwarzen Wände und rieb die zittrigen Hände in den Taschen seines Bademantels gegeneinander. »Das hier ist der Hausmeister, Sergeant. Sagt, er hat unser Freundchen heute nachmittag gesehen.«

Lloyd grinste dem Mann entgegen. »Ich heiße Hopkins. Und Sie?«

»Fred Pellegrino. Wer bezahlt mir die kaputte Tür und diesen verrückten Anstrich?«

»Ihre Versicherung«, sagte Lloyd. »Wann haben Sie Thomas Goff zuletzt gesehen?«

Fred Pellegrino zog einen Rosenkranz aus der Tasche und befummelte ihn. »Gegen fünf. Er hatte einen Koffer bei sich. Grinste mich an und war wie der Blitz draußen. ›Bis demnächst‹, hat er gesagt.«

»Sie haben ihn nicht gefragt, wohin er wollte?«

»Scheiße, nein. Er hat ja drei Monate im voraus bezahlt.«

»War er allein?«

»Ja.«

»Wie lange wohnt er schon hier?«

»Ungefähr anderthalb Jahre.«

»'n guter Mieter?«

»Der beste. Kein Krach, keine Beschwerden. Hat immer pünktlich die Miete gezahlt.«

»Hat er per Scheck bezahlt?«

»Nein. Immer in bar.«

»Job?«

»Selbständig ist er, hat er gesagt.«

»Wie sieht's mit Freunden aus?«

»Mit was für Freunden? Ich hab' ihn nie mit jemandem gesehen. Mit keinem. Was ist, wenn die Versicherung für diesen bestußten Anstrich nicht aufkommen will?«

Lloyd ignorierte Pellegrino und winkte Henderson zum anderen Ende des Zimmers. »Was hatten die anderen Mieter zu erzählen?« fragte er ihn.

»Die gleiche Geschichte wie Papi hier«, meinte Henderson. »Nett, ruhig, ein Einzelgänger, der außer ›Guten Morgen‹ und ›Guten Abend‹ nicht viel zu sagen hatte.«

»Und sonst hat ihn heute niemand gesehen?«

»Seit einer Woche hat den Wichser keiner gesehen. Es ist deprimierend. Ich hätte diesen Copkiller-Mutterficker gern weggeputzt. Sie nicht?«

Lloyd zuckte nichtssagend die Achseln und zog Goffs Registerauszug aus der Tasche. Er reichte ihn Henderson und sagte: »Fahren Sie nach Rampart zurück, und geben Sie das Praeger. Fahndungsbefehl, Polizei-Großcomputer. Er soll hinzufügen: ›Bewaffnet und äußerst gefährlich‹ und ›Hat linkshändigen, männlichen Partner‹. Dann soll er die New York State Police anrufen; die sollen mir alles rüberkabeln, was sie über Goff gespeichert haben. Sagen Sie Pellegrino, ich verbringe zur Sicherheit die Nacht hier, und scheuchen Sie ihn zurück in sein Appartement.«

»Hier wollen Sie pennen?« Hendersons Unterkiefer klappte ungläubig herunter.

Lloyd starrte ihn an. »So ist es. Und jetzt hauen Sie ab.«

Kopfschüttelnd ging Henderson davon; er nahm den gehorsamen Fred Pellegrino beim Arm und führte ihn hinaus. Als sie gegangen waren, trat Lloyd auf die Veranda vor der Wohnung hinaus und schaute hinunter auf die Menschentraube, die in der Einfahrt umherwimmelte. Cops mit Schrotgewehren und kugelsicheren Westen beruhigten Zivilisten im Schlafanzug und versicherten ihnen, es sei alles in Ordnung. Nach ein paar Minuten zerstreute sich der Auflauf; die Bürger kehrten in ihre Behausungen zurück, die Cops zu ihren unauffälligen Fahrzeugen. Lloyd sah, wie Henderson unten mit einem kreisenden Zeigefinger an seine Stirn deutete und dann mit dem Daumen nach oben wies; Lloyd schleifte das Sofa vor die zertrümmerte Wohnungstür und verbarrikadierte sich, um nachzudenken.

Zwei divergente Fälle waren zu einem einzigen verschmolzen und deuteten nunmehr auf einen *bekannten* Täter und einen Komplizen hin, eine *unbekannte* Größe, deren bisher einziges *bekanntes* Verbrechen darin bestand, daß sie gemietetes Eigentum beschmiert hatte. Solange die Fahndung lief und das Internal Affairs Department sich um die Aktengeschichte kümmerte, hatte er die Aufgabe, sich Thomas Goffs Verhaltensweisen zu erschließen und dahin zu gehen, wo weniger intelligente Cops nichts suchen würden.

Lloyd ließ seinen Blick durch das Wohnzimmer wandern, und er wußte, daß es mit einer zweiten Schreckenskammer zusammenfließen würde, sobald er die Augen schlösse; er wußte auch, daß es unerläßlich war, die beiden Bilder einander gegenüberzustellen und zu sehen, was dabei herauskäme.

Er tat es, und die Erinnerung an Teddy Verplancks Erkerwohnung ließ ihn schaudern; *sie* war schlimmer gewesen, entschied er, denn das Ausmaß des Blutbades, das der Schlächter von Hollywood auf dem Gewissen gehabt hatte, war ihm bekannt gewesen, und er hatte auch gewußt, daß der es darauf angelegt hatte, vernichtet zu werden. Thomas Goffs Behausung verriet einen subtileren Antrieb – den Antrieb eines gewitzten Straßengangsters, der höchstwahrscheinlich seit 1969 nicht mehr verhaftet worden war, eines Mannes mit einem Partner, der womöglich mäßigend auf ihn wirkte, eines Mannes, der seinen Wahnsinn auf seinen vier Wänden ausgebreitet hatte und mit den Worten »Bis demnächst« davonspaziert war, wenige Stunden bevor das Schleppnetz eines massiven Polizeieinsatzes ihn überziehen konnte.

Lloyd wanderte noch einmal durch die Wohnung; er ließ kleine Beobachtungen hier und dort einrasten und im Verein mit seinen Instinkten arbeiten: Die Fotos von nackten Männern und Schußwaffen signalisierten »homosexuell«, aber daran schien irgend etwas nicht zu stimmen. Es gab kein Telefon: Dies bestätigte, daß Goff im Grunde ein Einzelgänger war. Das Fehlen von Geschirr und Kochutensilien war typisch für einen Ex-Strafgefangenen, für einen Mann also, der daran gewöhnt war, sein Essen serviert zu bekommen, und der nicht selten eine starke Vorliebe für Cafeteria-Essen entwickelt hatte. Die unglaubliche Dunkelheit der Räume war der reine

Wahnsinn. Alle Indikatoren deuteten auf die ungeheure Frage nach dem *Motiv*.

Lloyd hatte seine Erforschung des Appartements beinahe beendet, als er in der Diele zwischen Wohn- und Schlafzimmer einen eingebauten Wandschrank bemerkte. Er war angestrichen wie die Wand ringsum, aber Risse in der Farbe neben dem hölzernen Türknopf ließen vermuten, daß er benutzt worden war. Er klappte die Schranktür auf und fuhr zurück, als er sah, was da an der Rückwand befestigt war.

Es war das Illustriertenfoto eines blau uniformierten Polizisten, der die Hände erhoben hatte, als wollte er einen Angreifer besänftigen. Der Cop war umgeben von übergroßen, aus Pornoheften ausgeschnittenen Penissen, die mit schweren Heftklammern aus Metall besetzt waren. Ein Kreis von Revolverbildern umrahmte die Szene, und mitten auf der Brust des Cops prangte das weiße Papierfaksimile einer Polizeimarke des L.A.P.D.; deutlich sah man darauf die City Hall, die Worte »Police Officer« und die Nummer 917.

Lloyd schlug mit der Faust gegen den Schrank. Jack Herzogs Nummer drehte sich vor seinen Augen. Er riß die Schranktür aus den Angeln und schleuderte sie ins Wohnzimmer. In diesem Augenblick traf ihn Pennys Frage wie ein Rammbock: »Was schuldest du ihnen, Daddy?« Er wußte, wenn er Thomas Goff gefaßt hätte, wären damit alle seine schmerzlichen Schulden beglichen.

11

Der Night Tripper starrte auf die hinreißende weibliche Schönheit, die jetzt die Wände seines Vorzimmers schmückte. Die Beobachtungsfotos, die Thomas Goff von Linda Wilhite gemacht hatte, waren vergrößert und hinter Glas – weiblicher Köder, der seinen Polizisten und Gegenspieler in eine Falle locken würde, die seine eigenen sexuellen Impulse würden zuschnappen lassen. Der Doctor ging in sein privates Büro und dachte daran, wie er zehn Jahre lang im voraus geplant und eine ganze Reihe von Puffern geschaffen hatte, die verhindern würden, daß irgend jemand auf den Gedanken kam, er und Thomas Goff seien einander schon einmal begegnet. Er hatte Goffs Akte im Castleford Hospital vernichtet; er hatte sogar die Gefängnisakte gestohlen, als er einmal zu einem psychiatrischen Seminar in Attica gewesen war, und drei Wochen später hatte er sie zurückgebracht, so geändert, daß darin jetzt von einer normalen Haftentlassung ohne Bewährungsauflage die Rede war. Er war niemals mit Goff zusammen gesehen worden, und sie hatten stets nur über Münzfernsprecher Verbindung aufgenommen. Die einzige mögliche Verbindung ließ sich über mehrere Ecken herstellen – über die *lonelies* nämlich, die allesamt von Goff rekrutiert worden waren. Falls die Menschenjagd auf seinen ehemaligen Ersten Offizier in großem Stil über die Medien geführt würde, könnte es geschehen, daß einer von ihnen beim Anblick eines von Schreckenskommentaren begleiteten Fotos in der Presse oder im Fernsehen ausklinkte.

Aber selbst dieser Weg zu seiner Entlarvung war vermutlich versperrt, dachte Havilland, als er die Morgenausgabe der *L.A. Times* und des *L.A. Observer* in die Hand nahm. Die Schießerei in Bruno's Serendipity wurde mit keinem weiteren

Wort erwähnt, und von der nächtlichen Razzia in Goffs Wohnung war überhaupt nicht die Rede. Wenn Hopkins hier auf irgendeine Weise mauerte, um seine Nachforschungen unter dem Siegel der Verschwiegenheit durchführen zu können, dann würde seine Komplizenschaft bei seiner eigenen Vernichtung epische Ausmaße annehmen.

Der Night Tripper erbebte, als er sich an die letzten sechsunddreißig Stunden und an seine kühnen Taten erinnerte. Nachdem er Goffs Leichnam beseitigt hatte, war er durch die City spaziert und hatte darüber nachgedacht, wie es wahrscheinlich dazu gekommen war, daß Hopkins schließlich in der Lage gewesen war, Goff so weit zu identifizieren, daß er ihn physisch hatte beschreiben können. Eines erschien dabei als einigermaßen sicher: Es war das Verschwinden und der mutmaßliche Tod des Alchimisten gewesen, *nicht* der Dreifachmord im Schnapsladen, was den Polizisten zu Goff geführt hatte. Goff und Herzog hatten eine Menge Zeit zusammen in den Bars verbracht, und wahrscheinlich hatte irgendein aufmerksamer Zeuge Hopkins mit einer Beschreibung ausgestattet, die ihn zu Bruno's Serendipity geführt hatte. Daher hatte er, einige Stunden nachdem er Goffs Wände mit homosexuellen Ködern beschmiert hatte, die Schallplatten deponiert, die Goff '71 in Castleford versteckt hatte, und die kleine zusätzliche Ausschmückung hinzugefügt, die den rechtschaffenen Cop in Hopkins aufbringen würde. Er hatte seine Wut mit dem Schwulenbildnis des Alchimisten angestachelt; er hatte sein Gehirn mit den Wischspuren, den verschiedenen Handschriften an den Wänden und Goffs altem Exemplar der »Bayou Dreams« gereizt.

Sein aufregendster Akt der Kühnheit aber war der Einsatz Richard Oldfields gewesen; er hatte ihn in einen bauschigen Pullover gesteckt, um seine Muskulatur herunterzuspielen, und ihm eine Tweedmütze aufgesetzt, die Thomas Goffs Stil haargenau entsprochen hätte, die aber den oberen Teil seines Gesichts und seine Frisur, die anders war als Goffs, verbarg. Stundenlang hatte er ihn aufgebaut, hatte ihm als »Krönung seiner Aufträge« ein handverlesenes Opfer ganz für ihn allein versprochen, und dann hatte er aus einem auf der anderen Straßenseite parkenden Mietauto zugesehen, wie Oldfield eine tadellose Goff-Imitation hingelegt und den Hausmeister souverän an der Nase herumgeführt hatte – nur wenige Stunden bevor Hopkins mit seinem Schleppnetz angerückt war.

Havilland schloß seine Schreibtischschublade auf und zog die Akte von Junior Miss Cosmetics hervor, die er studiert hatte; er hoffte, neue Arbeit und der Gedanke an die Zukunft würden das Gefühl der Erregung besänftigen, welches ihn so sehr beherrschte, daß er in den vergangenen Stunden *leben* wollte.

Es half nichts. Immer wieder erinnerte er sich an die herannahenden Lichter und daran, wie er gewußt hatte, daß er sich nun *innerhalb* des Polizeikordons befand, wie er sich auf dem Sitz zusammengekauert und gehört hatte, wie die Polizisten Goffs Autonummer unablässig wiederholten. Einer von ihnen hatte flüsternd erzählt, »Crazy Lloyd« leite die Razzia, und sein Partner hatte daraufhin etwas davon gemurmelt, wie »Crazy Lloyd« damals »mit 'ner Dreißig-Null-Sechs und 'nem .41er Magazin dem Psychopathen in Hollywood auf den Leib gerückt« sei. Als dann, eine halbe Stunde später, die eigentliche Razzia begonnen hatte, war Lloyd auf der anderen Straßenseite zu sehen gewesen, ein Schrotgewehr in den Händen, viel größer als die Männer, die er führte, und Havillands Vater so ähnlich. Es hatte monumentale Selbstbeherrschung erfordert, den Schauplatz zu verlassen, ohne dem Polizisten von Angesicht zu Angesicht gegenüberzutreten.

Mit einiger Anstrengung kehrte der Night Tripper zu der Cosmetics-Akte zurück und las die liederliche Geschichte von

Leben und Taten der Frau, die ganz gewiß zu seiner nächsten Bauernfigur werden würde.

Sherry Shroeder war eine einunddreißig Jahre alte ehemalige Fließbandarbeiterin bei Junior Miss Cosmetics, kürzlich gefeuert, weil sie Chemikalien gestohlen hatte, die zur Herstellung von Rauschgift verwendet werden konnten. Es war das vierte und letzte Mal gewesen, daß sie in der Firma wegen Diebstahls »verhaftet« worden war, und bei der Entlassung hatte man ihr mit strafrechtlicher Verfolgung gedroht. Daniel Murray, der Captain vom L.A.P.D., der bei Junior Miss nebenher die Sicherheitsabteilung leitete, hatte sie ein Geständnis unterschreiben lassen und ihr versprochen, es nicht an die Polizei weiterzugeben, wenn sie eine Verzichtserklärung unterzeichnete, in der sie sich verpflichtete, keine Abfindung und kein Arbeitslosengeld zu fordern. Auch die drei vorhergegangenen Diebstahlsaffären waren unter Daniel Murrays Druck beigelegt worden: Sherry Shroeder agierte häufig als zweite Hauptdarstellerin in billigen Pornofilmen. Murray hatte sich eine Kopie von einem dieser Filme beschafft und ihr damit gedroht, sie ihren Eltern zu zeigen, falls sie die entwendeten Chemikalien nicht wieder beibrächte. Sherry war einverstanden gewesen, eifrig darauf bedacht, ihren Job mit vier Dollar Stundenlohn zu behalten und ihren Eltern dic schmerzliche Erfahrung einer Besichtigung ihrer Schauspielkünste zu ersparen. Die Akte enthielt kein Foto, aber ihre körperlichen Daten klangen reizvoll genug: einssiebzig groß, hundertzwanzig Pfund schwer, blondes Haar, blaue Augen. Eine letzte Bemerkung fand sich noch: Seit ihrer Entlassung war Sherry Shroeder beinahe täglich in den Bars in der Nachbarschaft von Junior Miss Cosmetics zu finden; sie trank dort mit ihren ehemaligen Kollegen, und am Zahltag »schob sie Nummern« im hinteren Teil ihres Kleinbusses.

Havilland notierte sich Sherry Shroeders Adresse und Telefonnummer und steckte sie ein. Erleichtert stellte er fest, daß die Vorbereitungen zu seinem nächsten Schachzug getroffen waren, und so ließ er seine Gedanken zu Lloyd Hopkins zurückkehren; spontan traf er dabei eine Entscheidung, die ihm ungewöhnlich vernünftig erschien: Falls der Polizist nicht innerhalb von achtundvierzig Stunden zu ihm kam, würde er die Konfrontation selbst in die Wege leiten.

12

Nach vierundzwanzig Stunden voller Konferenzen im Raub/Mord-Dezernat und Papierkrieg im Parker Center fuhr Lloyd mit dem Wagen nach Century City, um dort nach einem abenteuerlichen Strohhalm zu greifen. Unterwegs gestand er sich ehrlich ein: Seine Untersuchung war in einer Sackgasse angelangt. Jeder Cop in Südkalifornien rüttelte an den Baumstämmen, um Thomas Goff herunterzuholen, und er, der leitende Officer, das legendäre »Superhirn«, hatte nicht einmal ein psychologisches Profil, auf dessen Grundlage er arbeiten konnte. Wenn er den Spitznamen des legendären Kriminalpsychiaters als Eintrittskarte benutzen könnte, würde es ihm wahrscheinlich gelingen, ihn für Goffs Fall zu interessieren und dazu zu bewegen, seine eigenen Ansichten zum besten zu geben. Das war wenig, aber zumindest bewegte sich etwas.

Die vierundzwanzig Stunden im Parker Center hatten nichts als negatives Feedback erbracht. Die New York State Police hatte auf seine Anfrage nach Thomas Goff prompt reagiert und ein sechs Seiten langes Telex ans L.A.P.D. geschickt. Lloyd erfuhr, daß Goff ein Sadist war, der Frauen aus Kneipen abschleppte, verführte und dann zusammenschlug, daß er gern neue Kabrios klaute, daß »Komplizen nicht bekannt« waren und daß er ohne Bewährungsauflage aus der Haft in Attica entlassen worden war – höchstwahrscheinlich ein bürokratischer Schachzug, der ihn veranlassen sollte, den Staat New York zu verlassen.

Die Hauptfrustration des Tages hatte er in der nachmittäglichen Besprechung in Thad Bravertons Büro erfahren, als der Chief der Kriminalpolizei eine unmißverständlich formulierte Notiz vom Big Chief verlesen hatte, in der es hieß, daß im Fall Goff absolute Nachrichtensperre zu wahren sei, und zwar aus Gründen der »öffentlichen Sicherheit«. Lloyd hatte laut gelacht, und dann hatte er gekocht vor Wut, als Braverton und sein alter Widersacher Captain Fred Gaffaney vom Internal Affairs Department ihn wie zwei Fische angestarrt hatten. Er wußte, daß »Öffentliche Sicherheit« nichts anderes als »Public Relations« bedeutete und daß der Maulkorb nur deshalb ausgepackt wurde, weil man befürchtete, daß Jack Herzogs mögliche kriminelle Aktivitäten und seine Beziehung zu dem in Ungnade gefallenen Cop Marty Bergen ans Tageslicht kommen könnten. Der Zuckerguß auf diesem Kuchen waren die Industrieunternehmen und die Oberbullen, die schwarz für sie arbeiteten. Es war ausgeschlossen, daß man denen auf die Zehen trat. Mit einem Medien-Blitzkrieg würde man vielleicht Goff aus seinem Loch spülen können, aber das Department hielt lieber seinen Arsch bedeckt.

Lloyd parkte in einer Tiefgarage an der Ecke Olympic und Century Park East. Er fuhr mit dem Aufzug nach oben und hatte das Gebäude, in dem der Psychiater praktizierte, bald gefunden: Es war ein Wolkenkratzer aus Glas und Stahl mit einem von Kunstrasen bedeckten Vorplatz. Der Gebäudewegweiser im Foyer gab an, daß »John Havilland, M.D.« in Suite 2604 zu finden sei. Lloyd fuhr mit einem gläsernen Aufzug in den sechsundzwanzigsten Stock und ging durch einen langen Korridor bis zu einer Eichentür, in die der Name des Psychiaters eingraviert war. Er drückte die Tür auf und erwartete das Saccharinlächeln einer Arzthelferin. Statt dessen stand er wie gebannt vor den Fotografien der schönsten Frau, die er je gesehen hatte.

Sie war offensichtlich groß und schlank, und winzige Mängel in ihren klassischen Gesichtszügen ließen sie um so hinreißender erscheinen und verhinderten, daß sie ein triviales physisches Idealbild verkörperte. Ihre Nase war um eine Idee zu spitz, und ihr Kinn trug eine Kerbe, die dem ganzen Gesicht einen Ausdruck von resoluter Entschlossenheit verlieh. Dunkles Haar umrahmte in Kaskaden ihre sanft geschwungenen Wangenknochen und bildete ein vollkommenes Ganzes mit den großen Augen, deren Blick eindringlich, aber unergründlich war. Lloyd näherte sich der Wand, um die Fotos genauer zu betrachten; er sah, daß sie heimlich aufgenommen worden waren, was sie um so faszinierender machte. Er schloß die Augen und versuchte, sich die Frau nackt vorzustellen. Als neue Bilder sich nicht einstellen wollten, wußte er, weshalb: Ihre Schönheit verurteilte jeden Versuch, mit ihr zu fantasieren, von vornherein zum Scheitern. Diese Frau erforderte, daß man sie in Wirklichkeit nackt oder überhaupt nicht sah.

»Sie ist unvergleichlich, nicht wahr?«

Die Worte drangen nicht in Lloyds Gedankengänge ein. Er öffnete die Augen und sah und hörte und fühlte nichts als die weibliche Macht, die da vor ihm festgehalten war. Als ihm jemand auf die Schulter tippte, drehte er sich um und sah einen schmächtigen Mann in blauem Blazer und hellgrauer Flanellhose, der hinter ihm stand und zu ihm aufschaute; er hielt die Hand ausgestreckt, und seine hellbraunen Augen blickten amüsiert über Lloyds Reaktion auf die Bilder. »Ich bin John Havilland«, sagte er. »Was kann ich für Sie tun?«

Lloyd fand ruckartig seine professionelle Haltung wieder. Er nahm die Hand des Mannes und drückte sie fest. »Detective Sergeant Hopkins vom Los Angeles Police Department. Hätten Sie ein paar Minuten Zeit für mich?«

Dr. Havilland lächelte. »Gewiß. Gehen wir in mein Büro.« Er deutete auf eine Eichentür und fügte hinzu: »Bis zu meinem nächsten Termin habe ich noch über eine halbe Stunde Zeit. Sie sind rot geworden, Sergeant, aber das kann ich Ihnen nicht verdenken.«

»Wer ist sie?« fragte Lloyd.

»Eine Klientin von mir«, sagte Havilland. »Manchmal glaube ich, sie ist die schönste Frau, die ich je gesehen habe.«

»Das dachte ich auch. Was sagt sie dazu, daß sie Ihr Pinup-Girl ist?«

Havillands Wangen röteten sich; Lloyd begriff, daß der Mann über seine professionellen Grenzen hinaus von der Frau angetan war. »Vergessen Sie diese Frage, Doctor. Von jetzt an werde ich strikt bei der Sache bleiben.«

Der Doctor senkte den Blick und führte Lloyd in ein eichenholzgetäfeltes Privatbüro; dort deutete er auf einen Sessel und nahm selbst auf einem identischen Möbel ein paar Schritte weiter Platz. Dann blickte er wieder auf. »Handelt es sich um eine persönliche Sache oder um eine offizielle Polizeiangelegenheit?«

Lloyd starrte den Psychiater unverhohlen an. Havilland zuckte nicht mit der Wimper, und Lloyd begriff, daß der Mann ihm ebenbürtig war. »Um beides, Doctor. Der Ausgangspunkt ist Ihr Spitzname. Ich –«

Havilland schüttelte bereits den Kopf. »Es ist ein Spitzname aus zweiter Hand«, erklärte er. »Doctor John the Night Tripper war ein Rock 'n' Roll-Musiker in den sechziger Jahren. Ich bekam diesen Namen während meines Medizinstudiums, weil mein Vorname John ist und weil ich mich nachts gelegentlich ein wenig herumtrieb. Ich habe dann eine große Zahl von Kriminellen in meiner Praxis gehabt, solche, die vom Gericht überwiesen waren, und auch andere. Diese Leute haben dafür gesorgt, daß der Spitzname erhalten blieb. Ehrlich gesagt, mir gefällt er.«

Lloyd lächelte. »Er hat das gewisse Etwas, in der Tat.« Er zog zwei Schnappschüsse aus der Tasche und reichte sie Havilland hinüber. »Hatten Sie einen dieser beiden Männer je in Ihrer Praxis?«

Der Doctor sah sich die Fotos an und gab sie dann zurück. »Nein. Wer sind sie?«

Lloyd überging die Frage. »Wenn Sie sie behandelt hätten – hätten Sie's mir gesagt?«

Havilland formte ein Spitzdach aus seinen Händen und stützte sein Kinn darauf. »Ich hätte ›ja‹ oder ›nein‹ gesagt und dann gefragt: ›Weshalb wollen Sie das wissen?‹«

»Eine gute, direkte Antwort«, sagte Lloyd. »Ich werde mich revanchieren: Der blonde Mann ist kürzlich in einen Schnapsladen spaziert und hat drei Leute über den Haufen geschossen. Der dunkelhaarige ist ein Polizist aus Los Angeles, der verschwunden und wahrscheinlich tot ist. Bevor er verschwand, war er hysterisch besessen von Ihrem Spitznamen. Ich bin sicher, daß der blonde Mann ihn getötet hat. Flachsköpfchen ist ein Psychopath von Weltklasse. Vor zwei Tagen hatten wir zwei eine Schießerei in einer Single-Bar in Beverly Hills. Sie haben wahrscheinlich in der Zeitung davon gelesen. Er konnte fliehen. Ich will ihn aus dem Verkehr ziehen und in die Klapsmühle oder ins Leichenschauhaus bringen – vorzugsweise ins letztere.«

Lloyd lehnte sich zurück und lockerte seine Krawatte; es verdroß ihn, daß er seine Stimme hatte lauter werden lassen, denn damit hatte er sich vermutlich um seine professionelle Ebenbürtigkeit mit diesem Psychiater gebracht. Er fühlte einen beginnenden Kopfschmerz und schloß die Augen, um ihn zurückzudrängen. Als er sie wieder öffnete, strahlte Dr. John Havilland von einem Ohr zum anderen und schüttelte entzückt den Kopf. »Ich liebe Machos, Sergeant. Das ist eine meiner Schwächen als Seelenklempner. Da wir aber auf der Basis einer gewissen Offenheit angelangt sind, würde ich Ihnen gern ein paar offene Fragen stellen – darf ich?«

Lloyd grinste. »Schießen Sie los, Doc.«

»Okay. Erstens: Haben Sie ernsthaft geglaubt, ich kenne diese beiden Männer?«

Lloyd schüttelte den Kopf. »Nein.«

»Dann kann ich sicherlich annehmen, daß Sie gekommen sind, um sich meiner berühmten Kenntnisse über kriminelles Verhalten zu bedienen?«

Lloyds Grinsen wurde breiter. »Ja.«

Der Doctor grinste zurück. »Gut. Ich werde Ihnen mit Vergnügen sagen, was ich denke; aber würden Sie mir Ihren Fall oder Ihre Fragen, oder was es sonst sein mag, nicht-hypothetisch präsentieren? Geben Sie mir faktische Informationen, so bündig wie möglich, und lassen Sie mich Fragen stellen.«

»Was Sie wollen«, sagte Lloyd. Er trat ans Fenster und blickte in die Straße hinunter, die sechsundzwanzig Stockwerke tief unter ihm lag. Ohne sich zu dem Arzt umzudrehen, redete er ununterbrochen zehn Minuten lang; er gab einen stromlinienförmig zusammengefaßten Bericht über seine Nachforschungen im Fall Herzog/Goff, wobei er es unterließ, die Personalakten und Herzogs Beziehung zu Marty Bergen zu erwähnen; die Horrorshow in der Melbourne Avenue indessen schilderte er in allen Einzelheiten.

Als er fertig war, sagte der Doctor leise: »Mein Gott, was für eine Geschichte. Wieso hat man im Fernsehen nicht über diesen Goff gesprochen? Würde das bei der Fahndung nicht hilfreich sein?«

Lloyd drehte sich um und sah Havilland an. »Die Chefs haben totale Nachrichtensperre angeordnet. Öffentliche Sicherheit, Public Relations – suchen Sie sich was aus; ich will darauf nicht weiter eingehen. Meine Möglichkeiten schwinden dahin. Ich habe nicht den geringsten Hinweis auf Goffs Partner. Die Fahndung kann Erfolg haben oder in die Hose gehen. Ich werde selber ein paar Bars unter die Lupe nehmen, aber dabei geht's wie mit der Nadel im Heuhaufen. Wenn ich nicht bald eine handfeste Spur finde, werde ich nach New York fliegen und die Leute, die Goff dort gekannt haben, interviewen müssen, und das erscheint mir, ehrlich gesagt, ziemlich nutzlos. Steigen Sie ein, Doc. Was mich interessiert, sind Ihre Vermutungen hinsichtlich der Beziehung, die Goff zu seinem Partner unterhält, und hinsichtlich des Zustandes seiner Wohnung. Was meinen Sie?«

Havilland stand auf und ging im Zimmer auf und ab. Lloyd setzte sich und sah ihm zu, wie er im Kreis herumwanderte. Schließlich blieb der Doctor stehen. »Ich teile Ihre Einschätzung hinsichtlich der Grundpsychosen Goffs, und ich glaube ebenfalls, daß der linkshändige Mann einen mäßigenden Einfluß ausübt, allerdings nur bis zu einem gewissen Grad. Auch glaube ich nicht, daß die beiden Männer ein homosexuelles Liebespaar sind, trotz des Symbolismus, der sich in den Ausschneidebildern an den Wänden findet. Ich glaube, Sie haben es hier mit unbewußt hinterlassenen falschen Spuren zu tun – vor allem bei den nackten Männern und den Inschriften. Die Inschriften erinnern mich an die sechziger Jahre – vielleicht waren Goff und sein Freund von den Slogans der Manson-Family inspiriert. Ich glaube, daß die zurückgelassenen Schallplatten erkennen lassen, daß die Täuschung nicht bewußt vorgenommen wurde, denn jede einzelne Platte ist eine Art Archetyp für die Musik der sechziger Jahre. Das Appartement wurde gründlich gesäubert, aber die Platten blieben da.

Das kommt mir merkwürdig vor. Eines liegt nun auf der Hand – Goffs Tarnung war nach der Schießerei mit Ihnen beim Teufel; er wußte, daß er verschwinden mußte, daß er sehr bald eindeutig identifiziert werden würde. *Deshalb wusch sein Freund die Wände ab, um seine eigenen Fingerabdrücke zu eliminieren*, vermutlich nachdem Goff sich aus dem Staub gemacht hatte – aber die Fotos nahm er nicht ab, weil sie lediglich auf *Goffs* Psychose hinwiesen. Die Collage im Schrank mit der Markennummer des vermißten Polizisten *sah* er nicht, weil sie sich an einer Innenfläche befand, die er selbst niemals angerührt hatte, und weil er nicht wußte, daß Goff sie dort angebracht hatte. Die übrigen Hinweise an den Wänden ließen sich mehrfach deuten, aber nicht das Ausschneidebild im Schrank. Es deutet auf den Mord an einem Polizisten aus Los Angeles. Hätte Goffs Freund davon gewußt, hätte er das Bild vernichtet. Was meinen *Sie*, Sergeant?«

Fasziniert vom brillanten Scharfsinn dieser Hypothese, sagte Lloyd: »Hat Hand und Fuß, in jeder Hinsicht. Meine Gedanken gingen in eine ähnliche Richtung, aber Sie sind zwei Schritte weiter gegangen. Können Sie ein Fazit ziehen?«

Der Doctor setzte sich Lloyd gegenüber und zog seinen Sessel heran, daß ihre Knie einander beinahe berührten. »Ich glaube, daß die fundamentalen Hinweise auf das Motiv, sowohl unbewußt als auch offen, die nackten Männer sind; sie repräsentieren keine homosexuellen Neigungen, sondern das Verlangen, männliche Macht zu vernichten. Ich halte Goffs Freund für stark gestört und Goff selbst für einen Psychopathen. Ich halte alle beide für hochintelligente, hochmotivierte Polizistenhasser.«

Lloyd ließ die Worte in sich einsinken und hielt Blickkontakt mit dem Arzt. Die These war solide, aber was war der nächste Schritt bei der Untersuchung?

Schließlich senkte Havilland den Blick und redete weiter.

»Ich würde Ihnen gern helfen, Sergeant. Ich habe eine Menge Informationsquellen in kriminellen Kreisen. Meinen eigenen Mini-Nachrichtendienst, sozusagen.«

»Ich wäre Ihnen sehr dankbar«, sagte Lloyd und zog eine Visitenkarte aus der Jackentasche. »Da steht meine Büro- und meine Privatnummer. Sie können mich jederzeit anrufen.« Er reichte Havilland die Karte. Havilland steckte sie ein. »Könnte ich das Bild von Goff haben?« fragte er. »Ich würde es gern einigen meiner Klienten zeigen.«

Lloyd nickte. »Aber erwähnen Sie nicht, daß Goff unter Mordverdacht steht.« Er legte dem Arzt das Foto in die ausgestreckte Hand. »Versuchen Sie, es beiläufig klingen zu lassen. Wenn Ihre Patienten den Eindruck haben, daß es sich um eine große Sache handelt, könnten sie auf die Idee kommen, die Situation auszunutzen, um Geld oder Begünstigungen herauszuschlagen.«

»Selbstverständlich«, sagte Havilland. »Es ist die einzige professionelle Methode. Im selben Zusammenhang möchte ich übrigens eines ganz klar zum Ausdruck bringen: Ich kann und werde unter keinen Umständen die Anonymität meiner Informanten aufs Spiel setzen.«

»Das erwarte ich auch nicht von Ihnen.«

»Gut. Was tun Sie als nächstes?«

»Herumlaufen, auf Ihrer These herumkauen, die vorhandenen Unterlagen vierzig- oder fünfzigmal durchgehen, bis mich etwas beißt.«

Havilland lachte. »Ich hoffe, der Biß wird Sie nicht umbringen. Wissen Sie, es ist komisch: Ganz plötzlich sehen Sie höchst würdevoll aus – und genau wie mein Vater. Was ist – finstere Gedanken?«

Lloyd fing an zu lachen, und er lachte, bis er Seitenstechen bekam und ihm die Tränen die Wangen herunterliefen. Havilland lachte leise mit und bildete mit den Händen eine Serie von Spitzdächern. Nach Luft schnappend, sagte Lloyd: »Mein Gott, tut das gut! Ich mußte lachen, weil Ihre Frage so ironisch war. Seit einer vollen Woche habe ich nichts als Mordgeschichten im Kopf, aber als Sie mich nach finsteren Gedanken fragten, dachte ich gerade an die unglaubliche Frau da an Ihrer Wand.«

Jetzt wollte auch der Doctor sich ausschütten vor Lachen, und er platzte heraus: »Linda Wilhite hat diese Wirkung auf Männer. Sie verwand –« Er fing sich mitten im Satz, brach ab und sagte: »Sie kann einen Mann so weit bringen, daß er den Wunsch verspürt, ihren Namen laut auszusprechen. Vergessen Sie, was ich gesagt habe, Hopkins. Die Anonymität meiner Klienten ist heilig. Es war unprofessionell von mir.«

Lloyd stand auf; der arme Hund, dachte er, war Hals über Kopf verliebt in eine Frau, die wahrscheinlich Verkehrsstokkungen verursachte, wenn sie über die Straße ging, um eine Zeitung zu kaufen. Er grinste und streckte die Hand aus. Als Havilland sie ergriff, sagte er: »Ich benehme mich andauernd unprofessionell, Doc. Ein Kerl, der schafft, was wir schaffen, sollte schon aus *noblesse oblige* ab und zu Scheiße bauen. Danke für Ihre Hilfe.«

Dr. John Havilland lächelte. Lloyd verließ sein Büro, und er zwang sich, den Blick starr woandershin zu richten, nicht auf die Bilder von Linda Wilhite.

13

In derselben Sekunde, da Lloyd Hopkins zur Tür hinausging, begann der Night Tripper zu hyperventilieren. Die unterdrückte Spannung, die den Treibstoff für seine Vorstellung, seine *brillante Vorstellung,* abgegeben hatte, sickerte durch seine Poren und ließ ihn unkontrolliert zittern und seine Schreibtischkante umklammern, um den Schwindelanfall niederzukämpfen. Er krallte sich fest, bis seine Knöchel weiß wurden und Krämpfe seine Arme bis zu den Schultern hinauf erstarren ließen. Er konzentrierte sich auf seine eigene Physiologie, um die Herrschaft über sich selbst zurückzugewinnen; seinen Puls schätzte er auf hundertfünfundzwanzig, und sein Blutdruck mußte stratosphärische Verhältnisse erreicht haben. Diese professionelle Ungerührtheit im Angesicht einer so extremen Angst-/Hochstimmung beruhigte und besänftigte ihn. Innerhalb weniger Sekunden fühlte er, wie seine Vitalfunktionen zu einem Zustand zurückkehrten, der fast normal genannt werden konnte. »Vater. Vater. Vater«, wisperte Dr. John Havilland.

Als seine physische und geistige Ruhe wieder ineinandergeflossen waren, ließ der Doctor seine Vorstellung noch einmal abspielen, um zu einer Einschätzung des Polizisten zu gelangen. Erstaunt stellte er fest, daß der Mann nicht der rechtsgerichtete Plünderer war, den er erwartet hatte, sondern ein ziemlich liebenswerter Bursche mit einem Sinn für Humor, der in Kontrast zu der Gewalttätigkeit stand, die er knapp unter der Oberfläche seines Intellekts im Zaum hielt. Mit Lloyd Hopkins war nicht gut Kirschen essen. Aber mit ihm auch nicht. Die erste Runde hatte er mühelos hinter sich gebracht; er war nach Instinkt gelaufen. Runde zwei würde mit peinlicher Sorgfalt geplant werden müssen.

Der Doctor warf einen Blick auf seinen Terminkalender und sah, daß er für diesen Tag keine weiteren Patienten zu erwarten hatte und daß er bis zu Linda Wilhites nächster Sitzung noch zwei Tage Zeit hatte. Der Gedanke an Linda erzeugte eine lange Reihe von geistigen Schachzügen. Hopkins würde nach New York fahren, wenn er kein Beweismaterial fände, das ihn in Los Angeles festhielt. Es ging aber nicht an, daß »Crazy Lloyd« mit der Verwaltung in Attica redete. Runde zwei mußte noch heute eingeleitet werden. Aber wie?

In diesem Augenblick hatte er eine Idee. Bei der ersten Sitzung hatte Linda von einem ihrer »Klienten« gesprochen, der kolumbianische Kunst sammelte und der Nacktfotos von ihr machte, die er sich dann ins Schlafzimmer hängte. *Noch ein Bauer.*

Havilland öffnete den Wandsafe hinter seinem Edward-Hopper-Original und nahm Thomas Goffs detaillierte Abschrift von Lindas Freiertagebuch heraus. Er blätterte durch Seiten voller sexueller Fakten, Zahlen und Überlegungen, bis er schließlich auf eine Erwähnung des Mannes stieß.

28. 8. 83: Stanley, Rudolph, 11741 Montana (Bundy), 829-6907. Empfehlg. von P. N. Ein wahrhaft ambivalenter Mann. Lebt in einer Eigentumswohnung voller kolumbianischer Kunst (ästhetisch!); behauptet, er kaufe das Zeug spottbillig von bekifften Bimbos, die es klauen (Macho-Rüpelhaftigkeit!). Die Statuen waren atavistisch, *viril*, wundervoll. Stanley redet vor dem Geschäftlichen so oft von ihnen, daß ich schon weiß, er will etwas anderes als *straight* ficken – schon gar, als er anfängt, mich als ein gottverdammtes Kunstwerk zu bezeichnen! Rückt dann heraus mit einer (natürlich!) Fotosession. (Zwischen den Zeilen gelesen: Stanley-Baby ist impotent, steht auf Fotos von Nackedeis, die mit seinen phallischen Statuen arrangiert werden.) Stan macht seine Fotos (übrigens keine Mösenfotos, sondern wirklich geschmackvolle Bilder) – (Stan der Ästhet) und erzählt mir dann Stories von all den Frauen, die um seinen Eselsschwanz betteln (Stan der Macho-Clown). Ich räkle mich nackt herum und versuche, keinen Knall zu kriegen. $ 500.– 10. 9. 83 – Stan der Ambivalente ist jetzt

Stammkunde zu $ 500.– pro. Ich hänge inzwischen in nackter Pracht gerahmt bei ihm an der Wand. Gespenstisch. Ich wünsche nur, ich hätte größere Brüste.

Havilland legte das Transkript in den Safe zurück und dachte an eine weitere gesichtslose Bauernfigur, die im Industriegebiet im Valley ihr liederliches Leben führte, und er verschloß seine Praxis und machte sich auf die Suche nach ihr.

Junior Miss Cosmetics lag am Nordostrand von San Fernando Valley, ein geduckter grüner Stuckbau, umgeben von einem rostigen Gitterzaun. Vor der Umzäunung erstreckte sich ein großer Aschenplatz voller planlos geparkter Autos. Auf der anderen Straßenseite zog sich ein ganzer Block von Cocktailbars entlang, und schon um drei Uhr nachmittags leuchtete bei allen die Neonwerbung. Dr. John Havilland parkte vor einem Imbiß, der seiner Lichtreklame zufolge dem »Nackten Arbeiter« vorbehalten war, und er hatte das Gefühl, soeben durch die Pforten der Hölle getreten zu sein.

Er schloß seinen Wagen ab und zählte die neonblinkenden Eingänge bis zum Ende des Blocks: Es waren insgesamt neun. Er ging durch die nächstbeste Tür, und ein Schwall von Country & Western-Musik ließ ihn den Kopf zwischen die Schultern ziehen. Mit zusammengekniffenen Augen spähte er umher, bis er die Band auf dem Podium ausmachen konnte; eine übergewichtige Rothaarige vollführte lustlos einen Nackt-Boogie. Zur Linken sah er eine hufeisenförmige Bar. Havilland stählte sich für seine Rolle, zog zwanzig Dollar aus seinem Banknotenclip und ging hin.

Der Barkeeper blickte auf, als er herankam. »Was trinken oder den Lunch?« fragte er.

Havilland legte den Zwanziger flach auf die Bar und zwang sich dazu, seine Stimme der Umgebung anzupassen. »Ich suche Sherry Shroeder. Ein Freund von mir sagt, sie ist hier zu finden.«

»Mit Sherry spielt sich hier nichts ab«, sagte der Barmann. »Sie bekokst sich oder besäuft sich, und dann fällt sie aus dem Rahmen. Wollen Sie einen wegstecken?«

Der Doctor glotzte. »Was?«

Der Barkeeper sprach langsam, wie mit einem idiotischen Kind. »Sie wissen doch – 'ne Nummer schieben? Die Sichel putzen? Die Pfeife auskloppen? Das Rohr reinigen?«

Havilland schluckte und zog noch einen Zwanziger aus dem Clip. »Ja. Das alles. Wo kann ich sie finden? Bitte sagen Sie es mir.«

Der Barkeeper grabschte nach den beiden Geldscheinen, beugte sich vor und brachte seinen Mund an das Ohr des Doctors. »Gehen Sie ein Stück weit die Straße runter zum Loafer Gopher. Sherry müßte da irgendwann zu finden sein. Setzen Sie sich an die Bar, und früher oder später wird sie aufkreuzen und versuchen, sich auf Ihr Gesicht zu setzen. Und noch was, Kumpel – behalten Sie Ihr Moos in der Tasche. Da drüben gibt's ein paar ordentliche Drecksäcke.«

Im Loafer Gopher war es dunkel, und man spielte Punkrock. Havilland setzte sich an die Bar und nippte an einem Scotch mit Soda, während Cindy and the Sinners ihr Repertoire aus *Prison of Your Love, Nine Inches of Your Love* und *Gimme Your Love* wieder und wieder herunternudelten. Er richtete einen Stapel Dollarnoten vor sich aus und versuchte, jeden Blickkontakt mit der barbusigen Barfrau zu vermeiden, denn diese betrachtete es als ein Signal für einen neuen Drink, wenn ihre Blicke sich trafen. In Gedanken spielte er Mozart, um die gräßliche Musik und das Gerede ringsumher zu übertönen, und er wartete.

Das Warten dauerte Stunden. Havilland saß an der Bar, ließ sich alle zwanzig Minuten einen neuen Drink hinstellen, nippte ein wenig daran und schüttete dann den Rest unbemerkt auf den Boden. Als sein geistiger Mozart allmählich fad wurde, versuchte er, sich Sherry Shroeder in allerlei Gestalten vorzustellen, angefangen mit einer nordischen Eisjungfer und bis zu einem platinblonden Luder; die statistischen Daten aus ihrer Sicherheitsakte dienten ihm dabei als physikalischer Zündfunke. Er hatte die Grenzen seiner Geduld und seiner Fantasie fast erreicht, als spröde Fingerspitzen an seinem Hals entlangstrichen und eine spröde Frauenstimme fragte: »Spendieren Sie 'ner Lady 'n Drink?«

Havilland drehte seinen Hocker in die Richtung, aus der die Anmache kam. Die Frau, die den Spruch getan hatte, sah aus wie ein ausgebranntes Beach Bunny. Ihr Gesicht war gegerbt von zuviel Sonne und chemischen Behandlungen, und tiefe Falten um Mund und Augen berichteten von zahllosen Versuchen, verlockend zu wirken, und von ebenso zahllosen Zurückweisungen. Ihr blondes Haar war zu einer schrägen Strubbelfrisur verarbeitet, was ihren bangen Ausdruck noch verstärkte. Aber ihre Gesichtszüge waren hübsch, und ihre in Designerjeans und Pullover gekleidete Figur war schlank und feminin. Wenn sie eine Schauspielerin war, dann würde Richard Oldfield von ihr entzückt sein.

»Ich bin Sherry«, sagte die Frau.

Havilland winkte der Barfrau und lächelte seine neue Schachfigur an. »Ich bin Lloyd.«

Sie kicherte, als die Barfrau ihr ein hohes Glas hinstellte und dafür zwei von Havillands Ein-Dollar-Scheinen wegnahm. Sie trank einen großen Schluck und meinte: »Ein guter Name. Paßt zu deinem Blazer. Für den Gopher bist du eigentlich nicht richtig angezogen, aber das ist schon okay, denn auf der Strecke hier sind so viele Bars, daß man nicht jedesmal nach Hause fahren und sich umziehen kann, wenn man ein Häuschen weitergeht, nicht wahr? Ich meine, ist es nicht so?«

»So ist es«, bestätigte Havilland. »Ich kleide mich konservativ, weil die Bonzen in den Studios es so haben wollen. Mir geht's genauso wie dir; ich kann nicht jedesmal nach Hause fahren und mich umziehen, wenn ich auf Talentsuche gehe.«

Sherry riß die Augen auf. Sie stürzte den Rest ihres Drinks hinunter und stammelte: »Si-si-sind Sie Agent?«

»Ich bin unabhängiger Filmproduzent.« Havilland schnippte mit den Fingern nach der Barfrau und deutete auf Sherrys leeres Glas. »Ich verkaufe künstlerische Filme an einen Verein von Millionären, die sie in ihren Privatkinos vorführen. Übrigens bin ich hier, weil ich Schauspielerinnen suche.«

Mit drei schnellen Schlucken hatte Sherry das neue Glas geleert. Havilland sah, daß ihre Pupillen sich weiteten und ihr Hals sich rötete. »Ich bin Schauspielerin«, sagte sie atemlos. »Ich hab' als Komparsin gearbeitet und auch Kurzfilme und andere Sachen. Glauben Sie, Sie –«

Havilland legte einen Finger an die Lippen, um sie zum Schweigen zu bringen. Dann sah er sich in der Bar um. Niemand schien sich für ihre Geschäfte zu interessieren. »Laß uns draußen weiterreden«, schlug er vor. »Hier drin ist es mir zu laut.«

Sherry führte ihn über die Straße zum Parkplatz von Junior Miss, wo ihr zerschrammter VW-Transporter stand. »Da hab' ich gearbeitet«, erzählte sie, während sie die Beifahrertür aufschloß. »Sie haben mich gefeuert, weil ich überqualifiziert war. Sie hatten rausgefunden, daß ich einen höheren Intelligenzquotienten hatte als der Präsident der Firma, und da konnte ich gehen.«

Havilland setzte sich auf den Beifahrersitz und ermahnte sich, im Innern des Wagens nichts anzurühren. Sherry ging vorn um den Wagen herum und zwängte sich hinter das Steuerrad. Als sie ihn drängend ansah, sagte der Doctor: »Sherry, ich will ganz offen sein. Ich produziere High-Budget-Filme für Erwachsene. Normalerweise würde ich einer ernsthaften jungen Schauspielerin wie dir nicht dazu raten, in einem solchen Film mitzuwirken, aber in diesem Fall ist es anders – denn die Produktionen sind ausschließlich für ein Privatpublikum bestimmt, das aus großen Fischen aus Hollywood besteht. Ich möchte dich jetzt fragen: Hast du schon Erfahrungen mit Erwachsenenfilmen?«

Sherrys Antwort war ein mit Gin gespeister Gießbach von Worten. »Ja, und das ist Spitze, weil früher hab' ich Kurzfilme gemacht, und der Kameratyp meinte, Mom und Dad würden nie was davon erfahren. Wir haben in der Jungenturnhalle in der Pacoima Junior High-School gedreht, weil der Kameratyp kannte den Hausmeister und hatte den Schlüssel, und wir mußten spät nachts drehen, weil dann niemand da war. Ritchie Valens war auf Pacoima Junior High, aber der ist am 3. Februar 1959 mit Buddy Holly abgestürzt. Ich war damals noch klein, aber ich kann mich daran erinnern.«

Diese letzte Erinnerung traf den Doctor wie ein Donnerschlag. Er zog sein Geldscheinbündel aus der Tasche. »Wir drehen in ungefähr zwei Tagen, in einem großen Haus in den Hollywood Hills. Zwei Schauspieler – du und ein sehr gut aussehender junger Mann. Deine Gage beträgt tausend Dollar. Möchtest du jetzt einen Vorschuß?«

Sherry Shroeder umarmte Havilland und vergrub ihr Gesicht an seinem Hals. Als er ihre Zunge in seinem Ohr spürte, packte er sie bei den Schultern und schob sie von sich. »Bitte, Sherry. Ich bin verheiratet.«

Sherry zog einen gespielten Schmollmund. »Verheiratete Männer sind die besten. Kann ich 'n Hunderter haben?«

Havilland nahm drei Hunderter aus dem Bündel und gab sie Sherry. »Bitte behalte diese Sache für dich«, sagte er leise. »Wenn es sich herumspricht, werden mir andere Schauspielerinnen auf die Nerven gehen, ich möchte lieber exklusiv mit dir arbeiten. Okay?«

»Okay.«

Havilland lächelte. »Deine Telefonnummer brauche ich.«

Sherry langte ins Handschuhfach, knipste dann die Armaturenbeleuchtung an und gab dem Doctor eine mit roter Metallicfarbe beschichtete Visitenkarte mit der Aufschrift »Sherry – für die Party. Auch Hausbesuche. 632-0140«. Havilland schob die Karte in seine Tasche und drückte die Tür mit der Schulter auf. Er lächelte noch einmal. »Ich melde mich.«

»Jederzeit, Lloyd-Baby.« Sherry ließ den Motor aufheulen. Der Doctor sah dem VW nach, wie er mit kreischendem Gummi in der Nacht verschwand.

Der Night Tripper fuhr zu einer Telefonzelle und rief Richard Oldfield zu Hause an. Er sagte nur einen einzigen Satz und hängte ein, ehe Oldfield antworten konnte. Zufrieden mit der Macht seiner Worte, fuhr er in die Hollywood Hills und zu seiner dritten Starvorstellung an diesem Tag.

Oldfield hatte die Haustür unverschlossen gelassen. Der Night Tripper trat ein und fand seinen Bauern auf dem Boden im Wohnzimmer kniend, den Kopf in der Haltung des Effizienztrainings vorgestreckt, die Augen geschlossen, die Hände hinter dem Rücken verschränkt. Er war nackt bis zur Taille, und seine Brustmuskulatur zuckte noch vom eben beendeten Krafttraining.

Havilland ging auf ihn zu und schlug ihm mit dem Handrücken wie mit einer Peitsche ins Gesicht; dabei riß er ihm mit seinem Harvard-Siegelring die Wange auf. Oldfield beugte sich dem Schlag entgegen und blieb stumm. Havilland holte aus, und mit dem zweiten Hieb traf er seinen Bauern auf dem Nasenrücken; die Haut platzte auf, und unter dem linken

Auge riß eine Ader. Als Oldfield keinen Schmerz erkennen ließ, entfesselte der Doctor einen Wirbelwind von Ohrfeigen und Rückhandschlägen, bis sein Bauer das Gesicht verzerrte und ihm aus jedem Auge eine einzelne Träne quoll, die sich mit dem Blut aus den Platzwunden vermischte.

»Bist du bereit, sie zu verletzen, sie zu verrenken, zu hassen, zu zerquetschen, die Frau, die dich vernichtet hat, als du ein Kind warst?« zischte der Night Tripper. »Bist du bereit, so weit zu gehen, wie du gehen kannst? Bist du bereit, das Reich der puren Macht zu betreten und den Rest der Welt auf den Scheißhaufen zu verweisen, auf den sie gehört?«

»Ja«, schluchzte Richard Oldfield.

Der Doctor nahm ein seidenes Taschentuch aus der Tasche seines Blazers und betupfte das Gesicht seines Klienten. »Dann sollst du alles bekommen. Jetzt hör zu, und stelle mir keine Fragen. Der Zeitpunkt ist übermorgen, der Ort ist hier. Gehe nicht aus dem Haus, bevor ich es dir sage, denn ein Polizst ist auf der Suche nach einem, der aussieht wie du. Verstehst du das alles?«

»Ja«, sagte Oldfield.

Havilland ging zum Telefon und wählte die siebenstellige Nummer, die er sich schon am frühen Nachmittag eingeprägt hatte. Als eine müde Stimme sich mit »Ja?« meldete, sagte er: »Sergeant, hier ist John Havilland. Hören Sie, ich habe einen Hinweis auf Ihren Verdächtigen. Ziemlich vage, aber ich glaube, an der Information ist etwas dran.«

»Heilige Scheiße«, sagte Lloyd Hopkins. »Woher haben Sie sie?«

»Nein«, sagte Havilland. »Das kann ich Ihnen nicht verraten. Aber so viel kann ich Ihnen sagen: Der Mann ist Rechtshänder, und meiner professionellen Meinung nach weiß er nichts über die Morde oder über den gegenwärtigen Aufenthalt Goffs.«

»Ich hab' mein Notizbuch vor mir. Sprechen Sie langsam.«

»Okay. Der Mann sagt, er habe Goff voriges Jahr in einer Single-Bar kennengelernt. Sie begingen einen Einbruch zusammen – wo, weiß er nicht mehr – und stahlen ein paar Kunstobjekte. Goff hatte einen Kunden für das Zeug. Der Mann sagt, sein Name war entweder Rudolph Stanley oder Stanley Rudolph. Er hat eine Wohnung in Brentwood, irgendwo in der Nähe von Bundy und Montana.«

»War's das?«

»Ja. Mein Klient ist ein im Grunde anständiger, aber stark gestörter junger Mann, Sergeant. Bitte versuchen Sie nicht, seine Identität aus mir herauszuquetschen. Ich werde sie Ihnen nicht verraten.«

»Keine Sorge, Doc. Aber wenn ich Goff mit Ihrem Tip erwische, machen Sie sich auf das beste Abendessen Ihres Lebens gefaßt.«

»Ich freue mich darauf.« Havilland wartete auf eine Antwort, aber der Polizist hatte schon aufgelegt.

Als er den Hörer aus der Hand legte, sah er, daß Richard Oldfield noch immer in seiner Demutshaltung verharrte. Er betrachtete das Blut an seinen Händen. Zerreiße den Cop. Zerquetsche ihn. Zermalme ihn. Laß ihn bezahlen für die Finsternis der Kindheit, und durchflute die Leere mit Licht.

14

Als der Morgen graute, saß Lloyd in seinem Wagen an der Südostecke von Bundy und Montana, bewaffnet mit hautengen Gummihandschuhen und einem Sortiment von Einbrecherwerkzeugen. Nach Havillands Anruf hatte er selbst eine

Serie von Telefongesprächen geführt: Er hatte die Registerabteilung des L.A.P.D. angerufen, den Polizei-Großcomputer, das FBI und die Nachtinformation der kalifornischen Kraftfahrzeugbehörde. Das Resultat war nur halbwegs zufriedenstellend: Ein Mann namens Stanley Rudolph wohnte 11741 Montana, No. 1015, aber er war nicht vorbestraft, und sein bislang schlimmster Verstoß gegen die Gesetze bestand im Überfahren einer roten Verkehrsampel. Der Typ des soliden Bürgers, der höchstwahrscheinlich nach seinem Anwalt schreien würde, wenn man ihn mit der Tatsache konfrontierte, daß er Diebesgut gekauft hatte. Es blieb nichts anderes übrig als die erprobte und bewährte, höchst illegale Tageslichtdurchsuchung. Rudolphs Unterlagen beim Straßenverkehrsamt hatten ergeben, daß er unverheiratet war, als Makler an der Börse in der City arbeitete und einen hellblauen '83er Cadillac *Seville* mit dem persönlichen Kennzeichen »Big Stan« fuhr, der in diesem Moment gleich gegenüber auf der anderen Straßenseite parkte. Lloyd rutschte nervös auf dem Sitz hin und her und schaute auf die Uhr: sechs Uhr acht. Die Börse öffnete um sieben. Bald würde »Big Stan« zur Arbeit fahren müssen, oder er würde zu spät kommen.

Er nahm einen Schluck Kaffee aus der Thermosflasche und dachte an seine anderen, die privaten Telefonanfragen. Wider besseres Wissen hatte er beim Register und bei der Verkehrsbehörde angerufen, um soviel wie möglich über Linda Wilhite zu erfahren. Die Informationen, die er bekommen hatte, waren dürftig: Geburtsdatum, persönliche Daten, Adresse, Telefonnummer und die Tatsachen, daß sie »selbständig« war, einen Mercedes fuhr und nicht vorbestraft war. Aber der Akt des Nachspürens war erregend gewesen, aufgehetzt von Fantasien darüber, wie es sein mochte, eine Frau von solcher Schönheit zu brauchen und von ihr gebraucht zu werden. Die

Gedanken an Linda Wilhite hatten mit den Gedanken an seine Untersuchungsarbeit um den Vorrang gekämpft, und nur Havillands überraschender Anruf hatte sie auf den zweiten Platz verwiesen.

Um sechs Uhr fünfunddreißig trottete ein untersetzter Mann im dreiteiligen Businessanzug auf den Cadillac zu; in der einen Hand trug er ein süßes Brötchen, in der anderen eine Aktentasche. Er stieg ein, ließ den Motor an und jagte auf der Bundy nach Süden. Lloyd wartete drei Minuten; dann ging er zu 11741 Montana hinüber und fuhr mit dem Aufzug in den zehnten Stock.

1015 lag am Ende eines langen, mit Teppichboden ausgelegten Korridors. Lloyd schaute sich um und drückte auf den Klingelknopf. Als dreißig Sekunden verstrichen waren, ohne daß sich etwas gerührt hatte, studierte er das Zwillingsschloß in der Tür. Er bohrte den Brechhebel in den Mechanismus des oberen und fühlte das sanfte Klicken, als der Riegel sich löste. Er stemmte sich mit der Schulter gegen die Tür, um den Druck auf das obere Schloß weiter zu verstärken. Mit der freien Hand schob er einen nadeldünnen Skelettdietrich in das untere Schlüsselloch und drehte ihn hin und her. Nach ein paar Sekunden glitt der Riegel zurück, und die Tür wich nach innen.

Lloyd trat ein und schloß die Tür hinter sich. Als seine Augen sich an die Dunkelheit gewöhnt hatten, sah er, daß er sich in einer Schatzkammer primitiver Kunst befand. Kolumbische Fruchtbarkeitsstatuen füllten ein Regal über dem anderen, und afrikanische Holzschnitzereien drängten sich auf leeren Bücherschränken. Auf Fenstersimsen und Ottomanen prangten Maya-Töpferarbeiten, und die Wände waren behängt mit gerahmten Ölgemälden, die peruanische Indianer und Schreine in den Anden zeigten. Die Teppiche und die Möbel des Wohnzimmers waren Ramschware, aber die Kunstobjekte schienen ein kleines Vermögen wert zu sein.

Lloyd streifte seine Gummihandschuhe über und erkundete den Rest der Wohnung und gelangte zu einer höchst unverdächtigen Schlußfolgerung: Abgesehen von der Kunstsammlung und dem neuen Cadillac, lebte »Big Stan« billig. Seine Garderobe war von der Stange, und sein Kühlschrank vollgestopft mit Fertigmahlzeiten. Er putzte sich die Schuhe selber und besaß nichts Elektronisches oder Mechanisches, abgesehen von den Einbaugeräten, die zur Wohnung gehörten, und einer billigen Kleinbildkamera. Stanley Rudolph war ein Besessener.

Lloyd nahm sich eine Cola aus dem Kühlschrank und setzte sich auf das verschossene Sofa, um seine Möglichkeiten zu überdenken. Er sah ein, daß es unmöglich sein würde, von den Objekten, die Goff oder Havillands anonymer Informant vielleicht angerührt hatten, Fingerabdrücke abzunehmen. Stanley Rudolph hatte die Statuen und Tonobjekte wahrscheinlich mehrmals befingert, und außerdem hatte der Psychiater gesagt, sein Informant sei Rechtshänder und habe zudem keine Ahnung von Goffs Aufenthalt oder von den Mordfällen im allgemeinen. Havilland war ein Profi; auf seine Einschätzung war Verlaß.

Damit blieben ihm drei Möglichkeiten: Er konnte »Big Stan« persönlich ein bißchen Dampf machen; er konnte hier in der Wohnung nach einem Mittel suchen, ihn unter Druck zu setzen, und er konnte sein Adreßbuch ausfindig machen und die Namen darin durch den Registercomputer laufen lassen. Da »Big Stan« nicht zu Hause war, blieben nur die beiden letzten Möglichkeiten. Lloyd trank seine Limonade aus und machte sich an die Arbeit.

Er brauchte drei Stunden, um jeden Quadratzoll der Wohnung abzugrasen und damit seine Schlußfolgerung zu bestätigen, daß Stanley Rudolph ein einsamer Mann war, der ausschließlich für seine Kunstsammlung lebte. Seine Sachen waren schlampig gereinigt, in seinem Badezimmer herrschte das Chaos, und die Schlafzimmerwände waren von einer Staubschicht überzogen, mit Ausnahme einiger rechteckiger Flecke, wo offenbar noch kürzlich ein paar Bilder gehangen hatten. Beim Betrachten dieser von Tristesse und Besessenheit erfüllten Wohnung hätte Lloyd am liebsten ein Gnadengebet für die ganze beschissene menschliche Rasse zum Himmel geschickt.

Damit blieb nur noch das Adreßbuch; es lag neben dem Telefon auf dem Boden im Wohnzimmer. Lloyd blätterte es durch und sah, daß es nur Namen und Telefonnummern enthielt. Als er bei G anlangte, stellte er fest, daß kein Thomas Goff verzeichnet war und daß Stanley Rudolphs Krakelschrift unverkennbar die eines Rechtshänders war. Seufzend blätterte er zu A zurück, zog Bleistift und Notizblock hervor und machte sich daran, die Namen und Telefonnummern aus dem Buch abzuschreiben.

Als er bei »Laurel Benson« angekommen war, fühlte er, wie ein sanfter Tremor an seiner Wirbelsäule heraufkroch. Laurel Benson war ein kostspieliges Callgirl, das er einmal hochgenommen hatte, als er zehn Jahre zuvor bei der Sitte in West L.A. gearbeitet hatte. Das konnte nur Zufall sein, dachte er, und es war doch nett zu wissen, daß »Big Stan« gelegentlich zum Ficken kam; er fuhr mit dem Abschreiben fort, bis er auf »Polly Marks« stieß, und da legte er seinen Stift aus der Hand und lachte laut. Die beiden bisher einzigen Frauen in diesem Adreßbuch waren Huren. Kein Wunder, daß Rudolph sich die Schuhe eigenhändig putzen und gewöhnliche Brause trinken mußte – er hatte *zwei* kostspielige Hobbys.

Zwischen N und V fanden sich die Namen von über fünfzig Männern und nur vier Frauen, von denen zwei Huren waren, deren Namen Lloyd von Kollegen bei der Sitte gehört hatte. Allmählich bekam er einen Schreibkrampf; er blätterte zur letzten Seite um und las: »Linda Wilhite – 275-7815«. Er fühlte, daß der sanfte Tremor zu einem Erdbeben der Stärke 9,6 wurde. Lloyd legte das Adreßbuch auf seinen Platz zurück und verließ die von Besessenheit erfüllte kleine Wohnung, bevor er Zeit hatte, über sein nächstes Ziel nachzudenken und darüber, was das alles zu bedeuten hatte.

Lloyd parkte vor dem noblen Hochhaus an der Ecke Wilshire und Beverly Glen, in dem Linda Wilhite wohnte, und ging buchstäbliche und instinktmäßige Chronologien noch einmal durch, in denen sich vielleicht eine logische Erklärung für diesen bemerkenswerten Zufall finden ließe, der ihm da in den Schoß gefallen war. Dr. John Havilland war verliebt in Linda Wilhite, die wahrscheinlich eine sehr teure Prostituierte war, eine, die mit Stanley Rudolph gevögelt hatte, welcher Thomas Goff und dem anonymen Informanten des Arztes Hehlerware abgekauft hatte. Havilland kannte weder Goff noch Rudolph, aber er kannte Wilhite und seinen anonymen Informanten. Es war ein starker Zufallsfaktor, aber er *roch* nicht nach irgend etwas Ungesetzlichem. Unbeantwortete Fragen: Kannte Linda Wilhite Goff oder den Informanten? Oder – die wilde Karte – war der Psychiater, der wie ein verliebter Mann wirkte, der Linda Wilhite schützte, der *wahre* Informant, der ihm korrekte Informationen von einem erfundenen »Informanten« gegeben hatte, um damit sowohl seine professionelle Ethik als auch die Frau, die er liebte, zu schützen? Spielte der Arzt ein Versteckspiel? *Wollte* er bei einer Morduntersuchung behilflich sein, ohne indessen Informationen preiszugeben, die er unter dem Siegel der Verschwiegenheit erhalten hatte? Lloyd fühlte, wie die Wut sein anfänglich sexuelles Aufwallen verdrängte. Wenn Linda Wilhite *irgend etwas* über Thomas Goff oder seinen linkshändigen Freund wußte, dann würde er es aus ihr herausquetschen.

Er lief ins Haus und rannte über die Lieferantentreppe in den dritten Stock hinauf. Als er die Hand hob, um an Linda Wilhites Wohnungstür zu klopfen, sah er, daß er zitterte.

Ein Sicherheitsspion öffnete sich. »Ja?« sagte eine Frauenstimme.

Lloyd hielt seine Polizeimarke vor das Guckloch. »L.A.P.D.«, sagte er. »Kann ich Sie einen Augenblick sprechen, Miss Wilhite?«

»Worum geht's?«

Lloyd fühlte, wie das Zittern sich nach innen verlagerte. »Um Stanley Rudolph. Würden Sie bitte aufmachen?«

Er hörte, wie Schlösser entriegelt wurden, und dann stand *sie* da, in einen knöchellangen Paisley-Kaftan gehüllt. Lloyd versuchte, an ihr vorbei in dic Wohnung zu starren, aber Linda Wilhite beherrschte das Zentrum seines Blickfeldes und ließ den Hintergrund dumpfschwarz erscheinen.

»Was ist mit Stanley Rudolph?« fragte sie.

Lloyd betrat unaufgefordert die Wohnung und sah sich rasch in der Diele und im Wohnzimmer um. Das alles war immer noch ein nebulöser Hintergrund, aber er sah doch, daß alles geschmackvoll und teuer war.

»Nur nicht so schüchtern – fühlen Sie sich wie zu Hause.« Linda Wilhite war hinter ihn getreten und deutete auf einen blumig gemusterten Sessel. »Ich werde dem Butler sagen, er soll Ihnen einen Mint Julep bringen.«

Lloyd lachte. »Eine hübsche Behausung, Linda. Endlich raus aus den Billigquartieren.«

Linda tat, als lache sie zurück. »Seien Sie nicht so förmlich. Nennen Sie mich ›Verdachtsperson‹.«

Lloyd schob die Hand in die Jackentasche und zog die Fotos von Thomas Goff und Jungle Jack Herzog hervor. Er reichte sie Linda. »Okay, Verdachtsperson. Haben Sie einen dieser beiden Männer schon mal gesehen?«

Linda betrachtete die Fotos aufmerksam und gab sie Lloyd zurück. Ihre Augen hatten nicht durch das leiseste Zucken verraten, daß sie einen der beiden wiedererkannte; auch an ihrer Haltung – die eine Hand in die Hüfte gestemmt – hatte sich nichts geändert. »Nein. Was soll diese Geschichte mit Stanley Rudolph? Sind Sie von der Sitte?«

Lloyd ließ sich in den Sessel sinken und streckte die Beine aus. »So ist es. Was ist die Grundlage Ihrer Beziehung zu Rudolph?«

Lindas Augen wurden kalt, und ihre Stimme gleich darauf ebenfalls. »Ich denke, das wissen Sie. Würden Sie jetzt bitte sagen, was Sie wollen, Ihre Fragen stellen und verschwinden?«

Lloyd schüttelte den Kopf. »Was wissen *Sie*?«

»Daß Sie nicht bei der Scheiß-Sitte sind!« schrie Linda. »Haben Sie darauf eine schlaue Antwort auf Lager?«

Lloyds Stimme klang so sanft wie beinahe nie; es war der Ton, der für seine Töchter reserviert war. »Yeah. Sie sind keine Hure.«

Linda setzte sich ihm gegenüber. »Alles in diesem Appartement nennt Sie einen Lügner.«

»Man hat mich schon Schlimmeres genannt«, sagte Lloyd.

»Zum Beispiel?«

»Zu den erleseneren Schmähungen gehörten ›Stadtbarracuda‹, ›Chauvinistensau‹, ›Faschistischer Schwanzlutscher‹, ›Läufiger weißer Köter‹ und ›Fotzengeiler Präser‹. Ich hab' was übrig für artikulierte Invektiven. ›Mutterficker‹ und ›Bullenschwein‹ werden so langweilig.«

Linda Wilhite lachte und deutete mit dem Zeigefinger auf Lloyds Trauring. »Sie sind verheiratet. Wie ruft Ihre Frau Sie?«

»Per Ferngespräch.«

»Was?«

»Wir leben getrennt.«

»Auf Dauer?«

»Ich bin mir nicht sicher. Es dauert jetzt ein Jahr, und sie hat einen Liebhaber, aber ich gedenke, den Halunken auszusitzen.«

Linda streckte die Beine aus und imitierte spiegelbildlich Lloyds Haltung. »Erörtern Sie Ihre intimen Familienangelegenheiten immer mit wildfremden Leuten?«

Lloyd lachte und unterdrückte den Impuls, die Hand auszustrecken und ihr Knie zu berühren. »Manchmal. Ist eine gute Therapie.«

»Ich bin auch in einer Therapie.«

»Weshalb?«

»Das ist Ihre erste dumme Frage«, sagte Linda. »Jeder Mensch hat Probleme, und Leute, die Geld haben und sie loswerden wollen, gehen zu einem Psychiater. *Comprende*?«

Lloyd schüttelte den Kopf. »Die meisten Leute mit Problemen stecken bis zum Hals in belanglosen Neurosen. Zeugs, gegen das sich nicht das geringste machen läßt. Aus dem Stegreif würde ich sagen, daß Sie nicht zu diesen Leuten gehören. Aus dem Stegreif würde ich sagen, daß irgendein Katalysator Sie auf die Couch gebracht hat.«

»Mein Psychiater hat keine Couch. Er ist zu hip.«

»Das ist eine komische Bezeichnung für einen Psychiater.«

»Okay. Hip bedeutet brillant, einfühlsam, engagiert und brutal ehrlich.«

»Sind Sie in ihn verliebt?«

»Nein. Er ist nicht mein Typ. Hören Sie, diese Unterhaltung entwickelt sich ein bißchen eigenartig und schweift auch zu weit vom Thema ab. Sie *sind* doch ein Cop, oder nicht? Die Marke, die Sie mir gezeigt haben, war doch nicht aus dem Spielzeugladen, oder?«

Lloyd sah einen großen Stapel Zeitungen, der eine Armlänge weit entfernt auf einem Couchtisch lag. Er zeigte darauf. »Wenn Sie die *Times* vom Dienstag noch haben, schlagen Sie Seite zwei auf. ›Schießerei in Beverly-Hills-Nachtclub‹.«

Linda ging zum Tisch und blätterte die Zeitungen durch; dann las sie im Stehen den Artikel. Als sie sich zu Lloyd umdrehte, hielt er ihr seine Marke und seinen Dienstausweis entgegen. Linda nahm die Kunstledermappe in die Hand und studierte sie. Dann grinste sie von einem Ohr zum anderen. »Sie sind also Sergeant Lloyd Hopkins, und der eine der beiden Männer auf den Fotos ist der unidentifizierte Mordverdächtige, mit dem Sie sich geschossen haben. Sehr beeindruckend. Aber was haben Stan Rudolph und ich damit zu tun?«

Lloyd sann über diese Frage nach, während Linda sich wieder hinsetzte, ohne ihm indes die Ausweismappe zurückzugeben. Er entschied sich für eine gekürzte Version der Wahrheit. »Ein Informant hat mir erzählt, daß Thomas Goff, mein ehemals ›unidentifizierter Mordverdächtiger‹, ein paar Kunstgegenstände an Stanley Rudolph verkauft habe, und zwar unter Mithilfe eines bislang noch nicht identifizierten Partners. Ich bin auf Rudolphs Adreßbuch gestoßen und habe darin die Namen mehrerer Callgirls gefunden, die ich vor Jahren mal hochgenommen habe. Ihr Name war ebenfalls dabei, und da die anderen Frauen in dem Buch ausnahmslos zur Szene gehörten, schloß ich, daß für Sie das gleiche gilt. Ich brauche eine Art Hebel, den ich ansetzen kann, um ein paar Informationen aus Rudolph herauszuholen, und weil die anderen Frauen mich wahrscheinlich immer noch hassen, weil ich sie damals verhaftet habe, habe ich mich für Sie entschieden.«

Linda gab ihm die Ausweismappe zurück. »Sind Sie wirklich so gottverdammt unverschämt?«

Lloyd grinste. »Ja.«

»Warum fragen Sie Stan-Baby nicht einfach selber?«

»Weil er wahrscheinlich einen Anwalt hinzuziehen würde.

Weil das bloße Eingeständnis, Goff zu kennen, implizit bedeutet, daß er gestände, Diebesgut gekauft zu haben. Das wäre Beihilfe zum Einbruch ersten Grades und Bildung einer kriminellen Vereinigung. Was für ein Mann ist dieser Rudolph?«

»Ein lächerlicher kleiner Scheißer, dem einer abgeht, wenn er Nacktfotos macht. Ein großmäuliger Hampelmann. Was genau hat dieser Goff denn getan?«

»Er hat mindestens drei Personen ermordet.«

Linda wurde blaß. »Himmel. Und jetzt wollen Sie, daß ich aus Stan-Baby Informationen über ihn herauskitzle?«

»Ja. Und über seinen Partner, der bestimmt Linkshänder ist. Spricht Rudolph je über seine Kunstsammlung?«

Linda tippte mit der Fingerspitze auf Lloyds Arm. »Ja. Seine Kunstsammlung ist ein beliebtes Gesprächsthema bei ihm. Sie ist fest verknüpft mit seinen Sexualgewohnheiten. Er hat mir ein dutzendmal erzählt, daß er das Zeug von Leuten kauft, die es klauen. Genauer wird er aber nicht. Er hatte Nacktfotos von mir an der Schlafzimmerwand, aber jetzt hat er sie abgenommen, weil er neue kolumbianische Statuen erwartet. Ich habe ihn seit rund sechs Wochen nicht mehr besucht; es kann also sein, daß er und Goff sich vor kurzer Zeit getroffen haben.«

Lloyd mußte an die rechteckigen Flecken an Stanley Rudolphs Schlafzimmerwand denken und stellte sich die nackte Linda vor, die er dort hätte sehen können, wenn er seinen Einbruch ein paar Wochen früher begangen hätte. »Linda, glauben Sie, Sie –«

Linda Wilhites atemberaubendes Verschwörerlächeln ließ ihn verstummen. »Ja. Ich werde Stan-Baby anrufen und mich mit ihm verabreden, hoffentlich noch heute abend. Rufen Sie mich heute nacht gegen ein Uhr an – und keine Sorge, ich werde ganz cool sein.«

Lloyds Verschwörerlächeln fühlte sich an wie ein Erröten. »Danke.«

»Ist mir ein Vergnügen. Sie hatten recht, wissen Sie. Ich habe die Therapie tatsächlich aus einem bestimmten Grund begonnen.«

»Aus welchem?«

»Ich will aus der Szene aussteigen.«

»Dann hatte ich in zwei Punkten recht.«

»Was meinen Sie?«

»Ich habe Ihnen gesagt, Sie seien keine Hure.«

Lloyd stand auf und verließ die Wohnung. Seine Abgangszeile ließ er in der Luft hängen.

Nachdem die Angelegenheit Stanley Rudolph geregelt war, fiel Lloyd plötzlich ein, daß es einen Untersuchungsansatz gab, der so fundamental war, daß eben seine simple Beschaffenheit, wie er gleich erkannte, der Grund dafür war, daß er vergessen hatte, ihn zu verfolgen. Er verfluchte sich wegen seiner Nachlässigkeit, fuhr zu einer Telefonzelle und rief Dutch Peltz im Revier Hollywood an. Er bat ihn, über die Straße zum Bezirksgericht Hollywood zu gehen und einen Durchsuchungsbeschluß für Jack Herzogs Bankunterlagen zu erwirken. Dutch war einverstanden, vorausgesetzt, daß Lloyd ihn ausführlich über den Stand der Untersuchung informierte, wenn er im Büro vorbeikäme, um die Papiere abzuholen. Lloyd stimmte zu und fuhr zu Herzogs Appartementhaus im Valley, und die ganze Zeit über dachte er an Linda Wilhite.

Als er angekommen war, begab Lloyd sich schnurstracks zum Hausmeister, ließ seine Dienstmarke aufblitzen und fragte den Mann, auf welche Bank die Mietschecks des verschwundenen Polizisten gezogen gewesen seien. Ohne zu zögern, antwortete der schmächtige Alte: »Security-Pacific, Filiale Encino«, und dann schwafelte er ausführlich davon, wie am Tag zuvor schon andere Polizisten hiergewesen seien und das nette Appartement des netten Mr. Herzog versiegelt hätten.

Lloyd dankte dem Hausmeister und fuhr über den Cahunga-Paß zurück zum Revier Hollywood. Dutch Peltz saß in seinem Büro und brummte »Ja, ja« in sein Telefon; er blickte auf, als Lloyd eintrat, strich sich mit dem Zeigefinger quer über die Kehle und flüsterte: »I.A.D.« Lloyd setzte sich ihm gegenüber auf einen Stuhl und legte die Füße auf den Schreibtisch. »Ja, Fred«, murmelte Dutch. »Ich sag's ihm.« Er legte auf und sah Lloyd an. »Gute und schlechte Nachrichten. Welche willst zu zuerst.«

»Kannst du dir aussuchen«, sagte Lloyd.

Dutch grinste und stach mit einem Bleistift nach Lloyds übereinandergelegten Fußknöcheln. »Die gute Nachricht ist, daß Richter Bitowf dir den Durchsuchungsbefehl ausgestellt hat, ohne Fragen zu stellen. War das nicht nett von ihm?«

Lloyd sah, wie Dutch grinste, und hob den Fuß, als wollte er Dutchs kostbare Ouarzbuchstütze vom Tisch treten. »Erzähl mir, was Fred Gaffaney gesagt hat. Laß nichts aus.«

»Gute und schlechte Nachrichten«, antwortete Dutch. »Die gute ist, daß ich jetzt dein offiziellerVerbindungsmann zum I.A.D. in allen Angelegenheiten, den Fall Goff-Herzog betreffend, geworden bin. Die schlechte Nachricht ist, daß Gaffaney soeben in allerschärfstem Ton noch einmal wiederholt hat, du habest von den Kollegen mit den Nebentätigkeiten sowie von den Firmen, für die sie arbeiten, unter allen Umständen die Finger zu lassen. Gaffaney bereitet eine Strategie vor, nach der die Sache anzugehen ist, und er und seine Topleute werden in ein paar Tagen Vernehmungen durchführen. *Ich* bekomme Kopien von ihren Berichten, *du* kannst welche von mir kriegen. Gaffaney sagt außerdem, wenn du gegen diese Anweisung verstößt, wirst du auf der Stelle suspendiert, und du kriegst ein Disziplinarverfahren an den Hals. Gefällt dir das?«

Lloyd streckte die Hand aus und tätschelte die Buchstütze. »Nein, gefällt mir nicht. Aber dir.«

Dutch zeigte in einem Haifischgrinsen die Zähne. »Mir gefällt alles, was dich einigermaßen im Zaum hält, denn so wird dafür gesorgt, daß du weiterhin Mitglied des L.A.P.D. bist. Ich möchte ungern mit ansehen, wie du einen Tritt in den Arsch kriegst und dein Geld von der Fürsorge beziehst. Keine sechs Wochen, und du würdest billigen Rotwein saufen und im Gebüsch pennen.«

Lloyd stand auf und nahm den Durchsuchungsbeschluß von Dutchs Schreibtisch. An seine Stelle legte er das Notizbuch mit den Namen aus Stanley Rudolphs Notizbuch. »Ich weiß, weshalb du so sardonisch tust, Dutchman. Du hast zum Essen einen Martini getrunken. Du verträgst einen Drink im Jahr, und deine niedrige Toleranzschwelle macht dich sauer. Ich bin Kriminalpolizist. Mir machst du nichts vor.«

Dutch lachte. »Leck mich am Arsch. Was ist das hier für ein Notizbuch, und wo willst du hin? Du wolltest mir vom Stand der Untersuchung berichten, weißt du noch?«

Lloyd gab der Buchstütze einen spielerischen Schubs. »Leck mich zweimal am Arsch. Einem Alkoholiker verrate ich gar nichts. Einer von deinen Wasserträgern soll diese Namen durch den Computer laufen lassen, ja?«

»Ich werd's mir überlegen. Hey, Lloyd, wieso hast du meine schlechten Nachrichten so locker hingenommen? Ich habe damit gerechnet, daß du mir was an den Kopf wirfst.«

Lloyd versuchte, Dutchs Haifischgrinsen zu imitieren, aber er wußte sofort, daß er rot geworden war. »Ich glaube, ich bin verliebt«, sagte er.

Lloyd fuhr zurück zum Valley; er raste auf dem Ventura Freeway in Richtung Norden, um noch rechtzeitig vor dem Feierabend nach Encino und zur Filiale der Security-Pacific Bank zu kommen. Zwei Minuten vor Geschäftsschluß war er da. Er zeigte dem Geschäftsführer, einem Japaner mittleren Alters, seinen Ausweis und den Durchsuchungsbeschluß, und der Mann führte ihn in einen ruhigen Raum vor den Schließfächern; fünf Minuten später kam er mit einem Computerausdruck und einer dicken Überweisungsakte zurück. Der Geschäftsführer verneigte sich und schloß die Tür, und Lloyd blieb in lautloser Stille zurück.

Bald bewohnten Zahlen und Daten die Stille, mit denen das Leben eines atypischen Polizisten sich detailliert betrachten ließ. Herzogs Spar- und Girokonten reichten über fünf Jahre zurück. Lloyd fing vorn in der Überweisungsakte an und watete durch zweimal monatlich eingezogene Gehaltsschecks, einmal monatlich ausgestellte Mietsschecks und Sparzulagen, die mit jeder dritten L.A. City-Gehaltszahlung gutgeschrieben worden waren. Jack Herzog hatte ein frugales Leben geführt. Es gab keine großen Abhebungen, die auf umfangreiche Einkaufstouren gedeutet hätten; kein Scheckbetrag überstieg die Monatsmiete von 300.–, und von jedem dritten Gehaltsscheck hatte er $ 300.– auf ein Sparbuch mit 7,5 % Verzinsung eingezahlt. Als Herzog sein Doppelkonto 1979 eröffnet hatte, waren per Saldo weniger als sechshundert Dollar dagewesen. Nach dem letzten Eintrag in der Überweisungsakte, der vier Monate zurücklag, besaß er $ 17913,40.

Lloyd stellte fest, daß der letzte Eintrag vom 4. 1. 84 stammte; er wandte sich dem Computerausdruck zu und hoffte, daß er Fakten enthielt, die den aktuellen Stand von Herzogs Konten wiedergaben.

Er enthielt sie. Das Einzahlungs-Auszahlungs-Muster setzte sich fort, diesmal in schwer lesbarer Computerschrift. Der Gedanke an nahezu neunzehn Riesen im Besitz eines Toten ließ Lloyd den Kopf schütteln, doch da fiel sein Blick auf die letzte Transaktion, und die schnürte ihm die Kehle zu.

Am zwanzigsten März, also etwa zum Zeitpunkt seines Verschwindens, hatte Herzog beide Konten aufgelöst und sich einen bankinternen Scheck über das gesamte Guthaben in Höhe von $ 18641,07 ausstellen lassen; eine Fotokopie dieses Bankschecks hing an dem Computerauszug. Darauf stand, daß die genannte Summe an die Security-Pacific-Filiale in West Hollywood überwiesen werden und dem Sparkonto eines gewissen Martin D. Bergen gutgeschrieben werden sollte. Lloyd ließ diese Information einsinken; dann verließ er langsam die Schließfachkammer, ging durch den Schalterraum, verneigte sich vor dem Geschäftsführer und rannte los, als er draußen auf dem Gehweg war.

Lloyd jagte durch die Hollywood Hills und war in weniger als einer halben Stunde beim *Big Orange Insider*. Die gleiche Rezeptionistin machte das gleiche erschrockene Gesicht, als sie ihn erblickte. Er stürmte durch die Zwischentür in die Redaktion, und wenige Sekunden später versperrte ihm der junge Mann, mit dem er bei seinem ersten Besuch aneinandergeraten war, den Weg, indem er sich in den Gang stellte und die Fersen in den Boden stemmte wie ein Footballer. »Ich habe Ihnen schon einmal gesagt, Sie können hier nicht rein«, erklärte er.

Lloyd visierte seinen Kopf an, doch dann bremste er sich. »Marty Bergen«, sagte er. »Offizielle Polizeisache. Holen Sie ihn.«

Der junge Mann schlang seine Arme um seine Brust. »Marty hat Urlaub. Gehen Sie jetzt.«

Lloyd nahm den Durchsuchungsbeschluß für die Bank aus der Tasche, rollte ihn zusammen und kitzelte den jungen Mann damit unter dem Kinn. Als der zurückzuckte, sagte

Lloyd: »Das hier ist ein gerichtlicher Durchsuchungsbeschluß für Marty Bergens Schreibtisch. Wenn Sie sich dem nicht fügen, besorge ich einen für den ganzen Laden. Kapiert, Daddy-o?«

Der Junge wurde krebsrot und dann bleich. Er schwenkte einen Arm zum hinteren Teil des Raumes. »Der letzte Schreibtisch hinten an der Wand. Und zeigen Sie mir diesen Gerichtsbeschluß.«

Lloyd gab ihm das Papier und schlängelte sich durch ein enges Labyrinth von Schreibtischen, ohne darauf zu achten, daß die Leute, die dort saßen, ihn anstarrten. Bergens Tisch war mit einem Berg von Papier bedeckt. Lloyd blätterte ihn durch und schob ihn beiseite, als er sah, daß jedes Blatt Notizen in einer unentzifferbaren Kurzschrift enthielt. Er war im Begriff, sich die Schubladen vorzunehmen, als eine Frauenstimme ihn störte. »Officer, ist mit Marty alles in Ordnung?«

Lloyd drehte sich um. Eine große Schwarze in einem tintenfleckigen Druckerkittel stand neben dem Schreibtisch, eine Rolle Korrekturpapier unter dem Arm. »Ist mit Marty *alles in Ordnung*?« wiederholte sie.

»Nein«, sagte Lloyd. »Ich glaube nicht. Warum fragen Sie? Es klingt, als machten Sie sich Sorgen.«

Die Frau drehte die Rolle in ihren Händen. »Er ist weg, seit Sie das letztemal hier waren«, sagte sie. »Er war nicht in seiner Wohnung, und niemand vom *Orange* hat ihn gesehen. Und bevor er verschwand, nahm er alle seine Kolumnen für die kommende Woche wieder mit, bis auf eine. Ich bin die Satzleiterin hier, und ich mußte die Ausgaben setzen. Marty hat den *Orange* echt verarscht, und das paßt nicht zu ihm.«

»Ist er schon früher mal so verschwunden?«

Die Frau schüttelte den Kopf. »Nein! Ich meine, manchmal mietet er ein Motelzimmer und läßt sich da vollaufen, aber er läßt immer genug Kolumnen da, daß es so lange reicht, wie er voraussichtlich wegbleiben wird. Das *Unheimliche* diesmal war, daß er seine Kolumnen wieder *mitgenommen* hat – abgesehen davon, daß die Dinger an sich schon *unheimlich* waren.«

Mit einer Gebärde forderte Lloyd die Frau auf, sich zu setzen. »Erzählen Sie mir von diesen Kolumnen«, sagte er. »Versuchen Sie, sich an möglichst viel zu erinnern.«

»Sie waren einfach unheimlich«, sagte die Frau langsam. »Eine hatte den Titel ›Faule Jobs nach Feierabend‹. Da ging's um hochrangige Cops aus L.A., die in einer Art Scheinjobs nebenher so miese kleine Mietbullen herumschubsten. *Unheimlich*. Die anderen Kolumnen bauten darauf auf; es ging darum, daß das L.A.P.D. die Medien manipuliert, weil sie da die ganzen Insider-Informationen über die Bullenschwarzarbeit unter Verschluß halten. *Unheimlich*. Ich meine, der *Orange* ist schon antibullenmäßig eingestellt, aber das Zeug war verrückt, selbst für Marty Bergen, der zwar ein netter Typ war, aber auch ein bißchen verrückt.«

Lloyd sah Bruchstücke seines Falles in einem seltsamen, neuen Licht aufstrahlen: *Marty Bergen hatte die verschwundenen Personalakten des L.A.P.D. gesehen*. Er schluckte, damit seine Stimme gleichmäßig klang. »Sie sagen, Bergen habe Ihnen eine der Kolumnen dagelassen. Haben Sie sie noch?«

Die Frau nickte und rollte die Korrekturfahnen auf dem Schreibtisch aus. »Marty hat spezielle Instruktionen für den Satz gegeben«, sagte sie. »Er sagte, wir sollten es mit einem dicken schwarzen Rand setzen, und wir sollten es am dritten Mai reinnehmen, weil das der Geburtstag seines Kumpels sei. *Unheimlich*.« Sie hatte die Kolumne gefunden und stieß mit dem Finger darauf. »Da. Lesen Sie selber.«

Der schwarz umrandete Artikel trug den Titel »Nachtzug ins große Nirgendwo«. Lloyd las ihn dreimal, und er fühlte, wie sein Fall aus dem seltsamen neuen Licht in eine noch seltsamere Dunkelheit hinüberglitt.

Wenn ein Cop auf den Nachtzug ins große Nirgendwo springt, dann ist ihm das genaue Ziel egal, denn jede Endstation ist ihm lieber als das Leben in seinem eigenen Kopf, zusammen mit der schrecklichen Einsicht, daß das solare Zeitalter den großen Eisberg niemals durchdringen wird.

Als mein Freund auf den Nachtzug ins große Nirgendwo sprang, erwartete er wahrscheinlich, dort nur Erleichterung zu finden, Erlösung von dem eingesperrten Wissen um den großen Alptraum und von dem Klammergriff des neuen Alptraums, der ihm einschärfte, welche Rolle er in jenem Totentanz spielen sollte, dem wir alle angehören.

Daß du dein Ticket nicht mit der Waffe erstandest, sprach Bände. Wie ich, warst du ein Betrüger im blauen Tuch. Du benutztest dein Handwerkszeug nicht zu deinem letzten nihilistischen Hurra, um damit deine Maskerade zu bestärken. Statt dessen ersticktest du in einer rosaroten Wolke aus chemischer Stille, und du gabst dir Zeit, an all die Puzzles zu denken, die du gelöst hattest, und an die Grausamkeit, die sich im fertigen Bild offenbart hatte. Am Ende hast du dich gestellt, und du *wußtest*. Es war für dich der bewußteste Akt von Mut in einem Leben, das vulgarisiert war von angstvollen Zurschaustellungen von Tapferkeit. Ich liebe dich dafür, und ich schenke dir zum Abschied dieses Gedicht vom Kaliber .21:

Laßt auferstehn an diesem Tag die Toten,
und öffnet ihnen Türen,
die bisher für sie verboten;
sagt ab die Karten für den Leichentuchtanz,
brennt nieder die Nacht in wütender Trance.

Lloyd reichte der ratlosen Setzerin den Bogen. »Drucken Sie es«, sagte er. »Waschen Sie Ihre Scheißzeitung wieder rein.«

»Es ist nicht die *New York Times*« , sagte die Frau. »Aber der Laden ist schon ganz in Ordnung.«

Lloyd nickte, ohne zu antworten. Als er die Redaktion verließ, war der großmäulige junge Mann dabei, den Bankdurchsuchungsbeschluß mit einer Lupe zu untersuchen.

Er wußte, er würde es nicht ertragen können, Marty Bergens Appartement zu durchsuchen, und so fuhr er nach Hause und rief den Sheriff von West Hollywood an; er erläuterte kurz, worum es ging, und delegierte diese Aufgabe an die Leute dort; von der Banküberweisung sagte er nichts, aber er bat sie, die Motels in der Gegend zu überprüfen und Bergen festzunehmen, falls sie ihn fänden.

Neue Fragen brannten in dem Morast, zu dem der Fall Herzog-Goff jetzt geworden war. War Jungle Jack Herzog ein Selbstmörder? Und wenn ja – wo war sein Leichnam, wer hatte ihn beiseite geschafft, und wer hatte sein Appartement von Fingerabdrücken gesäubert? Marty Bergens »unheimliche« Kolumnen deuteten darauf hin, daß er die Akten gesehen hatte, die Herzog gestohlen hatte. Wo waren diese Akten? Was hatte diese literarische Selbstmordkolumne zu bedeuten? Wo war Bergen, und wie tief war er in diesen Fall verwikkelt?

Als sich nichts mehr ineinanderfügen wollte, wußte Lloyd, daß er überdreht war und zu wenig gegessen hatte und daß er allmählich auseinanderfiel. Das einzige Gegenmittel wäre ein ruhiger Abend. Er aß eine Scheibe kalten Schweinebraten und ein Pfund Hüttenkäse, und dann setzte er sich auf seine Veranda und sah zu, wie das Zwielicht in der Dunkelheit versank, und allmählich fand er Gefallen an dem Gedanken, nicht mehr zu denken.

Aber er dachte.

Er dachte an die Terrassenhügel dieser alten Wohngegend

und an die schlaflosen Nächte in den »Fünfzigern«, die er damit zugebracht hatte, dem Heulen der Hunde zu lauschen, die in dem Tierzwinger zwei Blocks weiter eingesperrt waren. Der Zwinger hatte diesem Teil von Silverlake den Spitznamen »Dogtown« eingebracht, und in den Jahren '55 und '56, als er, ein Dreikäsehoch noch, Mitglied der Dogtown-Flats-Bande gewesen war, hatte man *ihn* deshalb »Dogman« und »Erretter« genannt. Das unaufhörliche Geheul, so klagend es auch klang, war Stoff für geheimnisvolle und romantische Träume gewesen. Aber manchmal hatten Hunde sich mit Zähnen und Klauen den Weg in die Freiheit gebahnt, nur um von nächtlichen Feuerstuhlpiloten, die in der blinden Kurve der Teerstraße vor dem Fenster seines Zimmers ihre Mutproben absolvierten, niedergeritten zu werden. Zwar waren die Tierleichen, wenn er morgens früh zur Schule ging, schon beseitigt worden, und der alte Mr. Fernandez von nebenan hatte die Straße auch schon mit dem Wasserschlauch abgespritzt, aber Lloyd konnte das Blut immer noch fühlen und riechen und beinahe schmecken. Nach einer Weile verbrachte er die Nächte nicht mehr bloß lauschend, sondern angstvoll zusammengeduckt in der Erwartung des nächsten Zusammenpralls.

Er schlief zu wenig in diesem Herbst des Jahres '56, und das ließ ihn hager werden; er wußte, daß er etwas würde unternehmen müssen, um das Wunder wiederzuerlangen, das ihm nach dem Dunkelwerden immer spürbar geworden war. Denn die Nacht war dazu da, Behagen zu schenken und Träume von der Tapferkeit zu nähren, und nur jemand, der bereit war, dafür zu kämpfen, daß sie unangetastet blieb, verdiente, sie zu seiner Zitadelle machen zu dürfen.

Lloyd begann seine Attacken gegen den Tod; zuerst blokkierte er die »Toter-Hund-Kurve« mit selbstgebauten Sperrböcken und Umleitungsschildern an beiden Enden, um den Rennfahrern die Zufahrt zu verwehren. Der Trick funktionierte zwei Nächte lang – bis ein Alleskleber schnüffelndes Mitglied der First Street Flats mit seinem '51er Chevy die Barrikade niederwalzte, eine Reihe parkender Autos streifte, als er die Kontrolle über seinen Wagen verlor, und schließlich mit dem Heck gegen einen schwarzweißen Streifenwagen des L.A.P.D. krachte. Als er gegen Kaution am nächsten Tag aus der Haft entlassen worden war, machte er sich auf die Suche nach dem *puto,* der die Sperren aufgestellt hatte, und er grinste, als Kumpane aus Dogtown ihm erzählten, es sei ein verrückter Vierzehnjähriger namens »Dogman« und »Erretter« gewesen, ein *loco,* der den Plan habe, mit seinem Schlafsack in der »Toter-Hund-Kurve« zu pennen, um dafür zu sorgen, daß in seinem Revier niemand mehr Mutproben fuhr.

In dieser Nacht begann der vierzehnjährige Lloyd Hopkins, einsfünfundachtzig groß und hundertachtzig Pfund schwer, die Serie von *mano a mano*-Duellen, mit der die Spitznamen »Dogman« und »Erretter« passé waren und er einen neuen Titel gewann: »Conquistador«. Die Kämpfe erstreckten sich über zehn aufeinanderfolgende Nächte, und sie kosteten ihn eine zweimal gebrochene Nase und Platzwunden, die mit insgesamt hundert Stichen genäht werden mußten. Aber die Autorennen in der Gegend von Griffith Park und St. Elmo waren ein für allemal zu Ende. Als seine Nase zum zweitenmal gerichtet worden war und seine Hände wieder auf ihre Normalgröße abgeschwollen waren, verließ Lloyd die Dogtown-Flats-Bande. Er wußte, er würde Polizist werden, und von der Mitgliedschaft in einer Bande durfte in seiner Akte nichts stehen.

Das Klingeln des Telefons riß ihn in die Gegenwart zurück. Er ging in die Küche und nahm den Hörer ab. »Ja?«

»Hopkins, hier ist Linda.«

»Was?«

»Sind Sie bekifft oder so was? Linda Wilhite.«

Lloyd lachte. »Yeah. Ich bin bekifft. Was macht das Geschäft?«

»Nicht komisch, Hopkins. Aber ich lasse es Ihnen durchgehen, weil Sie bekifft sind. Hören Sie, ich *hatte* gerade ein Geschäft mit Stanley, und auf sehr subtile Weise habe ich ein paar nicht allzu ermutigende Informationen aus ihm herausgekitzelt.«

»Zum Beispiel?«

»Zum Beispiel, daß Sie aus irgendeinem Grunde falsch informiert wurden. Stan-Baby hat noch nie von Goff gehört. Ich habe ihm das Bild beschrieben, das Sie mir gezeigt haben, und er kennt niemanden, der so oder so ähnlich aussieht. Das gleiche gilt für Linkshänder. Stan sagt, er kauft seine Stücke von einem Schwarzen, der solo arbeitet. Er *hat* mal etwas von einem Weißen gekauft, im vergangenen Jahr, aber der Typ hat ihm zuviel Geld abgenommen. Tut mir leid, daß ich Ihnen nicht besser helfen konnte.«

»Sie haben mir sehr geholfen. Woher haben Sie meine Telefonnummer?«

Linda lachte. »Sie sind wirklich bekifft. Aus dem Telefonbuch. Hören Sie – werden Sie mir erzählen, wie die Sache ausgeht?«

»Ja. Und danke, Linda.«

»War mir ein Vergnügen. Ach, und übrigens – wenn Sie Lust haben, mich mal anzurufen, brauchen Sie keinen besonderen Grund dafür zu haben. Obwohl – ich bin sicher, daß Sie sich einen ausdenken werden.«

»Wollen Sie damit sagen, daß ich unaufrichtig bin?«

»Nein, nur einsam und ein bißchen schuldbewußt.«

»Und Sie?«

»Einsam und ein bißchen neugierig. Bye, Hopkins.«

»Good bye, Linda.«

15

Nach Händeschütteln und kurzer Begrüßung nahm Linda Wilhite dem Doctor gegenüber Platz und begann zu sprechen. Als Havilland hörte, wie eine verschwommene Selbstanalyse die Luft erfüllte, schaltete er sein bewußtes Gehör ab und wechselte in einen automatischen Overdrive, der ihm gestattete, Lindas Schönheit dem einen allerwichtigsten Aspekt seines Lebens gegenüberzustellen: *Lloyd Hopkins im Denken einen Schritt voraus zu sein.*

Da sie beide Genies waren, bedeutete dies, daß die geistige Maschine des Night Trippers auf Hochtouren zu laufen hatte, ständig auf der Suche nach Schlupflöchern und unbemerkten Mängeln im logischen Fortgang seines Spiels. Während seine physische Aufmerksamkeit sich auf Linda richtete, dachte er an die einzige mögliche Schwachstelle in diesem Spiel: Jungle Jack Herzog.

Die Beziehung zwischen ihnen hatte auf gegenseitiger Achtung basiert – Herzogs war echt, die des Doctors gespielt gewesen. Der Alchimist war ein klassischer psychiatrischer Prototyp gewesen – der Wahrheitssucher, der sich in einen Kokon aus rationalen Argumentationsbemühungen zurückzieht, wenn er sich mit schmerzlichen Wahrheiten über *sich selbst* konfrontiert sieht. Daher hatte der Doctor bei seinen pathetischen Fantasien mitgespielt: Er wollte die gestohlenen Akten benutzen, um eine »Glaubwürdigkeitslücke im L.A.P.D.« zu schaffen, die implizit auch seinen Freund Marty Bergen entlasten würde, aber zugleich hatte er versucht, die Gründe seiner Zuneigung zu einem Mann zu sondieren, für dessen feiges Benehmen er Verachtung empfand. Die Wahrheit war schließlich zu stark gewesen, und Herzog hatte sich, von machohafter Scham getrieben, in irgendein unbekanntes

Ende geflüchtet. Gleich nachdem er verschwunden war, hatte Goff sein Appartement gesäubert, und die Chance, daß er Aufzeichnungen hinterlassen oder mit Bergen oder seinen Kollegen im L.A.P.D. Kontakt aufgenommen hatte, war astronomisch gering – seine beschämende neue Selbsterkenntnis würde das verhindert haben. Dennoch hatte Hopkins ihn mit dem verstorbenen Thomas Goff in Verbindung gebracht, wenngleich er die verschwundenen Akten *nicht* erwähnt hatte. *Das* konnte sich potentiell schädlich auswirken, obgleich Herzog keine Kenntnisse von seinen *harten* kriminellen Aktivitäten gehabt hatte. Der wichtigste Teil des Spiels bestand jetzt darin, Hopkins davon zu überzeugen, daß er jemanden aus Goffs Umgebung deckte, daß er gewissermaßen in der Zwickmühle eines ethischen Dilemmas steckte. Er würde die Rolle des typischen schlappschwänzigen Liberalen mit Gewissensbissen spielen, der jedem Polizisten verhaßt war, und »Crazy Lloyd« würde den Köder schlucken – mit Haken, Schnur und Schwimmer.

Der Night Tripper bremste die Fahrt seiner Gedanken und schnappte Bruchstücke von Schlagwörtern aus dem Psychojargon auf, während Lindas Monolog sich dem Ende zuneigte. Er wußte, sie würde eine Antwort von ihm erwarten; rasch nahm er sich vor, sich noch einmal mit seinen *lonelies* in Verbindung zu setzen und sie mit Entschuldigungen für seine Abwesenheit zu beschwichtigen, und dann lächelte er. »Ich habe Sie reden lassen, ohne Sie mit Fragen zu unterbrechen, denn diese Art des Denkens bedeutet, in dem Problem zu leben, statt es zu lösen. Sie müssen in der Lage sein, *Fakten* offenzulegen, ihre fundamentalen Wahrheiten und Nuancen zu ermessen, sich ein Feedback von mir zu beschaffen, es zu akzeptieren oder zurückzuweisen und dann zum nächsten *Fakt* überzugehen. Offensichtlich haben Sie jedes verrückte, in bester Absicht verfaßte Lebenshilfebuch gelesen, das je geschrieben wurde, und das hat Sie mit einem Sumpf von *nutzlosem* Gedankenfutter überschwemmt. *Geben Sie mir Fakten.*«

Linda errötete, biß die Zähne zusammen und schlug mit der Faust auf die Armlehne ihres Sessels. »Fakten«, sagte sie. »Sie wollen Fakten, also gebe ich Ihnen Fakten. Fakt: Ich bin einsam. Fakt: Ich bin geil. Fakt: Ich habe soeben einen sehr interessanten Mann kennengelernt. Fakt: Ich habe gemerkt, daß er auf mich abfährt. Fakt: Er grämt sich um seine Frau, die sich ihm entfremdet hat, und wird sich vermutlich nicht auf meine Wenigkeit stürzen, so gern er es auch täte. Fakt: Darüber bin ich stinksauer.«

Havilland lächelte. Die Litanei klang so, als hätte sein Fisch ein großes Stück von seinem Köder abgebissen. »Erzählen Sie mir von dem Mann. Fakten, physische und andere – und dann Ihre Schlußfolgerungen.«

Linda zog ihren Rocksaum glatt und lächelte zurück. »Okay. Er ist ungefähr vierzig und sehr groß; er hat intensive graue Augen und dunkelbraunes Haar, ein bißchen zerzaust. Rötliche Haut. Seine Kleidung ist unmodern. Er ist komisch und arrogant und sarkastisch. Er ist sehr klug, aber es ist nichts Akademisches oder Gekünsteltes daran. Er *hat's* einfach. Er ist ein *Naturtalent.*«

Bei Lindas letzten Worten hatte der Doctor das Gefühl, als schlucke sein Fisch den Köder und fange dann unversehens an, die Leine durchzubeißen. Als er sprach, klang seine Stimme körperlos, wie durch eine Echokammer gefiltert. »Er *hat's*? Er ist ein *Naturtalent*? Das sind keine Fakten, Linda. Drücken Sie sich klarer aus.«

»Werden Sie nicht sauer«, sagte Linda. »Sie wollten meine Schlußfolgerungen hören.«

Havilland lehnte sich in seinem Sessel zurück und fühlte, wie die Schnur, an der er selbst plötzlich hing, zerriß, als er erkannte, daß er tatsächlich Ärger gezeigt hatte. »Entschuldigen Sie, daß ich ein bißchen laut geworden bin. Manchmal machen unspezifische Informationen mich ärgerlich.«

»Entschuldigen Sie sich nicht, Doctor. Sie verstehen mehr von menschlichen Emotionen als ich.«

»Ja. Also mehr Fakten, bitte.«

Linda starrte auf ihre geballten Fäuste und zählte dann die Fakten an den Fingern ab. »Er ist ein Cop, er ist durch und durch stolz, er ist einsam. Er – ach, Scheiße: Er *hat es* einfach.«

Havilland spürte, wie sich Stacheldrahthaken in seine Kehle bohrten; Lindas Schönheit war die Angel, und ihre Stimme schliff die Widerhaken rasiermesserscharf. »Ich empfinde einfach nichts Faktisches über diesen Mann, Doctor. Es ist seltsam, ihm so kurz nach dem Beginn meiner Therapie zu begegnen, und wahrscheinlich wird nichts dabei herauskommen, aber meine einzigen Fakten sind *Intuitionen*. Doctor, ist Ihnen nicht gut?«

Havilland starrte durch Linda hindurch auf ein geistiges Schachbrett, das er aufgebaut hatte, um seine professionelle Coolness zurückzugewinnen. Könige, Damen und Springer kippten um, und im Kielwasser ihres Falles gelang es ihm, ein Lächeln und eine ruhige Stimme zustande zu bringen. »Verzeihung, Linda. Einer meiner kleinen Schwindelanfälle. Und es tut mir leid, daß ich versucht habe, Ihre Intuitionen anzufechten. Eines ist mir aufgefallen, als Sie den Burschen beschrieben: Er hat große Ähnlichkeit mit ihrem Fantasiemann mit dem Pullover Größe 44. Haben Sie das bemerkt?«

Linda legte die Hand vor den Mund und lachte. »Vielleicht irrten sich die Rolling Stones.«

»Was meinen Sie damit?«

»Offensichtlich sind Sie kein Rockfan«, sagte Linda. »Ich rede von einem alten Stones-Titel: ›You Can't Always Get What You Want‹ – Du kriegst nicht immer, was du willst. Es kann allerdings auch sein, daß Sie recht haben, denn wenn Lloydy-Schätzchen nicht will, daß man ihn kriegt, dann kriegt man ihn auch nicht. Das macht seinen Charme zum Teil aus.«

Havilland formte ein Spitzdach mit den Händen und hob es vor sein Gesicht, so daß er Linda von einem Dreieck eingerahmt vor sich sah. »Wie hat er sich auf Ihr Fantasieleben ausgewirkt?«

Linda schenkte dem Doctor ein betrübtes Lächeln. »Viel entgeht Ihnen nicht. Ja, der Mann ist im Grunde der Prototyp für meinen vierundvierziger Pullover. Ja, er besitzt diese gewisse Aura von Gewalttätigkeit, von der ich gesprochen habe. Ja, ich sehe ihn als den Mann, der meine blutrünstigen Schmalfilme mit mir anschaut. Und mir gefällt auch, daß er ein Cop ist. Und wissen Sie, warum? Er verurteilt mich nicht, weil ich eine Prostituierte bin. Cops und Huren arbeiten in derselben Straße, sozusagen.«

Der Doctor ließ das Spitzdach in seinem Schoß zusammenfallen. »Um es festzuhalten, Linda: Sie haben in nur drei Sitzungen bereits große Fortschritte gemacht. So große, daß ich erwäge, in ungefähr einer Woche eine ziemlich avantgardistische, visuell gestützte Sitzung zu halten. Wären Sie damit einverstanden?«

»Klar. Sie sind der Arzt.«

»Ja«, sagte Havilland. »Der bin ich. Und Ärzte haben gewisse Resultate zu erzielen. Zu den meinen gehört, daß ich meine Klienten mit ihren entsetzlichsten Geheimnissen und Ängsten konfrontiere, daß ich sie durch ihre grünen Türen führe, bis jenseits des Äußersten. Sie wissen, daß die Dinge, denen Sie konfrontiert sein werden, besonders schmerzlich sind, nicht wahr, Linda?«

Linda stand auf und strich die Falten ihres Rockes glatt; dann hängte sie sich die Handtasche über die Schulter. »Ohne

Fleiß kein Preis. Ich bin zäh, Doctor. Ich kann jede Wahrheit vertragen, die Sie mir um die Ohren schlagen können. Freitag um halb elf?«

Havilland erhob sich und nahm Lindas Hand. »Ja. Noch eines, ehe Sie gehen. Wie waren Ihre Eltern gekleidet, als sie starben?«

Linda hielt die Hand des Arztes fest, während sie über diese Frage nachdachte. Schließlich sagte sie: »Mein Vater trug eine Khakihose, ein kariertes Holzfällerhemd und eine Dodger-Baseballkappe. Ich erinnere mich an die Fotos, die die Polizisten mir zeigten. Sie waren erstaunt, daß er es geschafft hatte, sich das Hirn wegzupusten, ohne die Mütze zu verlieren. Meine Mutter hatte einen Teilzeitjob als Krankenschwester; sie trug eine weiße Schwesterntracht. Warum?«

Havilland ließ ihre Hand los. »Symboltherapie. Danke, daß Sie so unangenehme Erinnerungen ausgegraben haben.«

»Ohne Fleiß kein Preis«, sagte Linda und winkte zum Abschied.

Als der Night Tripper mit dem Duft von Lindas Parfüm in der Praxis allein war, fragte er sich, weshalb die Durchführung seines kühnsten Schachzugs eine so bizarre Reaktion bei ihm hatte hervorrufen können. Er ließ die Sitzung in Gedanken noch einmal ablaufen, aber er fand nichts als ein statisches Rauschen, das klang wie eine Luftschutzsirene, die im Begriff war, ihre Unheilswarnung in die Welt zu kreischen. Wie in einem Reflex griff er nach dem Telefonhörer; er wählte die Nummer eines seiner Bauern, doch es meldete sich ein Anrufbewantworter: »Hi, Schätzchen, hier ist Sherry! Ich bin gerade nicht da, aber wenn du 'ne Sause machen oder auch nur quatschen willst, dann sag's meinem Tonband. Bye!«

Er legte den Hörer auf und wußte im selben Augenblick, daß er einen Fehler begangen hatte. Sherry Shroeder wohnte im Valley. Er hatte ein Ferngespräch geführt, das auf seiner Telefonrechnung verzeichnet sein würde. Havilland atmete tief durch und schloß die Augen; er suchte eine Gedankenkette in Gang zu setzen, die ihn zu einer Gegenmaßnahme leiten würde, um diesen Fehltritt auszugleichen. Sie kam in Form von *Fakten*: Die restlichen Akten von Junior Miss Cosmetics waren langweilig. Sie waren langweilig, weil sie nichts als detaillierten, aber fantasielosen Schmuddelkram enthielten. Also sollte er sich vertrauliche Informationen einer höheren Klasse vornehmen. Die Avonoco Fiberglass Company war in Sicherheitskategorie zwei klassifiziert. Der Alchimist hatte gesagt: »Wenn einer furzt, haben sie eine Akte über ihn. Sie beschäftigen haufenweise auf Bewährung entlassene Strafgefangene und Freigänger im Rahmen eines großangelegten Schmiergeldunternehmens in L.A. County.« Die L.A.P.D.-Akte über den Werkschutzleiter hatte den Mann als zwanghaften Glücksspieler beschrieben, der bereits auf eine lange Therapiekarriere zurückblicken konnte. Exquisites Material für Thomas Goff. Noch exquisiteres für einen erfahrenen Psychiater.

Der Night Tripper schloß seine Praxis ab und fuhr mit dem Aufzug hinunter in die Lobby, wo eine Reihe Münztelefone hing. Er blätterte in den Gelben Seiten, als ihm der Grund für sein regelloses Verhalten klarwurde, und wie gelähmt sah er die billigen Emotionen, die darin implizit enthalten waren: *Er war eifersüchtig, weil Linda Wilhite sich von Lloyd Hopkins angezogen fühlte.*

16

Lloyd verbrachte den Vormittag im Büro des Sherrifs von West L.A. und las den Bericht des Teams von Kriminalbeamten, die Marty Bergens Appartement durchsucht hatten.

Der Bericht umfaßte acht Seiten; er enthielt die Beobachtungen der Leute hinsichtlich des Zustandes, in dem das Appartement sich befunden hatte, sowie eine sechsseitige Liste von Gegenständen, die dort gewesen waren. Die Personalakten oder andere polizeidienstliche Dokumente wurden nicht erwähnt, und es fand sich auch nichts, was auf Jack Herzog oder auf Mord, Suizid oder Verschwinden hingedeutet hätte. Was am Ende zum Vorschein kam, war das knapp formulierte Porträt eines alkoholsüchtigen Ex-Cops, der das Ende der Fahnenstange erreicht hatte.

Unter dem unbestimmten Vorwand einer »routinemäßigen Überprüfung« hatten die Kriminalbeamten von Bergens Wirtin erfahren, daß sie ihren Mieter seit über einer Woche nicht mehr gesehen habe und daß er ihrer Meinung nach »sternhagelvoll in irgendeinem Motel am Strip untergekrochen« sei. Der Zustand von Bergens Wohnung bestätigte diese Einschätzung. Leere Scotchflaschen waren über den Boden verstreut, und weder Kleider noch Toilettenartikel waren zu finden gewesen. In allen vier Zimmern stank es nach Schnaps und Müll, und eine Reiseschreibmaschine lag zerschmettert auf dem Küchenfußboden.

Die Polizisten hatten sich an den Rat der Wirtin gehalten und jedes Motel und jede Cocktailbar am Sunset Strip überprüft; sie hatten Bergens Foto aus seiner Kolumne im *Big Orange Insider* jedem Portier und jedem Barkeeper gezeigt, den sie hatten auftreiben können. Viele hatten Bergen als häufig auftauchenden Saufkunden wiedererkannt, aber seit über zwei Wochen schon hatte ihn keiner gesehen. Lloyd beschloß, noch ein Weilchen auf diesen Informationen sitzenzubleiben, ehe er Kriminalpolizisten vom L.A.P.D. beauftragte, den Ex-Cop/Journalisten zu suchen; einstweilen fuhr er nach West L.A. und zu seinem letzten, noch nicht endgültig untergebrachten Bindeglied in diesem ganzen verkorksten Durcheinander, und er fragte sich, ob seine Motive wirklich rein professioneller Art waren.

Linda Wilhite öffnete auf sein zweites Klopfen hin und erwischte ihn dabei, daß er sich die Krawatte geraderückte. Sie winkte ihn herein, sah auf die Uhr und meinte: »Mittag. Vor vierzehn Stunden habe ich Sie angerufen, und jetzt stehen Sie persönlich vor mir. Haben Sie einen guten Grund dafür?«

Lloyd setzte sich auf ein Sofa mit Blumenmuster. »Ich bin gekommen, um mich schuldig zu bekennen«, sagte er. »Ich war nicht ganz ehrlich zu Ihnen, und ich –« ,

Linda brachte ihn zum Schweigen, indem sie sich vorbeugte und den Knoten seiner Krawatte zurechtzog. »Und Sie wollen etwas. Stimmt's?«

»Stimmt.«

»Dann erzählen Sie.« Linda setzte sich neben ihn.

Lloyd starrte sie unbußfertig an. »Dr. John Havilland hat mich auf Sie gebracht. Unbewußt. Ich habe die Fotos von Ihnen in seinem Vorzimmer gesehen. Und dann hat er –«

Linda packte seinen Arm. »Was!«

»Gerahmte Fotos von Ihnen. Wissen Sie davon nichts?«

Linda schüttelte den Kopf, erst zornig, dann betrübt. »Dieser arme, wundervolle Mann. Ich habe ihm von diesem Schikkimicki-Fotobuch erzählt, für das ich Modell gestanden habe, und er zieht los und kauft es sich. Wie traurig. Ich hielt ihn für eine Art asexuellen Asketen, aber als ich ihm heute morgen von einem Mann erzählte, den ich attraktiv finde, flippte er aus. Noch nie habe ich jemanden so eifersüchtig gesehen.«

»Er platzte mit Ihrem Namen heraus, als ich eine Bemerkung über die Bilder machte«, erzählte Lloyd. »Und offenbar nimmt er sie herunter, ehe er Sie empfängt. Havilland hat viele Kriminelle unter seinen Patienten. Im Laufe meiner Untersuchungsarbeit stieß ich auf seinen Namen und entschied, mir seine Erfahrungen mit der kriminellen Psyche zunutze zu machen. Wie ich vermutet hatte, verfügt er über ein eigenes Informationsnetz in der Unterwelt. Er befragte seine Quellen und kam mit einem Mann an, der zusammen mit Thomas Goff einige Kunstgegenstände an Stanley Rudolph verkauft haben soll. Ich schlich mich in Rudolphs Wohnung und fand Ihren Namen in seinem Adreßbuch. Auch wenn Rudolph selbst Goff nicht kennt, so kennt ihn doch dieser anonyme Mann. Diese ganze Rudolph-Connection war ein wirres Bündel von Informationen und *Fehl*informationen, was nichts an der Tatsache ändert, daß Havillands Informant *Goff kennt.* «

Lloyd machte eine Pause, als er sah, daß Lindas Gesicht zu einer Maske der Wut geworden war. Mit gesenkter Stimme fuhr er fort: »Havilland steht unter dem gesetzlichen Schutz eines ganzen Scheißhaufens von Statuten über Berufsprivilegien. Er braucht mir den Namen seines Informanten nicht zu nennen, und mein ganzer Instinkt sagt mir, daß kein noch so nachdrücklicher Zwang ihn dazu bringen könnte, mir den Namen von Goffs Komplizen zu offenbaren.«

Lloyd legte Linda die Hand auf die Schulter. Sie zuckte vor seiner Berührung zurück; dann schlug sie seine Hand beiseite und fauchte: »Es gibt eben Menschen, die man nicht zwingen kann, Hopkins, und der Doctor ist einer von ihnen. Man kann ihn nicht zwingen, weil er im Gegensatz zu Ihnen Prinzipien hat. Es gibt auch Leute, die man nicht manipulieren kann, und auch wenn ich eine Hure bin, gehöre ich dazu. Glauben Sie ehrlich, ich würde aus einem Mann, der mir helfen will, Informationen herauslocken und sie an einen Mann weitergeben, der mich bestenfalls ficken will? Möchten Sie ein neues Wort für Ihre Schimpfwörterliste, Sergeant? Wie wär's mit ›gefühlloser, manipulierender Schmiersack‹?«

Lloyd sah rot. Er stapfte hinaus, fuhr nach unten und setzte sich in seinen zivilen Dienstwagen. Zehn Minuten später saß er in Dr. John Havillands Vorzimmer, starrte auf die Fotos von Linda Wilhite und bat seinen nur selten bemühten Gott, er möge nicht zulassen, daß er eine Dummheit beging.

Der Doctor erschien, als das rote Pochen hinter Lloyds Augen allmählich nachließ. Er führte eine ältliche Frau in einem T-Shirt mit der Aufschrift »Rettet die Wale« aus seinem Sprechzimmer und gurrte ihr ins Ohr, während sie den Inhalt ihrer Handtasche durchsuchte. Als er Lloyd sah, nickte er ihm zu. »Einen Augenblick, Sergeant.« Er verabschiedete sich ein letztes Mal von seiner Patientin und brachte sie zur Tür. Dann drehte er sich um und lachte. »Diese steinreiche Frau glaubt, sie könne telepathisch mit Walen kommunizieren. Was kann ich für Sie tun? Hat Ihre Untersuchung schon Fortschritte gemacht?«

Lloyd schüttelte den Kopf und sprach betont langsam. »Nein. Ihr Informant war mit seinen Informationen ein wenig unpräzis. Ich habe Stanley Rudolph befragt. Er kennt Thomas Goff nicht – weder als Komplizen noch durch Zufall. Seine Hauptquelle für gestohlene Kunstobjekte ist ein Schwarzer, der allein arbeitet. Nur einmal hat Rudolph Stücke von einem solo arbeitenden Weißen gekauft, irgendwann im vergangenen Jahr. Sie haben gesagt, Ihr Informant habe Goff in einer Single-Bar kennengelernt. Hat er Ihnen erzählt, in welcher?«

Havilland seufzte und setzte sich Lloyd gegenüber in einen Sessel. »Nein, hat er nicht. Ehrlich gesagt, Sergeant, der junge Mann hat ein Drogenproblem, und seine Sucht führt gelegentlich zu einem Blackout. Sein Gedächtnis ist nicht immer restlos vertrauenswürdig.«

»Aber Sie glauben, daß er Goff kennt?«

»Ja.«

»Und Sie glauben auch seiner Behauptung, er wisse nicht, wo Goff sich gegenwärtig aufhält, und er wisse auch nichts über die Morde im Schnapsladen?«

Havilland zögerte. »Ja«, sagte er dann.

Noch immer sprach Lloyd mit Bedacht langsam. »Nein, Sie glauben ihm nicht. Sie decken jemanden, der heiße Informationen über Goff hat, und Sie haben Angst. Sie möchten mir erzählen, was Sie wissen, aber Sie möchten weder Ihre Ethik kompromittieren noch das Wohlergehen Ihres Patienten aufs Spiel setzen. Ich verstehe das alles. Aber verstehen Sie *mich* bitte auch, Doctor. Sie sind mein einziger Strohhalm. Wir haben es hier mit einem Massenmörder zu tun, nicht mit belanglosen Neurosen. Sie müssen mir seinen Namen nennen, und ich glaube, das wissen Sie auch.«

»Nein«, sagte Havilland. »Damit Schluß.«

»Wollen Sie es sich während der nächsten vierzundzwanzig Stunden überlegen? Ich werde einen Anwalt zulassen, wenn ich den Mann vernehme, und er wird gar nicht erfahren, daß Sie mir seinen Namen genannt haben. Ich werde mir eine Geschichte ausdenken, die sogar ein Genie zufriedenstellen wird.«

Havilland senkte den Blick. »Gottverdammtnochmal, ich sagte nein!«

Lloyd merkte, daß seine Zeitlupenstrategie in alle Winde zerstob. Er rammte die Fäuste in die Taschen und umklammerte den Zahnbogen einer offenen Handschelle und einen metallbeschlagenen Totschläger. Er starrte dem Arzt ins Gesicht und spannte die Hände so hart um sein verborgenes Arsenal, daß der Schmerz ihm die Worte zwischen zusammengebissenen Zähnen herauspreßte. »Machen Sie Zicken mit mir, und ich schlage Ihnen Steuerprüfungen, behördliche Anweisungen, Durchsuchungsbeschlüsse und einstweilige Verfügungen um die Ohren, wie Sie es niemals für möglich gehalten haben. Ich werde die Aushändigung der Akten eines jeden gerichtlich überwiesenen Patienten beantragen, der je einen Fuß über Ihre Schwelle gesetzt hat. Ich werde auf eigene Kosten Winkeladvokaten engagieren und ihnen hohe Vorschüsse zahlen, damit sie sich Schikanen für Sie ausdenken. Ich werde Ihre Praxis von hundsgemeinen Niggerbullen vom Sittendezernat beobachten lassen, bis die reichen Neurotiker, an denen Sie sich mästen, sich vor Angst in die Hosen scheißen. Vierundzwanzig Stunden. Meine Nummer haben Sie.«

Eine rote Flut schwemmte Lloyd aus der Praxis. Als er die Hände aus den Taschen nahm, sah er, daß sie bluteten.

Mit Haken, Schnur und Schwimmer.

Havilland zog sich in sein Privatbüro zurück und nahm ein Ködersortiment aus dem Wandsafe: zehntausend Dollar in einem braunen Papierumschlag und einen frischgetippten psychiatrischen Bericht, begleitet von einem Foto. Er legte den Bericht in die oberste Schreibtischschublade und sah auf die Uhr. Halb zwei. Er hatte sechs Stunden Zeit bis zu seinem nächsten Schachzug. Der Night Tripper lehnte sich in seinem Sessel zurück, schloß die Augen und versuchte, sich durch seine Willenskraft in einen traumlosen Schlaf zu versenken.

Es gelang und scheiterte.

Der Schlaf kam, durchsetzt von halbbewußten Momenten, von denen er wußte, daß sie seine Erinnerung waren. Bei jedem Bild, das durch ihn hindurchzog, war ihm, als schnitte eine chirurgische Knochensäge seinen Körper entzwei und ließe ihm die Wahl, entweder mit seiner symbolischen Vergangenheit zu gehen oder in die Wolkendecke der Bewußtlosigkeit zu schweben. Zu seiner Linken lag der Schlaf, zur Rechten war ein blutbespritztes Korkbrett mit Löchern für Arme und Beine, ein leichenstarrer Fußknöchel mit dem Stahlring einer Fessel und das Riesenrad in der Bronx, das exzentrisch um seine Achse kreiste. Das wache Bewußtsein war ein stechender Lichtpunkt zwischen seinen Augen, ein Notausstieg, mit dem sich auch *tiefer Schlaf* auslösen ließe, wenn er sich, sein Mantra *patria sanctorum* rezitierend, darauf konzentrierte. Drei Straßen einwärts: zum Erwachen, zum Vergessen und in die Leere seiner Kindheit. Der Night Tripper fühlte keine Furcht; er ergab sich den Erinnerungen und ließ die rechte Seite ausklinken.

Ein riesiges Vergrößerungsglas senkte sich über die Leere und ließ ihn Einzelheiten erkennen: »McEvoy – D-Block« war in die Fußschelle gestanzt; gequetschte, verschmorte Arterien sprenkelten den Knöchel; Vater wisperte ihm etwas ins Ohr, als das Riesenrad seinen Zenit erreichte und sie über den Blocks der Puertoricanerhäuser schwebten. Er bemühte sich, von den Lippen der Leute, die unter ihm vorbeigingen, abzulesen, was sie redeten, und er fing lange Gesprächsfetzen auf und Schockwellen von Gelächter. Dann verschmolzen seine beiden Seiten miteinander.

Um Viertel vor sieben wachte Havilland erfrischt auf. Sein Gähnen wurde zu einem Lächeln, als die neuen Ausschmükkungen der Leere den Glaubwürdigkeitstest bestanden, indem sie in seinem wachen Bewußtsein auftauchten. Sein Lächeln wurde breiter, als er begriff, daß sein Zweikampf mit Hopkins der Katalysator gewesen war, der die neuen Details hervorgebracht hatte. So gekräftigt durch Schlaf und Erinnerung, nahm er den Geldumschlag, verschloß die Praxis und fuhr nach Malibu, um neue Daten zu akquirieren.

Treffpunkt war ein langgestreckter Asphaltparkplatz mit Blick auf den Strand. Havilland stellte seinen Wagen zwischen die Zapfsäulen einer geschlossenen Tankstelle auf der Landseite des Pacific Coast Highway und ging dann durch die Unterführung zu der Reihe der beleuchteten Münztelefone neben der Stelle, an der er sich mit dem Sicherheitschef von Avonoco Fiberglass treffen sollte. Er warf einen Blick auf seine Armbanduhr und trat ans Geländer: acht Uhr zwölf. Die letzten Strahlen einer bernsteinfarbenen Sonne ließen den Ozean rosig blinken. Er genoß diesen Augenblick, und er sah zu, wie der Feuerball in durchdringendem Hellblau versank. Als das Blau im dunklen Rauschen der Brandung erstarb, ging er zu dem Telefon, das dem Geländer am nächsten war, und wählte die Nummer seiner Schauspielerin.

»Hallo?«

Havilland verzog das Gesicht; Sherry war stoned – sie sprach das Grußwort dreisilbig aus.

»Hallo, wer ist da? Bist du's, Otto, du geiler Hund?«

Havillands Grimasse entspannte sich. Seine Schachfigur mochte voll sein, aber sie war klar. »Hier ist Lloyd, Sherry. Wie geht's dir?«

»Hallo, Lloyd!«

»Hallo. Erinnerst du dich an unsere Abmachung?«

»Aber klar, Baby. Bei *Steep Throat* und *Nuclear Nookie* bin ich nach Strich und Faden beschissen worden. Diesmal werde ich mir nichts durch die Lappen gehen lassen.«

Havilland drehte sich um und streckte sich, und sein Blick fiel auf einen Mann, der über das Telefon in der letzten Zelle gebeugt stand. Obwohl der Mann mindestens zehn Schritt weit entfernt war, wandte Havilland sich ab und senkte seine Stimme zu einem Flüsterton. »Gut. Wir drehen morgen abend. Dein Co-Star wird dich abholen. Ist so 'ne kleine Idee von mir. Du weißt schon – die Stars machen sich miteinander bekannt, damit sie nachher um so realistischer spielen können. Er bringt ein Outfit mit, das du anziehen sollst. Stimmt die Adresse auf deiner Visitenkarte?«

»Ja, das ist meine Bude. Und krieg' ich dann die restliche Kohle?«

»Ja. Dein Partner heißt Richard. Er holt dich um neun ab. Wir sehen uns am Set.«

Sherry lachte. »Morgen abend um neun. Richard soll bloß pünktlich sein. Bye, Lloyd.«

»Goodbye, Sherry.«

Havilland legte auf und starrte durch die Plexiglasscheibe der Telefonzelle. Erleichtert stellte er fest, daß der Mann am hinteren Apparat verschwunden war. Er warf noch einmal einen Blick auf die Uhr; dann ging er wieder ans Geländer und von dort bis ungefähr in die Mitte des Parkstreifens. Acht Uhr vierundzwanzig. Hoffentlich kam Lieutenant Howard Christie pünktlich.

Um genau acht Uhr dreißig hallten langsame Schritte über den Asphalt. Der Doctor kniff die Augen zusammen und sah, wie ein Mann sich aus dem Schatten löste und geradewegs auf ihn zukam. Als er noch zehn Schritt weit entfernt war, fiel jäh ein Mondstrahl auf sein Gesicht. Es war der Mann aus der Telefonzelle. Der Doctor schob diese Erkenntnis auf ein Nebengleis und ging ihm mit ausgestreckter Hand entgegen; er sah, wie der Mann an Konturen gewann: Es war der Archetyp des Bullen.

Er war ein großer, kurzgeschorener Mann, der anfing, Fett anzusetzen. Kalte Augen in einem derben Gesicht musterten den Doctor vom Scheitel bis zur Sohle und von rechts nach links, ohne auch nur andeutungsweise erkennen zu lassen, was er dabei dachte. Als sie einander gegenüberstanden, nahm er die ausgestreckte Hand und meinte: »Dr. Havilland, nehme ich an?«

Die Worte ließen den Doctor stumm und matt werden. Er versuchte, seine Hand loszureißen. Es war vergebens; die Kraft, die sie festhielt, quetschte sie bis zur Gefühllosigkeit.

Und die Kraft sprach wieder. »Dachten Sie, Sie hätten es mit Amateuren zu tun? Ich bin seit zweiundzwanzig Jahren

Cop, und ich kassiere seit vierzehn. Ich weiß, wie der Hase läuft. Ich hab' Sie vor einer halben Stunde parken gesehen und Ihre Autonummer bei der Kraftfahrzeugbehörde checken lassen. Aus dem Branchenbuch weiß ich den Rest. Ein Psychiater. Beeindruckt mich einen feuchten Scheißdreck. Wissen Sie, wie viele Psychiater ich zur Strecke gebracht hab', um im Department keinen Ärger zu bekommen? Haben Sie gedacht, ich lasse Sie diesen Quatsch mit einem Geheimtreff anonym durchziehen? Haben Sie gedacht, ich glaube Ihnen den Stuß, den Sie mir am Telefon erzählt haben? Von einem Buch über den Mißbrauch von Geheiminformationen? Wirklich, Doctor, Sie beleidigen meine Intelligenz.«

Nach einem letzten kräftigen Druck ließ Howard Christie Havillands Hand los, legte ihm einen Arm um die Schultern und führte ihn zum Geländer. Havilland konzentrierte sich auf sein Mantra. Er setzte sich auf das Geländer und brachte ein angemessen angstvolles Lachen hervor. Als Christie ebenfalls lachte, fühlte er, wie neuer Mut einrastete.

Christie sog die Meeresluft tief in sich ein. »Machen Sie nicht so ein ängstliches Gesicht, Doc. Schon mein erster Psychiater hat mir was beigebracht: In allen Beziehungen werden die Machtbindungen innerhalb der ersten fünf Minuten etabliert. Ich mußte die Tatsache klarstellen, daß *ich* hier derjenige bin, der die Macht in den Händen hat, denn *ich* habe, was *Sie* wollen, und da wir es hier mit Material der Sicherheitsklasse zwei zu tun haben, ist die ganze faule Kiste gesetzwidrig. *Capisce*?«

»Ja«, sagte Havilland. »Ich verstehe. Aber wo sind die Akten?« Nervös scharrte er mit dem rechten Fuß in immer größeren Kreisen über den Asphalt. Mit dem Zeh stieß er an einen großen Stein; behutsam schob er ihn zu sich her. »Weiß sonst noch jemand, wie ich heiße oder weshalb ich Kontakt mit Ihnen aufgenommen habe?«

Christie schüttelte den Kopf. »Ich sage doch, ich weiß, wie der Hase läuft. Bei Avonoco weiß niemand was, und Ihren Namen habe ich eben erst von einem Angestellten bei der Zulassungsstelle bekommen, der ihn schon wieder vergessen hat. Aber sagen Sie mal: Woher wissen Sie *meinen* Namen?«

Havilland senkte den Kopf und sah einen Revolver im Halfter an Christies Gürtel, halb verdeckt von der offenen Sportjacke. »Ich – ich habe einen Officer vom L.A.P.D. kennengelernt, in einer Bar. Er – er hat mir erzählt, Sie hätten ein Spielproblem.«

Christie schlug mit beiden Händen flach auf das Geländer. »Diese großmäuligen Arschlöcher. Zu Ihrer Information, Doc: Cops sind genau wie Ganoven. Man kann keinem von ihnen trauen. Wie hieß er?«

»Ich – ich – weiß es nicht mehr. Ehrlich.«

»Kein Problem. Leute, die in Bars verkehren, vergessen schnell. Dazu verkehren sie schließlich in Bars. Ich bin froh, daß ich nicht saufe. Zwei solche Gewohnheiten wären wirklich zuviel, verdammt. Genug gequatscht – kommen wir zum Geschäft. Zuerst mal – erzählen Sie mir nicht, wozu Sie die Akten haben wollen. Ich will es nicht wissen. Zweitens: Wir reden hier von einem langwierigen Verfahren; sie müssen fotokopiert und dann nach und nach aus der Firma geschafft werden. Wenn Sie rasch zufriedengestellt werden wollen, haben Sie Pech gehabt – dann sollten Sie das mit *Ihrem* Psychiater besprechen. Drittens: Die zehntausend, die Sie anbieten, reichen nicht. Ich schulde ein paar *sehr* bösen Buben Geld – Leuten, denen man besser kein Geld schuldet. Ich will dreißig Riesen und keinen Cent weniger. *Capisce*?«

Havilland täuschte einen Hustenanfall vor; er krümmte sich nach vorn und senkte den Kopf zwischen die Knie. Als Christie ihm mit der flachen Hand auf den Rücken schlug, tat er, als müsse er würgen, und stützte sich mit den Händen auf den Boden. Er ergriff den Stein und schob ihn in die Jackentasche, während er sich wieder aufrichtete. Er wischte sich die Augen und schob sich näher an seinen Gegenspieler heran; der Revolvergriff war jetzt völlig entblößt, und am Gürtel daneben hing Christies Dienstmarke.

Christie schlug ihm noch einmal klatschend auf den Rükken. »Tief durchatmen, Doc. Von dieser gesunden Seeluft kriegen Sie Haare auf der Brust. Was sagen Sie zu meinen Konditionen?«

Havilland atmete tief; er schob die Hand in die Tasche und umschloß den Stein. Er kalkulierte den Weg, den ein Schwinger würde nehmen können, und drehte sich langsam so, daß seine linke und Christies rechte Schulter einander berührten. »Ja, abgemacht. Sie haben alle Asse auf der Hand.«

Christie lachte. »Keine Spielmetaphern – ich versuche gerade, mir's abzugewöhnen.« Er hob die Arme, als wolle er den Himmel umspannen, und ließ sie dann mit einem mächtigen Gähnen wieder sinken. »Ich bin müde«, erklärte er. »Machen wir Schluß für heute. Ich denke mir folgendes: Sechs Zahlungen zu jeweils fünf Riesen, und die Akten werden mit größter Vorsicht und nach meinem Gutdünken herausgeschleust. In diesem Punkt werden Sie mir vertrauen müssen. Ich bin das dominante Ego in unserer Beziehung, aber ich werde es wohlwollend angehen lassen. Betrachten Sie es als eine Vater-Sohn-Geschichte. *Capisce?*«

Dr. John Havilland schnappte nach Luft. Eine schlimmere Beleidigung war ihm noch nie vor die Füße geschleudert worden. Er entsann sich einer Bemerkung aus Christies Personalakte: *Lange Phase der übermäßigen Abhängigkeit von stützenden Figuren.* So sei es denn, dachte der Doctor, und laut sagte er: »Wofür halten Sie *mich* – für einen Amateur? Glauben Sie denn nicht, daß ich weiß, wie nötig es für einen zwanghaften Spieler ist, sich ein Gegengewicht für seinen selbstzerstörerischen Trieb zu schaffen, indem er sich in geschäftlichen Beziehungen seine Bestätigung sucht, in dem unbewußten Bestreben, seine furchtbare Abhängigkeit von denen zu überwinden, die ihm am nächsten stehen, die ihn beherrschen und besitzen und ihm die Titte geben, an der er saugt?«

Christie erhob sich und stammelte: »J-j-ja du kleiner Scheißer«, und im selben Augenblick schmetterte Havilland ihm den Stein ins Gesicht. Der Cop taumelte an dem Geländer entlang, packte es mit einer Hand und wischte sich mit der anderen das Blut aus den Augen. Havilland griff nach seinem Gürtel, bekam den Revolver zu fassen und zog ihn heraus. Er schloß die Augen und zielte dahin, wo Christies Gesicht sein mußte. Zweimal drückte er ab, und er kreischte mit dem Knall der Explosionen, und dann öffnete er die Augen und sah, daß Christies Gesicht kein Gesicht mehr war, sondern ein verkohltes Blutbassin, aus dem Hirn und Schädelsplitter quollen. Er schoß noch fünfmal, mit offenen Augen und ohne zu kreischen, und riß Christie die Marke vom Gürtel, als die letzte Kugel den Kopf abriß und Christie über das Geländer kippte und zehn Meter tiefer auf den Steinen aufschlug. Naß vom Blut und überschwemmt von Grauen und Erinnerung, rannte der Night Tripper davon.

17

Um zehn Uhr, nachdem er neun Stunden lang ununterbrochen durch Single-Bars und einfache Kneipen gestreift war und nach Thomas Goff und Marty Bergen gesucht hatte, gab Lloyd auf; er fand sich mit dem Gedanken ab, nach New York fahren und Goffs alte Jagdgründe aufsuchen zu müssen. Das Department würde ihm das Flugticket und Tagesspesen zahlen, und vor seiner Abreise würde er sich von einem Anwalt über gesetzliche Lücken und Möglichkeiten beraten lassen, mit denen Dr. John Havilland unter Druck zu setzen wäre. Drohende Niederlage erhob sich vor ihm wie ein rabenschwarzes Banner. Lloyd fügte sich der Erkenntnis, daß er nirgends hin konnte außer in die Zeit zurück.

Seine alte Gegend begrüßte ihn mit Fahnen, die seine Polizistennöte verspotteten. Er parkte an der Ecke Sunset und Vendome und sprintete die rissigen Betonstufen zum höchsten Punkt von Silverlake hinauf, in der Hoffnung, ein Dakapo alter Themen zu finden, um damit die zweiundvierzig Jahre alte Kriegerpersönlichkeit zu bestärken, die er um einen so hohen Preis angenommen hatte.

Aber der zeitlose Nebel von L.A. legte sich wie eine Decke über seinen Tagtraum und machte ihm ein Ende, noch ehe er recht beginnen konnte. Nicht einmal sein Elternhaus, kaum eine halbe Meile weit entfernt, konnte er sehen; ganze Panoramen voller markanter Punkte waren in einem Hexengebräu von tiefhängenden Dunstwolken, Industrieabgasen und Neonlicht versteckt. Was ihm Bestätigung hatte sein sollen, wurde zu einer Rhapsodie hoher Preise für zweifelhafte Eroberungen.

1965, bei den Unruhen in Watts, hatte er einen Kameraden von der Nationalgarde getötet, der in eine Ladenkirche gefeuert hatte, in der unschuldige Schwarze bei Kaffee und Gebet versammelt gewesen waren. Niemand hatte ihn für diese Tat zur Rechenschaft gezogen, und zwei Monate später war er zur Los Angeles Police Academy gegangen.

Seine Karriere als Polizist war mit gleichmäßiger Brillanz verlaufen, und seine gleichzeitige Rolle als Gatte und Vater war eine Serie täppischer Versuche gewesen, seine Familie mit gutartigen Entsprechungen seiner im Beruf sichtbaren Fähigkeiten zu versorgen. Als die Kraft seines Willens Zorn und Verletzung hervorrief, floh er zurück zu seinem Job, und als der Job ihn in einen Strudel von Langeweile, Grauen und Haß sog, suchte er sich Frauen, die für einen Augenblick berühren wollten, was er war, die zum Tausch ihre Unschuld boten und die dann die Flucht ergriffen, bevor seine unerbittliche Glut ihren mühsam erworbenen, einfältigen Sinn für die Annehmlichkeiten des Lebens vernichten konnte.

Und dann, im vergangenen Jahr, hatte Teddy Verplanck seinen Weg gekreuzt und sein Universum in ein Chaos verwandelt. Als diese Symbiose vollendet war, ereigneten sich Tod und Wiedergeburt im selben Augenblick, und als seine Wunden heilten, wurde Lloyd zum Krieger, gezüchtet aus der Kreuzung seiner Vergangenheit und ihrer Gültigkeit mit dem besiegelten Blutzeugnis, welches erwies, wohin sie ihn am Ende führen würde.

Und seine unerbittliche Glut wurde hart und rissig, und er sah sich inmitten eines tiefen Risses, unter seinen Füßen nur Luft.

Ehe er sich bewußt an sein Abstinenzgelübde erinnern konnte, fuhr Lloyd nach Wilshire/Beverly Glen, zu dem Ziel, das dem weicheren Teil dieses Risses Glaubwürdigkeit verlieh. Er fand die Wohnungstür offen, und so betrat er den Flur und räusperte sich, um seine Anwesenheit kundzutun. Als Antwort hörte er das Scharren von Füßen und ein unerwartetes Kichern.

»Es ist aber noch früh«, rief Linda.

Lloyd versuchte zu ergründen, woher die Stimme kam. »Hier ist Hopkins, Linda.«

Linda kam aus einer Kleiderkammer neben dem Eßzimmer, in ein Seidengewand gehüllt. »Das weiß ich.«

Lloyd ging ihr entgegen. »Bin ich so berechenbar?«

Sie nickte, schüttelte den Kopf und sagte: »Ich weiß nicht. Nur, entschuldigen Sie sich nicht wegen heute nachmittag. Ich war ebenso daneben wie Sie. Keinen Vorwand diesmal?«

»Keinen.«

»Reden wir vorher oder nachher?«

»Nachher.« Linda lächelte und deutete mit dem Kopf zum Schlafzimmer; sie ließ Lloyd den Vortritt und folgte ihm hinein. Hinter ihm ließ sie ihre Robe von den Schultern gleiten und zu Boden fallen. Bei dem zarten Geräusch drehte Lloyd sich um; Linda stand nackt im Türrahmen, und hinter ihr schimmerte das Licht der Lampe in der Diele. Im Abstand einer Armlänge zog er sich aus, und er verzog das Gesicht, als sein Revolverhalfter auf dem Teppich aufschlug. Linda kicherte bei dem dumpfen Laut, und dann lachte sie, als er sich bückte und sich Schuhe und Socken von den Füßen fummelte, an seinem Reißverschluß riß und beinahe aus der Hose kippte. Sie flüsterte etwas, das klang wie »Jenseits des Äußersten«, glitt an ihm vorbei und legte sich auf das Bett. Lloyd sah, wie sie ihn lockend zu sich winkte, und ein einzelner Lichtstrahl flatterte über ihren Bauch. Lloyd orientierte sich an ihm und kam zu ihr. Sie sprach, während er sie hielt und fühlte und schmeckte, kleine Seufzer von Liebe und grünen Türen. Als seine Küsse hartnäckiger wurden und zwischen ihren Brüsten nach unten wanderten, wurden die Seufzer zu einem gekeuchten Wort, »Ja«. Er verlor sich in der Wiederholung dieses Wortes, bis das »Ja« sich in einem Crescendo in »Jetzt, bitte, jetzt!« verwandelte.

Lloyd gehorchte und verband sie wie zwei Hälften in einer einzigen abrupten Bewegung. Dann zog er sich zu schwebendem Verharren zurück, während Linda sich um ihn schlang und aufwärts drängte. Er bewegte sich langsam, sie mit der ungezügelten Glut eines anmutigen Tieres, das ohne Anmut explodiert und in ein Geben und Nehmen mit Punkt und Kontrapunkt mündet, das jedes Bewußtsein von Technik erschlägt. Dann begann er, sich im Takt ihrer Raserei zu bewegen, und das Wesen Cop/Hure stürzte sich in wortlose, keuchende Trance.

Linda ergab sich als erste wieder der Realität; sie wand ihren Kopf aus der Grube an Lloyds Schlüsselbein. Mit flachen Händen strich sie über seinen Rücken und küßte sanft seinen Hals, bis er seinen Kopf vom Kissen hob und auf sie herabsah. Sein Gesicht war ausdruckslos und tränenfleckig. Alles, was sie zu sagen wußte, war »Hopkins«.

Lloyd rollte auf die Seite und nahm ihre Hand. Als er weiter schwieg, sagte sie: »Jetzt ist es nachher. Wir wollten reden, weißt du noch?«

Er drehte den Kopf, um sie anzusehen. »Worüber willst du reden?«

»Egal. Nur nicht über das, was gerade war. Es war vollkommen. Laß uns nicht darin herumwühlen.«

Lloyd verlagerte sich so, daß seine und Lindas Augen nur eine Handbreit voneinander entfernt waren. »Keine erderschütternden postkoitalen Offenbarungen?«

Sie nickte, so daß ihre Nasen sich aneinander rieben. »Doch. Ich steige aus. Ich habe siebzigtausend auf der hohen Kante, und damit müßte ich irgendein Geschäft aufmachen können. Mit der Therapie ist auch Schluß. Wenn ich nicht mehr als Hure arbeite, brauche ich keine Therapie mehr, und außerdem ist der Mann zu teuer für eine frischgebackene Geschäftsfrau.«

»Er wird sehr traurig sein, wenn du aufhörst.«

»Ich weiß. Er ist ein brillanter Psychiater, aber ich sollte mich nicht mit Männern einlassen, die von mir besessen sind. Wenn einer Bilder von mir an die Wand hängt . . . das ist einfach zu traurig. Auch wenn er sie abnimmt, bevor ich komme, fühle ich mich manipuliert. Erinnerst du dich an die Bilder? Kannst du die Posen noch vor dir sehen?«

»Es waren keine Posen. Die Fotos sahen aus, als seien sie heimlich aufgenommen worden.«

Lindas Miene umwölkte sich. »Wirklich? Das ist seltsam. Auf allen Bildern in dem Buch posiere ich.«

Lloyd zuckte die Achseln, und dann erkannte er schlagartig, daß er einen Zusammenhang übersehen hatte. »Unterschätze *niemals* deine Macht, selbst gegenüber einem harten Brocken wie Havilland. Sag, hast du Stanley Rudolph ihm gegenüber je erwähnt?«

»Ja, aber nicht namentlich«, antwortete Linda. »Ich habe nur erzählt, daß er gern Nacktfotos von mir macht. Wieso? Ich will nicht über *deinen* Fall oder *meine* Kunden reden.«

»Ich auch nicht. Worüber willst du reden?«

»Erzähl mir, weshalb du von deiner Frau getrennt bist.«

»Das ist keine schöne Geschichte.«

»Das ist es nie.«

Lloyd drehte sich auf den Rücken; er wollte plötzlich Abstand zwischen sich und Linda bringen. Er suchte nach den richtigen Worten, um seine Geschichte zu beginnen, doch dann begriff er, daß er mit selbstgerechten Lügen anfangen würde, wenn er ihr nicht in die Augen sähe. Er wälzte sich wieder auf die Seite, so daß sie Blickkontakt hatten. »Es passierte voriges Jahr. Schon vorher hatte ich meine Familie vernachlässigt und meine Frau jahrelang mit allen möglichen Frauen betrogen, aber im letzten Jahr kam es zur Explosion. Ich arbeitete beim Raub/Mord-Dezernat, und eigentlich hatte ich lauter Fälle, die mir gefielen, aber dann bekam ich einen anonymen Anruf, der mich zu einem Mordopfer führte. Eine junge Frau. Ich leitete die Untersuchung und förderte Informationen zutage, die auf einen Massenmörder hindeuteten, der so gottverdammt gerissen war, daß keine Polizeibehörde in L.A. County auch nur zwei seiner Taten miteinander in Verbindung gebracht hatte. Als ich mit meinen Erkenntnissen zu meinen Vorgesetzten ging, hatte er mindestens sechzehn Frauen ermordet.«

Linda hob eine Hand vor ihr Gesicht und biß auf die Fingerknöchel. Lloyd fuhr fort: »Meine Vorgesetzten waren nicht bereit, mich zu weiteren Untersuchungen zu ermächtigen; sie meinten, es sei unter Umständen für zu viele Polizeiabteilungen zu peinlich. Also jagte ich ihn auf eigene Faust. Etwa um diese Zeit verließ Janice mich, und die Mädchen nahm sie mit. Es gab nur noch mich und den Killer. Ich fand heraus, wer er war – ein Mann namens Teddy Verplanck. Die Presse brachte ihn groß raus, als ›Schlächter von Hollywood‹. Du hast wahrscheinlich davon gehört. Ich war im Begriff, ihn zu fassen, aber eine Frau, mit der ich mich traf, kam dazwischen. Er tötete sie. Ich machte mich auf, ihn zu töten. Es kam zu einer Schießerei, und ein anderer Officer, mein bester Freund, erschoß ihn. Dieser Teil der Geschichte kam nie in die Presse. Janice und die Mädchen wissen nicht genau, was passiert ist, aber sie wissen, daß ich angeschossen wurde und daß mich die ganze Episode beinahe die Karriere gekostet hätte. Jetzt muß ich mit ein paar Alpträumen leben und für eine Menge unschuldiges Blut büßen, das vergossen wurde.«

Zu Lloyds Verwunderung lächelte Linda. »Ich habe eine miese kleine Geschichte von anderen Männern und anderen Frauen erwartet – kein Horrorepos.«

Ihre Reaktion verblüffte Lloyd. »Es klingt beinahe, als wärst du angetan davon.«

Linda küßte ihn auf den Mund. »Mein Vater erschoß meine Mutter und blies sich das Gehirn aus dem Schädel, als ich zehn war. Ich bin keine grüne Jungfer mehr. Manchmal habe ich sehr dunkle Gedanken. Aber laß uns in einer glücklichen Stimmung einschlafen. Ich will, daß wir zusammen sind.«

Lloyd stand auf und schloß die Schlafzimmertür. Jetzt drang kein Licht mehr herein. »Das will ich auch«, sagte er.

Der Morgen begann mit einer gedämpften Stimme, die aus dem Wohnzimmer drang; sie zählte rhythmisch. Lloyd vermutete, Linda plage sich bei der TV-Gymnastik, und schlief wieder ein, nur um ein paar Minuten darauf durch einen kräftigen Biß in den Nacken geweckt zu werden. Als er die Augen aufschlug, hockte Linda in einem schwarzen Trikot neben dem Bett. Sie war verschwitzt und hielt eine Hand hinter dem Rücken versteckt. Er schob sich vor, um sie zu küssen, aber sie wich seinen Lippen behende aus. »Welche Pullovergröße hast du«?« fragte sie.

Lloyd setzte sich auf und rieb sich die Augen. »Kein Kuß? Kein Frühstücksangebot? Kein ›Wann sehe ich dich wieder?‹?«

»Später. Beantworte meine Frage.«

»Sechsundvierzig. Wieso?«

»Scheiße«, brummte Linda. Sie reichte ihm eine Schachtel von Brooks Brothers, mit einem rosafarbenen Band verschnürt. Er öffnete die Schachtel und fand einen sorgsam gefalteten marineblauen Pullover. Er streichelte über die daunenweiche Fläche. »Cashmere. Hast du den für mich gekauft?«

Linda schüttelte den Kopf. »Eines Tages werde ich dir die Geschichte erzählen. Er ist eine Nummer zu klein, aber bitte zieh ihn trotzdem an.«

Lloyd stand auf, packte Linda und gab ihr einen verzehrenden Morgenkuß. »Danke. Ich werde abnehmen; dann paßt er besser.«

»Würde ich dir zutrauen. Was ist los, Hopkins? Du runzelst die Stirn.«

Lloyds löste sich aus ihrer Umarmung. »Verzögerte Reaktion infolge von Freude. Mein ohnehin kompliziertes Leben ist soeben noch viel komplizierter geworden. Darüber bin ich froh.«

»Beruht auf Gegenseitigkeit. Wie geht's weiter?«

»Morgen oder übermorgen fliege ich nach New York. Thomas Goff kommt von dort. Ich werde durch seine alten Kneipen ziehen und mit den Leuten reden, die ihn kannten. Das ist meine letzte Chance. Wenn ich zurück bin, rufe ich dich an.«

»Das rate ich dir. Willst du nicht duschen? Ich mache derweilen Kaffee und Toast. In einer Stunde muß ich zum Yogaunterricht, aber wir können wenigstens noch zusammen frühstücken.«

Lloyd duschte; er ließ sich abwechselnd heiße und kalte Wasserstrahlen auf den Körper prasseln und träumte im Rauschen der Dusche und im Gesumm der Musik aus der Küche. Als er sich abgetrocknet und angezogen hatte, begab er sich in die Küche; Linda drehte am Radio herum. »Ich verderbe dir ungern die Laune«, sagte sie. »Aber eben habe ich schlechte Nachrichten gehört. In Malibu ist ein Polizist aus L.A. ermordet worden. Ich habe die Einzelheiten nicht mitbekommen, aber –«

Lloyd riß ihr das Radio aus der Hand und stellte einen Nachrichtensender ein; es rauschte und knisterte, und dann hörte er das Ende eines Wetterberichtes. Er setzte sich und sah Linda an; er legte einen Finger an den Mund und sagte: »Sie werden die Story wiederholen. Polizistenmorde sind heiß.«

»Zurück zu dir, Bob«, sagte der Wettermann, und ein Nachrichtensprecher mit strenger Stimme übernahm. »Und hier weitere Einzelheiten zu dem Mord in Malibu. Kriminalbeamte des Sheriffs von L.A. County teilen soeben mit, daß es sich bei dem zwischen dem Pacific Coast Highway und Temescal Canyon Road am Strand gefundenen Toten um Lieutenant Howard Christie handelt, seit zweiundzwanzig Jahren Angehöriger des L.A.P.D., Rampart Division. Lieutenant Christies enthaupteter Leichnam wurde heute früh von einheimischen Surfern entdeckt, die ihren gräßlichen Fund unverzüglich dem Sheriffbüro Malibu anzeigten. Captain Michael Seidman vom Revier Malibu erklärte Reportern gegenüber: ›Es handelt sich um einen Mordfall, wir haben allerdings bisher weder die Todesursache festgestellt noch einen Tatverdächtigen ausmachen können. Fest steht indessen, daß Lieutenant Christie auf dem Parkplatz unmittelbar oberhalb der Stelle des Strandes getötet wurde, an der sein Leichnam gefunden wurde. Wir fordern daher jeden, der sich gestern nacht oder heute morgen in der Gegend des Pacific Coast Highway und der Temescal Canyon Road aufgehalten hat, auf, sich bei uns zu melden, jeden also, der vielleicht etwas Verdächtiges gesehen oder gehört hat. Bitte melden Sie sich. Wir brauchen Ihre Unterstützung.‹ Sobald weitere Einzelheiten bekannt werden, kommen wir auf den Fall zurück. Und jetzt –«

Linda drehte das Radio ab und starrte Lloyd an. »Erzähl's mir, Hopkins.«

»Das ist Goff. « Lloyd grinste wie ein Totenschädel. »Ich fahre nicht nach New York. Wenn du in achtundvierzig Stunden nichts von mir gehört hast, laß 'ne Leuchtrakete hochgehen.« Er raffte seinen Pullover zusammen und rannte zur Tür hinaus. Linda schauderte; ihr war, als stürmte ihr neuer Geliebter geradewegs in die Hölle.

Zwischen Pacific Coast Highway und Temescal Canyon Road wimmelte es von Polizeiwagen mit roten Blinklichtern. TV-Teams mit Minikameras, Scharen von Reportern und eine große Horde von Gaffern, die den Parkplatz überflutet hatte, drängten den südwärts fahrenden Verkehr auf dem P.C.H. auf die mittlere Spur.

Lloyd stoppte auf dem unbefestigten Randstreifen an der Landseite des Highways und stellte seine Sirene ab. Dann heftete er sich seine Dienstmarke ans Revers und schlängelte sich zwischen den Autos hindurch zu einem diagonal mit einem

Seil abgesperrten Asphaltstreifen; an dem Seil hingen Warnschilder mit der Aufschrift »Tatort – Zutritt verboten«. Hinter der Absperrung drängten sich Polizisten in Zivil und Techniker von der Spurensicherung mit ihren Materialkoffern; vor einer langen Reihe von Telefonzellen drängten sich uniformierte Sheriff's Deputies, die Informationen durchgaben. Im Hintergrund der Szene hockten ein halbes Dutzend in Zivil gekleidete Cops vor dem Holzgeländer, hinter dem die Klippen und das Meer lagen. Sie pinselten Fingerabdruckpulver auf ein abgebrochenes Stück Holz.

»Wundert mich, daß Sie so lange gebraucht haben.«

Lloyd erkannte die Stimme; er fuhr auf dem Absatz herum und sah Captain Fred Gaffaney, der sich durch eine Gruppe von Streifenpolizisten drängte und sich vor ihm aufbaute. Die beiden Männer starrten einander an, bis Gaffaney seine mit Kreuz und Fahne gezierte Krawattenspange befingerte und sagte: »Das hier ist ein hochdelikates Stück Arbeit, und ich verbiete Ihnen, sich da einzumischen. Hier ist der Sheriff zuständig, und etwaige Zusammenhänge mit anderen Fällen bearbeitet das Internal Affairs Department.«

Lloyd schnaubte. »Zusammenhänge mit anderen Fällen? Captain, das hier ist Thomas Goffs Handschrift, bis auf den letzten I-Punkt!«

Gaffaney packte Lloyds Arm. Lloyd bäumte sich auf, doch dann ließ er sich in den Schatten einer leeren Telefonzelle führen.

»Das I.A.D. kümmert sich um die anderen Officers, deren Akten ebenfalls gestohlen wurden«, sagte Gaffaney. »Man wird sie vernehmen und vielleicht auch in Schutzhaft nehmen, sie und ihre Familien. Nur Sie nicht. Lassen wir die Vergangenheit mal beiseite, Sergeant. Sagen Sie mir, was Sie bisher haben, und wenn möglich, helfe ich Ihnen, entsprechend weiterzumachen.«

Lloyd trommelte mit den Fingern an die Wand der Telefonzelle. »Marty Bergen hat die gestohlenen Akten zumindest *gesehen.* Er ist verschwunden, aber ein paar Kolumnen, die er für den Vorlauf hinterließ, lassen zweifelsfrei darauf schließen, daß Herzog ihm die Akten übergeben hat. Ich denke, wir sollten nach Bergen fahnden lassen und einen Gerichtsbeschluß erwirken, mit dem wir das gesamte Material beim *Big Orange Insider* beschlagnahmen können.«

Gaffaney stieß einen Pfiff aus. »Dann wird die Presse uns kreuzigen.«

»Ich scheiße auf die Presse. Außerdem habe ich Zweite-Hand-Informationen über Goff, durch einen Edel-Psychiater, der einen Patienten hat, der ihn kennt. Aber der Saftsack versteckt sich hinter seiner beruflichen Schweigepflicht und will den Namen seines Informanten nicht rausrücken.«

»Haben Sie schon mal daran gedacht, mit Nathan Steiner zu reden?«

Lloyd nickte. »Yeah. Ich gehe heute noch bei ihm vorbei. Was haben *Sie* denn bisher? Im Radio hieß es, Christie sei enthauptet worden; das klingt unter Umständen nach einem .41er.«

Gaffaneys Hände fummelten an seiner Krawattenspange. »Ein paar äußerst helle Detectives des Sheriffs hier haben mir eine exzellente Rekonstruktion vorgelegt. Das gerichtsmedizinische Gutachten kommt erst in ein paar Stunden, aber sie sehen die Sache folgendermaßen. Erstens: Jawohl, es handelt sich um einen Mord durch Erschießen. Christie wurde da drüben niedergeschossen, wo das Geländer zerbrochen ist, und die Wucht des Schusses schleuderte ihn auf den Strand hinunter. Ich hab' die Leiche gesehen. Sie landete auf ein paar Felsen über dem Wasserspiegel; deshalb blieb sie trocken. Auf seinem Hemd waren Schmauchspuren; also wurden die Schüsse offensichtlich aus allernächster Nähe abgegeben.

Zweitens: Christie wurde in der Tat enthauptet, aber das größte Stück von seinem Schädel, das die Spurensicherung bisher hat finden können, ist ein Knochensplitter von der Größe eines halben Dollars. Wissen Sie, warum? Wahrscheinlich wurde er mit seiner eigenen Waffe erschossen. Sie wurde weder bei der Leiche noch sonst irgendwo in der Nähe gefunden. Auch seine Dienstmarke wurde gestohlen. Ich hab' mit einem seiner Vorgesetzten in Rampart gesprochen, und der sagt, Christie habe im Dienst und in der Freizeit einen .357er *Python* getragen, geladen mit Dumdumgeschossen mit Teflonspitze.« Gaffaney steckte die Hand in die Tasche und reichte Lloyd dann eine Kupfermantelpatrone. »Fühlen Sie mal, wie schwer das Monstrum ist, Hopkins. Ich hab's aus Christies Gürtel gezogen, als der Arzt nicht hinschaute. Die verschossenen Kugeln und Christies Schädel sind wahrscheinlich irgendwo auf halbem Wege nach Catalina runtergekommen.«

Lloyd kerbte die Teflonspitze mit seinem Daumennagel ein. »Scheiße. Die Leute des Sheriffs haben wahrscheinlich recht; das hier ist eine sehr viel schwerere Ladung als bei einem .41er. Was noch? Irgendwas von Avonoco? Christies Wagen? Andere Autos? Zeugen? Blutspuren auf dem Asphalt?«

Der Captain legte Lloyd bremsend die Hand auf die Brust. »Langsam – Sie machen mich nervös. Da gibt's noch nichts. Nur eine Blutspur, die vom Geländer weg über den Parkplatz und durch die Unterführung auf die andere Seite des P.C.H. führt. Die Spur wird immer schwächer, je weiter sie reicht, und das läßt darauf schließen, daß der Mörder selbst nicht verwundet wurde; er war nur mit Christies Blut getränkt. Das Labor ist eben bei den Vergleichstests; bald werden wir es sicher wissen. Was haben *Sie* als nächstes vor?«

»Ich werde Nate Steiner um juristischen Rat angehen. Dem Psychiater Dampf machen. Und Sie?«

Captain Fred Gaffaney grinste. »Die anderen Werkschutzleiter vernehmen, ihre Akten studieren, an Skeletten rütteln. Bei Avonoco ist jetzt das FBI. Christies Sicherheitskategorie macht ihn quasi zu einem Bundesbediensteten; also ist das FBI ebenfalls zuständig. Halten Sie Kontakt, Hopkins. Wenn Sie Abschriften der I.A.D.-Vernehmungen haben wollen, wenden Sie sich an Dutch Peltz.«

Lloyd kehrte zu seinem Wagen zurück, ohne die blutgierigen Gaffer zu bemerken, die am Rande des P.C.H. standen, Bierdosen in den Händen hielten und sich auf Zehenspitzen die Hälse verrenkten, um einen Blick auf das Drama zu erhaschen. Er hatte die Hand am Türgriff, als der junge Mann von *Big Orange Insider* an ihm vorbeifuhr und ihm den Mittelfinger entgegenreckte.

Nathan Steiner war ein Anwalt in Beverly Hills, der auf die Verteidigung von Drogendealern spezialisiert war. Seine Stärke war die »Obstruktionstaktik«: Anträge und einstweilige Verfügungen, Klagen und Gegenklagen, die Anforderung von Informationen über voraussichtliche Geschworene, potentielle Zeugen und Prozeßmitarbeiter – lauter Strategien, die nur den Zweck hatten, Ausschlüsse wegen Voreingenommenheit oder »Befangenheit bei Gericht« zu erwirken. Oft führten diese Strategien zum Erfolg, aber noch öfter gewann »Nathan der Große« seine Fälle, indem er Richter und Staatsanwälte aussaß und sie mit seinem Papierkrieg so lange drangsalierte, bis sie einen törichten Fehler begingen. Es war wohlbekannt, daß zahlreiche Richter den geringfügigen unter seinen Anträgen automatisch stattgaben, weil sie hofften, sich seine Mandanten damit vom Leibe zu halten und sich somit die Qualen einer ausgedehnteren Steiner-Vorstellung zu ersparen. Es war *nicht* wohlbekannt, daß »Nathan der Große« angesichts der Scharen von Rauschgiftgeiern, die infolge seiner Machenschaften dem Gefängnis entgingen, große Gewissenspein litt und daß er trotz seines lautstarken Eintretens für die bürgerlichen Freiheiten diese Schuld dadurch wiedergutmachte, daß er die Polizisten des L.A.P.D. beriet, wenn es darum ging, Gesetze über Durchsuchungen, Beschlagnahmen und dergleichen zu umgehen.

Deshalb war er, als Lloyd unangemeldet durch seine Bürotür stürmte, sogleich bereit, ihm Gehör zu schenken. Lloyd nahm unaufgefordert Platz und umriß einen hypothetischen Fall, in dem es um das gesetzliche Recht eines Arztes ging, Informationen zurückzuhalten, die er in beruflichem Zusammenhang erlangt hatte; er betonte, daß *sämtliche* Akten dieses Arztes beschlagnahmt werden müßten, weil der Name des betreffenden Patienten vorläufig unbekannt sei.

Als er seine Ausführungen beendet hatte, lehnte er sich zurück und wartete auf seine Antwort. Steiner grunzte. »Geben Sie mir drei oder vier Tage, damit ich mir ein paar Gesetze ansehen und ein bißchen nachdenken kann.« Lloyd stand auf und grinste. Steiner fragte, was das Grinsen zu bedeuten habe.

»Es bedeutet, daß ich auch ein Obstruktionist bin«, sagte Lloyd.

Lloyd hielt an einem Taco-Stand und schlang eine Portion Burrito herunter. Dann fuhr er nach Hause und zog sich um: schmutzige Khakihose, Hemd, Arbeitsstiefel und eine Baseballkappe mit der Aufschrift »Miller High Life«. Zufrieden betrachtete er seine Arbeiterverkleidung und den Vierundzwanzigstunden-Bart; er wühlte in der Garage herum und förderte schließlich einen Satz Einbruchswerkzeuge zutage, den er zehn Jahre zuvor aus der Asservatenkammer der Central Division geklaut hatte: ein batteriegetriebener Handbohrer mit Kadmiumstahlköpfen, diverse Hakenmeißel, ein Stemmeisen und ein Hammer. Er packte alles in eine Werkzeugtasche, und dann fuhr er nach Century City, um dort eine Straftat der Klasse B zu begehen.

Drei Stunden brauchte er, um den Tatort auszubaldowern.

Er parkte in einer Wohnstraße, etwa eine halbe Meile von der eigentlichen Century City entfernt, und ging zu Fuß zur Ecke Olympic und Century Park East. Ein uniformierter Hausdiener fegte den Kunstrasen vor dem Hochhaus, zu dem er wollte. Lloyd erklärte dem Mann, er habe hier eine private Elektroinstallation für eine Firma im sechsundzwanzigsten Stock vorzunehmen. Nur eines mache ihm dabei Sorgen. Er brauche einen Elektroanschluß mit Steckdosen, die für sein Industriewerkzeug groß genug wären. Außerdem wäre es gut, wenn es irgendwo ein Becken gäbe, in dem er rostige Teile abkratzen könnte. Auf die Lage komme es nicht an; er habe jede Menge Kabel. Gab es im sechsundzwanzigsten Stock vielleicht so etwas wie eine Hausmeisterkammer?

Der Mann nickte und sah ihn leicht verwirrt an; dankbar nahm Lloyd zur Kenntnis, daß er offenbar dumm war. Der Mann nickte noch einmal und sagte dann, jawohl, in jedem Stockwerk gebe es einen technischen Betriebsraum, immer an der gleichen Stelle – an der Nordostecke des Gebäudes. Ob der für dieses Stockwerk zuständige Hausmeister ihn den Raum für seine Arbeit benutzen lassen würde?

Wieder umwölkte sich der Blick des Mannes. Er schwieg ein paar Augenblicke lang und meinte dann, am besten sei es, zu warten, bis die Hausmeister um vier nach Hause gingen, und dann den Wachmann in der Lobby um den Schlüssel zum Betriebsraum zu bitten. Auf diese Weise gäb's überhaupt keine Probleme. Lloyd dankte dem Mann und betrat das Gebäude.

Er nahm die Nordostecken im dritten, fünften und achten Stock in Augenschein und fand dort identische Türen mit der Aufschrift »Technischer Betriebsraum«. Die Türen machten einen soliden Eindruck, aber der Spalt in Höhe der Schlösser war breit genug für ein Stemmeisen. Wenn keine Zeugen in der Nähe wären, würde es ein Kinderspiel sein.

Er hatte noch zwei Stunden totzuschlagen, ehe die Hausmeistertruppe Feierabend machte. Lloyd ging über die Treppe zurück ins Erdgeschoß, begab sich zu einem Geschäft für Sanitätsbedarf am Beverly Drive und kaufte ein paar OP-Gummihandschuhe. Als er langsam nach Century City zurückspazierte, verschwanden alle Gedanken an das Labyrinth Goff/Herzog/Bergen/Christie aus seinem Kopf, und an ihre Stelle trat das Bewußtsein einer seiner frühesten Erkenntnisse: Es war ein prickelndes Erlebnis, ein Verbrechen zu begehen.

Lloyd postierte sich im Schatten eines Plastikbaumes auf dem Kunstrasen vor dem Gebäude, und um exakt sechzehn Uhr zwei sah er ein Dutzend Männer in Technikeruniformen herauskommen. Er wartete noch zehn Minuten, und als keiner mehr erschien, nahm er eine Werkzeugtasche und ging hinein, schnurstracks an dem Wachmann vorbei und zu der Wartungstreppe neben den Aufzügen; als er in der Stille des leeren Treppenhauses stand, streifte er unverzüglich seine Gummihandschuhe über. Tief durchatmend, stieg er langsam die Treppe bis zum sechsundzwanzigsten Stock hinauf, stieß eine Verbindungstür auf und sah sich der Suite 2614 direkt gegenüber.

Der Gang lag still und verlassen da. Lloyd orientierte sich und schlenderte dann lässigen Schritts an Dr. John Havillands Tür vorbei. Am Betriebsraum angekommen, warf er einen prüfenden Blick durch den Gang, zog dann das Stemmeisen aus der Werkzeugtasche und schob es in den Spalt zwischen Tür und Rahmen. Er drückte mit seinem ganzen Gewicht dagegen, und die Tür schnappte auf.

Der Betriebsraum war zwei Meter tief und vollgestopft mit Besen, Mops und Industriechemikalien. Lloyd trat ein und knipste das Licht an; dann schloß er die Tür und schob einen Zwei-Zoll-Bohrer in seine Handbohrmaschine. Er ging in die Hocke, drückte auf den Startknopf und drückte den Bohrer einen halben Meter hoch über dem Fußboden gegen die Tür. Während des Bohrens ließ er die Maschine im Uhrzeigersinn kreisen, bis er ein Loch zustande gebracht hatte, das unauffällig klein war, aber doch genug Atemluft einlassen würde. Er schaltete den Bohrer ab, setzte sich auf den Boden und versuchte, es sich bequem zu machen. Einbrechen konnte man frühestens um sieben; bis dahin blieb ihm nichts weiter übrig, als zu warten.

Verschluckt von der Dunkelheit, kauerte Lloyd da und lauschte auf das Rumoren der Angestellten, die ihre Büros verließen; jedesmal, wenn er etwas hörte, schaute er auf die Leuchtziffern seiner Armbanduhr: Eine Flutwelle strömte um fünf vorbei, und um halb sechs und um sechs gingen noch einmal welche. Danach herrschte ununterbrochene Stille.

Um sieben stand Lloyd auf; er streckte sich und öffnete die Tür zur Hälfte, um seine Augen an das Licht zu gewöhnen. Als alle seine Sinne sich auf die Umgebung eingestellt hatten, hob er seine Werkzeugtasche auf und ging den Korridor entlang bis zur Suite 2604.

Das Schloß war ein einteiliger Stahlmechanismus; das Schlüsselloch befand sich in der Mitte des Türknopfes. Lloyd versuchte es als erstes mit seinen Dietrichen; mit dem kürzesten fing er an und arbeitete sich dann weiter. Sie paßten zwar in das Schlüsselloch, aber kurz vor der Entriegelung blieben sie stecken. Also blieb ihm nichts weiter übrig, als zu bohren oder zu stemmen. Lloyd erwog die Wahrscheinlichkeit, daß die einzelnen Suiten in einem rundum gesicherten Gebäude zudem über individuelle Alarmanlagen verfügten, und kam zu dem Schluß, daß die Chancen für ihn günstig seien. Er holte sein Stemmeisen aus der Tasche und brach die Tür auf.

Dunkelheit und Stille begrüßten ihn.

Lautlos drückte er die Tür hinter sich zu und wischte abgesplitterte Holzspäne vom Rahmen auf den Teppichboden des Vorzimmers. Er tastete nach dem Lichtschalter an der Wand, fand ihn schließlich und ließ die Vorzimmerbeleuchtung aufstrahlen. Linda Wilhite lächelte ihm von den Wänden entgegen. Lloyd warf ihr eine Kußhand zu und versuchte sein Glück mit der Tür zu Havillands Büro. Sie war nicht verschlossen. Er schaltete das Licht im Wartezimmer aus, zog eine bleistiftdünne Taschenlampe hervor und ließ den zarten Strahl suchend umherwandern. »Ganz langsam, ganz cool«, wisperte er, und dann trat er ein.

Er ließ den Schein seiner Lampe über die Wände spielen. Hochglanzpoliertes Eichenholzpaneel blinkte auf, gerahmte Diplome und das Edward-Hopper-Gemälde, das er bei seinem ersten Besuch gesehen hatte. Er hielt die Lampe in Hüfthöhe und ließ den Strahl rundum durch das Zimmer wandern. Er sah Bücherschränke voller in Leder gebundener medizinischen Texte, geradlehnige Sessel, die einander gegenüberstanden, und Havillands geschnitzten Eichenholzschreibtisch. *Keine Aktenschränke.*

Ein Safe, dachte Lloyd; er tastete an den Wänden entlang und hielt inne, um die Diplome zu lesen, ehe er die Wand hinter ihnen befühlte. Harvard Medical School, St. Vincent's Hospital, Castleford Hospital. Alles roch nach Geld von der Ostküste, aber dahinter steckte nichts als die Holztäfelung.

Lloyd schob den Hopper zur Seite und fand, was er suchte. Aber dann schlug er mit der flachen Hand gegen die Wand, als er sah, daß der Safe ein Armbruster *Ultimate* war, dreifach bleigefüttert und unangreifbar. Damit blieb als letzte Möglichkeit der Schreibtisch.

Lloyd glitt zu dem Schreibtisch hinüber; er klemmte sich die Taschenlampe zwischen die Zähne und holte seine Dietriche hervor. Er faßte den Griff der obersten Schublade, um sie festzuhalten, damit er den Dietrich einschieben könnte, und wäre beinahe hintenübergefallen, als die Schublade ihm entgegenkam.

Sie war vollgestopft mit Bleistiften, weißem Papier und Büroklammern; zuunterst lag ein Stapel brauner Akten. Lloyd zog sie heraus und überflog die Reiter, die rechts oben an den Deckeln klemmten. Maschinengeschriebene Nachnamen, Vornamen und Mittelinitialen. *Patienten.*

Es waren fünf Mappen, alle gefüllt mit losen Blättern. Als Lloyd sah, daß die obersten drei Frauennamen trugen, legte er sie beiseite und las, was in der vierten stand. Er erfuhr, daß William A. Waterston III Probleme mit Frauen hatte, weil er eine dominante Großmutter gehabt hatte, und daß er und Havilland dieses Problem seit sechs Jahren zweimal wöchentlich ergründeten – für jeweils einhundertzehn Dollar die Stunde. Lloyd betrachtete das Foto, das an die psychiatrischen Daten geheftet war. Waterston sah nicht aus wie jemand, der Thomas Goff kannte; er wirkte wie ein aristokratischer Trottel, der zu wenig fickte.

Lloyd warf einen Blick auf den Reiter der letzten Akte und sah, daß eine Reihe von Aliasnamen die Stenotypistin gezwungen hatte, unterhalb des Reiters auf der vorderen Umschlagseite weiterzuschreiben. Oldfield, Richard, alias Richard Brown, alias Richard Green, alias Richard Goff.

Der letzte Name durchfuhr Lloyd wie ein Krampf. Er klappte den Ordner auf. Ein Farbfoto hing an der ersten Seite; es war das Brustbild eines Mannes, der fast Thomas Goffs Zwillingsbruder hätte sein können. Lloyd las alle vierzehn Seiten, und ihn schauderte, als die Umstände klar wurden, die zu dieser Ähnlichkeit geführt hatten.

Richard Oldfield war Thomas Goffs unehelicher Halbbruder, die Frucht einer Verbindung zwischen Goffs Mutter und einem reichen Textilfabrikanten aus dem Staate New York. Vor vier Jahren hatte er die Therapie bei Dr. John Havilland begonnen, und die Haßliebe zu seinem Halbbruder war seine »hervorstechende Neurose«. Thomas Goff war ein brillanter Krimineller, Richard Oldfield ein Börsenjobber und Wechselempfänger, der hauptsächlich von Zuwendungen seines Vaters lebte, der sich von Goffs alkoholsüchtiger Mutter – die beide Jungen aufgezogen hatte – dazu nötigen ließ, um peinlichen Situationen aus dem Weg zu gehen. Lloyd durchwatete lange Abschnitte mit psychiatrischen Überlegungen, bis er spürte, daß er beim springenden Punkt angekommen war: Richard Oldfields Drang, es Thomas Goff gleichzutun, hatte ihn dazu getrieben, eine Karriere als Gelegenheitsverbrecher zu beginnen; er brach in Häuser ein, von denen bekannt war, daß sie Kunstgegenstände enthielten, und die nötigen Informationen lieferten ihm Bekannte von der Börse. *Daher die Stanley-Rudolph-Connection,* vernebelt durch Havillands feige Manipulationen: Er wollte die *Goff-Connection* der Polizei zugänglich machen, ohne den Namen seines Patienten preiszugeben. Den Umstand, daß Richard Oldfield gelegentlich den Namen seines Halbbruders benutzte, erklärte Havilland als »zwecküberkreuzende Identifikation – das Verlangen, die Identität einer Person anzunehmen und die geliebten wie die verhaßten Aspekte beider Persönlichkeiten auszuleben, um so die eigene Psyche in ein Gleichgewicht zu bringen, indem die Liebe-Haß-Ambivalenz zu einer akzeptablen Norm aufgelöst wird«.

Lloyd las die Akte ein zweites Mal und achtete dabei besonders auf Zusätze jüngsten Datums; er erfuhr, daß Oldfields Unterwerfung unter Goffs Psyche immer ausgeprägter wurde und »pathologische Dimensionen« annahm. Goff haßte Frauen; er durchstreifte die Bars nach solchen, die er mißbrauchen konnte; Oldfield bezahlte Prostituierte dafür, daß sie sich von ihm schlagen ließen. Goff haßte Polizisten und sprach oft von seinem Wunsch, sie zu töten; Oldfield imitierte jetzt die wüsten Schmähreden seines Halbbruders. Der letzte Eintrag in der Akte datierte vom 27. 2. 84; er war also ungefähr zwei Monate alt, und er konstatierte, Richard Oldfields Persönlichkeit nehme allmählich »die Proportionen des klassischen paranoid-schizophrenen Kriminellentypus« an.

Lloyd legte die Akte aus der Hand. Hatte Oldfield die Therapie im Februar abgebrochen oder besaß Havilland anderswo noch weitere Daten über ihn? Er durchwühlte die anderen Schubladen, bis er eine metallene Rolodex-Adressenkartei entdeckte. Oldfields Anschrift und seine Telefonnummer standen ordnungsgemäß unter O: 4109 Windemere, Hollywood, 90036; 464-7892.

Lloyd saß eine volle Minute lang regungslos da; wütend begriff er, daß er sich mit seinem illegalen Eindringen in die Praxis ein für allemal der Möglichkeit beraubt hatte, Havilland ein Verfahren wegen Beihilfe anzuhängen. Dann dachte er an Richard Oldfield, und unter seinem Ärger machte Ruhe sich breit. Er legte die Akten an ihren Platz zurück, und während er sich überlegte, welche Folgen und Auswirkungen sein Einbruch haben würde, nahm er seine Werkzeugtasche und ging auf die Tür zu: Havilland darf nicht erfahren, daß du seinen Geheimnissen auf die Spur gekommen bist. Du darfst ihm keinen Anlaß geben, Oldfield zu warnen, denn dieser könnte Goff warnen: *Verwische deine Spuren.*

Lloyd warf einen Blick auf den gesplitterten Türrahmen und versuchte noch einmal, seine Chancen zu berechnen. Dann zog er sein Stemmeisen heraus und trabte zur Tür der Nachbarsuite. *Tu's einfach,* dachte er und hebelte die Tür auf.

Nur das Krachen des Holzes gellte in seinen Ohren. Er brach die nächste Tür auf, die übernächste, und erst dann schrillte eine Alarmanlage durch den Widerhall seines Zerstörungswerkes.

Der Lärm schwoll an und wurde schließlich zu einem ohrenbetäubenden, gleichförmigen Dröhnen. Lloyd raffte seine Werkzeugtasche auf und rannte auf den Betriebsraum zu. Im Vorüberlaufen warf er einen Blick auf die Reihe der Aufzüge. Die aufblitzenden Nummern über den Türen verrieten, daß bewaffnete Retter schon im sechsten Stock waren und rasant höherstiegen.

Lloyd öffnete die Tür des Betriebsraumes und schloß sie dann wieder halb. Mit drei Schritten war er im Treppenhaus auf der anderen Seite des Ganges und zog die Tür hinter sich bis auf einen Spalt zu, durch den er hinausspähte. Sekunden später hörte er, wie die Aufzugtür aufglitt. Schritte polterten den Gang entlang, und keuchendes Atmen näherte sich. Als er einen einzelnen uniformierten Wachmann mit gezogener Waffe herankommen und sich vorsichtig in den Betriebsraum schleichen sah, schob er behutsam seine Tür auf, sprang in wenigen Sätzen quer durch den Gang und warf die Betriebsraumtür zu. In der Panik schrie der eingesperrte Wachmann: »Ja Scheiße!«, und dann fetzten sechs Schüsse durch die Tür und sirrten den Korridor entlang.

Lloyd flüchtete ins Treppenhaus zurück, packte seine Werkzeugtasche und hastete die sechsundzwanzig Stockwerke hinunter bis zum Erdgeschoß. Mit keuchendem Brustkorb und schweißüberströmt stieß er die Tür zur Lobby auf. Niemand. Er ging zum Ausgang und draußen über den Kunstrasen zur Century Park East; er bezähmte sich und nahm den Gang eines Mannes an, der nichts zu verbergen hat. Als Sirenengeheul am Schauplatz seines Verbrechens zusammenströmte, saß er bereits sicher in seinem unmarkierten Dienstwagen. Mit zitternden Händen fuhr er in die Hollywood Hills.

Windemere Drive war eine Nebenstraße in einem Wohnbezirk im Schatten der Hollywood Bowl. Einstöckige Cottages im Tudor-Stil beherrschten den 4100er Block, und der Gehweg war frei von Bäumen und überhängenden Büschen. Es war ein guter Beobachtungsplatz.

Lloyd parkte an der Ecke und ging zu Fuß einmal um den Block. Kein gelber Toyota. An seinem Ausgangspunkt angekommen, leuchtete er mit seiner Taschenlampe auf die in den Randstein eingravierten Zahlen. Nummer 4109 war zwei Häuser hinter seinem geparkten Wagen auf der anderen Straßenseite. Lloyd sah auf die Uhr. Es war zwanzig Uhr zweiundvierzig, und das Tudor-Fachwerkhaus lag stockfinster da.

Er kehrte zu seinem unmarkierten Dienstwagen zurück und packte die Pumpgun, die unter dem Beifahrersitz verstaut war. Er ließ eine Patrone in die Kammer springen, ging zum Haus Nummer 4109 und drückte auf den Klingelknopf.

Drinnen regte sich nichts, und es blieb dunkel. Lloyd stellte sich vor das Panoramafenster an der Vorderseite und drückte die Nase an die Scheibe. Schwere Vorhänge versperrten ihm den Blick nach drinnen. Eng an die Wand gepreßt, schlich er sich über die Veranda und durch die Zufahrt zur Rückseite des Hauses. Kein Wagen war zu sehen, und dicke Vorhänge verdunkelten alle Fenster. Auf der anderen Seite des Hauses versperrte eine ausgewucherte, an das Nachbarhaus reichende Hecke den Durchgang zu Fuß. Lloyd verrenkte sich den Hals, um einen Blick hinüberzuwerfen, und sah nur weitere pechschwarze Fenster. Geräusche aus den hellerleuchteten Nachbarhäusern unterstrichen den Eindruck von Unbewohntheit bei Nummer 4109. Lloyd ging zu seinem Wagen zurück, um zu warten.

Auf dem Fahrersitz tief zusammengesunken, wartete Lloyd, die Augäpfel starr auf Nummer 4109 gerichtet. Fast eine Stunde später hielt ein weißer Mercedes am Randstein vor dem Haus. Ein Mann, der zu groß war, als daß er Thomas Goff hätte sein können, und eine Frau in weißer Schwesterntracht stiegen aus und gingen, wie ein Liebespaar umschlungen, auf das Haus zu. Die Frau quiekte, als der Mann ihr einen Kuß auf den Hals drückte. Nebeneinander stiegen sie die Treppe hinauf und verschwanden im Haus. Als die Tür ins Schloß fiel, glimmte ein Licht hinter den schweren Vorhängen auf.

Lloyd starrte auf die Vorhänge und dachte über die Frau nach. Wenn sie eine Prostituierte war, würde Oldfield sie wahrscheinlich dafür bezahlen, daß sie sich von ihm mißhandeln ließ. Aber das paßte nicht ins Bild; ihre Tracht und ihr zärtliches Benehmen ließ eher auf eine Freundin schließen – oder auf eine, die er irgendwo aufgegabelt hatte. Lloyd zügelte seine Ungeduld, indem er sich auf die Notwendigkeit konzentrierte, die Frau nicht in Gefahr zu bringen, und so machte er sich darauf gefaßt, die Nacht hindurch zu warten.

18

Lachende Stimmen und grell aufscheinendes Licht durchbrachen das Gesichtsfeld des Night Trippers und warfen einen regenbogenbunten Nebel über das Infrarotbild des auf dem Vordersitz seines Wagens zusammengeduckten Lloyd Hopkins. Der Night Tripper ließ das Teleobjektiv sinken, das er sich vors Auge hielt, und lächelte. »Hallo, Sherry. Hallo, Richard«, sagte er.

Sherry kicherte. »Hallo, Lloyd.« Ihre Schwesterntracht war eine Nummer zu klein und sah aus, als risse sie in der Mitte auseinander, wenn Sherry etwas Strapaziöseres unternähme, als schnurgeradeaus zu gehen. Sie zog feuchtschleimig die Nase hoch und kicherte wieder. Havilland lächelte. Bekokst bis an die Kiemen.

Er musterte seinen Hauptdarsteller.

Oldfield stand mit dem Rücken vor der verriegelten Tür; seine Haltung erinnerte den Doctor an einen unerschrockenen mittelalterlichen Krieger, der versuchte, Dämonen in Schach zu halten, ohne zu ahnen, daß sie in ihm wohnten. In der Nacht zuvor hatte Havilland ihn nach Malibu in das Haus gerufen, in dem er seine Gruppentreffs abhielt, und dort hatte er ihn auf seinen Auftritt vorbereitet, indem er ihm Todesgedichte ins Ohr gewispert hatte, während er Howard Christies Blut von den Sitzen seines Volvo geschrubbt hatte. Das Rezitieren hatte auf sie beide entspannend gewirkt, und jetzt war Richard Oldfield ruhig wie ein Atomsprengkopf.

Sherry lachte und öffnete den obersten Knopf an ihrer Schwesternbluse. Oldfield stellte sich mitten ins Wohnzimmer und erklärte: »Wenn du soweit bist, bin ich es auch, C.B.«

Sherry kicherte daraufhin; Havilland hörte eine Spur von Lampenfieber in ihrer Stimme. Er ging auf Oldfield zu und legte ihm einen Arm um die Schultern. »Einen Moment noch, ja, Sherry? Ich möchte mit deinem Partner allein sprechen.«

Sherry nickte und streifte die Schuhe ab. Der Doctor führte Oldfield nach hinten ins Schlafzimmer und deutete mit weiter Gebärde auf das neue Mobiliar. »Ist es nicht wundervoll, Richard? Einer deiner Mitklienten hat mir geholfen, es aufzustellen, während du in Malibu schliefst. «

Oldfields Blick huschte über die weißen Samtvorhänge, mit denen die Fenster verhängt waren. Die Matratze war vom Bett genommen worden; sie lag mitten auf dem Fußboden, mit hellblauen Seidenlaken überzogen. Darüber stand eine Filmkamera auf einem Stativ, das Objektiv abwärts gerichtet. Oldfield schluckte trocken und flüsterte: »Bitte bringen Sie mich so weit, wie ich gehen kann.«

Havilland umarmte ihn und berührte sein Ohr mit den Lippen. »Ja. Du hast mir gestern nacht geholfen, Richard. Ich hatte Angst. Du hast mich durch diese Angst hindurchgeführt, so wie ich dich durch deine Angst geführt habe. Nur an eines will ich dich noch erinnern. Wenn sie dich mißhandelt, denke an all die Mißhandlungen, die deine Gouvernante dir angetan hat, als du ein Kind warst. Öffne dich weit, und nimm alles in dich auf, bis der Augenblick da ist. Und jetzt warte hier.«

Der Doctor kehrte zurück ins Wohnzimmer. Sherry Shroeder saß auf der Couch; ihre Bluse war vollends aufgeknöpft. »Ich wußte nicht, ob ich mich ausziehen soll oder nicht«, sagte sie.

Havilland setzte sich neben sie. »Noch nicht. Knöpfe dir die Bluse wieder zu, und ich sage dir, was du zu tun hast.« Er legte ihr eine Hand aufs Knie, während sie an ihren Knöpfen nestelte. »Was wir heute drehen, ist eine Variante der kitschigen alten Schwesternstreifen. Du weißt ja, daß Krankenschwestern als sehr erfahren gelten, weil sie sich mit dem menschlichen Körper so gut auskennen.«

Sherry lachte. Havilland bemerkte, daß ihre Nervosität verflogen war. Sanft drückte er ihr Knie. »In unserer Variation gibt die Schwester dem Knaben eine Tracht Prügel. Es ist natürlich Richard – in Wirklichkeit ein Mann –, und das erregt sie so sehr, daß sie ihn verführen muß. Ich möchte, daß du Richard die Hose herunterziehst und ihn fest, *sehr fest* verprügelst. Und dann zeigst du uns den verführerischsten Striptease, zu dem du fähig bist. Danach gebe ich euch weitere Anweisungen. Hast du verstanden?«

Sherry wackelte mit den Augenbrauen. »Als kleines Mädchen hab' ich Tennis gespielt. Ich hab' 'ne tolle Rückhand.« Sie lachte und legte dann die Hand vor den Mund. »Richard hat 'ne echt scharfe Figur. Wo ist der Kameratyp?«

»Na ja . . . «, sagte Havilland. »Ehrlich gesagt, ich kann mir keinen mehr leisten; deshalb mache ich es selbst. Du und Richard, ihr wart zu teuer, und ich muß Kosten sparen. Also stelle ich mich selber hinter die Kamera. Ich – «

Sherry bohrte dem Doctor neckisch den Zeigefinger zwischen die Rippen. »Komm schon, Lloyd. Wie sagte Gary Gilmore vor seiner Hinrichtung? ›Let's do it.‹«

Sie gingen ins Schlafzimmer. Oldfield lag auf dem Rücken auf der Matratze; er war voll bekleidet. Havilland stellte sich hinter die Kamera, justierte das Stativ und schwenkte die Kamera so, daß das Weitwinkelobjektiv die ganze Matratze erfaßte. Er räusperte sich. »Da dies ein Stummfilm ist, dürft ihr gern sprechen – aber bitte *leise*. Ich möchte die Nachbarn nicht stören.« Er schaltete die Kamera ein und hörte das Sirren der Filmspule. »Sherry, du weißt, was du zu tun hast. Richard, du richtest dich nach Sherry. Aber komm mit dem Gesicht zu dieser *Seite* der Matratze, damit ich ein paar Nahaufnahmen machen kann. Okay – *action*!«

Sherry setzte sich auf den Rand der Matratze und wandte sich der Kamera zu. Sie streckte die Beine vor sich aus und legte die Fersen auf den Boden. Dann klopfte sie mit der flachen Hand auf ihren Schoß. »Komm her, du böser Junge.«

Oldfield gehorchte. Er stand auf, öffnete seinen Gürtel und legte sich so über Sherrys Beine, daß sein Gesäß oberhalb ihrer Knie zu liegen kam. »Du böser, böser Junge«, sagte sie und zog ihm Hose und Unterhose herunter. »Böser, böser Junge.«

Havilland zoomte in eine Nahaufnahme, um Oldfields Reaktion auf den Film zu bannen, als Sherrys erster Schlag auf nacktes Fleisch traf. Oldfield verzog das Gesicht. »Fester, Sherry«, sagte der Doctor.

Sherry verdoppelte ihre Anstrengungen, und jedesmal, wenn ihre Handfläche aufklatschte, grunzte sie: »Böser, böser Junge.« Die Großaufnahme zeigte, wie Oldfields Pupillen sich mit jedem Schlag zusammenzogen. »Fester«, zischte Havilland. »Fester, Sherry. Denk an dein Tennisspiel.«

»Du böser, böser, böser, böser Junge.« Sherry ließ ihre Hand mit voller Kraft niedersausen. Oldfields Augen wurden glasig, und trockener Speichel erschien in seinen Mundwinkeln. Havilland nahm das Auge von der Kamera und sah, daß sich auf Oldfields Gesäß rote Schwellungen bildeten. »Böser böser böser böser böser Junge!«

»Aus!«

Sein eigener Ausruf ließ den Doctor zusammenfahren. »Aus«, wiederholte er leiser. »Gestorben. Richard, geh und warte in der Diele. Sherry, komm von der Matratze herunter und mach deinen Striptease.«

Die Schauspieler gehorchten. Oldfield rappelte sich auf und raffte seine Hosen hoch, ohne Sherry in die Augen zu sehen. Sherry massierte ihre gerötete rechte Hand. Als Richard das Schlafzimmer verlassen hatte, sagte Havilland: »Sei so sexy, wie du kannst.« Er schwenkte die Kamera hoch. »Jetzt.«

Sherry Shroeder fing an, sich auszuziehen. Sie öffnete die Knöpfe ihrer Schwesternbluse, zog sie aus und ließ sie auf den Boden fallen. Dann klemmte der Reißverschluß hinten an ihrem Kleid. Sie riß daran und murmelte »Scheiße«, doch sofort fing sie sich und schaute mit einem Schmollmund in die Kamera. Sie stieg aus ihrem Rock und ließ ihn an einem Finger über dem Kopf kreisen, bevor sie ihn fallen ließ, ihren BH aufhakte und Strümpfe und Slip abstreifte. Als sie nackt war, vollführte sie ein paar hüftschwingende Tanzschritte, die ihre Brüste in entgegengesetzte Richtungen wippen ließ. Von einer Gänsehaut überzogen, sang sie lautlos einen Song vor sich hin und versuchte gleichzeitig, den Schmollmund beizubehalten. Als der Doctor zu einer Großaufnahme heranzoomte, glaubte er, auf ihren Lippen den Text zu »Green Door« zu lesen.

»Aus!« Wieder ließ der Klang der eigenen Stimme ihn zusammenzucken. »Leg dich hin, Sherry«, sagte er. »Richard, du kannst jetzt hereinkommen.«

Oldfield kam wieder ins Schlafzimmer, nackt jetzt, die Hände vor die Genitalien gedrückt. Havilland deutete auf das Bett, schaltete dann die Kamera aus und sah nach, wieviel Filmmaterial er verbraucht hatte. Es war noch genug übrig. Er stellte eine Totale der Matratze mit den beiden Darstellern darauf ein, fixierte das Stativ und sagte: »Ich bin ein bißchen schüchtern, deshalb lasse ich euch Profis einfach ganz natürlich agieren. In ein paar Minuten komme ich wieder herein und sehe nach euch.«

Sherry lachte, und Oldfield zog den Kopf zwischen die Schultern. Havilland schaltete die Kamera auf automatischen Lauf und ging hinaus ins Eßzimmer. Dort schob er sein Infrarotsichtgerät durch einen Spalt zwischen den Vorhängen und sah seinen *besten* Darsteller in Aktion.

Lloyd Hopkins, mit Köder gemästet, saß noch immer in seinem Wagen, starrte noch immer mit messerscharfem Blick auf das Haus. Die Anspielungen auf rechtswidrige Durchsuchungen, die sich in seiner Personalakte gefunden hatten, waren zutreffend gewesen – er war sich nicht zu schade, ein Verbrechen zu begehen, um eines aufzuklären. Er war eine heuchlerische Schlange – *und* feige noch dazu: Zweifellos hatte er Angst, sich auf seinen Verdächtigen zu stürzen, weil er das saubere Flittchen im Schlafzimmer nicht in Gefahr bringen wollte. Havilland sah zu, wie er gähnte, sich kratzte, sich streckte, ohne auch nur für einen Moment den Blick von dem Tudor-Cottage zu lassen. Jede noch so winzige Bewegung war wie ein Laserstrahl, der die Leere der Kindheit durchbohrte.

Mit einem Blick auf die Uhr stellte der Doctor fest, daß zehn Minuten vergangen waren. Er ging ins Schlafzimmer. Sherry und Richard lagen auf entgegengesetzten Seiten der Matratze. Er schaltete die Kamera aus und starrte seine Schauspieler an. Sherry stützte sich auf einen Ellbogen und hatte einen Arm über ihre Brüste gelegt. Richard lag regungslos wie ein Stein und mit geschlossenen Augen da und zuckte.

»Wir haben's *soft* gemacht«, sagte Sherry. »Ich glaube, wir haben's ganz gut gespielt. Richard konnte nicht, weißt du, aber ich glaube, es sah okay aus. Wenn du willst, können wir es noch mal versuchen und ein paar harte Szenen drehen.«

Havilland ging zum Wandschrank und strich mit der Hand über den hinteren Teil des obersten Regals, bis er eine dicke Rolle Klebstreifen gefunden hatte. »Nein, das genügt. Ich brauche dich jetzt nur noch für eine oder zwei Einstellungen bekleidet. Du kannst dich schon anziehen.«

»*Wirklich?*«

»Wirklich. Dein restliches Geld gebe ich dir sofort.«

Richards Augen öffneten sich ruckartig bei diesem Satz. Er stand auf und reckte sich, zog Hose und Hemd an und nahm dem Doctor den Klebstreifen aus der Hand. »Danke, daß Sie mir helfen, bis jenseits des Äußersten zu gehen.«

Havilland sah ihm in die Augen und erblickte gefrorene Wut. Er richtete die Kamera auf Sherry und drückte auf den Einschaltknopf. Sherry knöpfte ihre Bluse zu und fragte: »Lloyd, können wir es rasch hinter uns bringen? Um halb zwölf gibt's im Valley noch 'ne Party, und weil es hier schneller ging, als ich dachte, würde ich gern noch hinfahren.«

Havilland nickte zustimmend und drehte am Zoom-Objektiv, bis er Sherrys Gesicht in einer extremen Großaufnahme erfaßte. »Jetzt, Richard«, sagte er.

Der Sucher wurde schwarz, als Richard Oldfield sich über das Äußerste hinausschnellte. Ein schriller Schrei erstarb in einem Luftschnappen; gegeneinanderprallende Körper bildeten eine konturlose Wand vor dem Auge der Kamera. Der

Night Tripper versuchte, die Schärfe nachzustellen, und gab dann auf. Richard preßte Sherry mit den Knien an den Boden; mit der einen Hand hielt er ihren Kopf fest, mit der anderen zog er schwirrendes Klebeband von der Rolle und schlang es ihr über Mund und Nase. Als beide Öffnungen luftdicht verschlossen waren, stand er auf und sah zu, wie ihr Gesicht erst rot, dann blau wurde und wie sie mit Armen und Beinen um sich schlug. Bald war ihr ganzer Körper ein einziges Ächzen nach Luft, und ihr Rumpf stemmte sich in adrenalin-befeuerten Todeszuckungen gegen den Fußboden.

Oldfield sank auf die Knie und hämmerte mit den Fäusten auf den sich windenden Körper ein und trommelte in Links-Rechts-Kombinationen auf Leib und Brustkorb, bis das Toben in einem letzten Schauer des Erstickens endete. Er weinte, als er sich mit wackligen Beinen aufrichtete und sah, wie der Doctor, der sich die Kamera auf die Schulter geschnallt hatte, niederbeugte und Sherry Shroeder den Klebstreifen vom Gesicht riß.

»Jetzt, Richard. Jetzt, Richard. Jetzt, Richard.«

Der Night Tripper hielt ihm einen mit einem Schalldämpfer versehenen Revolver entgegen. Richard nahm ihn in die Hand, und dann senkte er den Blick und sah, daß das Gesicht der Frau mit einem durchsichtigen Plastikkissen bedeckt war.

»Jetzt, Richard. Jetzt, Richard. Jetzt, Richard.«

Die Kamera zoomte und sirrte. Oldfield preßte die Mündung gegen das Kissen und drückte ab. Ein dumpfes Ploppen, das Zischen von entweichender Luft, und dann eine hellrote Wolke, als das schlaffgewordene Kissen sich mit Blut füllte.

»Ja, Richard. Ja, Richard. Ja, Richard.«

Der Night Tripper hielt die Kamera ruhig und schob das Okular beiseite. Er nahm Richard den Revolver aus der Hand, ließ die Trommel herausschnappen und die leere Patronenhülse auf den Boden fallen. Das Riesenrad in der Bronx wurde zu einem wirbelnden Korkbrett. Er nahm zwei neue Patronen aus der Tasche, schob sie in nebeneinanderliegende Kammern, ließ die Trommel zuschnappen und drehte sie einmal schwungvoll.

Richard Oldfield stand mit offenem Mund da und schwankte im Takt einer Musik, die nur er hörte. Der Night Tripper zog eine Dodger-Baseballmütze und Howard Christies Dienstmarke aus der Jackentasche, setzte Richard die Mütze auf den Kopf und heftete ihm die Marke an die linke Brusttasche. Er befestigte die Kamera auf dem Stativ und filmte die Marke, die Mütze und Richards Gesicht in Großaufnahme. Als er den Revolver aufhob und Richard in die Hand drückte, dachte er an Linda Wilhite und an kippende Schachfiguren. Er trat hinter die Kamera. »Fühlst du dich jetzt vollständig, Richard?« fragte er.

»Ja«, sagte Richard.

»Sag mir, wie du dich fühlst.«

»Ich fühle mich, als hätte ich meine Vergangenheit erobert, als hätte ich alle meine grünen Türen durchbrochen, und zur Belohnung ist mir Friede versprochen.«

»Willst du für mich noch einen Schritt weitergehen? Es würde einer schönen Frau helfen, ihre Alpträume zu bewältigen.«

»Ja. Sagen Sie, was ich tun soll.«

»Schiebe den Revolverlauf in deinen Mund und drücke zweimal ab.«

Richard gehorchte, ohne zu fragen. Der Schlagbolzen klickte zweimal auf eine leere Kammer. Der Night Tripper hielt seinen schönsten Augenblick auf dem Film fest, und dann rannte er zum Vorhang im Eßzimmer und spähte mit seiner blutroten Linse hinaus. Lloyd Hopkins war eingeschlafen; sein Kopf ruhte auf der Kante des halboffenen Fensters.

19

Im Morgengrauen erwachte Lloyd, von einem scharfen Krampf im rechten Bein aus traumlosem Schlummer gerissen. Er rieb sich die Wade, schaute aus dem Autofenster und sah das Tudorhaus und davor, immer noch an derselben Stelle wie am Abend zuvor, den weißen Mercedes. Oldfields Liebesnacht war also noch im Gange. Er hatte Zeit, nach Hause zu fahren und Verstärkung herbeizurufen, die ihm bei der weiteren Überwachung und einem möglichen Eingreifen zur Hand gehen könnte.

Lloyd wendete und hielt hinter dem Mercedes noch einmal an. Er notierte sich die Kennzeichennummer, und dann rief er über Funk das Computerregister an, gab die Nummer durch und verlangte sämtliche Daten und Fahrzeug und Halter. Drei Minuten hörte er nur statistisches Rauschen, dann meldete sich die Telefonistin mit ihren Informationen. FHM 363 – keine Fahndung. Halter: Richard Brian Oldfield, 4109 Windemere, L.A. 90036 – keine Fahndung, kein Haftbefehl, nicht vorbestraft. Entmutigt und erschöpft, obwohl er stundenlang geschlafen hatte, fuhr Lloyd nach Hause, und er dachte daran, sich zu rasieren, zu duschen und eine Riesenkanne Kaffee zu trinken.

Ein Drei-Tage-Berg von Zeitungen begrüßte ihn auf der Vorderveranda. Auf der *L.A. Times* vom Vortag prangte eine fette Schlagzeile: »Polizist in Malibu ermordet«. Die Unterzeile lautete: »L.A.P.D.-Lieutenant anscheinend hingerichtet.« Lloyd schob die Zeitungen mit dem Fuß beiseite und schloß die Tür auf. Sofort fiel sein Blick auf die zusammengehefteten Notizbuchseiten auf dem Fußboden. Er hob sie auf und las.

An: Lloyd
Von: Dutch
Unverzüglich lesen.
L. – wo bist du gewesen? Ich dachte, du hättest etwas Neues gefunden. Ich bin dein Kontaktmann, und wir sollen täglich miteinander in Verbindung treten, erinnerst du dich? Das Folgende kommt geradewegs von Gaffaney. Die guten Sachen hebe ich bis zum Schluß auf.
* Fahndungsbefehl für Marty Bergen herausgegeben – bislang ohne Erfolg.
* Durchsuchung und Materialbeschlagnahme beim *Big Orange Insider* genehmigt – Zero. Der Rotzbengel von einem Chefredakteur hat Inhalt von M.B.s Schreibtisch gleich nach deinem letzten Besuch vernichten lassen. Droht mit Klage wegen »polizeilicher Brutalität«.
* Intensive Befragung der Anwohner P.C.H./Temescal Cyn. Rd. Ergebnis: Zero.
* Info-Telefon zum Fall Christie eingerichtet. Bisher nur Anrufe von Verrückten. (Kein einziger Augenzeuge.)
* Blut auf dem Boden – eindeutig Christies.
* Am Stand wurde noch ein Schädelfragment und ein abgeplattetes Geschoß gefunden (.357er mit Teflonspitze). Dies und Bericht des Leichenbeschauers (»Tod verursacht durch massive neurologische Destruktion nach Schußwaffeneinwirkung aus nächster Nähe«) deutet darauf hin, daß Christie mit seiner eigenen Waffe erschossen wurde.
* Der Nachtdienst der Kraftfahrzeugbehörde Sacramento (hatte den Bericht über Christies Tod in der Zeitung gelesen) rief an; Christie habe am Abend der Mordnacht gegen halb neun angerufen und um Kennzeichenauskunft gebeten. Sie hat ihm die Auskunft gegeben, kann sich aber weder an den Namen des Halters noch an Kennzeichennummer oder Fahrzeugmarke erinnern. Interessant insofern,

als der gerichtsmedizinische Bericht den Zeitpunkt des Todes etwa für denselben Zeitraum ansetzt.

* Am Nachmittag seines Todes wurde Christie bei den Geheimakten der Avonoco gesichtet. Erzählte der Sekretärin, er treffe sich am Abend mit einem »schweren Jungen« am Strand. Als sie ihn fragte, wozu, wurde er schweigsam. Er wirkte aufgekratzt und beschwingt, sagt sie.

* Betr. I.A.D.-Vernehmungen: Rolando – sauber. Kaiser, Tucker, Murray – in Schutzhaft, anscheinend sauber.

* * * ! Wichtig – als Officers vom I.A.D. die Büros bei Junior Miss Cosmetics durchsuchten, flippte ein Wachmann aus und versuchte abzuhauen. Wurde gefaßt und in Haft genommen (Bes. v. Marihuana). Gaffaney ist überzeugt, daß der Mann etwas weiß. Der Mann (Hubert Douglas, männl./schw., 39) jammerte nach dir (sagt, du warst »cool«, als du ihn vor Jahren mal wegen schwerer Körperverletzung hochgenommen hast). *Will nur mit dir reden*. Komm *sofort* nach Parker Center (Gaffaneys Befehl), bevor der Kerl Kaution hinterlegt oder sein Anwalt ihn rausholt.

* * * Ruf mich an. – D. P.

Lloyd machte sich nicht mehr die Mühe, sich zu duschen, zu rasieren oder umzuziehen. Noch in seinem Einbrecherkostüm fuhr er zu einem Schnapsladen. Er konnte sich erinnern, daß Hubert Douglas ein eingeschworener *Sour Mash*-Trinker war; eine Flasche Jack Daniel's war genau das Richtige, um seine Seele zu besänftigen und seine Zunge zu lösen. Er kaufte eine Flasche und raste in die Stadt zum Parker Center.

Hubert Douglas hatte man in eine Vernehmungskammer neben Fred Gaffaneys Büro gesperrt. Lloyd warf einen Blick durch den Einwegspiegel und sah, daß er dem Captain an einem Tisch gegenübersaß; er trug noch seine Werkschutzuniform mit goldenen Epauletten und Schulterriemen. Aus einem Lautsprecher über dem Spiegelfenster knisterte seine Geschichte von Kom-Tan-Kin, dem chinesischen Schwanzlutscher. Gaffaney hörte ihm mit gesenktem Kopf zu und befingerte seine Krawattenspange.

Lloyd betrat die Kammer, als Douglas die Pointe servierte; der Mann krümmte sich vor Lachen, schlug mit der Hand auf den Tisch und brüllte: »Das 'n Ding! Das 'n Ding!« Als er Lloyd erkannte, sprang er auf. »Hopkins, mein Freund!« Er streckte die Hand aus. Hopkins ergriff sie. »Hallo, Hubert. Meine Kollegen behandeln dich okay?«

Douglas nickte zu Gaffaney hinüber; der blickte auf und funkelte Lloyd wütend an. »Der Witzbold hier stellt mir dauernd Fragen. Ich sag' ihm dauernd, ich red' mit Ihnen, und er sagt mir dauernd, er kann Sie nicht erreichen, und dabei tut er immer ganz geheimnisvoll, damit ich denke, daß Sie wahrscheinlich gerade irgendwo furchtbar pimpern. Aber ich kenn' meine Rechte. Ich bin jetzt seit fast vierundzwanzig Stunden in Haft. Innerhalb von vierundzwanzig Stunden müßt ihr entweder Anklage erheben oder mich laufenlassen.«

Lloyd sah Gaffaney und dann wieder Douglas an. »Falsch, Hubert. Heute ist Samstag. Wir können dich ganz legal bis Montag morgen hierbehalten. Setz dich. Ich komme gleich und rede mit dir. Vorher will ich mich kurz mit dem Captain unterhalten.«

Gaffaney stand auf und folgte Lloyd nach draußen. Er musterte ihn mit verachtungsvollem Blick. »Sie sind unrasiert, und Ihre Kleidung ist schmutzig. Wo haben Sie gesteckt?«

»Ich hab' 'n Bruch gemacht«, antwortete Lloyd. »Was ist mit Hubert?«

Gaffaney drückte die Tür zum Vernehmungsraum zu. »Ich war bei Junior Miss Cosmetics, zusammen mit einem Officer. Wir sprachen mit Don Murray in seinem Büro; wir hatten eben erfahren, daß Christie ein paar Stunden vor seiner Ermordung in den Geheimakten bei Avonoco herumgestöbert hatte. Da mein Instinkt mir sagte, daß Murrays Benehmen auf eine reine Weste hindeutete, erwähnte ich es ihm gegenüber. Douglas war nebenan beim Fensterputzen. Der Cop, der bei mir war, fand, er sehe verdächtig aus – wie einer, der seine Erfahrungen mit Bullen hat –, und so behielt er ihn im Auge. Als wir auf Akten zu sprechen kamen, verduftete er. Als der Officer ihn faßte, hatte er eine große Tüte Gras in der Tasche. Er *weiß* etwas, Hopkins. Holen Sie's aus ihm raus.«

Lloyd ließ die Rädchen seines Verstandes schwirren. »Captain, haben Sie der Frau von der Verkehrsbehörde, die wegen Christie anrief, den Namen Thomas Goff genannt?«

»Ja. Ich hab' selbst mit ihr gesprochen. Sie sagte, Goff sei nicht der Name, den sie für Christie ausgegraben habe. Ich hab' ihr auch das Kennzeichen und die Beschreibung von Goffs Fahrzeug durchgegeben. Negativ. Was wollen Sie –«

Lloyd legte dem Captain die Hand auf die Schulter, um ihn am Weiterreden zu hindern. »Hat Douglas die Polizeifotos von Goff gesehen?«

»Nein.«

»Dann besorgen Sie mir jetzt Abzüge davon. Und lassen Sie diesen Namen durch den Polizeigroßcomputer laufen: Richard Brian Oldfield, weiß/männlich, zirka dreißig Jahre alt. Vier-eins-null-neun Windemere, Hollywood. Weißer Mercedes, Kennzeichen FHM drei-sechs-drei. Es liegt nichts gegen ihn vor, er wird nicht gesucht, aber ich brauche alle Details, die ich kriegen kann.«

Gaffaney nickte. »Wonach fischen Sie?«

»Sag' ich Ihnen, wenn ich mit Douglas gesprochen habe. Holen Sie mir jetzt die Fotos?«

Der Captain ging in sein Büro, vom Hals bis zum Stoppelhaaransatz rot angelaufen. Er kam zurück, reichte Lloyd den

Fotostreifen und zischte: »Geben Sie Douglas keinerlei Gnadenzusagen.«

Lloyd schenkte seinem Vorgesetzten ein Lächeln ohne Heiterkeit. »Nein, Sir.« Als Gaffaney wieder in seinem Büro verschwunden war, betrat er den Vernehmungsraum und knipste den Lautsprecher aus. »Machen wir einen Deal«, sagte er zu Hubert Douglas, und dabei stellte er die Flasche Jack Daniel's zwischen ihnen auf den Tisch. »Du erzählst mir, was ich wissen will, und kannst Leine ziehen. Du verarschst mich, und ich bin wie der Blitz oben im Rauschgiftdezernat und klaue noch ein Pfund Gras, das wir in den Beutel stopfen, den die I.A.D.-Bullen dir abgenommen haben, und dann halten wir dich wegen Verstoßes gegen das Betäubungsmittelgesetz hier. Wie hättest du's gern?«

Douglas schnappte sich die Flasche und leerte sie in einem Zug zur Hälfte. »Sehe ich aus, als wär' ich blöd, Hopkins?«

»Nein. Du siehst aus, als wärst du intelligent und hübsch und voller *savoir-faire*. Bringen wir die Sache mit einem Minimum an Gequatsche und Sprücheklopfereien hinter uns. Die I.A.D.-Bullen glauben, du weißt etwas über eine krumme Sache im Zusammenhang mit den geheimen Akten bei Junior Miss. Fangen wir damit mal an.«

Douglas hustete und blies Lloyd eine Bourbonwolke ins Gesicht. »Aber wenn das, was ich da weiß, was mit' ner krummen Sache zu tun hat, die ich eventuell selber abgezogen hab'?«

»Kannst du immer noch Leine ziehen.«

»Sie verscheißern mich nicht, Dick Tracy?«

»Der Arm soll mir abfallen. Rede, Hubert.«

Douglas nahm einen Schluck aus der Flasche und wischte sich über die Lippen. »Ist ungefähr drei Wochen her, da war ich in 'nem Bums schräg gegenüber von Junior Miss einen heben. So 'n weißer Typ quatscht mich an, fragt mich, ob's mir

Spaß macht, im Werkschutz bei Junior Miss zu arbeiten, was ich da machen muß, wie gut ich's mit dem Sicherheitschef kann und so weiter. Er spendiert einen Drink nach dem anderen, bis ich sternhagelvoll bin, und dann verzieht er sich. Ich bin nicht bescheuert: Ich weiß, daß ich den Typ nicht das letztemal gesehen hab'.«

Douglas legte eine Pause ein und griff nach der Flasche. Lloyd riß sie ihm aus der Hand, bevor er sie zum Mund führen konnte. Er legte den Fotostreifen auf den Tisch. »Ist das der Mann?«

Douglas starrte die Fotos an und grinste von einem Ohr zum anderen. »Aber genau. Das ist der Typ. Was hat er denn ausgefressen?«

»Nicht so wichtig. Erzähl weiter.«

Mit einem betrübten Blick nach der Flasche fuhr Douglas fort: »Ich hatte recht. Der Typ taucht gleich am nächsten Tag wieder auf und bietet mir Koks an. Wir ziehen uns auf dem Scheißhaus 'ne Line erstklassigen pharmazeutischen Stoff rein, und dann fängt er an, von diesem unheimlich cleveren Kumpel zu quasseln, den er da hat, und daß der besessen davon ist, so Scheiß-Daten zu sammeln, nicht wahr, besessen davon, jeden Scheißdreck über das Leben anderer Leute zu wissen. Verstehen Sie?«

»Ich verstehe«, sagte Lloyd. »Hat er dir gesagt, wie der Mann heißt? Hat er ihn beschrieben? Hat er gesagt, der Mann sei sein Halbbruder?«

Douglas schüttelte den Kopf. »Der Scheißer hat mir nicht mal seinen eigenen Scheißnamen genannt, geschweige denn den von seinem Scheißkumpel. Aber an dem Tag hat er mir 'n Angebot gemacht: Einen Riesen und zwei Gramm Pharmakoks für Fotokopien sämtlicher Geheimakten. Ich sag' ihm, das braucht aber Zeit, ich kann immer nur ein, zwei Kopien auf einmal machen, wenn's keiner merken soll. Und das mach' ich dann auch, ohne daß Murray oder sonst jemand bei Junior Miss was davon weiß. Der Typ ruft mich in der Kneipe an, um den Tausch –«

Lloyd fiel ihm ins Wort. »Hat er dir eine Adresse oder eine Telefonnummer gegeben, damit du ihn erreichen kannst?«

»Scheiße, nein! Er nannte sich selber immer 'n ›beglaubigten Paranoiden‹, und er behauptete, er verwischt seine Spuren sogar, wenn er bloß pissen geht, nur um nicht aus der Übung zu kommen. Er wollte mich nicht mal in meiner Scheiß-Wohnung anrufen; es mußte die Scheiß-Kneipe sein. Na, jedenfalls verabreden wir den Tausch für irgendwann letzte Woche, Dienstag oder Mittwoch nacht, und, Mann, das war scheißmerkwürdig. Reichen Sie noch mal die Kanne rüber, ja, Partner? Ich hab' Durst.«

Lloyd schob ihm die Flasche über den Tisch. »Erzähl mir, wie der Tausch vonstatten gegangen ist. Nimm dir Zeit, und laß keine Einzelheit aus.«

Douglas ließ die Hälfte des restlichen Whiskeys in seine Kehle gluckern. »Aber klar doch. Jedenfalls – ich hatte mir den Typen angesehen, und ich hatte den Eindruck: Ganz dicht war der nicht. Wissen Sie, das war 'n Typ, von dem konnte man sagen, er war ernsthaft nervös und fickrig. Na, wir verabreden uns für den Abend im Nichols Canyon Park. Der Typ kommt in seiner kleinen gelben Karre angebraust, ganz verschwitzt, zitternd und glotzäugig. Sieht aus wie ein gottverdammter Scheißköter mit Tollwut, der gleich abkratzt, aber der noch 'n paarmal ordentlich beißen will, ehe er krepiert. Er packt immer wieder nach seinem Gürtel, als ob er da 'ne Kanone hätte, und versucht andauernd, mich mit seinem Rassistengequatsche rauszufordern. Hopkins, ich sage Ihnen, dieser Scheißer sah aus wie der gottverdammte *Tod*. Ich gab ihm die Akten, und er gab mir den Riesen und das Koks, und ich verpißte mich, so schnell ich konnte. Ich weiß nicht, was der Scheißer getan hat, aber ich würde mir nicht allzusehr den Kopf zerbrechen, wie ich ihn schnappen soll, denn, verdammte Scheiße, kein Mensch kann so aussehen wie der, und das überleben. Ich war in Vietnam, Hopkins. Mitten in Khe San, verdammt. Ich hab' den Tod schon oft gesehen. Der Scheißer sah schlimmer aus als die von Gelbfieber im Endstadium verseuchten kampfmüden wandelnden Toten da drüben. Verdammt, er war der Tod persönlich, der Tod am Bändchen.«

Lloyd ließ das Wortgeprassel auf sich niederregnen, und er wußte, daß es die Bestätigung für Thomas Goffs Horrorshow in der Melbourne Avenue und *vielleicht* auch für den Mord an Howard Christie war; aber irgendwie widersprach es dem, was er über Richard Oldfield und seine Bruderrivalität zu Goff in Erfahrung gebracht hatte. »Trink aus, Hubert«, sagte er. »Du hast es verdient.« Er ging hinaus auf den Gang. Eine Sekretärin kam vorbei und sagte: »Captain Gaffaney ist zum Essen gegangen, Sergeant. Die Computerauskunft, die Sie haben wollten, hat er dem diensthabenden Officer gegeben.«

Lloyd dankte der Frau und spazierte nonchalant in Gaffaneys Büro. Auf dem Schreibtisch lag eine Plastiktüte Marihuana mit einem offiziellen Asservatenaufkleber. Lloyd zog den Aufkleber ab und steckte ihn in die Tasche. Dann öffnete er das Fenster und warf den Beutel hinaus auf die Los Angeles Street; er landete auf der Ladefläche eines vorüberfahrenden Dodge-Pickup.

»Unterstützt eure Polizei«, rief Lloyd hinaus. Nur der Verkehrslärm antwortete ihm; er ging hinaus, und als er an dem Vernehmungsraum vorbeikam, streckte er Hubert Douglas den emporgereckten Daumen entgegen. Douglas grinste durch die offene Tür und winkte zum Abschied mit der leeren Whiskeyflasche.

Lloyd fuhr mit dem Aufzug hinunter in den ersten Stock und begab sich zum Informationstisch am Eingang. Der Officer vom Dienst reichte ihm hastig ein Blatt Papier. Lloyd lehnte sich an den Schreibtisch und las: Fragl. Subjekt geb. 30. 6. 53 in L.A.; kaliforn. Führersch. No. 1679143, ausgestellt Juli '69; keine schwebenden Verf., keine Fahndg., kein Haftbef., nicht vorbestraft in U.S.A. *So sauber, daß er quietscht.* – F.G.

Lloyd fühlte, wie ein namenloses *klick* ihm entgegensprang, und noch eines, und noch eines. Im Geiste ließ er die vergangenen vierundzwanzig Stunden noch einmal ablaufen, bis er auf den Ursprung seiner Verwirrung stieß: Thomas Goff war im Staat New York geboren und aufgewachsen und hatte dort im Gefängnis gesessen. In Havillands psychiatrischem Bericht über seinen Halbbruder Richard Oldfield hieß es, die Mutter habe die beiden Jungen zusammen großgezogen, vermutlich in New York. Aber der Computer gab als Richard Oldfields Geburtsort Los Angeles an. Außerdem hatte Oldfield 1969, kurz nach seinem sechzehnten Geburtstag, einen kalifornischen Führerschein ausgestellt bekommen, und das ließ zumindest *vermuten,* daß er lange Zeit seinen Wohnsitz in Kalifornien gehabt hatte.

Lloyd griff nach dem Telefon, das auf dem Schreibtisch stand, und wählte die Nummer von Dutchs Büro im Revier Hollywood.

»Captain Peltz.«

»Ich bin's, Dutch. Bist du beschäftigt?«

»Wo zum Teufel hast du dich rumgetrieben? Hast du meine Notiz gefunden?«

»Ja, hab' ich. Hör zu, ich brauche deine Hilfe. Zwei Mann, die eine Wohnung in der Nähe der Hollywood Bowl observieren. Ganz cool, keine Zivilstreifen, nichts, was nach Bullen riecht. Ich will noch nicht an diesen Typen ran. Ich will ihn nur festnageln.«

»An *diesen Typen*? Wer zum Teufel ist *dieser Typ*?«

»Ich erzähl's dir, wenn wir uns sehen. Kannst du in einer Stunde bei mir zu Hause sein? Ich möchte mich umziehen und meinen Privatwagen holen.«

Dutch seufzte. »Ich hab' in einer halben Stunde eine Konferenz. Sagen wir, in zwei Stunden.«

Lloyd seufzte ebenfalls. »Abgemacht.«

Während er nach Hause fuhr, schlängelten die kleinen *klicks* sich langsam an ihre Plätze im Geflecht des Falles und nahmen die Gestalt eines Mannes an, der vielleicht Richard Oldfield war, vielleicht auch nicht – eines Mannes jedenfalls, der es verstand, *gewalttätige Männer* so zu manipulieren, daß sie seinen Zielen dienten; und diese Ziele, so zeigte sich jetzt, bestanden im Sammeln von potentiellem Erpressungsmaterial. Tatsache war: Jack Herzog hatte sechs Personalakten des L.A.P.D. für sein *persönliches* Ziel gestohlen, nämlich für Marty Bergens »Rehabilitation«, und in den Tagen, bevor er verschwand/ermordet wurde/Selbstmord beging, hatte er seiner Freundin erzählt, er habe »tatsächlich Angst«. Bergen hielt die Rehabilitierungsversuche, die sein bester Freund unternahm, für lächerlich, und er hatte die durch die Akten inspirierten Kolumnen vernichtet. Aber Thomas Goff und/oder sein noch immer unbekannter »unheimlich cleverer« Partner/Komplize mit dem »echten Durchblick« hatten die Informationen aus dem L.A.P.D. dazu benutzt, Captain Dan Murray auf gerissene Weise zu umgehen und sich durch seinen Mitarbeiter Hubert Douglas Kopien von vertraulichen Akten zu beschaffen, und Lieutenant Howard Christie war *getötet* worden, wahrscheinlich weil er sich geweigert hatte, Akten zu liefern, oder weil er überzogene Geldforderungen gestellt hatte. Diese auf Indizien und Theorien basierende Darstellung war in sich schlüssig und pfeilgerade.

Aber sie stand im Widerspruch zu fast allem, was sein Instinkt ihm über Thomas Goff sagte. Goff war besessen von seinem .41er Revolver. Er hatte ihn bei den drei Morden im Schnapsladen benutzt – einem Verbrechen, *für das es immer noch kein Motiv gab* –, und er hatte damit auf Lloyd selbst geschossen, wobei nur die schwerfällige *single action* ihn verraten hatte. *Aber* ... Howard Christie war mit seiner eigenen Waffe erschossen worden. Goff, vorausgesetzt, daß er der Mörder war, war in einer Streßsituation von seiner Gewaltroutine abgewichen, hatte einem mit allen Wassern gewaschenen Polizisten die Waffe weggenommen und ihn damit erschossen. *Das stank.* Der Mord an Christie besaß alle Merkmale eines Verbrechens, das ein Anfänger begangen hatte – jemand, der den Cop und Werkschutzchef so weit hatte einlullen können, daß dieser ihn für harmlos gehalten hatte. Dieser Jemand aber war dann nicht der von Fieber oder Rauschgift vorangepeitschte Goff gewesen.

Damit blieben vier potentielle Verdächtige: Herzog, Havilland, Bergen und Oldfield. Die Wahrscheinlichkeit, daß es einer der ersten drei war, war lächerlich gering: Herzog war tot; das stand zu neunundneunzig Prozent fest. Havilland war eine von Liebes- und Gewissenspein geplante Zufallsverbindung ohne jedes Motiv. Bergen war ein erbärmlicher, von Schuldgefühlen gehetzter Trinker. Es blieb nur Oldfield, und selbst er strotzte von logischen Löchern.

Seine Blutsverwandtschaft mit Goff war natürlich der Schlüsselfaktor. Aber die Indizien aus zweiter Hand deuteten ausnahmslos darauf hin, daß Goff von seinem unbekannten Partner beherrscht wurde, während Havillands psychologisches Gutachten Oldfields Unterlegenheit gegenüber Goff konstatierte. Und die Tatsache, daß er große Ähnlichkeit mit Goff hatte und immer noch munter umherspazierte, deutete auf seine Unschuld hin. Wenn er Goffs Komplize gewesen wäre, hätte er gewußt, daß jeder Cop in Südkalifornien auf der Suche nach seinem Ebenbild war. Jedenfalls wäre er nicht durch die Gegend gefahren, um niedliche Krankenschwestern aufzureißen und sie in seine Wohnung abzuschleppen.

Lloyd fuhr auf dem Harbor Freeway nach Süden und fühlte, wie die *klicks* sich zur Wahrheit fügten. Er hatte es mit zwei Killern zu tun, mit zwei Männern, deren Triebe eine Apokalypse gezeugt hatten.

20

Das Schachspiel nahm seinen Fortgang. Er hatte den *lonelies* ihr Datengewinnungskapital abgezapft, und heute nacht, wenn der Cop, sein Widersacher, tot wäre, würde er sich Natrium-Pentothal und die Bilder seiner letzten Stunden injizieren und die Leere zur Explosion bringen. Die Heimkehr war in Sicht.

Der Night Tripper stand auf seinem Balkon und starrte aufs Meer hinaus; dann schloß er die Augen, so daß nur das Rauschen der Brandung einen Strom frischer Bilder begleitete: Hopkins, der im Morgengrauen vor dem Haus am Windemere Drive davonfuhr; der Industriemüllsack mit Sherry Shroeder, der über Richard Oldfields Schulter baumelte, als er ihn zu seinem Wagen trug; der erfüllte Ausdruck in Richards Gesicht, als er sie in ihr Grab im Schatten des großen Hollywood-Zeichens legte. Befriedigende Augenblicke – aber nicht so befriedigend wie das Zusehen dabei, wie sein *lonely* Billy den Film entwickelte und zu einer Montage aus Linda Wilhites Kindheitstrauma und ihren Erwachsenenfantasien zusammenschnitt. Zunächst hatte Billy auf die Herausforderung dieses Eilauftrags begeistert reagiert, doch als Sherry Shroeder auf seinem Schneidetisch gestorben war, hatte ihn die

Angst gepackt. Es hatte eine brillante Stegreiftherapiesitzung erfordert, ihn so weit zu stützen, daß er seine Arbeit zu Ende führte.

Havilland öffnete die Augen und entsann sich der *geringfügigeren* Belege für die Kraft seines Willens, die dieser Tag gebracht hatte: Der Verwalter des Gebäudes, in dem seine Praxis lag, hatte in seiner Wohnung angerufen und ihm mitgeteilt, daß bei ihm eingebrochen worden sei und daß Handwerker dabei seien, den Schaden an seiner Eingangstür zu reparieren. Der telefonische Auftragsdienst hatte ihm übermittelt, daß Linda Wilhite dringend um seinen Rückruf bitte. Diese Telefonbotschaften waren so offenkundige Kapitulationen vor seiner Macht gewesen, daß er sich ihrer Symbolkraft unterworfen und das Telefon in seinem Haus am Strand benutzt hatte, um die *lonelies* anzurufen und ihnen eine »Abgabe«-Forderung zu stellen – zehntausend Dollar pro Person. Alle hatten in hündischer Ergebenheit zugestimmt.

Sollte es weiter Kapitulationen regnen.

Der Night Tripper ging zum Telefon an der Küchenwand und wählte Linda Wilhites Nummer. Als er ihr »Hallo?« hörte, sagte er: »John Havilland, Linda. Mein Auftragsdienst sagt, Sie wollten mich sprechen?«

Kraft strömte in Lindas Stimme. »Doctor, mir ist klar, daß dies etwas plötzlich kommt, aber ich wollte, daß Sie wissen – ich höre mit der Therapie auf. Sie haben mir in vieler Hinsicht die Augen geöffnet, aber von jetzt an möchte ich solo fliegen.«

Havilland atmete ihre Worte ein. Als er seine eigenen Worte ausatmete, klangen sie angemessen gefühlvoll und gepreßt. »Es betrübt mich sehr, das zu hören, Linda. Wir haben so gute Fortschritte gemacht. Sind Sie sicher, daß Sie es so wollen?«

»Absolut, Doctor.«

»Aha. Wären Sie bereit, noch eine Sitzung zu absolvieren?

Eine Spezialsitzung mit visuellem Material? Es ist mein Standardverfahren für die Abschlußsitzung und ein wesentlicher Bestandteil meiner Therapieform.«

»Doctor, meine Zeit ist sehr knapp. Ich habe viel – «

»Würde es Ihnen heute abend passen? Um sieben in meiner Praxis? Es ist unerläßlich, daß wir die Therapie mit dem richtigen Schritt beenden, und die Sitzung kostet Sie nichts.«

Linda seufzte. »Okay, aber ich werde bezahlen.«

»Auf Wiedersehen dann«, sagte Havilland. Er drückte auf die Gabel und wählte eine siebenstellige Nummer. Er begann hektisch ein- und auszuatmen.

»Ja?« Hopkins Stimme klang erwartungsvoll.

»Sergeant, hier ist John Havilland. Es geschehen seltsame Dinge. Jemand hat in meine Praxis eingebrochen, und eben hat mein Informant sich bei mir gemeldet. Ich – ich – ich -«

»Ruhig, Doctor. Lassen Sie sich Zeit.«

»Ich – ich wollte sagen, ich kann Ihnen seinen Namen immer noch nicht nennen, aber Goff hat sich bei *ihm* gemeldet, weil er gehört hatte, daß er eine Waffe braucht und einiges Geld, das Goff ihm schuldet. Das Geld und die Waffe sind in einem Schließfach im Greyhound-Busdepot in der Stadt. O-offen gesagt, Sergeant, mein Informant befürchtet, es könnte sich um eine Falle handeln. Er erwägt, die Therapie wiederaufzunehmen, und deshalb gelang es mir, diese Information von ihm zu bekommen. Er – er steht in einer merkwürdigen Beziehung zu Goff . . . beinahe b-brüderlich.«

»Hat er Ihnen die Nummer des Schließfaches genannt?«

»Ja. Vier-eins-sechs. Angeblich liegt der Schlüssel bei dem Mann an dem Süßwarenstand, den Schließfächern unmittelbar gegenüber. Goff hat ihn gestern dort hinterlegt, sagt mein Informant.«

»Sie haben richtig reagiert, Doctor. Ich kümmere mich darum.«

Dr. John Havilland legte den Hörer auf die Gabel und dachte an Richard Oldfield, der gegenüber von Schließfach 416 in der Bar postiert war, bewaffnet mit einem Foto von Lloyd Hopkins aus dessen Personalakte und einer Uzi-Maschinenpistole.

21

Mit Bleifuß jagte Lloyd auf dem Harbor Freeway nach Norden, als ihm einfiel, daß er vergessen hatte, Dutch eine Nachricht zu hinterlassen und ihm seine Abwesenheit zu erklären. Er schlug mit der flachen Hand auf das Armaturenbrett und stieß ein obszönes Gebrüll aus. Im nächsten Moment wurde sein Gefluche von Sirenengeheul übertönt. Im Rückspiegel sah er drei Schwarzweiße mit kirschrot blitzenden Blinklichtern, die an ihm vorbeidonnerten und Kurs auf die Stadtausfahrt nahmen. Um zu erfahren, was los war, schaltete er sein Funkgerät ein. Eine durch Knistern und Rauschen gefilterte Stimme kläffte: »An alle, an alle, Code drei zum Busdepot Sixth und Los Angeles, Schießerei.« Schaudernd kämpfte er einen Übelkeitsanfall nieder und hängte sich an die Meute.

Die Sixth und die Los Angeles Street waren von soliden Mauern aus in zweiter Reihe parkenden Streifenwagen durchzogen. Lloyd stellte seinen Wagen auf dem Gehweg vor dem Südeingang des Busbahnhofs ab und rannte an einer Gruppe ratlos aussehender Streifenpolizisten mit Schrotgewehren vorbei. Sie schnatterten durcheinander, und ein langer junger Officer wiederholte unaufhörlich: »Psychopath. Scheiß-Psychopath.« Dabei strich seine Hand nervös über den

Griff seiner Pumpgun. Lloyd drängte sich durch eine Traube zerzauster Zivilisten vor den Fahrkartenschaltern und erblickte einen uniformierten Sergeant, der etwas in einen Spiralblock kritzelte. Er tippte dem Mann auf die Schulter. »Hopkins, vom Raub/Mord. Was haben wir hier?«

Der Sergeant grinste. »Wir haben hier einen Irren mit einer Maschinenpistole. Ein Wermutpenner war dabei, die Schließfächer gegenüber der Schnapskneipe am Ausgang Sixth Street zu checken, als dieser Irre aus der Kneipe stürzt und anfängt zu schießen. Der Penner wurde nicht getroffen, aber die Schließfächer sind aufgerissen, und 'ne alte Lady hat 'n Streifschuß von 'nem Querschläger abgekriegt. Der Krankenwagen hat sie schon abgeholt. Die Schnapsdrosseln in der Kneipe meinten, es hat sich angehört wie 'ne Maschinenpistole – rattat-tat-tat-tat-tat-tat-tat. Mein Partner ist jetzt drinnen und nimmt die Aussagen des Penners und potentieller Zeugen zu Protokoll. Rat-tat-tat-tat-tat-tat-tat-tat.«

Lloyd spürte, wie im Takt der Geräuscheffekte, die der Sergeant produzierte, feine *klicks* ertönten. »Gibt es dort direkt gegenüber einen Süßwarenstand?«

»Jawohl, Sir.«

»Was ist mit dem Täter?«

»Wahrscheinlich längst über alle Berge. Der Penner sagt, er hat die Spritze unter seine Jacke geschoben und ist auf die Sixth rausgerannt. Kein Problem, da zu verschwinden.«

Lloyd nickte und rannte durch den Gang zum Ausgang Sixth Street. Graue Stahlschränke mit Münzschlitzen und winzigen Schlüssellöchern bedeckten die eine Seite; auf der gegenüberliegenden Seite reihten sich kleine Ladenzellen aneinander, in denen Souvenirs, Bonbons und Pornohefte verkauft wurden. Als er sich die Schließfächer näher ansah, stellte er fest, daß sie von Nummer 408 bis 430 von Einschüssen durchsiebt waren, und wie er vermutet hatte, lag die

Kneipe, aus der der Schütze gekommen war, dem Fach Nummer 416 direkt gegenüber.

Er ging auf die Kneipe zu und beäugte dabei den Mann am Bonbonstand daneben; an seinem Gesichtsausdruck sah er, daß der Mann ihn offenbar als Cop erkannt hatte. Lloyd schlug einen Haken, ging auf den Bonbonstand zu und streckte die Hand aus. »Polizei. Ich glaube, jemand hat hier einen Schlüssel für mich hinterlassen.«

Der Bonbonverkäufer wurde bleich. »Ich –ich – wußte ja nicht, daß er hier rumballern würde, Officer. Der Kerl hat mich bloß gefragt, ob ich mir zwanzig Eier verdienen wollte, indem ich den Schlüssel verwahrte, und wenn einer danach fragte, sollte ich ihn rausgeben. Mit 'ner Schießerei wollte ich nichts zu tun haben.«

Das rasende Klicken in seinem Kopf ließ Lloyd flüstern. »Wollen Sie damit sagen, der Mann, der Ihnen den Schlüssel gegeben hat, ist der Mann, der mit der Maschinenpistole geschossen hat?«

»Ge-genau. Das war aber doch keine Beihilfe, oder?«

Lloyd zog ein abgegriffenes Foto von Thomas Goff aus der Tasche. »Ist das der Mann?«

Der Bonbonmann nickte bestätigend und schüttelte dann den Kopf. »Ja und nein. Der Kerl hier könnte fast sein Bruder sein, aber der MP-Typ war hagerer im Gesicht, und er hatte 'ne längere Nase. Die Ähnlichkeit ist ziemlich stark, aber ich muß sagen, er ist es nicht.«

Lloyd nahm dem Händler den Schlüssel aus der zitternden Hand und sagte mit zitternder Stimme. »Beschreiben Sie mir den Penner, auf den der Mann geschossen hat.«

»Kein Problem, Officer. Ein großer, kräftiger Mann, rötliche Haut, dunkles Haar. Hatte 'n bißchen Ähnlichkeit mit Ihnen.«

Das letzte *Klick* explodierte wie eine blitzende Neonschrift:

»Idiot. Trottel. Blödmann. Gimpel.« *Es war Havilland.* Die Falle war für *ihn* gewesen, nicht für Oldfield. *Oldfield* war der Akteur gewesen, nicht Goff. Was immer der Fall noch an verborgenen Windungen enthalten mochte – Havilland hatte ihn von Anfang an zum Narren gehalten; durch die L.A.P.D.-Personalakte hatte er Kenntnis von Lloyds Methoden gehabt und seine Aktionen entsprechend geplant. Der psychiatrische Bericht über Oldfield war ein kalkulierter Schachzug gewesen, basierend auf alten Beurteilungen der Hollywood Division, in denen von seiner Neigung zu »juristisch dubiosen Durchsuchungsmethoden« die Rede gewesen war. Schon vor ihrem ersten Zusammentreffen war er an der Nase herumgeführt worden, mit der »Night Tripper«-LP und den in der Praxis inszenierten Fotos von Linda Wilhite, und Linda und Stanley Rudolph und Goff und Oldfield und Herzog und wer-weiß-wie-viele andere hatten, als willentliche oder ahnungslose Komplizen des Arztes, an ihren Marionettenschnüren vor ihm herumgebaumelt. Die schlichte Brillanz dieses Unternehmens war überwältigend. Er hatte sich an eine stählerne Wand mit selbst errichteten Stahldornen gespießt.

Bevor die Dornen weiteres Blut fließen lassen konnten, ging Lloyd zu Fach 416 und schob den Schlüssel hinein. Die Tür klemmte kurz und öffnete sich dann. Drinnen lag ein .357er Colt *Python* und eine mit einem Gummiband umwickelte Rolle Zwanzig-Dollar-Scheine. Er hob den Revolver auf. Die Trommel war leer, aber der Lauf verströmte einen schwachen Paraffingeruch, und an der Unterseite des Gehäuserahmens klebte ein Plastiksticker mit der Aufschrift »Christie – L.A.P.D.«.

Wieder gruben sich die Dornen in sein Fleisch, von innen und von außen. Lloyd knallte das Schließfach zu und fuhr zum Parker Center.

In den Büros des Internal Affairs Department im sechsten Stock drängten sich Polizisten und Verwaltungsangestellte. Ein Officer in Uniform lief im Gang an ihm vorbei und warf ihm ein paar Worte der Erklärung zu. »Mein Partner und ich haben eben Marty Bergen hereingebracht. Haben ihn im MacArthur Park geschnappt, beim Entenfüttern. Er ist aussagebereit. Ein paar Bullen vom I.A.D. wollen ihn jetzt zur Brust nehmen.« Lloyd rannte zum Anwaltszimmer am Ende des Ganges. Vor dem Einwegspiegel drängten sich Polizisten in Zivil. Er quetschte sich dazu und sah Marty Bergen, Fred Gaffaney, einen Stenografen und eine unbekannte Frau, die aussah wie eine Pflichtverteidigerin, an einem Tisch voller Bleistifte und gelber Kanzleiblocks. Die Frau flüsterte Bergen etwas ins Ohr, die Finger des Stenografen verharrten über den Tasten, und Gaffaney befummelte seine Krawattenspange und trommelte auf dem Tisch herum.

Lloyd sah, daß Drähte unter der Deckenverkleidung entlangliefen. Er stieß den Officer neben ihm an. »Wird da irgendwo eine Sicherheitsaufzeichnung mitgeschnitten?«

Der Officer nickte. »Ist 'n Tonbandanschluß im Büro des Skippers. An seinem Schreibtisch sitzt auch noch 'n Stenograf.«

»Kopfhörer?«

»Lautsprecher.«

Lloyd nahm seinen Notizblock zur Hand und schrieb: Dr. John Havilland, Praxis: 1710 Century Park East – *sämtliche angewählten Telefonnummern der letzten 12 Monate, Praxis und Privatwohnung*. Er ging den Gang hinunter und klopfte an die Glastür von Gaffaneys Vorzimmer. Die Sekretärin öffnete und starrte ihn mit verschreckter Miene an. Er gab ihr den Block. »Der Captain wünscht, daß ich bei der Vernehmung zuhöre. Könnten Sie mir einen Gefallen tun und bei der Telefongesellschaft anrufen? Ich brauche diese Angaben.«

Die Frau runzelte die Stirn. »Der Captain hat mir verboten, das Büro zu verlassen. Kürzlich wurde hier Marihuana gestohlen, das als Beweismaterial benötigt wurde. Er mußte einen Verdächtigen laufenlassen, und darüber war er sehr böse.«

Lloyd grinste. »Das ist hart. Aber diese Bitte kommt direkt von Thad Braverton. Ich halte solange die Stellung.«

Das Stirnrunzeln der Frau vertiefte sich. »Also gut. Aber bitte lassen Sie keinen Unbefugten herein.« Ihre Finger schlossen sich um den Notizblock, und sie marschierte in Richtung der Aufzüge davon. Lloyd schloß die Tür von innen ab und betrat Gaffaneys Büro. Eine großmütterliche Stenografin saß am Schreibtisch und hackte auf ihrer Maschine herum; aus einem Lautsprecher an der Wand über ihrem Kopf tönte Gaffaneys strenge Stimme.

». . . und eine Anwältin ist zugegen. Bevor wir mit dieser Vernehmung beginnen, Mr. Bergen, wünschen Sie noch etwas zu sagen?«

Lloyd zog sich einen Stuhl heran und grinste die Stenografin an; die legte einen Finger an die Lippen und deutete auf den Lautsprecher, als plötzlich elektronisch verstärktes Gelächter durch das Zimmer hallte, gefolgt von Marty Bergens Stimme. »Yeah. Halten Sie bitte im Protokoll fest, daß ich erkläre, Ihre Krawattenspange sei ganz beschissen. Wenn das L.A.P.D. eine anständige Behörde wäre, würde man dreifach begründete Klage gegen Sie erheben: wegen ästhetischen Bankrotts, wegen Führens faschistischer Embleme und wegen allgemeiner Drittklassigkeit. Fahren Sie fort mit Ihrer Vernehmung, Captain.«

Gaffaney räusperte sich. »Ich danke Ihnen für diesen unerbetenen Kommentar, Mr. Bergen. Ich fahre also fort und werde eine Reihe spezifischer Fakten konstatieren. Erheben Sie bitte formellen Widerspruch, wenn Sie diese Fakten für unkorrekt halten. Erstens: Sie sind Martin D. Bergen, vierundvierzig Jahre alt. Sie wurden nach sechzehn Dienstjahren beim Los Angeles Police Department aus dem Dienst entlassen. Im Laufe Ihrer Dienstzeit befreundeten Sie sich mit Officer Jacob M. Herzog, der gegenwärtig vermißt wird. Sind diese Aussagen zutreffend?«

»Jawohl«, sagte Bergen.

»Gut. Ich fahre weiter fort. Vor sechs Tagen wurden Sie durch einen Detective des L.A.P.D. nach Officer Herzogs derzeitigem Aufenthalt befragt. Sie erklärten dem Detective, Sie hätten Herzog seit etwa einem Monat nicht mehr gesehen und Herzog sei bei Ihren letzten Zusammenkünften ›launisch‹ gewesen. Trifft das zu?«

»Ja.«

»Weiter: Wünschen Sie die Aussage, die Sie dem Officer gegenüber gemacht haben, in irgendeiner Weise zu ändern?«

Bergens Stimme wurde zu einem kalten Wispern. »Ja, das wünsche ich. Jack Herzog ist tot. Er hat sich mit einer Überdosis von Barbituraten umgebracht. Ich haben seinen Leichnam und einen Abschiedsbrief in seinem Appartement gefunden und in einem Steinbruch oben in der Nähe von San Berdoo begraben.«

Lloyd hörte, wie Bergens Anwältin nach Luft schnappte und anfing, warnend auf ihn einzuplappern. »Nein, verdammt noch mal«, schrie Bergen. »Ich will es erzählen!« Das Stimmengewirr wurde lauter, und Gaffaneys Organ gewann schließlich die Oberhand. »Wissen Sie noch, wo Sie den Leichnam begraben haben?«

»Ja«, sagte Bergen. »Ich bringe Sie hin, wenn Sie wollen.«

Der Lautsprecher verstummte und erwachte dann mit erregtem Wispern langsam wieder zum Leben. Schließlich fing Gaffaney wieder an. »Ohne daß ich Ihnen die Worte in den Mund legen will, Mr. Bergen – würden Sie sagen, daß die erste Aussage im Zusammenhang mit Officer Herzog, die Sie der Polizei gegenüber gemacht haben, irreführend oder inkorrekt war?«

»Was ich Hopkins erzählt habe, war reiner Quark«, sagte Bergen. »Als ich mit ihm sprach, lag Jack schon seit drei Wochen in seinem Grab. Sehen Sie, ich dachte ja, ich könnte danach einfach davonspazieren. Aber dann fing es an, in mir zu nagen. Ich ging auf eine Sauftour, um mir über alles klarzuwerden. Wenn die beiden Cops mich nicht gefunden hätten, wäre ich über kurz oder lang von selbst aufgekreuzt. Jack muß da in einen mächtigen Scheißhaufen getreten sein, denn sonst hätten Sie doch nicht nach mir fahnden lassen. Ich schätze, Sie haben zwei Gründe, mich hier festzuhalten – einmal den windigen Vorwurf, Jacks Leiche beseitigt zu haben, sowie den, gestohlene Dokumente entgegengenommen zu haben. Also stellen Sie Ihre Fragen, oder lassen Sie mich meine Aussage zu Protokoll geben, damit Sie Ihre Klage erheben können und ich meine Kaution stellen kann. Okay, Fred-Baby?«

Wieder folgte ein langes Schweigen. Diesmal war es Fred Gaffaney, der es brach. »Reden Sie, Bergen. Ich werde Fragen stellen, wenn ich es für nötig halte.«

Atemgeräusch drang aus dem Lautsprecher. Lloyds Körper spannte sich erwartungsvoll an. Er glaubte zu zerreißen, als Bergen sagte: »Jack hatte immer eine sehr dünne Haut; er hatte keines der Auslaßventile, wie andere Cops sie haben. Er hat nicht getrunken oder in Kneipen rumgehangen oder Weiber gejagt. Er hat gelesen und gebrütet und mit sich selbst im Wettkampf gelegen; er wollte immer so sein wie diese mystischen Kriegertypen, die er so sehr verehrte. Er setzte sich irgend etwas in den Kopf und wurde dann zum Berserker. Die letzten sechs Monate vor seinem Tod war er zum Beispiel besessen von dieser Idee, mich zu rehabilitieren, indem er beim L.A.P.D. eine Glaubwürdigkeitslücke herstellte – er wollte das

Department in einem schlechten Licht zeigen, so daß die Schmach meiner Entlassung sich daneben geringfügig ausnähme. Er redete und redete und redete davon, weil er ein Held war, und weil er mich so gern hatte, mußte er aus mir Feigling einen Helden machen, damit unsere Freundschaft real wäre. Etwa um diese Zeit lernte er in einer Bar einen Typen kennen. Der Typ machte ihn mit einem anderen Typen bekannt, einem ›aktengeilen Genie‹, wie Jack sagte. Der Typ war eine Art Guru, der all diesen kläglichen Guru-Anbetern Riesensummen abknöpfte und ihnen dafür half, ihre Probleme zu bewältigen und so weiter. Der Mann überredete Jack, ein paar Personalakten zu stehlen, die für ihre persönlichen Zwecke nützlich sein werden – für Jacks ›Glaubwürdigkeitslücke‹ wie für die spleenige Sucht dieses Gurus nach vertraulichen Informationen. Jack zeigte mir die Akten. Vier davon betrafen hohe Tiere, die nebenher als Werkschutzleiter arbeiteten und Zugang zu weiteren Personalakten hatten; der fünfte war Johnny Orlando, der Fernsehknabe, und der sechste war, das wissen Sie, Lloyd Hopkins. Jack dachte sich, die Informationen in diesen Akten würden ein schmutziges Bild des L.A.P.D. zeichnen und die Bedürfnisse des Gurus befriedigen.«

»Haben Sie die Akten noch?« fragte Gaffaney.

»Nein«, antwortete Bergen. »Ich hab' sie gelesen und Jack zurückgegeben. Ich hab' versucht, die Informationen in einer Serie von Kolumnen zu verwenden, gewissermaßen als Tribut an sein Andenken, aber schließlich sah ich ein, daß es nur ein Tribut an seinen Wirrkopf gewesen wäre, und gab die Sache auf.«

»Erzählen Sie mir mehr über diesen sogenannten Guru und seinen Freund.«

»Okay. Zunächst mal – ich weiß nicht, wie sie heißen, aber ich weiß, daß Jack sich von dem Guru beraten ließ, um über ein paar Dinge hinwegzukommen, die ihn plagten. Der Guru benutzte dabei vieldeutige Phrasen wie ›jenseits des Äußersten‹ und ›hinter der grünen Tür‹, was etwas mit einem alten Songtitel zu tun hat. Beide Phrasen kamen in Jacks Abschiedsbrief vor.«

Lloyd nahm den Telefonhörer ab und wählte eine Nummer, von der er zu neunundneunzig Prozent sicher war, daß sie Havillands Urheberschaft von A bis Z bestätigen würde.

»Hallo?«

Er wandte der Stenografin den Rücken zu und flüsterte: »Ich bin's, Linda.«

»Hopkins, Baby!«

»Hör zu – ich kann jetzt nicht reden, aber neulich nachts hast du etwas wie ›jenseits des Äußersten‹ und ›grüne Türen‹ gemurmelt. Woher hattest du diese Sprüche?«

»Von Dr. Havilland. Warum? Du klingst schrecklich aufgeregt, Hopkins. Was ist los?«

»Ich erzähl's dir später.«

»Wann?«

»Ich komme in zwei Stunden vorbei. Bleib zu Hause und warte auf mich, okay?«

Lindas Stimme wurde ernst. »Ja. Es geht um ihn, nicht wahr?«

»Ja.« Lloyd legte auf, und Bergen sagte eben: ». . . und an dem Schaum vor seinem Mund sah ich, daß er eine Überdosis Barbiturate genommen hatte. Er hat immer gesagt, wenn er je den Nachtzug nimmt, dann nie mit seinem Revolver.«

Gaffaney seufzte. »Sergeant Hopkins hat Herzogs Wohnung durchsucht; er sagt, sämtliche Flächen seien mit Scheuerpulver von Fingerabdrücken gesäubert worden. Haben Sie Wischspuren bemerkt, als Sie die Leiche fanden?«

»Nein. Da waren keine.«

»Erinnern Sie sich an den exakten Wortlaut von Herzogs

Abschiedsbrief, abgesehen von den Formulierungen, die Sie bereits erwähnt haben? Hat er die Gründe für seinen Selbstmord genauer ausgeführt?«

»Hier ist Schluß mit unserer Zusammenarbeit, Fred-Baby«, sagte Bergen. »Ich erzähle Ihnen alles, was Sie wollen – nur das nicht. Und soviel Zunder können Sie mir nicht geben, daß ich es mir anders überlegte.«

Das Klatschen zweier Handflächen auf der Tischplatte ließ den Lautsprecher vibrieren. »Nach diesem Statement machen wir ein paar Stunden Pause. Wir haben eine Verwahrungszelle für Sie vorbereitet, Mr. Bergen. Ihre Anwältin kann Ihnen Gesellschaft leisten, wenn sie Lust hat. Wir machen später an dieser Stelle weiter. Sergeant, zeigen Sie Mr. Bergen seine vorläufige Behausung.«

Der Lautsprecher wurde abgeschaltet. Lloyd stand auf und ging ins Vorzimmer. Er schaute durch das Fenster hinaus in den Gang und erhaschte einen Blick auf einen Officer in Zivil, der Bergen und seine Anwältin die Treppe hinauftrieb, die zu den Haftkäfigen im fünften Stock führte. Bergens Haltung nach seinem Geständnis verriet tiefe Erschöpfung – hängende Schultern, glasige Augen, schlurfender Gang. Lloyd salutierte seinem Rücken, als er um die Ecke verschwunden war. Als er sich abwandte, klopfte Gaffaneys Sekretärin an die Tür; sie hielt einen Stoß Papiere in der Hand.

»Hier sind Ihre Informationen, Sergeant.«

Lloyd öffnete und nahm der Frau die Blätter ab. »Ich erkläre Ihnen dieses Print-out«, sagte sie. »Der Dienststellenleiter hat mir die geschäftlichen und privaten Anrufe ausdrucken lassen, die bis vorgestern geführt wurden; die aktuelleren Daten sind noch nicht im Computer. Wenn Sie die Liste durchsehen, werden Sie feststellen, daß nur hinter wenigen Nummern auch Namen verzeichnet sind. Der Grund ist, daß er fast alle seine Privatgespräche mit Telefonzellen geführt hat. Ist das nicht sonderbar. Der Standort der Zellen steht neben den jeweiligen Nummern. Wollten Sie das haben?«

Wieder fühlte Lloyd ein sanftes *klick*. »Das ist ausgezeichnet. Tun Sie mir noch einen Gefallen? Rufen Sie den *obersten* Leiter der Gebührenzentrale bei Bell Telephone und bitten Sie ihn, mir die Nummern herauszusuchen, die in den letzten beiden Tagen von diesen zwei Telefonen aus angerufen worden sind. Er kann mich im Raub/Mord-Dezernat anrufen. Sagen Sie ihm, es handelt sich um eine entscheidend wichtige Information zu einem Mordfall. Tun Sie das für mich?«

»Ja, Sergeant. Werden Sie noch mit dem Captain sprechen? Ich weiß, daß es ihn interessiert, was Sie tun.« Lloyd schüttelte den Kopf. »Nein. Wenn er mich braucht, findet er mich in meinem Büro. Mit dieser Telefongeschichte werde ich ihn erst behelligen, wenn ich etwas Handfestes habe. Im Moment hat er genug am Hals.«

Gaffaneys Sekretärin senkte den Blick. »Ja. Er arbeitet viel zuviel.«

Lloyd trabte nach oben in sein Büro und fragte sich, ob diese Wiedergeburt eines alten Hexenjägers womöglich ein Gattinnenbetrüger war. Er schloß die Tür hinter sich und las die Liste der Telefonnummern durch, die aus Havillands Praxis und aus seinem Appartement in Beverly Hills angerufen worden waren, und er spürte, wie die *klicks* mit Hubert Douglas' Thomas-Goff-Zitat kollidierten: »Er nannte sich selber immer 'n ›beglaubigten Paranoiden‹, und er behauptete, er verwischt seine Spuren sogar, wenn er bloß zum Pissen geht, nur um nicht aus der Übung zu kommen.«

Die Anrufe zu den Telefonzellen deuteten darauf hin, daß auch *Havilland* ein »beglaubigter Paranoider« war. Die meisten der Anrufe waren an Münzfernsprecher gegangen, die maximal eine Viertelmeile weit von den Wohnungen Jack Herzogs, Thomas Goffs und Richard Oldfields entfernt standen. Die Anrufe bei Herzog begannen im vergangenen November; dies paßte zu Marty Bergens Aussage, Herzog habe den »Guru« vor sechs Monaten kennengelernt; der letzte hatte Ende März stattgefunden, etwa zur Zeit von Herzogs Selbstmord. Die Goff-Telefonate reichten vom Anfang des Computerausdrucks bis zu dem Tag nach dem Dreifachmord im Schnapsladen; die Oldfield-Gespräche erstreckten sich über die gesamte Liste bis zu ihrem Ende vor achtundvierzig Stunden.

Lloyd wandte sich den Standorten der übrigen Telefonzellen auf der Liste zu; er holte seine Thomas-Brothers-Straßenkarte von L.A. County hervor und hoffte, seine Theorie möge sich mit Marty Bergens Aussage decken, der behauptet hatte, der »Guru« knöpfe diesen »kläglichen Guru-Anbetern Riesensummen« ab. Standort der Telefonzelle – Index der Straßenkarte – Straßenkarte: fünf Zellen, fünf Bestätigungen. *Klick klick klick klick klick*. Alle fünf Münztelefone standen in den Einkaufszentren teurer Wohngegenden – Laurel Canyon, Sherman Oaks, Palos Verdes Estates, San Marino und Bunker Hill Towers. Schlußfolgerung: Andere »Guru-Anbeter«, die *innerhalb* der Ortsgesprächszone Century City und Beverly Hills wohnten, nicht gerechnet, hatte Dr. John Havilland mindestens fünf Personen, vielleicht unschuldig, vielleicht gewalttätig und geisteskrank, die er »beriet«. Unbeantwortete Frage: Wenn man Havillands »Paranoia« betrachtete, war es offensichtlich, daß er sich gerne genauere Untersuchungen *jeglicher* Art massiv absichern wollte. *Aber wo traf er dann mit seinen Patienten zusammen*?

Lloyd dachte an die Diplome in Havillands Praxis an der Wand: Harvard Medical School; dann zwei Krankenhäuser im Raum New York. *Klick. Klick. Klick*. Thomas Goff war in New York geboren und aufgewachsen. Konnte seine Verbindung zu dem Arzt in seine Zeit als Psychiatriepatient zurückreichen? Sämtliche Schlüssel lagen in der Vergangenheit, unter dem Mantel des Arztgeheimnisses verborgen. Lloyd stellte sich vor, er sei ein Guru-Anbeter, der ein Buch schreiben wolle, mit nichts weiter ausgerüstet als mit guten Absichten und einem Telefon. Fünf Minuten später war dieses Telefon zu einer Zeitmaschine geworden, die auf Dr. John Havillands Vergangenheit zujagte.

Die Geschichte mit dem Buch funktionierte. Jahre, bevor er sich der Geheimniskrämerei zuwandte, hatte John Havilland eine Neigung zur Autobiographie an den Tag gelegt, deren Auswirkungen der Nachwelt in Form eines Essays überliefert waren, vorgelegt bei der Aufnahme in die Harvard Medical School; sein alter Fakultätsmentor bezeichnete diesen Essay als »beispielhaft sowohl für eine exzellente Beherrschung der englischen Sprache als auch für die Darlegung vernünftiger Motive für die Entscheidung, den Beruf des Psychiaters zu ergreifen«.

In der Erinnerung an Havilland und seinen Essay begann der Mentor nur so zu sprudeln, und Lloyd erfuhr, daß der Guru-Psychiater 1945 in Scarsdale, New York, geboren war; er war zwölf Jahre alt gewesen, als sein Vater auf Nimmerwiedersehen verschwunden war, nicht ohne den kleinen John und seine Mutter auf das üppigste zu versorgen. Nachdem John einige Wochen lang über das Verschwinden seines Vaters spekuliert hatte, wurde er am Kopf verletzt; danach blieben ihm nichts als Erinnerungsfragmente und Fantasien über den Mann, der sein Erzeuger gewesen war, ein Flickenteppich aus Wahrheit und Illusionen, bei dessen Deutung ihm seine alkoholsüchtige Mutter in keiner Weise helfen konnte. Immer wiederkehrende Erinnerungssymbole, gute und böse – liebevolle Fahrten auf einem Riesenrad in der Bronx und beharrliche polizeiliche Vernehmungen zerrissen ihn innerlich und erfüllten ihn mit dem Verlangen, *sich selbst* kennenzulernen, indem er selbstlos *anderen* half, sich zu erkennen. 1957, im Alter von zwölf Jahren, nahm John Havilland sich vor, der größte Psychiater zu werden, den es je gegeben hatte.

Lloyd ließ den Mentor weitersprudeln, und er erfuhr, daß Havilland sich während seines Medizinstudiums in Harvard mit Symboltraumtherapie beschäftigt und preisgekrönte Arbeiten über Techniken der psychologischen Manipulation und der Gehirnwäsche verfaßt hatte und daß er als Arzt im Castleford Hospital gerichtlich eingewiesene Kriminelle therapiert hatte – mit erstaunlichen Resultaten: Nur wenige dieser Kriminellen waren je rückfällig geworden. Der Mentor schloß mit den Worten: »Danach arbeitete Dr. Havilland dann in Los Angeles. Viel Glück mit Ihrem Buch.« Er wartete auf eine Antwort, aber Lloyd knurrte nur: »Danke«, und legte auf.

Anrufe in den beiden Krankenhäusern, Castleford und St. Vincent's blieben fruchtlos; man war dort nicht bereit, ihm Auskunft über Dr. John Havilland zu geben oder ihm mitzuteilen, ob Thomas Goff dort jemals behandelt worden war. Die letzte Telefonmöglichkeit war das »böse Erinnerungssymbol« eines zwölfjährigen Jungen.

Lloyd rief das Police Department von Scarsdale, New York, an und sprach mit einer ganzen Reihe von diensthabenden Beamten und Verwaltungsangestellten; er erfuhr, daß die Akten des Departments aus der Zeit vor 1961 bei einem Brand vernichtet worden waren. Er wollte schon aufgeben, als ein pensionierter Officer, der seine alte Dienststelle besuchte, ans Telefon kam.

Der Mann erzählte Lloyd, irgendwann in den fünfziger Jahren sei ein stinkreicher Mann aus Scarsdale, ein gewisser Havilland, Hauptverdächtiger im Falle der Ermordung eines Gefängniswärters aus Sing-Sing namens Duane McEvoy gewesen, der seinerseits des Sexualmordes an mehreren jungen Frauen aus Westchester County verdächtigt worden war. Havilland hatte außerdem unter dem Verdacht gestanden, einen ganzen Block leerstehender Häuser in einem heruntergekommenen Bezirk von Ossining angezündet zu haben, darunter auch eine verfallene Villa, die der Polizeichef von Scarsdale als »Folterfabrik« bezeichnet habe. Havilland sei etwa um dieselbe Zeit verschwunden, da man McEvoys von Messerstichen zerhackten Leichnam im Hudson River treibend aufgefischt hatte. Soweit es dem pensionierten Officer bekannt war, hatte man ihn nie zur Rechenschaft gezogen oder auch nur wieder zu Gesicht bekommen.

Als Lloyd aufgelegt hatte, spürte er, wie das Klicken ein festes Netz der Gewißheit bildete. John Havilland hatte sich ihn als Gegenspieler auserkoren, als er bei ihrem ersten Zusammentreffen beiläufig bemerkt hatte, wie ähnlich er seinem Vater sah. Besessen von väterlicher Macht, hatte er sich gedrängt gefühlt, sich einen Hofstaat aus wissensschwachen »Sprößlingen« zuzulegen – darunter auch Goff und Oldfield –, die er zu Überträgern seiner eigenen Seuche formte und auf Missionen des Grauens sandte. Thomas Goff war vermutlich in Castleford Hospital auf Havilland gestoßen, kurz nachdem das Zuchthaus Attica ihn auf Bewährung entlassen hatte. Havillands »Therapie« hatte ihn von den kriminellen Neigungen abgelenkt, die sein Leben damals beherrscht hatten – daher seine zu hundert Prozent weiße Weste nach der Haft in Attica. Wahrscheinlich hatte er die »Guru-Anbeter« für Havilland rekrutiert; seine Streunerei durch die Bars und die Aussagen von Morris Epstein und Hubert Douglas deuteten darauf hin.

Das Klicken verließ das Reich der Gewißheit und sprang mit einem wilden Satz in das Reich purer Vermutung, aber nichtsdestoweniger war das Gefühl *richtig*: Thomas Goff war tot, ermordet von Havilland, nachdem er mit seinem .41er im Schnapsladen ausgerastet war. Havilland hatte Goffs Appartement dekoriert und das Album von »Dr. John the Night Tripper« als Köder hinterlegt. Der Mann, den Goffs Hauswirt am Nachmittag vor der Razzia gesehen hatte, war *Oldfield* gewesen, *verkleidet als Goff*. Howard Christie hatte Havilland eigenhändig umgebracht.

Idiot. Trottel. Schwachkopf. Blödmann. Gimpel. Selbstvorwürfe bohrten sich in sein Herz. Er stand auf und ging den Gang hinunter zu Thad Bravertons Büro, doch er hielt inne, als die Tür mit der Inschrift »Chief of Detectives« vor ihm aufragte wie eine Barriere, nicht wie eine Hafeneinfahrt. *Er hatte nichts als Indizien, Vermutungen, Theorien.* Er hatte keinen Beweis, auf dessen Grundlage man Dr. John Havilland hätte verhaften können.

Lloyd legte körperlich und geistig einen neuen Gang ein und begab sich in den Arrestbereich im fünften Stock; Marty Bergen saß allein in seinem Käfig und starrte durch das Drahtgitter nach draußen.

»Hallo, Marty.«

»Hallo, Hopkins. Kommen Sie, um Ihre Schadenfreude zu genießen?«

»Nein. Ich wollte mich für Ihre Aussage bedanken. Sie hat mir weitergeholfen.«

»Na prima. Ich bin sicher, Sie werden eine sensationelle Verhaftung hinlegen und sich 'ne neue Kerbe in Ihre Legende schnitzen.«

Lloyd spähte zu Bergen in den Käfig. Der Schatten des Maschendrahtes malte ein Zickzackmuster auf das Gesicht des Mannes. »Haben Sie eine Ahnung, wie groß diese Sache tatsächlich ist?«

»Yeah. Den größten Teil der Story hab' ich eben gehört. Schade, daß ich nicht darüber berichten kann.«

»Wer hat Ihnen davon erzählt?«

»Eine Quelle. Ich wäre ein beschissener Reporter, wenn ich

nicht meine Quellen hätte. Haben Sie schon einen Hinweis auf den Guru?«

Lloyd nickte. »Ja. Ich glaube, es ist bald vorbei. Warum haben Sie mir nicht gesagt, was Sie wußten, als wir das erstemal miteinander sprachen?«

Bergen lachte. »Weil mir Ihr Stil nicht gefiel. Ich habe getan, was ich tun mußte, indem ich ausgepackt habe, Hopkins; also bin ich clean. Verlangen Sie nicht, daß ich Ihnen jetzt in den Arsch krieche.«

Lloyd krallte die Finger in das Drahtgitter wenige Zoll vor Bergens Gesicht. »Kriech, wohin du willst, Pißnelke. Wenn Sie mir neulich die Wahrheit gesagt hätten, wäre Howard Christie heute noch am Leben. Setzen Sie das ruhig auf Ihre Schuldliste.«

Bergen zog den Kopf zwischen die Schultern. Lloyd ging davon, und seine Worte hingen in der Luft wie giftiger Fallout.

Während er westwärts auf Hollywood zufuhr, stellte Lloyd sich seine letzten unbeantworteten Fragen, und instinktiv gab er Antworten, die ebenso plausibel klangen wie der Rest seiner Hypothese. Wußte John Havilland, daß Jungle Jack Herzog tot war? Nein. Höchstwahrscheinlich vermutete er, daß Herzogs Scham über sein »Äußerstes« ihn darin hinderte, die Welt im allgemeinen oder die Polizei im besonderen auf den Mann hinzuweisen, der ihn »darüber hinaus« geführt hatte. Die Wischspuren in Herzogs Wohnung? Wahrscheinlich Havilland – wahrscheinlich am Tag nach dem Dreifachmord im Schnapsladen, als ihm klargeworden war, daß Goff unwiderruflich ausgeflippt war. Goff hatte Herzog rekrutiert; folglich lag es nahe, daß er Jungle Jacks Appartement besucht und dort Fingerabdrücke hinterlassen hatte. Havilland wäre daran gelegen gewesen, die potentielle Verbindung zu sich zu verwischen. Aber auf Herzogs Ebene hatte der Arzt seine Verwundbarkeit behalten.

Lloyd zwang sich, das Wort laut auszusprechen: Homosexualität. Sie steckte in Herzogs Heldenverehrung, in seinem schrecklichen Drang, als Polizist die Gefahr herauszufordern, in dem mangelnden sexuellen Interesse an seiner Freundin kurz vor seinem Tod. Bergen wollte auf den Abschiedsbrief nicht näher eingehen, weil das Wort in diesem Schriftstück stand, und in seinen Implikationen beleuchtete es Havillands tragischen Defekt: Er wollte, daß Jack Herzog durch die Welt zog und Zeugnis ablegte von der Macht eines Mannes, der einen Macho-Cop dazu gebracht hatte, Farbe zu bekennen.

Haß ergriff Lloyd wie ein Schraubstock und preßte ihn so heftig zusammen, daß er das Gefühl hatte, sein Hirn drohe ihm die Schädeldecke abzusprengen. In einem wütenden Reflex trat sein Fuß das Gaspedal auf das Bodenblech, und die Highland Avenue verschwamm vor seinen Augen. Da fiel ihm eine Zeile aus Marty Bergens Gedächtniskolumne ein, und er trat jäh auf die Bremse. »Laßt auferstehen an diesem Tag die Toten.« Er lächelte. Jungle Jack Herzog würde von »jenseits des Äußersten« zurückkehren und den Mann, der ihn in den Tod geschickt hatte, ans Messer liefern.

Lloyd fuhr am Hollywood Bowl vorbei und bog in den Windemere Drive ein. Er fluchte, als er sah, daß Oldfields Mercedes nicht vor dem Haus stand und daß eine Vielzahl von Grillpartys in den Vorgärten ihn daran hinderten, einen raschen Einbruch zu begehen. Er parkte, ging zum Haus und spähte durch das vordere Fenster hinein. Noch immer versperrten schwere Vorhänge den Blick nach innen. Wieder fluchte er und ließ seinen Blick flüchtig über den Vorgarten streifen; er hielt inne, als er einen weißen Fleck auf dem ansonsten gleichmäßig grünen Rasen entdeckte.

Er ging darauf zu. Der weiße Fleck war ein Stück Klebstreifen, und an der Klebstoffseite hing etwas, das aussah wie geronnenes Blut. Wieder ein leises *klick*, diesmal gefolgt von einem sanften Fragezeichen. Lloyd hob den Klebstreifen auf und fuhr dann in südlicher Richtung davon, um sich das nötige Material für seine Falle zu kaufen.

Er parkte vor der »Brass Rail«-Waffenhandlung an der La Brea, nahm Howard Christies .357er Magnum aus dem Handschuhfach und sah sich die Griffschalen an. Sie waren aus gerieftem Walnußholz, oben und unten mit Schrauben befestigt, auswechselbar – aber wegen der Riffelung nahmen sie keine Fingerabdrücke an. Lloyd fluchte, was das Zeug hielt. Dann ging er mit dem Revolver in den Laden, zeigte dem Händler seine Dienstmarke und erklärte, er suche einen großen Revolver mit auswechselbaren glatten Griffschalen, die auch an seinen Magnum paßten. Der Händler holte einen kleinen Schraubenzieher hervor und legte ein Sortiment von Revolvern auf die Theke. Zehn Minuten später war Lloyd um dreihundertfünf Dollar ärmer und stolzer Besitzer eines Ruger .44er Magnum mit dicken glänzenden Kirschholzgriffschalen. Aufgrund des offiziellen polizeilichen Dienstausweises hatte der Händler nicht auf der vorgeschriebenen dreitägigen Wartefrist bestanden. So bewaffnet, drückte Lloyd die Daumen und fuhr zu einer Telefonzelle. Hoffentlich hielt sein Glück weiter an.

Es hielt. Die Telefonistin im Raub/Mord-Dezernat hatte eine dringende Nachricht für ihn: Er sollte Katherine Daniel anrufen, Bell Telephone Company, 623-1102, Apparat 129. Lloyd wählte die Nummer, und nach wenigen Sekunden lauschte er einer rauchigen Frauenstimme, die ihm schilderte, wie die Achtung vor ihrem verstorbenen Vater, einem altgedienten Polizisten, sie angespornt habe, »den Arsch zu bewegen« und ihm die Informationen zu beschaffen, die er benötigte.

». . . und so ging ich also runter in den Computerraum und sah mir die aktuelle Eingabe für Ihre beiden Nummern an. Weder gestern noch heute wurde von einem der beiden Anschlüsse gesprochen. Das machte mich stutzig, und ich dachte mir, ich sehe mir diesen Havilland mal ein bißchen genauer an. Als erstes nahm ich mir die Computerakte mit seinen Telefonrechnungen vor, und zwar für die letzten anderthalb Jahre. Er hat die Rechnungen für beide Anschlüsse per Scheck bezahlt – nur nicht im vergangenen Dezember, als nämlich ein Mann namens William Nagler beide Rechnungen bezahlt hat. Ich überprüfte also diesen Nagler. Er bezahlt jeden Monat seine eigene Telefonrechnung *und* die Rechnung für einen Anschluß in Malibu. Er *wohnt* in Laurel Canyon, denn auf seinen Schecks steht seine Adresse, und außerdem hat er eine Laurel-Canyon-Telefonnummer. Aber –«

Lloyd fiel ihr ins Wort. »Von jetzt an lassen Sie's langsam gehen; ich schreibe mit.«

Katherine Daniel atmete einmal durch und redete weiter. »Okay. Wie gesagt, dieser Nagler bezahlte die Rechnung für diesen Anschluß in Malibu – vier-fünf-zwo, sechs-eins-fünf-eins. Die Adresse steht nicht dabei. Solange Nagler die Rechnungen für das Telefon dort übernimmt, kann es von uns aus in Timbuktu stehen. Na, jedenfalls – ich habe mir daraufhin die Ferngespräche, die innerhalb des vergangenen Jahres von Sechs-eins-fünf-eins aus geführt wurden, ausdrucken lassen, und dabei bin ich auf einen großen Teil der Telefonzellennummern gestoßen, die Sie bei Ihrer ersten Anfrage bekommen haben. Da hab' ich dann auch die Eingaben von gestern und heute überprüft und ein paar Ferngespräche gefunden, allesamt innerhalb dieses Bezirks. Wollen Sie die Nummern haben?«

»Ja«, sagte Lloyd. »Langsam und ruhig. Haben Sie auch Namen und Adressen dazu?«

»Dachten Sie, ich mache halbe Sachen, Officer?«

Lloyds gezwungenes Lachen klang in seinen eigenen Ohren hysterisch. »Nein. Schießen Sie los.«

»Okay. Sechs-zwo-drei, acht-neun-eins-eins, Helen Heilbrunner, Bunker Hill Towers, Appartement acht-dreiundvierzig; drei-eins-sieben, vier-null-vier-null, Rober Rice, eins-null-sechs-sieben-sieben Via Esperanza, Palos Verdes Estates; fünf-null-zwo, zwo-zwo-eins-eins, Monte Morton, eins-zwölf La Grange Place, Sherman Oaks; vier-acht-eins, eins-zwo-null-zwo, Jane O'Mara, neun-neun-null-neun Leveque Circle, San Marino; zwo-sieben-fünf, sieben-acht-eins-fünf, Linda Wilhite, neun-acht-eins-neun Wilshire, West L.A.; vier-sieben-null, acht-neun-fünf-drei, Lloyd W. Hopkins, drei-zwo-neun-null Kelton, L.A. – he, ist der letzte vielleicht ein Verwandter von Ihnen?«

Lloyd hatte sein Lachen inzwischen vervollkommnet. »Nein. Hopkins ist ein häufiger Name. Haben Sie Naglers Telefonnummer und seine Adresse?«

»Aber gewiß. Vier-neun-acht-null Woodbridge Hollow, Laurel Canyon. Telefon vier-sechs-drei, null-sechs-sieben-null. War's das?«

»Jawohl. Leben Sie wohl, bezaubernde Katherine.«

Ein rauchiges Kichern kam aus dem Hörer.

Schwitzend und mit vor Anspannung zitternden Knien rief Lloyd Dutchs persönlichen Apparat im Revier Hollywood an; ein diensthabender Sergeant meldete sich und gab an, Captain Peltz sei für den Nachmittag außer Haus, aber er rufe stündlich an, um Nachrichten entgegenzunehmen. Lloyd erklärte, langsam und deutlich, was er wollte: Dutch sollte vertrauenswürdige Kriminalpolizisten zu den folgenden Adressen schikken, damit sie dort die Leute, die ihnen die Tür öffneten, einschüchternden »Routinebefragungen« unterzögen, wobei die Formeln »jenseits des Äußersten« und »hinter der grünen

Tür« als Schlüsselphrasen benutzt werden sollten. William Naglers Namen und Anschrift behielt er für sich, aber die anderen las er vor, und dann ließ er sich von dem Officer wiederholen, was er ihm aufgetragen hatte. Befriedigt erklärte Lloyd, er werde nun seinerseits stündlich anrufen, um Dutch klarzumachen, wie dringlich die Sache sei. Dann legte er auf.

Jetzt kam der riskante Teil. Jetzt ging es um die bewußt getroffene Entscheidung, das Leben einer unschuldigen Frau aufs Spiel zu setzen, um eine Mordanklage auf die Beine zu bringen – ein Unternehmen, das seine beklagenswerte Bereitschaft sichtbar machte, sich über alles hinwegzusetzen, was mit Teddy Verplanck geschehen war. Auf der Fahrt zu Lindas Appartement betete Lloyd, sie möge etwas sagen oder tun, was diesen riskanten Schachzug als richtig oder falsch erweise und ihnen beiden den Vorwurf der Feigheit oder der Bedenkenlosigkeit ersparte.

Linda öffnete mit einem Drink in der Hand. Lloyd sah ihre Haltung und das Licht in ihren Augen, und er sah, wie Entrüstung in Ärger mündete – eine Prostituierte, die einmal zu oft verarscht worden war. Als er sie umarmen wollte, wich sie ihm aus. »Nein. Zuerst mußt du erzählen. Und dann darfst du mich nicht anrühren, denn sonst verliere ich, was ich empfinde.«

Lloyd ging ins Wohnzimmer und setzte sich auf das Sofa; er hatte regelrecht Angst, Lindas aufrechte Redlichkeit könnte grünes Licht auf allen Ebenen bedeuten. Er zog den .44er Magnum heraus und legte ihn auf den Tisch. Linda zog sich einen Sessel heran und betrachtete den Revolver, ohne mit der Wimper zu zucken. »*Erzähl*, Hopkins.«

Aufmerksam jede Nuance in Lindas Reaktionen beobachtend, erzählte Lloyd die ganze Geschichte des Falls Havilland und schloß mit seiner Theorie darüber, wie der Arzt auch sie beide gegeneinander ausgespielt und damit gerechnet habe, daß sich zumindest eine einseitige Zuneigung entwickeln würde. Lindas Miene war während seines Berichtes unbewegt geblieben, und erst als Lloyd geendet hatte, erkannte er, daß ihre innerste Empfindung ein ehrfürchtiges Staunen war.

»O Gott«, sagte sie. »Wir haben es mit dem Moby Dick unter den Psychopathen zu tun. Glaubst du, er ist ehrlich scharf auf mich, oder ist das nur ein Teil seiner Intrige?«

»Eine gute Frage«, sagte Lloyd. »Ich glaube, anfangs war es ein Teil seiner Intrige, denn – er wollte sich selbst als einen von uns Frauenliebhabern darstellen. Später aber, glaube ich, war er ehrlich eifersüchtig, weil du dich zu mir hingezogen fühltest, und sei es nur, weil er für mich die Rolle seines Gegenspielers vorgesehen hatte. Plausibel? Du kennst den Schweinehund besser als ich.«

Linda dachte über die Frage nach. »Ja. Mein erster Eindruck war, daß Havilland ein im Grunde asexueller Mensch ist. Und was kommt jetzt, Hopkins? Was soll der Revolver auf meinem Tisch?«

Mit innerlichem Schrecken sah Lloyd, daß Linda seine Zweifel mit perfekten Reaktionen und den richtigen Fragen beschwichtigte. Ein Licht leuchtete in seinem Kopf auf und vertrieb das beklemmende Gefühl in seiner Brust. Nur wenn sie von sich aus den richtigen Satz sagte, würde er das Risikogambit in Gang setzen. »Ich habe keine handfesten Beweise. Ich kann Havilland nicht verhaften, ohne daß man ihn in kürzester Zeit wieder laufenlassen müßte. Er hat dich heute angerufen, nicht wahr?«

»Ja. Woher weißt du das?«

»Vom Telefoncomputer; ich habe eben davon gesprochen. Was wollte er von dir?«

»Ich hatte ihn angerufen, um ihm zu sagen, daß ich mit der Therapie aufhören will. Sein Auftragsdienst hat es ihm ausgerichtet. Er bat mich beinahe flehentlich um eine letzte Sitzung. Ich war einverstanden. «

»Wann?«

»Heute abend um sieben.«

Lloyd sah auf die Uhr. Fünf nach sechs. »Noch eine Frage, bevor wir auf den Revolver zu sprechen kommen. Neulich hast du mir vom Tod deiner Eltem erzählt und davon, daß du manchmal sehr dunkle Gedanken hast. Weiß Havilland davon? Hat er im Laufe der Therpie größeres Gewicht auf den Tod deiner Eltern gelegt?«

»Ja«, sagte Linda. »Er ist besessen davon. Davon und von gewissen Gewaltfantasien, die ich habe. Wieso?«

Lloyd würgte eine Woge der Angst herunter. »Ich brauche Havillands Fingerabdrücke auf den Griffschalen dieses Revolvers. Wenn ich sie habe, schraube ich die Schalen an den Kolben von Christies Waffe, besorge mir Havillands Fingerabdrücke aus den Akten und nehme ihn wegen Mordes fest. Damit und mit weiterem Indizienmaterial werde ich ihm etwas anhängen können. Ich möchte, daß du den Revolver heute abend mit zu der Sitzung nimmst. Verwahre ihn in deiner Handtasche und berühre den Griff nicht. Erzähle Havilland, daß deine Fantasien an Gewalttätigkeit zunehmen und daß du dir eine Waffe gekauft hast. Tu nervös, wenn du sie ihm gibst, fasse sie an Lauf und Rahmen an. Wenn ich ihn richtig einschätze, wird er sie beim Kolben nehmen; er wird dir zeigen, wie man damit umgeht, und sie dir zurückgeben. Nimm sie nervös beim Lauf oder beim Abzugsbügel und leg sie zurück in deine Handtasche. Nach der Sitzung fährst du nach Hause und wartest auf meinen Anruf. Havilland ahnt nicht, daß ich ihm auf der Spur bin; also besteht für dich keine Gefahr.«

Lindas Lächeln erinnerte ihn an Penny und daran, daß sie in ihren rebellischen Augenblicken am schönsten war. »Das glaubst du selbst nicht, Hopkins. Du zitterst. Aber ich tu's – unter einer Bedingung. Ich will, daß die Waffe geladen ist. Wenn Havilland durchdreht, möchte ich mich verteidigen können.«

Von sich aus hatte Linda den richtigen Satz ausgesprochen, und ein grünes Licht blinkte in seinem Kopf. Er nahm sechs .44er Patronen aus der Jackentasche und legte sie auf den Couchtisch. Der Augenblick gefor, und ihm war, als wäre nichts als Luft unter seinen Füßen. Linda legte ihm die Hand auf den Arm. »Ich glaube, darauf habe ich seit langem gewartet«, sagte sie.

22

Die Zeitmaschine raste rückwärts, angetrieben von einer hochoktanigen Natrium-Pentothal-Injektion. Kalenderblätter flatterten im Wind. Bilderbombardements jüngst erlebter Spießrutenläufe wirbelten die Blätter näher und näher, bis die Druckerschwärze der Zahlen ihn erdrückte und sein Innerstes nach außen kehrte.

Samstag, der 2. Juni 1957. In der Schule hatte Johnny Havilland gehört, daß es am Rande der Niggertown von Ossining einen Autofriedhof gibt, der eine wahre Schatztruhe für Chromteile ist. Der alte Bimbo, der dort aufpaßt, verscherbelt spitzenmäßige Kühlerornamente für eine Flasche Urwaldmaggi, und wenn man über den Zaun klettert, kann man 'n heißes Ding klauen und wieder weg sein, ehe er einen schnappen kann. Jimmy Vanderwort hat 'n Bulldog von 'nem Mack-Truck für neununddreißig Cents gekriegt; Fritz Buckley hat für die Kimme vom Kühler eines '48er Buick gar nichts bezahlen müssen, und als der Nigger für irgend 'n T-Bird Kohle sehen wollte, hat er ihm 'n Schluck Schnaps spendiert. Johnny stellt sich vor, wie er allerlei Chrom-Schnickschnack klaut und seinem Vater schenkt, damit der sein '56er Ford-*Vicky*-Kabrio damit aufpeppen kann. Also fährt er mit dem Bus hinauf nach Ossining; ein paarmal muß er umsteigen, und kaum eine Stunde später wandert er durch die Straßen einer Negerbarakkenstadt im Schatten des Zuchthauses Sing-Sing.

Die Straßen erinnern ihn an Fotos, die er einmal gesehen hat – Fotos von Hiroshima, nachdem Uncle Sam den Japsen die Atombombe aufs Dach geschmissen hatte. Schutthaufen in den Vorgärten leerstehender Häuser; leere Weinflaschen und der Morast aus verstopften Gullys in den Gossen; ausgemergelte Hunde, die jemanden oder etwas zum Beißen suchen. Und die Neger verstärken das Atombombenmotiv noch: Hager und mißtrauisch sehen sie aus, wie Mutantenwesen, geröstet im atomaren Fallout. Es schaudert Johnny, als er sich an die Flut der Horrorfilme erinnert, die er gegen den Wunsch seiner Mutter gesehen hat. Irgendwie macht ihm das hier mehr angst, und weil es ihm mehr angst macht, wird er um so mehr zum Mann werden, wenn er hier stiehlt.

Eben will Johnny einen der Neger nach dem Weg zum Autofriedhof fragen, als er unten an der Ecke eine vertraute Farbe erblickt. Er geht darauf zu und sieht den *Vicky* seines Vaters, der vor einem alten, mit Teerpappe beklebten Holzhaus parkt. Das Haus ist auf allen Seiten mit Obszönitäten und Hakenkreuzen beschmiert. Wie von einer magnetischen Kraft angezogen, klettert Johnny durch ein zerbrochenes Fenster hinein.

Als er drinnen im Dunkeln auf den morschen Dielen steht, wird der Magnet zum Gelächter seines Vaters; es schallt von einer Treppe zu seiner Linken herunter. Er geht darauf zu und hört, wie der fröhliche Bariton seines Vaters mit dem schrillen Wiehern eines anderen Mannes verschmilzt. Das Sirren und

Klicken eines Getriebes dringt durch die Stimmen, als Johnny leise die Treppe hinaufschleicht. Mit beiden Händen umklammert er das Geländer.

Als er im ersten Stock angekommen ist, findet Johnny eine Tür; er späht durch die Finsternis, um zu sehen, ob sie grün ist. Das Lachen und das Rädersurren werden lauter, und dann öffnet ein Luftzug die Tür einen Spaltbreit. Johnny nähert sich auf Zehenspitzen und lugt hinein.

Gestank schlägt ihm entgegen, als sein Blick auf den Rükken seines Vaters und eines Mannes in grauer Uniform trifft, die vor einem rasant rotierenden Objekt stehen. Der Gestank ist der von Blut und menschlichen Ausscheidungen und Schweiß. Eine grüne Filzdecke mit den Markierungen eines Spieltisches liegt auf dem Boden, bedeckt mit Münzen und Geldscheinen. Die Wände und die Decke sind hellrot gesprenkelt, und leuchtend rote Rinnsale tröpfeln auf den Boden. Johnny kneift die Augen zusammen und sieht, daß sein Vater einen scharfen Meißel in der Hand hält. Er sticht mit dem Meißel in das vor ihm rotierende Objekt, und ein Spritzer roter Flüssigkeit durchschneidet die Luft. Der Mann in der grauen Uniform lacht und schreit: »Scheiße – auf die Zehn!« Er tritt zurück, greift in die Tasche und wirft ein Bündel Banknoten auf das Filztuch. Das rotierende Objekt kommt zum Stehen und wird erkennbar.

Eine nackte Frau hängt an einer sperrholzverstärkten Korkplatte, die senkrecht auf einem gemauerten Fundament montiert ist. Dahinter steht ein Getriebe aus Motorradketten und Rasenmähertreibriemen. Fußschellen umschließen die Knöchel der Frau, und ihre Handgelenke sind an die Korkscheibe genagelt. Brust und Gliedmaßen sind von Schnittwunden übersät, aus denen Blut quillt, und in ihrem Mund steckt ein schwarzer Gummiball, der von kreuzweise angebrachten Klebstreifen festgehalten wird.

Johnny beißt sich in die Hand, um nicht zu schreien, und er spürt, wie seine Fingergelenke zwischen seinen Zähnen knakken. Mit Augenschlitzen starrt er auf die erste nackte Frau, die er je gesehen hat, und er sieht ihren aufgeschwollenen Bauch und weiß, daß sie schwanger ist.

Sein Vater ergreift einen Handgriff oben an dem Korkbrett und zieht ihn nach unten; mit seinem ganzen Oberkörper lehnt er sich dabei nach vorn, um den Schwung zu verstärken. Die Frau kreist kopfüber-kopfunter, und der Mann in der Uniform kräht: »Wie wär's mit zehn Dollar auf eine Roulette-Abtreibung?«

Johnny beobachtet, wie der Meißel sich senkt, und mit blutig gebissenen Fingern reißt er sich selbst die Augen auf, denn er weiß, er muß es sehen, er weiß, was da geschehen *muß*, aber statt dessen sieht er seinen Daddy neben sich in der Gondel des Riesenrades im Playland in der Bronx, der ihm zuflüstert, alles werde wieder gut werden und er könne *so oft* fahren, wie er wolle, und so viel Zuckerwatte essen, wie er möchte, und Mommy werde mit dem Trinken aufhören und sie würden eine richtige Familie werden. Dann aber sagt der Uniformierte: »Es ist ein Junge!« und Johnny hört sich selber schreien, und der Uniformierte stürzt sich mit dem Meißel auf ihn, und sein Vater ersticht den Uniformierten mit einem Messer und sticht dann *ihn* mit einer Nadel und wispert: »Ruhig, Johnny, ruhig, mein Hübscher, ruhig, Baby.«

Die Zeitmaschine drängt sich durch Tage, die erfüllt waren vom Nebel der Beruhigungsmittel, vom Weinen der Mutter und von Baxter, dem Anwalt, der ihr versicherte, es werde immer Geld dasein, und von ernst blickenden Männern in billigen Sommeranzügen, die sie fragten, wo der Vater sei und ob er einen Mann namens Duane McEvoy kenne. Mutters Schreien: »Nein, Sie können mit dem Jungen nicht sprechen – er weiß nichts!« Und dann geht Baxter, der Anwalt, mit ihm in eine Triple-Feature-Show von Horrorfilmen in einem Kino in White Plains und erklärt ihm, daß Vater für immer fort sei, aber daß er sein Kumpel sein wolle. Mitten in *Frankensteins Fluch* stürmen Bilder der kreisenden Scheibe auf ihn ein. Alles kehrt zu ihm zurück, und der Gedanke an das Riesenrad stirbt, hingemetzelt durch den Film von der Kaiserschnittgeburt in Technicolor und Cinemascope.

»Es ist ein Junge!«

Johnny rennt aus dem Kino und trampt zur Niggertown von Ossining. Die gleichen Atombombenneger und hungrigen Hunde manövrieren an der Peripherie umher, aber der Block ist bis auf die Grundmauern niedergebrannt.

Aber es ist hier geschehen.

Nein, es war ein Alptraum.

Aber es *ist* hier geschehen.

Ich weiß *es* nicht.

Wochen vergehen. Die Zeitungen schreiben den Brand in Ossining »unvorsichtigen schwarzen Kindern« zu, die »mit Streichhölzern gespielt haben«, und dankbar stellen sie fest, daß niemand zu Schaden gekommen sei. Johnny trauert um seinen verlorenen Vater und belauscht Mutters Telefongespräche mit Baxter. Mehrmals fordert sie den Anwalt auf, ihr die Cops ein für allemal vom Halse zu schaffen, koste es, was es wolle. Schließlich ruft Baxter zurück und sagt Mutter, es sei alles geregelt, aber um sicherzugehen, solle sie alles vernichten, was Vater gehöre, einschließlich dessen, was sich in seinen Banksafes befinde. Johnny weiß, daß es im Arbeitszimmer seines Vaters nichts Interessantes gibt – nur seine Gewehre und seine Munition und seine Bücher; aber die Banksafes hat er vergessen. Er stiehlt die Schlüssel zu den Schließfächern aus dem Schreibtisch seines Vaters und fälscht einen Brief an den Leiter der First-Union-Bank-Filiale in Scarsdale Village. Der alte Scheißer frißt die Fälschung mit Haut und

Haaren; amüsiert lächelt er über den zwölfjährigen Jungen, der für seinen Daddy den Bankboten spielt. Johnny verläßt die Bank mit einer braunen Papiertüte voll blauer Aktien und einem in schwarzes Leder gebundenen Tagebuch, das aussieht wie eine Bibel.

Johnny geht zum Bahnhof und will in die Stadt fahren, um ins Kino zu gehen. Ein Penner, der nicht nach Scarsdale paßt, versucht, ihm Fahrgeld abzuschwatzen. Johnny gibt ihm die Aktien. Im Zug nach Manhattan schlägt Johnny das Tagebuch auf und liest, was sein Vater geschrieben hat. Die Worte beweisen unwiderlegbar, daß das, was er am 2. Juni 1957 in der Niggertown von Ossining gesehen hat, Wirklichkeit war.

Seit 1948 hat Vater, allein und unterstützt von einem Gefängniswärter aus Sing-Sing namens Duane McEvoy, achtzehn Frauen gefoltert und ermordet, einige davon in Westchester County, andere in diversen Städten in der Umgebung seiner Lieblingsreviere für die Entenjagd. Die Verstümmelungen, der sexuelle Mißbrauch und die Zerstückelungen am Schluß werden in allen Einzelheiten beschrieben. Johnny zwingt sich, alles Wort für Wort zu lesen. Tränen rinnen ihm übers Gesicht, und die Erinnerungen an das Riesenrad kämpfen mit den Worten, die er liest, um den Vorrang. Das gutmütig kreisende Ding scheint zu siegen, als der Zug in die Grand Central Station einläuft. Da kommt Johnny zu dem Teil, der beweist, wie sehr sein Vater ihn liebt, und plötzlich ist alles verrückt.

Der Junge ist um so viel gerissener als ich, es ist beängstigend. Grips ist alles. Ich habe Duane so lange als meinen Lakaien halten können, weil das dumme Arschloch weiß, daß *ich* derjenige bin, der verhindert, daß *er* gefaßt wird. Als Johnny die Ratten tötete und die Hunde erschoß, sah ich, wie er beinahe über Nacht kalt wurde, und als ich sah, daß er auch gerissen und wachsam und vorsichtig wurde, wußte ich, daß ich Angst hatte. Ich wollte auf ihn zugehen und ihn lieben, aber wenn ich mich von ihm fernhalte, macht ihn das stärker und lebenstüchtiger. Johnny-Boy ist wie ein Eisberg – kalt, und zu sieben Zehnteln unter der Oberfläche. Wahrscheinlich traut er sich nicht, menschliche Beute zu erlegen – er ist zu manipulativ, zu asexuell. Es wird interessant sein, ihn zu beobachten, wenn er in die Pubertät kommt. Wie wird er sich dann zu beweisen versuchen?

Johnny läuft durch den großen Bahnhof und weint ganz offen. Als er auf die 42nd Street hinausgelangt, wirft er die Todesbibel in einen Gully und schleudert seinem Vater ein lautloses Gelübde hintendrein: Er wird ihm zeigen, daß er vor nichts Angst hat.

Herbst 1957. Johnny erwägt die potentiellen Opfer an der Scarsdale Junior High-School. Er weiß, damit er das Vermächtnis seines Vaters erfüllen kann, müssen sie weiblichen Geschlechts sein. Über diese erste, essentielle Qualifikation hinaus legt er seine eigenen Kriterien fest: Es müssen hochnäsige, kichernde Weiber sein, die nach dem Unterricht noch in der Schule bleiben, um an außerstundenplanmäßigen Streberaktivitäten teilzunehmen, und die dann durch die Unterführung an der Garth Road nach Hause gehen, wo er sie mit einem rasiermesserscharfen Stilett erwartet, wie Vic Morrow in *Saat der Gewalt* eines benutzt.

Johnnys Auswahl macht Fortschritte, als er sich in der Unterführung auf die Lauer legt. Schließlich entscheidet er sich für Donna Horowitz, Beth Shields und Sally Burdett, drei Streberinnen, die täglich bis in die Dunkelheit hinein im Chemielabor bleiben, Reagenzgläser spülen und Mr. Salcido für eine gute Note in den Arsch kriechen. Stich. Stich. Stich. Jeden Abend schleift Johnny sein Stilett, und er fragt sich, ob Vater je drei auf einmal kaltgemacht hat. Er setzt das Datum der Hinrichtung fest: der 1. November 1957. Die drei werden wie immer um fünf nach halb oder zwanzig vor sechs durch die Unterführung kommen; er wird zwölf Minuten Zeit haben, sie abzumurksen und dann in Windeseile zum Bahnhof zu hetzen, um den Fünf-Uhr-zweiundfünfzig in die Stadt noch zu erwischen. Stich. Stich. Stich.

1. November 1957. Um halb sechs steht Johnny links in der Unterführung bei der Garth Road; er trägt Bluejeans und eine Jagdweste, die er aus der Hinterlassenschaft seines Vaters gerettet hat. Die Weste hat Schlaufen, in die man Schrotpatronen stecken kann, und hängt ihm bis auf die Knie. Das Stilett steckt in einer Plastikscheide an seinem Gürtel.

Die drei Opfer nähern sich pünktlich der Unterführung. Donna Horowitz entdeckt Johnny und fängt an zu kichern. Sally Burdett johlt: »Ist das Johnny Havilland oder Chucko der Clown? Guckt euch diese verrückte Weste an!« Johnny zieht sein Messer, als Beth Shields an ihm vorbeitänzelt. »Schlappschwanz, Schlappschwanz«, höhnt sie. Er springt vor, und das Stilett verhakt sich in der Westentasche. Die Klinge ritzt ihm die Haut an den Rippen, und er schreit und fällt vornüber auf die Knie. Die Mädchen umringen ihn und kreischen vor Lachen. Johnny sieht ein Kaleidoskop aus Kaiserschnitt, Riesenrad und seinem Vater, der in das Gelächter einstimmt. Wieder schreit er, um das alles zum Schweigen zu bringen. Als es ihm nicht gelingt, schlägt er mit dem Kopf auf den Asphalt, bis alles still und schwarz wird.

Aber das Schlagen hört nicht auf. Eine Frauenstimme ruft: »Dr. Havilland, sind Sie da?« und der Night Tripper fühlt sich in die Gegenwart zurückkatapultiert. Seine Praxis, ein Filmprojektor und eine tragbare Leinwand nehmen Gestalt an. Die Stimme muß Linda Wilhite gehören, die draußen an die Vorzimmertür hämmert. Sein erster Gedanke an die nunmehr vernichtete Leere seiner Kindheit ist erfüllt von Dankbarkeit gegen seinen persönlichen Gott, der ihm den Mut, in die Leere einzubrechen, erst gegeben hatte, als er auch den Mut gegeben hatte, zu töten und sich die Liebe seines Vaters zu verdienen. Auf den Sekundenbruchteil genau war ihm sein Schicksal zuteil geworden.

»Dr. Havilland, sind Sie da? Hier ist Linda Wilhite.«

Der Doctor stand auf und atmete tief durch. Dann rieb er sich die Augen. Seine Beine fühlten sich an wie aus Gummi, aber das kam von der Pentothal-Injektion und war nicht weiter verwunderlich – er war, technisch gesprochen, ein neugeborenes Geschöpf. Er probierte seine neue Stimme aus. »Moment, Linda. Ich komme.« Als er seinen vertrauten Bariton hörte, ging er hinaus ins Vorzimmer und öffnete die Tür.

Linda Wilhite stand draußen; sie sah uncharakteristisch nervös aus. »Hallo, Linda«, sagte Havilland. »Fühlen Sie sich wohl? Sie wirken ein wenig gereizt.«

Linda ging an ihm vorbei in sein Privatbüro und setzte sich auf ihren gewohnten Platz. Als Havilland ihr hereingefolgt war, sagte sie: »Ich hatte jetzt ein paar höchst merkwürdige Gewaltfantasien. Ich habe mir sogar eine Schußwaffe gekauft.« Sie deutete auf Leinwand und Projektor. »Sind das die visuellen Hilfsmittel, von denen Sie sprachen?«

Havilland nahm ihr gegenüber Platz. »Ja. Erzählen Sie mir von Ihren neuen Fantasien. Sie scheinen unter starkem Streß zu stehen. Sind Sie sicher, daß Sie die Therapie unter solchen Umständen abbrechen möchten?«

Linda rutschte in ihrem Sessel hin und her und umklammerte die Handtasche in ihrem Schoß. Als die letzte Benommenheit von seinem Pentothal-Trip verflog, sah Havilland, daß sie unter der Nervosität äußerst wütend war. »Ja. Ich möchte die Therapie immer noch abbrechen. *Sie* scheinen unter Streß zu stehen. Und ein bißchen beduselt sehen Sie auch aus. Jeder steht unter Streß. Es sind stressige Zeiten heutzutage, wußten Sie das noch nicht, verdammt noch mal?«

Havilland hob besänftigend die Hände. »Ruhig, Linda. Ich bin auf Ihrer Seite.«

Linda seufzte. »Entschuldigung. Ich wollte nicht keifen.«

»Schon gut. Erzählen Sie mir von Ihren neuen Fantasien.«

»Sie sind unheimlich«, sagte Linda. »Variationen zu der Geschichte mit dem Pullovermann. Im Grunde fühle ich mich bedroht, und zwar vom selben Typ Mann, auf den ich immer heiß war. In meinen Fantasien werde ich von solchen Männern gehetzt. Die Fantasien enden immer damit, daß ich sie erschieße.« Sie griff in ihre Handtasche und zog einen großen, blaustählernen Revolver heraus; sie hielt ihn an Lauf und Trommel umfaßt. »Sehen Sie, Doctor? Glauben Sie, ich bin verrückt?«

Havilland streckte die Hand aus und nahm ihr den Revolver ab. Mit festem Griff umfaßte er die glatten Holzschalen und zielte mit der Waffe auf die Leinwand. »Ich bin stolz auf Sie«, sagte er und gab ihr den Revolver, Kolben voraus, zurück.

Linda steckte ihn wieder in ihre Handtasche. »Wieso?«

»Weil dies, wie Sie schon sagten, stressige Zeiten sind. Sie sind eine starke Persönlichkeit, und in Streßzeiten gehen starke Persönlichkeiten bis jenseits des Äußersten. Schieben Sie Ihren Sessel herüber. Ich möchte Ihnen einen kleinen Privatfilm zeigen.«

Linda drehte ihren Sessel so, daß sie vor der Leinwand sitzen konnte. Havilland stand auf und schob das Ende des Filmstreifens in den Einfädelmechanismus des Projektors; dann schaltete er das Gerät ein und knipste die Deckenbeleuchtung aus. Weiße Vierecke blitzten über die Leinwand, gefolgt von einem ruckhaften Schwenk durch ein Schlafzimmer und weiteren weißen Vierecken.

Dann fing eine blonde Frau in Schwesterntracht an, sich auszuziehen. Nahaufnahmen zeigten einzelne körperliche Mängel: eine kleine Narbe auf dem Bauch, Krampfadergeflechte, zellulitische Partien. Als sie nackt war, vollführte sie einen unbeholfenen Vamptanz, und dann legte sie sich auf eine mit einem blauen Laken bezogene Matratze.

Ein nackter Mann kam zu ihr, das Gesicht von der Kamera abgewandt. Die beiden umarmten sich, lösten sich wieder voneinander und rutschten zu entgegengesetzten Seiten der Matratze. Die Frau sah sich ratlos um, der Mann vergrub das Gesicht im Laken. Eine ganze Weile blieben die beiden so, und dann rollte die Frau sich unter den Mann, und sie taten, als vollzögen sie Geschlechtsverkehr.

Linda umklammerte ihre Handtasche. »Was soll das sein – ein Amateurpornoabend? Ich dachte, dies sei eine Therapiesitzung?«

»Pssst«, flüsterte Havilland. »In ein paar Sekunden sehen Sie, worauf es ankommt.«

Die Leinwand wurde weiß, und dann sah man die Blonde in der Totalen; sie lehnte, wieder in Schwesterntracht, an der Schlafzimmerwand. Plötzlich stürzte sich ein ebenfalls bekleideter Mann auf sie. Die Leinwand wurde noch einmal weiß, und dann erfüllte die extreme Nahaufnahme eines durchsichtigen Plastikkissens den Bildausschnitt. Die Mündung eines Revolvers bohrte sich in das Kissen. Ein Finger krümmte sich um den Abzug, und die Leinwand färbte sich rot. Die Kamera zeigte in Nahaufnahme das Gesicht eines Mannes. Als Linda das Gesicht sah, schrie sie: »Hopkins!« und wühlte in ihrer Handtasche nach dem Revolver. Sie hatte den Zeigefinger hinter den Abzugsbügel geschoben, als das Licht anging. Der Mann aus dem Film sprang aus einem Wandschrank und erdrückte sie mit seinem Körper.

23

Lloyd knallte den Hörer auf die Gabel, als Dutch ihm die Neuigkeiten mitgeteilt hatte: Zwei Frauen und ein Mann, die von Detectives der Hollywood Division mit »hinter der grünen Tür« und »jenseits des Äußersten« unter Druck gesetzt worden waren, hatten unverzüglich die Schotten dichtgemacht; erst hatten sie den Polizisten mit Klage gedroht, und dann waren sie dazu übergegangen, die Worte »*patria infinitum*« wiederholt vor sich hin zu deklamieren. Keine Zusammenbrüche, keine Aufzählung vergangener Sünden – nichts als Empörung über die Einschüchterungstaktiken der Polizei und der rasante Hinauswurf erfahrener Cops. Dutch würde den Guru-Jüngem ein neues Team von Detectives auf den Hals schicken, aber wahrscheinlich würden sie bis dahin im Mantra-Koma liegen. Es gab nur ihn selbst, Linda und ihren Magnum und die unbekannte Größe William Nagler.

Lloyd sah auf die Wanduhr in der Küche. Viertel vor acht. Linda würde noch in ihrer »Therapie-Sitzung« sein. Er konnte warten und sie anrufen und sein Herz erleichtern, oder er konnte etwas unternehmen. Das Ticken der Uhr wurde ohrenbetäubend. Er schloß die Haustür hinter sich ab und ging zu seinem Wagen.

Scheinwerferstrahlen strichen über die Zufahrt, als er sich hinter das Lenkrad klemmte, und ein Kleinlaster hielt vor seinem Zivilwagen an. Lloyd stieg wieder aus und sah Marty Bergen, der sich vor die Scheinwerfer stellte und die Hände in die Taschen bohrte. Der Kolben eines Revolvers ragte aus seinem Hosenbund.

»Mein Anwalt hat mich rausgepaukt«, sagte er. »Fred Gaffaney hätte am liebsten Schrotpatronen geschissen.«

»Amateure sollten keine Kanonen mit sich rumschleppen«, sagte Lloyd. »Hauen Sie ab. Ich hab' keine Story für Sie.«

Bergen lachte. »Als ich noch in der Branche arbeitete, war ich ganz verliebt in mein Schießeisen. Wenn ich dienstfrei hatte, hab' ich immer dafür gesorgt, daß die Leute das Ding auch sehen konnten. Ich war darin verliebt, bis ich es benutzen mußte. Da ließ ich es fallen und rannte weg. Jack ist tot, Hopkins.«

»Erzählen Sie mir was, was ich nicht weiß.«

»Es ist meine Sache. Ganz allein meine Sache.«

»Irrtum, Bergen. Es ist Sache des Departements, und es ist meine.«

Bergen trat gegen den Kühlergrill des Dienstwagens und stolperte dann rückwärts gegen die Haube seines Trucks. »Ich *schulde* es ihm, verflucht noch mal! Begreifen Sie das nicht? Alles, was ich je hatte, war das, was Jack mir gegeben hat, und selbst das war verdreht. Irgendein Stück Scheiße hat ihn an einen Punkt gebracht, Dinge zu empfinden, die er verflucht nicht hätte empfinden dürfen, und *ich* war derjenige, für den er sie empfand, und jetzt bin ich ihm was schuldig! Zwingen Sie mich nicht, die Worte auszusprechen, Hopkins. Bitte zwingen Sie mich nicht, die gottverdammten Worte auszusprechen.«

Lloyd schickte ein Gebet für alle von ihrem Gewissen getriebenen Unschuldigen, die die Gefahr suchten, zum Himmel. »Was wollen Sie, Bergen?«

Martin D. Bergen, Ex-Sergeant des L.A.P.D., wischte sich die Tränen aus den Augen. »Ich will bloß Jack bezahlen.«

»Dann steigen Sie ein«, sagte Lloyd. »Wir fahren nach Laurel Canyon und nehmen uns einen Verdächtigen vor – wir zwei, der gute und der böse Bulle.«

William Nagler war nicht zu Hause.

Lloyd parkte gegenüber von seinem zweistöckigen Rotholz-Giebelhaus, ging hin und klopfte erst an der Vorder- und dann an der Hintertür. Niemand regte sich, es brannte kein Licht, und nichts deutete darauf hin, daß das Haus bewohnt war. Lloyd warf einen Blick in den Briefkasten; er fand zwei Kataloge und eine *Mastercard*-Rechnung. Daraufhin kehrte er zu seinem Wagen und seinem erstaunlichen Partner zurück.

»Wollen Sie reingehen?« fragte Bergen, als Lloyd sich hinter das Steuer zwängte.

Lloyd schüttelte den Kopf. »Nein. Ich traue dem Vierten Stand nicht. Wir werden ihn vernehmen, frei nach Gehör. Haben Sie schon mal in Zivil gearbeitet?«

»Yeah. Bei der Sitte in Venice. Ich soll den guten Bullen spielen, ja?«

»Nein. Sie haben eine Schnapsfahne, und Sie sind unrasiert. Sie sind groß, aber ich bin größer; also kann ich den Erretter mimen. Ich stelle die Fragen, Sie rüpeln ihn nur an. Stellen Sie sich einfach vor, Sie wären ein typisches faschistisches Bullenschwein aus dem *Big Orange Insider*, dann liegen Sie genau richtig.«

Bergen lachte. »Sie sind ein Witzbold von der Sorte, die gerade noch Komplimente verteilt und im nächsten Augenblick über Leute herfällt, die Komplimente verteilen; und das kann nur zweierlei bedeuten: Entweder macht es Ihnen Spaß, Leuten ans Knie zu pissen, oder Sie wissen selber nicht, wo Ihnen der Kopf steht. Was trifft zu?«

Ohne den Blick von Naglers Haustür zu wenden, sagte Lloyd: »Reizen Sie mich nicht. Wenn ich Sie hier nicht haben wollte, wären Sie nicht hier. Wenn ich nicht begreifen könnte, was Sie da tun müssen, hätte ich Sie wegen Tragens einer verborgenen Waffe verhaftet und Sie mit einem Tritt in den Arsch zurück in den Knast befördert.«

Bergen kratzte sich seine Bartstoppeln und knuffte Lloyd gegen den Oberarm. »Es tut mir leid, daß ich gesagt habe, Ihr Stil gefällt mir nicht. Ich hätte sagen sollen, daß Sie Stil *haben*, aber nicht wissen, was Sie damit anfangen sollen.«

Lloyd schaltete die Armaturenbeleuchtung ein und starrte Bergen an. »Erzählen Sie mir nichts von Stil. Ich habe ein paar von Ihren frühen Sachen gelesen. Sie waren verdammt gut. Sie hätten groß werden können, Sie hätten Dinge sagen können, die es wert waren, gesagt zu werden. Aber *Sie* wußten nicht, was Sie damit anfangen sollten, denn wenn man wirklich gut ist, kann einem davon angst und bange werden. Ich weiß, was Angst ist, Bergen. Zwei Nigger haben Ihren Partner weggeblasen, und Sie sind gerannt. Ich verstehe das, und ich verurteile Sie deshalb nicht. Aber Sie hatten die Chance, groß zu sein, und haben sich damit begnügt, ein Schreiberling zu werden. Und das kann ich verstehen.«

Bergen spielte an den Knöpfen des Radios. »Sind Sie katholisch, Hopkins?«

»Nein.«

»Pech. Meine Beichte werden Sie jetzt trotzdem hören. Jack Herzog hat mir das Schreiben beigebracht. Meine ersten Stories, die gedruckt wurden, hatte in Wirklichkeit er geschrieben, und die, die ich dann selber schrieb, redigierte er. *Er* hat meinen Stil geformt; *er* war derjenige, der die Chance hatte, groß zu sein. Es ist gespenstisch, Hopkins. Angeblich sind Sie ein Pragmatiker, aber ich glaube, in Wahrheit sind Sie ein unschuldiger Romantiker mit einer unglaublichen Nase für Scheiße. Es ist komisch. Jack hat mir alles gegeben, was ich habe. Er hat mich zu einem literarischen Stilkopierer gemacht und zu einem kompetenten Journalisten. Er war dabei, einen Roman zu schreiben, und ich war dabei *sein* Redakteur, der ihm half, die Fäden zusammenzuhalten, während er verrückter und immer verrückter wurde. Ich hatte nie die Chance, groß zu sein. Aber wenn ich *Ihren* Verstand und Ihren Elan und Ihren Schneid hätte, dann wäre ich mehr als ein glorreicher Plattfuß.«

Lloyd stellte das Radio ein und lauschte den Einsatzbefehlen und Fahndungsmeldungen. »Es steht unentschieden, Marty, und zwar lebenslänglich für uns beide. Aber wir haben Glück, denn wir können das Spiel immerhin spielen.«

Bergen zog den Revolver aus dem Hosenbund, drehte das Fenster herunter und zielte auf den Mond. »Das will ich glauben«, sagte er.

Sie schwiegen, und zwei Stunden verstrichen. Bergen döste ein, und Lloyd starrte aus dem Fenster auf Naglers Einfahrt; er fragte sich, ob er rasch zu einem Telefon laufen und Linda anrufen sollte, und er fragte sich auch, ob Havillands Jünger wohl miteinander Kontakt hatten und ob die bereits einmal unter Druck gesetzten Anhänger Nagler vor der polizeilichen Bedrohung gewarnt haben mochten. Nein, entschied er schließlich; Havilland hatte sich zu gut abgeschottet. Seine Jünger hatten wahrscheinlich keine Möglichkeit, mit Havilland oder untereinander Verbindung aufzunehmen; sie hatten nur Havillands Telefonzellen-Communiqués, und die, das sagte die Logik, fanden nach einem rigide einzuhaltenden Zeitplan statt. Somit war auch *seine* Untersuchung vor der Entdeckung sicher. Und dann ging ihm ein Licht auf: Er pumpte sich mit Logik voll, weil Linda ein Teil des Spiels und ein Teil seiner selbst war, und wenn sie fiele, wäre das Spiel ein für allemal zu Ende.

Kurz nach zehn hielt ein silbergrauer Porsche Targa vor dem Giebelhaus. Lloyd stieß Bergen in die Seite, um ihn zu wecken. »Unser Freund ist gekommen. Halten Sie sich an meine Linie, und wenn ich meine Krawatte anfasse, unterbrechen Sie mich und überraschen ihn mit ›grüne Tür‹ und ›jenseits des Äußersten‹. Der Knabe hat mit Jack Herzog nichts zu tun; erwähnen Sie also nicht mal seinen Namen. Kapiert?«

Bergen nickte und reckte die Schultern, um sich auf seinen Auftritt vorzubereiten. Lloyd griff nach einer Taschenlampe und riß die Wagentür auf, als der Mann aus dem Porsche stieg und den Gehweg vor dem Haus überquerte. Bergen schlug seine Wagentür zu, und der Mann drehte sich am Fuße der Stufen vor der Haustür um. »Polizei«, rief Lloyd.

Der Mann erstarrte bei diesem Wort; dann machte er kehrt und wollte zu seinem Wagen zurückgehen. Lloyd richtete den Strahl der Taschenlampe direkt in sein Gesicht und zwang ihn, die Hände schützend vor die Augen zu halten. »Der – der Wagen ge-gehört mir«, stammelte er. »Die Papiere liegen im Handschuhfach.«

Lloyd betrachtete das Gesicht forschend. Blond, fad und kultiviert, war sein erster Eindruck. Er senkte die Stablampe. »Sicher gehört er Ihnen. Sind Sie William Nagler?«

Der Mann trat vom Bordstein herunter und streichelte über die Motorhaube des Porsche. Die Berührung des glatten Metalls gab seiner Stimme einen Unterton von Besitzerstolz. »Ja, der bin ich. Worum geht es?«

Lloyd näherte sich ihm bis auf wenige Zoll und zwang ihn, auf den Gehweg zurückzuweichen. Er hob seine Dienstmarke und ließ den Lichtstrahl darüber spielen. »L.A.P.D. Mein Name ist Hopkins, das ist Sergeant Bergen. Können wir drinnen mit Ihnen sprechen?«

Nagler scharrte mit den Füßen. Lloyd richtete den Spot auf das Angstgetänzel und stellte fest, daß der Mann Knickfüße hatte, die die Grenze zur Verkrüppelung erreichten. »Wieso? Haben Sie denn einen Durchsuchungsbeschluß? He! Was machen Sie da?«

Lloyd drehte sich um und sah, wie Bergen sich in den Porsche beugte und unter den Sitzen umhertastete. Nagler schwang die Arme um den Brustkorb und schrie: »Nicht! Der Wagen gehört mir!«

»Langsam, Partner«, sagte Lloyd. »Der Mann kommt uns ja entgegen. Also übertreib's nicht gleich.« Mit gedämpfter Stimme sagte er zu Nagler: »Mein Partner ist ein Cop, der mit Handschuhen arbeitet, aber ich halte ihn an der kurzen Leine. Können wir nicht ins Haus gehen? Es ist kalt hier draußen.«

Nagler strich sich eine glatte blonde Haarsträhne aus der Stirn. Lloyd musterte ihn unverhohlen und fügte seiner ersten Einschätzung die Eigenschaften *kompetent, clever und sehr verängstigt* hinzu.

»Was heißt das, ein Cop, der mit Handschuhen arbeitet?«

Wie aufs Stichwort kam Bergen heran und baute sich neben Lloyd auf. »Wir sollten die Kiste filzen«, sagte er. »Der Bengel ist 'n Doper, das seh' ich doch. Auf was stehst du, Bürger? Preludin? Koks? Acid? Gib mir dreißig Sekunden in seinem Handschuhfach, und wir haben ihn wegen Drogenbesitz am Wickel.«

Lloyd sah Bergen angewidert an. »Dies ist die routinemäßige Befragung eines Einbruchsopfers, keine Rauschgiftrazzia. Also bleib cool. Mr. Nagler, können wir hineingehen?«

Naglers Füße vollführten einen neuerlichen Tanz. »Ich bin kein Einbruchsopfer. Bei mir ist noch nie eingebrochen worden, und ich weiß auch nichts über irgendwelche Einbrüche.«

Lloyd legte Nagler den Arm um die Schultern und führte ihn beiseite, damit Bergen nicht zuhören konnte. »Überall in diesem Block ist eingebrochen worden. Manchmal klaut der Bursche was, manchmal nicht. Einer von meinen Informanten hat gehört, es könnte sich um einen Höschenfreak handeln, der sich in die Häuser schleicht, um da nach Unterwäsche zu suchen. Ich möchte nichts weiter, als die Schubladen in Ihrem Schlafzimmer auf Fingerabdrücke zu untersuchen. Das dauert nur fünf Minuten.«

Nagler wand sich los. »Nein. Ich kann das nicht zulassen. Nicht ohne einen Durchsuchungsbeschluß.«

Lloyd deutete zu Bergen hinüber und flüsterte: »Er hat hier das Kommando; ich bin nur ein Techniker von der Spurensicherung. Wenn ich mir Ihre Schubladen nicht ansehen kann, kriegt er 'n Vogel und hängt Ihnen eine getürkte Rauschgiftklage an. Seine Tochter ist an einer Überdosis Heroin gestorben, und seitdem spinnt er. Er steht mit einem Fuß in der Gummizelle; es ist also nicht ratsam, ihn zu ärgern. Bitte machen Sie keine Schwierigkeiten, Mr. Nagler, um unser beider willen.«

Nagler blickte sich um und sah Marty Bergen in der Hocke vor dem Porsche kauern und die Radkappen betrachten. »Okay, Officer. Aber halten Sie mir diesen Mann vom Leib.«

Lloyd stieß einen Pfiff aus, und Bergen beendete seine Radkappenuntersuchung. »Mr. Nagler will mit uns zusammenarbeiten, Sergeant. Machen wir's kurz. Er hat viel zu tun.«

»Hat 'n Doper immer«, stellte Bergen fest und kam heran. Mit einem letzten Blick auf den Porsche fügte er hinzu: »Ich wette, der ist heiß. Wir sollten uns mal die Fahndungsliste durchgeben lassen. Da hätten wir ihn gleich wegen Autodiebstahls am Haken.«

Er schwankte leicht, als wäre er angetrunken, und näherte sich Lloyd auf diese Weise. »Was soll ich drinnen machen?« flüsterte er.

Lloyd sah, daß Nagler bereits vorausgegangen war, um die Tür aufzuschließen; er tat, als erleide er einen Hustenanfall, und raunte: »Suchen Sie überall nach offiziellen Unterlagen, vor allem nach solchen, die mit einem Haus in Malibu zu tun haben. Stellen Sie fest, ob sich etwas Illegales findet, mit dem man ihn unter Druck setzen kann. Seien Sie bedrohlich.«

Nagler öffnete die Tür und knipste das Licht im Flur an. Schaudernd deutete er hinein; dann schlang er seine Arme um seine Schultern und stellte seine einwärtsgekrümmten Füße so eng zusammen, daß die Zehen einander berührten. Lloyd mußte an ein verängstigtes Tier denken, das sich zu tarnen suchte, indem es sich zu einer Kugel zusammenrollte und mit der Umgebung verschmolz. Die Angst in den Augen des Mannes weckte in ihm den Wunsch, Havilland zu erwürgen, weil er der Komplize dieser Angst war – und sich selbst für das, was er würde tun müssen. Er sah Bergens Blick und merkte, daß sein angeblicher Partner ähnlich dachte; er hoffte nur, seine Wut möge für die Dauer dieser Vorstellung anhalten. Lloyd fühlte, wie seine eigene Wut in einer Woge von Mitleid zu ertrinken drohte, und er belebte sie neu, indem er daran dachte, wie der Guru-Psychiater in einem legalen Verfahren durch die Lücken der Gesetze schlüpfen würde. »Setzen wir uns erst mal hin, und plaudern wir ein Weilchen, Mr. Nagler. Ich habe ein paar Fragen.«

Nagler nickte zustimmend. Lloyd ging durch die Diele in ein Wohnzimmer, das mit High-Tech-Sesseln aus Plastik und einem langen, aus Bohnensäcken und Industrieröhren konstruierten Sofa möbliert war. Bergen schlenderte hinter ihm drein und nahm geradewegs Kurs auf eine mobile Hausbar auf Rollen. Lloyd nahm in einem lavendelfarbenen Sessel Platz, der unter seinem Gewicht ächzte. Westernplakate strahlten von allen vier Wänden auf ihn herab. Nagler postierte sich auf dem Sofarand und sagte: »Würden Sie *bitte* schnell machen?«

Lloyd lächelte. »Selbstverständlich. Das hier ist übrigens ein nettes Wohnzimmer.« Er deutete auf die Poster. »Sind Sie 'n Filmfan?«

»Ich bin freier Art Director und Amateurfilmer«, sagte Nagler mit einem besorgten Blick auf Marty Bergen. »Stellen Sie jetzt bitte Ihre Fragen.«

Bergen gluckste und schenkte sich ein großes Glas Scotch ein. »Ich finde diese Bude zum Kotzen, und ich glaube, der Art-Director-Scheiß ist bloß eine Tarnung, hinter der das Kerlchen seinen Drogenhandel treibt.« Er stürzte den Drink hinunter und goß sich einen neuen ein. »Was dealst du hier, Bürger? Gras? Speed? *Koks*? Das ist es, Hoppy! Der Mann mit dem Koks!«

Nagler zupfte an seinen Händen herum und schaute Lloyd mit flehentlichem Blick an. Bergen ließ sich Scotch durch die Kehle rinnen und prustete schließlich: »Jesus, mir wird schlecht. Wo ist hier das Scheißhaus?«

Lloyd schwenkte den Arm unbestimmt zum hinteren Teil des Hauses, und Nagler zog die Füße zusammen und schlug mit auswärtsgebogenen Fäusten neben sich auf die Sofalehne. Bergen rannte hinaus; er würgte und preßte die Hände vor den Mund. Lloyd schüttelte den Kopf. »Ich bitte um Entschuldigung für meinen Kollegen, Mr. Nagler.«

»Er ist ein gräßlicher Mann«, wisperte Nagler. »Er hat ein niedriges Karma-Bewußtsein. Wenn er sein Leben nicht radikal ändert, wird er über sein Niedereffizienz-Image nie hinausgelangen.«

Lloyd stellte fest, daß es Nagler zu beruhigen schien, diesen Minispruch aufzusagen. Er schliff seinen eigenen Spruch rasiermesserscharf. »Ja, er tut mir leid. Es gibt so viele Türen, durch die er gehen muß, ehe er herausfindet, wer er wirklich ist.«

Das Rasiermesser schnitt bis aufs Blut. Nagler entspannte sich am ganzen Körper. Lloyd zeigte ihm ein Lächeln, das genau kalkuliert war: »Verwandte Seele«, schien es zu bedeuten. *Du hast ihn am Haken,* dachte er, und laute sagte er: »Er braucht geistige Anleitung. Ein spiritueller Meister wäre genau das Richtige für ihn. Meinen Sie nicht auch?«

Naglers Gesicht leuchtete auf, doch dann umwölkte es sich wieder; Lloyd sah einen Nachgeschmack von Zweifel und Angst. Schließlich atmete Nagler aus. »Ja. Bitte tun Sie, was Sie hier tun müssen, und dann lassen Sie mich in Frieden. *Bitte.*«

Lloyd schwieg; er überlegte, welchen Kurs er bei der Vernehmung einschlagen sollte, während er Notizbuch und Bleistift hervorzog. Nagler hampelte auf dem Rand des Sofas herum und drehte sich um, als hinter ihm Schritte ertönten.

»*Achtung*, Bürger!«

Lloyd blickte von seinem Notizblock auf und sah, daß Marty neben dem Sofa stand und eine gläserne Wasserpfeife mit ausgestrecktem Arm vor sich in die Höhe hielt. »Du dachtest, dir kann nichts passieren, was, Bürger? Keine Dope im Haus. Aber du hast das neue Gesetz über den Besitz von Hilfsgeräten zum Genuß von Betäubungsmitteln vergessen, das kürzlich verabschiedet wurde. Diese Pfeife und der Äther auf deinem Regal im Bad beinhalten einen strafbaren Verstoß gegen dieses Gesetz.«

Bergen ließ Nagler die Pfeife in den Schoß fallen. Nagler sprang auf und riß die Hände vors Gesicht; die Pfeife fiel zu Boden und zersprang. Bergens Gesicht war gerötet; er grinste von einem Ohr zum anderen, als er Lloyd ansah. »Das ist schon 'ne beschissene Ironie. Ich habe einen Kommentar geschrieben, in dem ich dieses Gesetz als faschistisch bezeichnet habe, was es selbstverständlich auch ist. Und jetzt stehe ich hier und sorge dafür, daß es eingehalten wird. Ist das Leben nicht hinterlistig?« Er langte an seine Gesäßtasche und zog ein Bündel Papiere heraus. »Schauen Sie sich das an«, sagte er.

Lloyd stand auf, griff nach den Papieren und ging zu dem zitternden Guru-Jünger. Er kämpfte seine Abscheu nieder und sagte: »Sie haben das Recht, die Aussage zu verweigern. Sie haben das Recht, zur Vernehmung einen Anwalt hinzuzuziehen. Wenn Sie die Kosten für einen Rechtsbeistand nicht aufbringen können, wird man Ihnen einen Anwalt stellen. Haben Sie hinsichtlich dieses Hilfsgerätes etwas auszusagen, Mr. Nagler?«

Als Antwort kam eine Serie von Zitteranfällen. Nagler preßte sich bebend an die Wand. Lloyd legte behutsam eine Hand auf die Schulter, und er fühlte die Anspannung fast wie einen elektrischen Schlag. Er schaute auf die Füße des Jüngers und sah, daß sie sich umeinander wanden, als wollten sie sich gegenseitig die Knöchel zerquetschen. Die Brutalität dieser Haltung veranlaßte ihn, sich abzuwenden und zu Marty Bergen zu schauen, um etwas zu sehen, das geistiger Gesundheit ähnelte.

Was er sah, war wie ein Schlag ins Gesicht.

Bergen stand an der Bar und trank den Scotch direkt aus der Flasche. Als er sah, daß Lloyd ihn anstarrte, sagte er: »Lernst 'n paar Sachen über dich, die dir nicht gefallen, wie, Hot Dog?«

Lloyd ging zu ihm und riß ihm die Flasche aus der Hand. »Passen Sie auf ihn auf. Rühren Sie ihn nicht an, reden Sie nicht mit ihm. Lassen Sie ihn in Ruhe.«

Diesmal bekam Lloyd von Bergen ein Grinsen voller Selbstekel zur Antwort, ein Grinsen, das aussah wie eine Nahaufnahme seiner eigenen Seele. Er nahm die Flasche mit, als er in die Diele hinaus und in ein kleines Arbeitszimmer ging, wo ein Telefon stand. Er wählte Lindas Nummer und ließ es zehnmal klingeln. Niemand meldete sich. Er sah auf die Uhr. Zwanzig vor elf. Linda hatte wahrscheinlich keine Lust mehr gehabt, auf seinen Anruf zu warten, und war ausgegangen.

Lloyd legte auf; er wußte, daß er den Trost von Lindas Stimme gesucht hatte, nicht die Bestätigung, daß Havillands Fingerabdrücke auf der Magnum seien. Dann fiel ihm das Papierbündel ein, das Bergen ihm gegeben hatte. Er zog es aus der Tasche und strich es auf dem Tisch neben dem Telefon glatt.

Es war ein Immobilienprospekt mit Häusern in Malibu und

der Malibu Colony. An der Titelseite hingen »mit den besten Empfehlungen« Parkberechtigungssticker für den Pacific Coast Highway, gültig vom 1. 6. 84 bis zum 1. 6. 85. Wieder fühlte Lloyd ein sanftes *klick*. Die Makler, die längs der Küste arbeiteten, verschenkten solche Hundert-Dollar-Anwohnersticker an ihre Vorzugskunden. Es war also ein handfester Hinweis darauf, daß Nagler Immobilien in Malibu besaß – ein Haus, das John Havilland benutzen durfte, während Nagler die dazugehörigen Dokumente aus steuerlichen Gründen und um der Geheimhaltung willen bei sich aufbewahrte. Havilland würde seine Jünger zweifellos *nicht* in seiner Praxis oder in seiner Wohnung in Beverly Hills empfangen – aber ein Haus am Strand, das einem *ganz besonders* treuen Jünger gehörte, wäre der ideale Ort für Einzel- oder Gruppensitzungen.

Er las den Namen der Maklerfirma auf der Titelseite des Prospektes – Ginjer Buchanan Properties. Darunter stand die Telefonnummer. Lloyd wählte sie auf gut Glück; vielleicht saß ja ein besonders eifriger Verkäufer noch in seinem Büro. Als sich ein Anrufbeantworter meldete, rief er die Auskunft an und ließ sich die Privatnummer von Ginjer Buchanan in Pacific Palisades geben. Er wählte die Nummer und geriet wiederum an einen Anrufbeantworter; diesmal ertönte Reggaemusik und die aufdringliche Aufforderung der Maklerin: »Nennen Sie Ihre Nummer nach dem Ton, und ich rufe Sie an aus der *Twilight Zone*.«

Das Los Angeles Police Departement, dachte Lloyd, war Wärter und zugleich Bewohner dieser zwielichtigen Geisterzone. Er durchsuchte die Schreibtischschubladen nach offiziellen Papieren, die zu einem Besitz in Malibu gehörten. Als er nichts als Schreibzeug und Rechnungen für Filmzubehör fand, ging er hinaus in den Flur und suchte weitere Räume, die es wert waren, durchsucht zu werden. In Bad und Küche war die Chance gleich Null, aber am anderen Ende des Flures stand eine Tür halb offen.

Lloyd ging hindurch und tastete innen an der Wand nach dem Lichtschalter. Eine Deckenlampe leuchtete auf und erhellte einen kleinen Raum, der vollgestopft war mit achtlos abgestellten Kameras, Filmrollen und Entwicklerwannen. Der Fußboden war übersät von zertrümmerten Gerätschaften und Putzbrocken, die aus den Wänden geschlagen worden waren. Nur ein Filmbetrachter auf einem Metalltisch war intakt. Lloyd spähte durch das Okular und sah ein paar reglose, in weißen Strümpfen steckende Beine auf dem Zelluloid.

Er war im Begriff, die Geräte eingehender zu untersuchen, als ein Singen und Leiern aus dem Wohnzimmer herübergellte. Lloyd ging hinüber und sah und hörte eine höllische Doppelharmonie.

Marty Bergen stand vor dem knienden William Nagler, schlug eine imaginäre Gitarre und sang: »Sie spielten heiß auf dem alten Piano dort hinter der grünen Tür! Ich weiß nicht, was sie machen, doch ich hör' sie dauernd lachen hinter der grünen Tür! Laßt mich hinein, was kann nur dort sein, hinter der grünen Tür!«

Als Bergen abbrach und versuchte, sich einen neuen Vers einfallen zu lassen, war Naglers leiernder Singsang deutlich hörbar: »*Patria infinitum patria infinitum patria infinitum.*« Mit gleichförmig monotoner Stimme gemurmelt, akzentuiert durch dumpfe Schläge der wie zum Gebet gefalteten Hände des Jüngers gegen seine Brust, schienen die Worte einem sehr viel älteren und dunkleren Willen zu entsteigen als dem John Havillands oder seines Mördervaters. »*Patria infinitum patria infinitum patria infinitum patria infinitum patria infinitum.*«

Bergen fuhr herum, als er Lloyd bemerkte, und brüllte über den Singsang hinweg: »Hallo, Hoppy! Ob ich damit wohl in die Top Forty komme? Grüne Tür grüne Tür grüne Tür!«

Lloyd packte Bergen, warf ihn gegen die Wand und hielt ihn dort fest. »Sie halten sofort die Fresse«, zischte er. »Und wehe Ihnen, Sie trinken noch einen Tropfen. Suchen Sie im Haus nach Naglers Steuerunterlagen und seinem Einkommenssteuerbescheid. Sagen Sie kein einziges Wort mehr. Tun Sie, was ich Ihnen sage.«

Bergen versuchte zu lächeln. Was er zustande brachte, war ein Totenkopfgrinsen. »Okay, Sergeant«, sagte er.

Lloyd ließ ihn los und sah zu, wie er sich von der Wand löste, als wäre sie klebrig. Als er davongeschlurft war, wurde der Singsang zum beherrschenden Aspekt im Zimmer. »*Patria infinitum patria infinitum patria infinitum patria infinitum patria infinitum.*«

Lloyd sank vor dem Jünger auf die Knie und sah, wie die Trance mit jedem Schlag vor das Herz tiefer wurde; er prägte sich jedes Detail der schlagenden Hände genau ein, um seine nächste Aktion zu rechtfertigen. Als Naglers glasige Augen und sein wogender Brustkorb sich für alle Zeit in seine Erinnerung eingeätzt hatten, gab er ihm mit voller Kraft eine gewaltige Ohrfeige, und er sah, wie die Trance zerbröckelte, als es den Jünger von den Knien riß. »Doctor!« schrie Nagler.

Lloyd hatte selbst das Gleichgewicht verloren. Er preßte Naglers Schultern auf den Boden und brüllte: »Havilland ist tot, William. Bevor er starb, sagte er, du seist ein Trottel, ein Dummkopf und ein Gimpel.«

Naglers glasige Augen richteten sich auf Lloyd. »Nein. Nein. Nein. *Patria infinitum patria infin-*«

Lloyd grub seine Finger unter das Schlüsselbein des Guru-Jüngers. »Nein, William, du kannst nicht. Du kannst nicht wieder zurück.«

»Doctor!«

»Ssst. Sssst. Du kannst nicht, Bill. Du kannst nicht zurück.«

»Doctor!«

Lloyds Finger bohrten sich tiefer, und Nagler fing an zu schluchzen. Lloyd zog seine Hände zurück. »Er hat erzählt, wie er dich benutzt hat, Bill. Wie er dich dazu gebracht hat, seine Telefonrechnungen zu bezahlen, wie er dich zu seinem Sklaven gemacht hat, wie er über dich gelacht hat, wie beschissen deine Filme waren, wie du es mit deinem ganzen teuren Zeug nicht mal geschafft hast – «

Lloyd brach ab, als Naglers Schluchzen in ein angstvolles Stottern überging. »Hor-hor-hor-fi-horfi-«

»Pssst, psst«, wisperte Lloyd. »Laß dir Zeit. Denk die Worte zu Ende.«

Nagler starrte zu Lloyd herauf. Der Ausdruck in seinem Gesicht schwankte zwischen Schmerz und Glückseligkeit. Schließlich hielt die Glückseligkeit so lange an, daß er zusammenhängende Worte hervorbringen konnte. »Horrorfilm. Doctor John hat einen Horrorfilm gedreht. Deshalb weiß ich, daß Sie lügen; es stimmt nicht, daß er so etwas über mich gesagt hat. Er schätzt mein Talent. Ich habe den Film für ihn geschnitten, und der Doctor hat gesagt – er hat gesagt . . . «

Lloyd stand auf. Er half Nagler auf die Beine und wies ihn zum Sofa. Als Nagler sich hingesetzt hatte, studierte Lloyd sein Gesicht: Er sah aus wie ein Mann, der im Begriff war, die Gaskammer zu betreten, und nicht wußte, ob er sterben wollte oder nicht. Lloyd erkannte, daß der Teil Naglers, der Glückseligkeit/Tod bedeutete, die Energie und das Potential für vernünftige Antworten besaß, und so unterdrückte er einen Impuls, Nagler durch Prügel zu Schmerz/Leben zu treiben. Seufzend setzte er sich neben den geschändeten jungen Mann und begann, im dunkeln herumzustochern. »Havilland ist nicht wirklich tot, Bill.«

»Das weiß ich«, sagte Nagler. »Er war heute morgen hier, mit – « Er verstummte und lächelte roboterhaft. »Er war heute morgen hier.«

»Führe den Gedanken zu Ende, Bill«, sagte Lloyd.

»Hab' ich ja. Doctor John war heute morgen hier. Ende des Gedankens.«

»Nein. Anfang des Gedankens. Aber reden wir von was anderem. Du glaubst doch nicht wirklich, daß ich Polizist bin, oder?«

Nagler schüttelte den Kopf. »Nein. Doctor John hat mir gesagt, es gibt einen dreiprozentigen Undichtigkeitsfaktor in unserem Programm. Ich weiß genau, wo die undichte Stelle lag – es fiel mir beim Singen ein. Sie sind vom Finanzamt. Ich habe Doctor Johns Telefonrechnungen bezahlt, als er im vergangenen Dezember in Idaho zum Skifahren war. Sie haben sich die Akten angesehen, weil Sie für Big Brother arbeiten. Außerdem haben Sie meine und Doctor Johns Bankauszüge verglichen und festgestellt, daß ich ihm im vorigen Jahr einen großen Scheck geschickt habe. Er hat wahrscheinlich vergessen, ihn in seiner Steuererklärung aufzuführen. Jetzt wollen Sie ein Schmiergeld, damit Sie den Mund halten. Also gut, nennen Sie eine Summe, und ich schreibe Ihnen einen Scheck.« Nagler lachte. »Wie dumm von mir. Dann gäbe es ja Unterlagen. Nein – nennen Sie mir eine Summe, und ich bezahle Sie in bar.«

Lloyd verschlug es den Atem, als er sah, wie rasch Nagler wieder zu sich kam. Noch fünf Minuten zuvor war er ein winselndes Häuflein gewesen. Jetzt legte er die herablassende Autorität eines Plantagenbesitzers an den Tag. Ein »Horrorfilm« und die zertrümmerten Geräte im Hinterzimmer – das war der Wendepunkt. *Brich ihn,* dachte Lloyd, und laut sagte er: »Hat es dich nicht überrascht, daß mein Partner genug wußte, um dieses Lied zu singen?«

»Nein. Ein Lied ist ein Lied.«

»Und ein Film ist ein Film.« Lloyd schob die Hand in die Tasche. »Bill, es wird Zeit, daß ich dir reinen Wein einschenke. Doctor John hat mich geschickt, damit ich deine Loyalität auf die Probe stelle.« Er hielt ihm die Polizeifotos von Thomas Goff unter die Nase. »Ich bin der Nachfolger des alten Rekrutierers. Du erinnerst dich an den Knaben, nicht wahr? In Doctor Johns Programm gibt es einen, der sieht ganz genauso aus. Ich weiß alles über die Zusammenkünfte im Haus in Malibu, ich weiß, daß du das Haus für den Doctor gekauft hast und daß du die Telefonrechnung bezahlst. Ich weiß von den Kontakten über Telefonzellen, und ich weiß, daß ihr außerhalb der Sitzungen nicht miteinander verkehrt. Ich weiß das, weil ich einer von euch bin, Bill.«

Erst Schmerz, dann Glückseligkeit und jetzt Verblüffung. Lloyd hatte Nagler nicht angesehen, damit dieser nicht ihn, sondern Thomas Goffs Bild anstarrte. Als er den Blickkontakt schließlich wieder herstellte, sah er, daß der Mann den Fotostreifen in Fetzen gerissen hatte und daß seine Rede ihn in eine Tonfigur verwandelt hatte. Lloyd kam sich vor wie ein Stierkämpfer, der zum Todesstoß ansetzt. »Ich habe auch gelogen, als ich sagte, Doctor John habe deine Filme beschissen genannt. In Wirklichkeit ist er entzückt von deiner Filmarbeit. Tatsächlich hat er mir heute noch gesagt, daß er dich als Schauspieler *und* Regisseur bei der Verfilmung eines Buches engagieren möchte, an dem er gerade arbeitet. Er sagt –«

Lloyd verstummte, als Naglers Schmerz wieder die Herrschaft übernahm. »*Patria infinitum patria infinitum patria infinitum patria infinitum.*«

Lloyd dachte an Linda. Er stand auf und ging ins Arbeitszimmer, wo das Telefon stand. Er hatte die Hand auf den Hörer gelegt, als jemand ihm auf die Schulter tippte, daß er zurücksprang, herumfuhr und die Fäuste ballte.

Es war Bergen; er sah unheimlich nüchtern aus. »Steuerunterlagen hab' ich nicht gefunden«, sagte er. »Aber das Tagebuch unseres kleinen Freundes, unter seinem Bett. Gruselkram der Renaissance, Hopkins. Ein gottverdammter Schauerroman.«

Lloyd nahm Bergen das in Saffianleder gebundene Buch aus der Hand und setzte sich an den Schreibtisch. Er klappte es auf und stellte fest, daß der erste Eintrag vom 13. 11. 83 stammte und daß er wie alle folgenden in einer exquisiten, schwungvollen Handschrift verfaßt war. Bergen stand hinter ihm, als er die Berichte über Havillands »Programm« las; und nach und nach kam eine Liste geheimnisvoll benannter Personen zusammen. Da war der »Lieutenant« – das mußte Thomas Goff selbst sein -, dann der »Fuchs«, die »Lesbe«, der »Bücherwurm«, der »Muskelmann« und »Billie Boy«, bei dem es sich um Nagler selbst handeln mußte.

Die Einträge beschrieben detailliert, wie Havilland seinen Klienten befohlen hatte, sechsunddreißig Stunden lang zu fasten und dann nackt vor großen Spiegeln zu stehen und ihre »Angst-Mantras« auf Kassettenrecorder zu singen, bis das »unterbewußte Traumbewußtsein« die Kontrolle übernähme und sie dazu brächte, »transzendentale Fantasien« hervorzuplappern, aus denen er später »Schlüsseldetails« herausfiltern würde, die sich in »Realitätsfutter« umsetzen ließen. Lloyd las, wie er sie im »Mutterleib am Meer« sexuell gepaart hatte und wie er die Paarungen unterbrochen hatte, um ihre Vitalfunktionen und »Streßmargen« zu messen; wie er sie gezwungen hatte, Hunde und Katzen zu töten, um sie gegen »moralische Schlaffheit zu sichern«; wie der »Lieutenant« ihren REM-Schlaf mit nächtlichen Telefonanrufen und brutalen Verhören über ihre Träume unterbrochen hatte.

Abwechselnd in der ersten und dritten Person, als »Billie Boy«, schilderte Nagler, wie er und Doctor Johns übrige Klienten an reiche Leute verkuppelt wurden, die per Anzeige in einer der privat verlegten und vertriebenen Sexblättchen einen »Fantasietherapeuten« gesucht hatten; er schrieb über die »Liebestechnik-Seminare«, die Havilland oft mehrere tausend Dollar eingebracht hatten, und erzählte von den »Gruppensitzungen im Mutterleib am Meer«, die vom »Lieutenant« auf Tonband aufgezeichnet und transkribiert wurden – vom Lieutenant, der manchmal auch den »Küchenchef« gespielt und Mixturen aus pharmazeutischem Kokain und anderen verschreibungspflichtigen Drogen zusammengestellt hatte, die der Doctor dann seinen Klienten »unter Testflugbedingungen« verabreicht hatte.

Lloyd blätterte hastig durch das Tagebuch und suchte nach belastenden Fakten: Namen, Adressen, Daten. Mit Marty Bergen, der sich über seine Schulter beugte, und mit Naglers gedämpftem Singsang, der aus dem Wohnzimmer herübertönte, kam er sich vor wie der einsame Vorposten der Vernunft in einem Land des Wahnsinns; und dieses Gefühl wurde noch verstärkt durch die Tatsache, daß das Tagebuch *keine* Tatsachen enthielt – nur Enthüllungsgeschichten, bevölkert mit verschlüsselten Figuren.

Bis ihm ein Eintrag ins Auge sprang, der vom Tag zuvor stammte:

> Habe mitgeholfen, die Kamera im Haus des Muskelmanns in den Hollywood Hills aufzubauen. Doctor John hat zugesehen. Ich habe ihm gezeigt, wie die Kamera funktioniert. Ich hoffe nur, Muskelmann zerbricht mir nichts. Er macht mir angst – und in letzter Zeit hat er immer größere Ähnlichkeit mit dem Lieutenant.

Es folgte eine leere Seite, und darauf folgte der letzte Eintrag in diesem Tagebuch; er stammte vom Vormittag. Lloyd spürte einen Eispickel an seiner Wirbelsäule, als er ihn las.

Es ist nicht echt. Sie haben es getrickst. Mit der neuen Kamera-Technologie kann man alles tricksen. Es ist ein Trick. Es ist nicht echt.

Lloyd schob Bergen beiseite, ging noch einmal in den Filmraum und suchte in dem Durcheinander nach Filmresten. Er fand drei Zelluloidstreifen, die unter dem Schneidetisch klemmten. Er ließ sie durch die Maschine laufen, und auf dem Monitor sah er vier Nahaufnahmen von Frauenbeinen in weißen Nylonstrümpfen, die Totale einer Matratze auf dem Fußboden und eine unscharfe, extreme Großaufnahme von einem breitschultrigen Mann, an dessen Hemd etwas hing, das aussah wie eine Dienstmarke des L.A.P.D.

Der Eispickel bohrte sich in sein Herz. Lloyd dachte an die weißbestrumpfte Krankenschwester, die Richard Oldfield vierundzwanzig Stunden zuvor in sein Haus gebracht hatte. Der stählerne Dorn krümmte sich, wühlte und riß in seinem Fleisch, begleitet von einem ohrenbetäubenden Schwall von *patria infinitum* aus dem Wohnzimmer.

Lloyd ging auf den Lärm zu; Nagler kauerte noch immer in seiner Mantra-Haltung, und Bergen stand am Kamin und leerte Whiskyflaschen über dem Acryl-»Feuerholz« auf dem Rost aus. »Die Vernehmung wird wohl ein bißchen länger dauern, Sergeant«, meinte er. »Darf gar nicht erst in Versuchung kommen. Was jetzt?« Sein Leichengrinsen war einem kampflustig-verschmitzten Lächeln gewichen, und eine Sekunde lang sah Lloyd einen gesunden Verstand aufblitzen.

»Ich gehe, Sie bleiben«, sagte er. »Ich muß bei einer Dame vorbeifahren. Und dann, wenn sie das Beweismaterial hat, das ich brauche, muß ich den Guru unseres Freundes hochnehmen. Sie bleiben hier und bewachen ihn. Rühren Sie sich nicht vom Telefon weg. Wenn ich Sie brauche, lasse ich's einmal klingeln und rufe dann sofort noch mal an.«

»Ich will dabeisein, wenn Sie ihn abholen«, sagte Bergen.

Lloyd schüttelte den Kopf. »Nein. Schon der Umstand, daß ich Sie hier habe, kann mir 'ne Masse Ärger einbringen. Ich werde weder meinen Job noch Sie darüber hinaus aufs Spiel setzen.« Bergens verschmitztes Grinsen verflog, und er zog ein betretenes Gesicht. »Was haben Sie vor, wenn das alles hier vorbei ist?«

Bergen lachte und schüttete eine Flasche Courvoisier V.S.O.P. in den Kamin. »Weiß ich noch nicht. Jack hat mir fast zwanzigtausend hinterlassen. Vielleicht werde ich einfach sehen, wie weit ich damit komme.« Als Lloyd auf die Erwähnung des Geldes nicht reagierte, sagte er: »Sie *wußten* von der Überweisung, nicht wahr?«

»Yeah«, sagte Lloyd. »Ich hab's nicht gemeldet, weil ich wußte, daß das I.A.D. dann versuchen würde, Ihr Konto als Beweismaterial zu beschlagnahmen.«

»Sie sind ein Arsch, aber in Ordnung, Hopkins. Wissen Sie das?«

»Manchmal.«

»Was haben *Sie* vor, wenn das vorbei ist?«

Lloyd dachte an Linda und an Janice und an seine Töchter, und dann schaute er hinüber zu dem vernichteten William Nagler, der immer noch seine Dämonen besang. »Weiß ich noch nicht«, sagte er.

24

Der Night Tripper saß an der Aufnahmekonsole im »Mutterleib am Meer« und lauschte Richard Oldfield und Linda Wilhite, die oben in Schlafzimmer Nummer drei verängstigt Smalltalk trieben. Der sekundengenaue Verlauf seines

Schicksals hatte ironische Untertöne angenommen. Lindas »Hopkins!«-Schrei, kombiniert mit dem Revolver in ihrer Handtasche, war das unausgesprochene Eingeständnis gewesen, daß der geniale Cop am selben Tag begriffen hatte, als er die Leere seiner Kindheit durchbrochen hatte. Richard hatte die Chance, Hopkins zu töten, vermasselt, und sein Notfallplan, Linda mit dem Mordfilm über die Klippe zu treiben und *sie* dazu zu bringen, den Mord zu begehen, war fehlgeschlagen. Nachdem er siebenundzwanzig Jahre darauf gewartet hatte, seinen Terror durch andere in die Welt zu bringen, lag jetzt alles bei ihm. Er hatte das Erbe seines Vaters angetreten, und mit dem Wissen, daß das Spiel zu Ende war, hatte er Autonomie erlangt. Gott war ein bösartiger Possenreißer, bewaffnet mit einem stumpfen Werkzeug namens Ironie.

Havilland lehnte sich in dem Sessel, in dem Thomas Goff immer gesessen hatte, zurück, und er fühlte, wie eine bewußte Version der Losgelöstheit seiner Träume ihn in zwei Teile spaltete. Seine linke Hälfte sah wirbelnde Korkplatten, und seine rechte hörte die Worte, die aus dem Schlafzimmer kamen, in dem Richard das Objekt seiner Korktafel-Fantasien bewachte. Nach kurzer Zeit kroch die Erschöpfung in ihm herauf. Das Rotieren der Korkscheibe nahm überhand, und die Worte dudelten weiter, wie leise Musik, fast unhörbar.

». . . wieso starren Sie mich so an?«

»Doctor hat gesagt, ich soll auf Sie aufpassen.«

»Tun Sie immer alles, was er Ihnen sagt?«

»Ja. Warum machen Sie ein so gemeines Gesicht? Ich bin sanft mit Ihnen umgegangen.«

»Weil Doctor gesagt hat, Sie sollen sanft mit mir umgehen? Nein, antworten Sie nicht – ich könnte Sie sonst noch mehr hassen. Zu Ihrer Information: Jemanden unter Drogen zu setzen und zu entführen, ist kein sanftes Unternehmen. Ist Ihnen das bewußt?«

»Ja. Nein. Sie sind sehr schön.«

»Mein Gott. War dieser Film echt? Ich meine, da war dieser furchtbare Teil, und dann die Nahaufnahme von Ihnen. Hören Sie – sind Sie Thomas Goff?«

»Ich habe gesagt, mein Name ist Richard.«

»Okay, aber was ist mit dem Film? *War* er echt? Meine Mutter wurde so umgebracht, mit dem Kissen und einem Revolver. Gehört der Film zu den Plänen, die Ihr verrückter Guru mit mir hat?«

»Welcher Film?«

»Himmel. Sind Sie high? Ich meine, abgesehen davon, daß Sie verrückt sind? Sie wissen schon – stehen Sie unter Drogen?«

»Doctor gibt mir Tranquilizer und Antidepressiva. Rezeptpflichtiges Zeug. Er ist Arzt; deshalb ist es legal und nicht schlecht.«

»*Nicht schlecht?* Havilland gibt also auch noch ganz nach Belieben Drogen heraus? Ein Doctor Feelgood? Nein, antworten Sie nicht. Ich weiß, er ist zu allem fähig. Ich werde nicht zulassen, daß Sie mir weh tun, wissen Sie. Nie im Leben. Niemals.«

»Ich will Ihnen nicht weh tun.«

»Mein Gott, Sie klingen wie Peter Lorre. Macht es Sie an, daß ich keine Angst habe?«

»Ja. Nein. Nein!«

»Die erste Antwort ist immer die ehrlichste, Richard. Wenn Sie oder der Psychopath da unten versuchen würden, mir weh zu tun, würde ich treten und kratzen und beißen und euch Lauge in die Augen reiben. Ich –«

»Ich will Ihnen nicht weh tun! Ich habe so etwas schon getan! Es war nicht gut!«

»S-Sie – Sie meinen, Sie haben schon anderen Frauen weh getan?«

»Ja! Nein! Ich meine, sie haben *mir* weh getan. Mir! Mir! Mir! Mir. Mir!«

»Wer hat Ihnen weh getan? Wovon sprechen Sie?«

»Nein. Doctor hat gesagt, ich soll mit Ihnen reden. Aber nicht über schlechte Dinge.«

»Schlechte Dinge, hm? Okay, wechseln wir das Thema. Ich will Ihnen eine Frage stellen. Glauben Sie ehrlich, daß Sie mit diesen überzüchteten Muskeln auf Frauen wirken?«

»Nein. Ja. Ja!«

»Die erste Antwort, Richard – und du hast recht. Eine Frau sieht einen Mann wie dich und denkt sich: ›Der Typ ist so unsicher, daß er täglich drei Stunden mit all den Schwulen und Narzisse in der Turnhalle hängt und sich äußerlich aufbläst, damit ich nicht merke, wieviel Angst er innerlich hat.‹ Ich habe einen Mann, der ist größer als du und wahrscheinlich fast genauso stark, aber er hat ein bißchen Fett auf dem Bauch und auf den Hüften. Und das gefällt mir. Weißt du, warum? Weil er in der Wirklichkeit lebt und seine Sache gut macht, und da hat er gar keine Zeit zum Eisenpumpen. Glaube also ja nicht, daß du mich mit deinen Muskeln beeindruckst.«

»Die . . . die sind zu meinem Schutz.«

»Vor den Leuten, die dir weh tun? Vor den *Frauen*, die dir weh tun?«

»Ja.«

»Ah, jetzt kommt die Wahrheit ans Licht. Laß dir eines von mir sagen: Nicht Muskeln regieren die Welt, sondern Verstand. Deshalb kann ein Schlappschwanz wie Havilland jemanden, der so groß und stark ist wie du, zu seinem Sklaven machen. Die Menschen schützen einander mit ihrer Liebe, nicht mit ihren Muskeln. Irgend jemand, wahrscheinlich eine Frau, hat dir mal sehr weh getan. Sie hat es nicht mit ihren Muskeln getan, denn sie hatte keine. Man kann sich nicht rächen, indem man genauso gegen die Leute zurückschlägt, wie sie auf einen einprügeln, denn dann haben die Leute, die einen verletzen, gewonnen – indem sie dich zu ihresgleichen machen. Kapierst du das nicht?«

»Nein. Mit Doctor John ist es anders. Er hat mich nach jenseits des Äußersten geführt.«

»Was ist das Äußerste für dich?«

»Nein!«

»Frauen weh zu tun? Mir kannst du nicht weh tun, denn ich bin schlauer als du und stärker als du, und außerdem hat der Schlappschwanz da unten es dir verboten. Ein ganz schön beschissenes ›Äußerstes‹. Arschkriecher bei einem ausgeflippten Psychoklempner, der sein Leben in der geschlossenen Abteilung der Klapsmühle in Camarillo beschließen wird. Wer wird dich dann beschützen, wenn er eine Zwangsjacke trägt und Babynahrung durch einen Strohhalm schlabbert?«

»Nein! Nein! Nein nein nein nein. Nein.«

»Doch, Richard. Doch. Außerdem – wie oft gibt es denn das ›Äußerste‹ für dich? Einmal? Zweimal? Dreimal? Du wirkst nicht gerade wie jemand, der seine Erfüllung gefunden hat. Das Äußerste, von dem wir reden, ist das des alten Schlappi da unten, Richard. Ich wünschte mir fast, du würdest jetzt gewalttätig werden, denn dann wüßte ich wenigstens, daß du noch Mumm genug hast, deinem Sklavenmeister zu gehorchen.«

»Wieso glauben Sie, daß Sie so schlau und abgebrüht sind?«

»Ich weiß nicht. Weißt du, daß ich keine Angst vor dir habe?«

»Ja.«

»Dann ist das wohl die Antwort.«

»Was würden Sie tun, wenn ich versuchte, Ihnen weh zu tun?«

»Ich würde mich wehren. Zusehen, wie es dich anmacht, und zusehen, wie du verlierst.«

»Doctor sagt, Sie sind eine Hure. Huren sind böse. Huren sind schlecht.«

»Jetzt hättest du mich fast gehabt, aber du kommst um ein paar Tage zu spät. Ich habe aufgehört. Ich bin gegangen. Ich bin *gegangen*. Das kannst du auch tun. Du kannst zur Tür hinausspazieren und dem Doctor Lebewohl zuwinken, und er wird entsetzt sein, denn ohne dich ist er ein ganz gewöhnlicher Irrer aus L.A., der nirgends einen Haken hat, an den er seinen Hut hängen könnte. Überleg dir das gut. Ich werde jetzt versuchen, zu schlafen, aber du denkst darüber nach.«

Der Night Tripper erwachte und wußte augenblicklich, daß seine Korkplattenträume die Stimmenmusik aus Schlafzimmer Nummer drei erstickt hatten. Er warf einen Blick auf die Konsole und stellte fest, daß er vergessen hatte, den »Aufnahme«-Knopf zu drücken; dann hörte er im Lautsprecher das leise Schluchzen eines Mannes, und er stellte sich vor, wie betrübt Richard sein mußte, weil er ihm verboten hatte, der Hure weh zu tun.

Es war einen Tag zu spät für Richard. Linda gehörte jetzt ihm. Am Morgen würde er sie im Gedenken an seinen Vater opfern. Er würde das Spiel auf seine Art beenden.

25

Morgengrauen.

Lloyd raste über den Pacific Coast Highway nach Norden, vorangetrieben von Adrenalin, Wut und Grauen. Sein Risikogambit war zu einem Opfer geworden, das er darbot, und wenn der Scheiterhaufen bereits entfacht wäre, dann würde er das Haus am Strand mit allen, die darin waren, in Flammen aufgehen lassen und sich selbst hineinstürzen. Er warf einen Blick auf die Pumpgun, die neben ihm auf dem Beifahrersitz lag. Fünf Schrotpatronen. Genug für Havilland, Oldfield, zwei beliebige Jünger und ihn selbst.

Die Idee, sich selbst zu opfern, riß seine Gedanken aus der unmittelbaren Zukunft zurück in die unmittelbare Vergangenheit. Als er Bergen und Nagler verlassen hatte, war er unverzüglich zu Lindas Wohnung gefahren. Sie war nicht dagewesen, und ihr Mercedes hatte nicht in der Garage gestanden. Da hatte er es mit der Angst zu tun bekommen, und er war mit Rotlicht und Sirene zu Havillands Praxis in Century City gefahren. Der Nachtwächter in der Lobby hatte ihm gesagt, gegen sieben habe er eine bildschöne junge Frau eingelassen, und etwa eine Stunde später seien Dr. Havilland und noch ein anderer Mann mit ihr wieder heruntergekommen, und sie habe ausgesehen, als sei sie high wie hundert Mann. »Ich habe ihr einen Zahn ziehen müssen«, habe der Doctor gesagt. »Bin zwar kein Zahnarzt, aber ich mußte es trotzdem versuchen.« Die beiden Männer hatten die fast bewußtlose Frau zum Parkplatz gezerrt.

Lloyd war in panischer Hast zu Havillands Appartement nach Beverly Hills gefahren und hatte dort niemanden angetroffen. Über Funk hatte er sich Ginjer Buchanans Privatadresse in Pacific Palisades geben lassen. Die Maklerin war nicht daheim, aber ihre Haushälterin hatte sie telefonisch in der Wohnung ihres Freundes in Topanga Canyon erreichen können. Als Lloyd ihr erklärt hatte, wie dringend die Sache sei, hatte sich die Maklerin bereit gefunden, sich mit ihm in ihrem Büro zu treffen und ihm die gewünschten Informationen zu geben. Eine Stunde später, um fünf Uhr früh, hatte er auf den Grundriß des Strandhauses gestarrt.

Da aber hatte das Entsetzen, das er beim Umherfahren im Zaum hatte halten können, die Oberhand gewonnen. Wenn er das Büro des Sheriffs von Malibu um Hilfe bäte, würden dessen Leute das Haus am Strand stoßtruppmäßig stürmen, mit allem, was zu einem militärisch-polizeilichen Overkill-Unternehmen dazugehörte: mit Gas, Maschinengewehren, Megaphonen und dem tristen Geiselnehmer-Verhandlungsteam, das es im Revier dort gab. Von Lautsprechern verstärkte Angebote und Gegenangebote und simple psychologische Manipulationen, über die Havilland nur lachen würde. Deputies mit juckenden Zeigefingern, die in Fernsehkrimis gelernt hatten, was ein Cop war. Automatische Waffen, in Panik abgefeuert. Linda im Kreuzfeuer. Nein. Das Risikogambit war seine Sache.

Wieder warf Lloyd einen Blick auf seine Pumpgun. Als ihm der Geschmack von Kordit und verkohltem Fleisch in die Kehle stieg, fuhr er an den rechten Rand des Highways, wo eine lange Reihe von Münztelefonen stand. Die Auferstehung des Jungle Jack Herzog – als Erpresser.

Er hatte den Hörer ans Ohr gelegt und ein Taschentuch um die Sprechmuschel gelegt, als ein seltsam vertrauter Wagen knirschend hinter seinem Dienstfahrzeug zum Stehen kam. Er spähte durch die Plexiglasscheibe und sah, wie Marty Bergen an der Fahrerseite ausstieg und auf ihn zukam. Er hielt eine Flasche Bier in der ausgestreckten Hand, als fürchte er, sich damit zu kontaminieren. Lloyd knallte den Hörer auf die

Gabel. Er fragte sich, wie jemand, der so traurig war, so furchterregend aussehen konnte.

Bergen grinste. »Der Schmierdienst kommt. Ich hab's noch nicht angerührt. Ist nur für Notfälle. Sie sehen aus, als hätten Sie Angst, Hopkins. Richtige Angst.«

Lloyd packte die Flasche und schleuderte sie auf den Asphalt, daß sie in tausend Stücke zersprang. Erst als der Biergeruch ihm in die Nase stieg, begriff er, was er da getan hatte. »Ich habe Ihnen gesagt, Sie sollen bei Nagler bleiben.«

»Ich konnte nicht. Ich mußte etwas tun. Also hab' ich ihn gefesselt und bin abgehauen. Ist das eine Ordnungswidrigkeit oder eine Straftat? Als ich noch im Dienst war, hab' ich das Strafrecht nie gelernt.«

»Wie haben Sie mich gefunden?«

»Das ist einer, den ich doch noch kenne: Paragraph 413, Absatz 3: Amtsanmaßung und unbefugtes Führen polizeilicher Titel. Ich hab' die Nummer auf dem Immobilienprospekt angerufen. Die Frau sagte, Sie seien eben zur Tür raus. Sie hat mir die Adresse von diesem Guru-Typen gegeben. Ich war unterwegs dorthin, als ich Ihren Wagen sah.«

Lloyd begann, Rot zu sehen. »*Und?*«

Bergen reckte die Schultern. »Und das hier ist von vorne bis hinten Ritterstuß. Wo sind die Hilfseinheiten? Wo sind die Schwarzweißen des Sheriffs? Der Fall steht kurz vor seiner Erledigung, und Sie stehen hier mutterseelenallein herum und machen ein verängstigtes Gesicht. Wieso eigentlich? Persönlich finde ich, wir sollten volles Rohr da reingehen: Stoßtrupp, Hubschrauber, Tränengas, Scharfschützen. Ich –«

Lloyd traf Bergens Kinn mit einem rechten Schwinger. Bergen fing die volle Wucht des Schlages ein und flog auf den Rücken; er rappelte sich auf ein Knie hoch und drosch mit beiden Armen um sich, die Augen fest zugedrückt. Lloyd wollte einen Uppercut anbringen, doch dann zögerte er und wich rückwärts in die Telefonzelle zurück. Er warf einen Zehner nach dem anderen in den Münzschlitz, bis ihm klarwurde, daß er das Vierfache des erforderlichen Betrages hineingesteckt hatte. Er hielt die Tür einen Spaltbreit offen, damit frische Luft hereinkam, atmete tief durch und wählte.

»Hallo?«

Es war Havillands Stimme. Lloyd räusperte sich und brachte seine Stimme in Tenorlage. »Doctor, hier ist Jack Herzog. Ich war für 'ne Weile weg. Ich muß Sie sprechen.«

Zu Lloyds Überraschung brach der Doctor in lautes Lachen aus. »Hallo, Sergeant. Ich gratuliere Ihnen – Sie haben gute Arbeit geleistet.«

»Ich weiß alles über Sie und Ihren Vater«, sagte Lloyd. »Herzog hat einen Haufen Aufzeichnungen hinterlassen. Lassen Sie Linda laufen, Havilland. Es ist aus.«

»Ja, es ist aus. Aber Herzogs grüne Tür hätte verhindert, daß er Aufzeichnungen macht, und wenn Sie Beweise hätten, wäre längst ein Einsatzkommando über mich hergefallen. Und Linda ist aus freien Stücken hier.«

»Ich will sie sprechen.«

»Nein. Später vielleicht.«

»Hav-«

Lloyd klappte zusammen, als etwas ihn mit stumpfer Wucht in die Nieren traf. Er ließ den Hörer fallen und rutschte an der Wand der Zelle zu Boden. Bergen entspannte seine Fäuste und drängte sich mit den Ellbogen in die Telefonzelle. Lloyd versuchte sich hochzustemmen, aber Magenkrämpfe zwangen ihn, zusammengekrümmt zu verharren und würgend nach Luft zu schnappen.

Bergen hob den baumelnden Hörer auf und sprach in die Muschel. »He, Guru-Mann, hier ist Marty Bergen. Ich bin Reporter beim *Big Orange Insider*. Vielleicht hat Jack Herzog Ihnen von mir erzählt. Hören Sie – Hopkins und ich haben soeben Billy Boy Nagler durch die Mangel gedreht. Er hat uns alles über Ihren Laden erzählt. Der *Orange* wird eine Enthüllungsstory über Sie bringen – wie Sie sich durchs Medizinstudium gemogelt haben, wie Sie bei den Niggern auf der Western Avenue Zuhältertechniken studiert haben, wie chronische Impotenz Sie dazu gebracht hat, ein spiritueller Meister zu werden. Gefällt Ihnen das, Guru? Hätten Sie Lust, uns ein Interview zu geben?«

Lloyd kam auf die Beine und hielt sein Ohr an den Hörer; er drängte Bergen mit der Schulter ein wenig beiseite, so daß sie beide das Ende von Havillands Schrei hören konnten, die lange Stille, die auf ihn folgte, und die ruhigen Worte, die schließlich aus dem Hörer drangen. »Ja. Ein Interview. Offenbar wissen Sie, wo ich bin. Kommen Sie her. Handeln wir um die Wahrheit.«

Es klickte, und die Leitung war tot. Lloyd schob Bergen aus der Zelle und humpelte zu seinem Wagen. Die Bauchschmerzen ließen mit jedem Schritt nach. Er zog Ginjer Buchanans Grundriß aus dem Handschuhfach. »Haben Sie Ihren .38er noch?«

»Ja«, flüsterte Bergen.

Lloyd breitete den Plan auf der Motorhaube seines Wagens aus. »Also gut. Sie klopfen an die Haustür. Ich gehe von der Seeseite her im ersten Stock hinein. Im Haus ist eine Frau. Sie ist unschuldig. Kommen Sie nicht in ihre Nähe. Sorgen Sie dafür, daß der Doctor mindestens zwei Minuten lang in ein Gespräch verwickelt bleibt. Wenn er irgendwelche komischen Tricks abziehen will, bringen Sie ihn um.«

26

Der Night Tripper schaltete den Verstärker im Wohnzimmer und den Lautsprecher in Schlafzimmer Nummer drei ein. Dann ging er in die Küche und holte sich das 1984er Gegenstück zu seinem 1957er Stilett, ein Steakmesser mit kurzer Klinge und Sägeschliff. Er schob die Waffe in die Gesäßtasche seiner Hose und rief nach oben: »Richard, komm für einen Augenblick her.«

Oldfield erschien oben an der Treppe. »Ja, Doctor?«

»Wir erwarten einen Besucher«, sagte Havilland. »Vielleicht mehr als einen. Bleib oben in Nummer drei, und halte dich in Lindas Nähe. Achte auf sonderbare Geräusche. Wenn du im Lautsprecher ›Jetzt‹ hörst, bringst du Linda zu mir herunter.«

Oldfield nickte stumm, wandte sich ab und verschwand im Gang. Havilland starrte die Haustür an und zählte die Sekunden; er genoß jeden winzigen Zuwachs an Zeit. Bei sechshundertdreiundvierzig klingelte es.

Der Doctor öffnete die Tür und brachte dabei seine Sekundenzählung auf sechshundertfünfzig. Völlig regungslos stand er da und betrachtete die ausgebrannte Figur, die mitten im Leben des Alchimisten und unsichtbar an der Peripherie des seinen manövriert hatte. »Bitte treten Sie ein«, sagte er.

Bergen kam herein, die Schultern nach vorn gekrümmt, die Hände in den Taschen seiner Windjacke vergraben. »Hübsche Einrichtung«, sagte er. »Schade, daß ich mein Notizbuch nicht mitgebracht habe. Ich kann mich nie an Details erinneren, wenn ich sie mir nicht aufschreibe.«

Havilland deutete auf zwei Sessel, von denen aus man auf die Pergolaterrasse und auf das Meer hinausblicken konnte. Bergen ging hin, setzte sich, streckte die Beine aus und bohrte die Hände noch tiefer in die Taschen. Der Doctor nahm neben ihm Platz. »Wo ist Hopkins?«

Bergen fuhr sich mit der Zunge über die Lippen. »Er parkt drüben am P.C.H. Scheißt sich vor Angst in die Hosen. Er ist verrückt nach der Kleinen, die Sie hier haben, und er traut sich nicht, irgend etwas zu unternehmen, weil er glaubt, Sie bringen sie dann um. Er hat Sie wegen 'ner Menge Scheiß im Verdacht, aber seine Vorgesetzten lassen ihn nicht eingreifen – er hat keine handfesten Beweise. Wir haben uns Billy Boys Tagebuch geschnappt, aber alles, was wir Ihnen damit anhängen könnten, wären unter Umständen ein paar Fälle von Kuppelei. Sie sind clean, Doc.«

Havilland atmete langsam aus; er fragte sich, ob der Ausgebrannte eine Pistole in der Rechten hielt. »Dann haben Sie in Wirklichkeit gar nicht die Absicht, einen Artikel über mich zu schreiben? Sie sind hergekommen, um mir einen Handel anzubieten?«

»So ist es. Hopkins und ich haben beide ein persönliches Anliegen. Ich möchte, daß Sie sämtliche Unterlagen, die sich auf Jack Herzog beziehen, vernichten. Niemand soll erfahren, daß er Ihr Klient war. Hopkins will, daß das Mädchen unversehrt freikommt. Wenn Sie mitspielen, wird Hopkins seine Untersuchung einstellen und es den Bonzen beim L.A.P.D. überlassen, sich mit Ihnen zu befassen. Und ich werde niemals ein Wort über Sie und Ihre Geschichte schreiben. Was halten Sie davon?«

Havilland ließ das Angebot langsam in sich eindringen. Die selbstsüchtigen Motive dieser Männer klangen echt, aber sie wußten offensichtlich nicht, daß das Spiel *zu Ende* war. »Und wenn ich nicht mitspiele?«

Bergen zog die linke Hand aus der Tasche und sah auf die Uhr. »Dann attackiere ich Sie in meinem Blatt, und zwar mit einem Krawalljournalismus, wie Sie ihn in solchem Ausmaß nicht für möglich gehalten hätten; und Crazy Lloyd fährt alles, was *er* hat, gegen Sie auf. Und unter uns gesagt, Doc – man nennt ihn nicht umsonst Crazy Lloyd.«

Lloyd umrundete das Haus auf der Seeseite und suchte nach den Fundamentpfeilern, die im Grundriß erwähnt waren. Das Schrotgewehr ruhte in seiner Armbeuge, und er blieb dicht am Rande des Sandstrandes; ein hölzernes Lattenkreuzgitter schirmte ihn zum Haus hin ab.

Der hintere Pfeiler war ein mit Schnitzereien verzierter Holzpfahl; er führte zu einem Balkon im Obergeschoß hinauf, der vorn offen und zu beiden Seiten von einem Laubenspalier umschlossen war. Gleich dahinter lagen die Fenster. Lloyd umschlang den Pfosten mit dem rechten Arm und kletterte an den schmalen Stufen, die die Schnitzereien ihm boten, Zoll für Zoll nach oben. Die Pumpgun hielt er am ausgestreckten Arm. Als er unter dem Rand des Balkons angekommen war, schob er das Gewehr hinauf und über die Kante; beim Klappern und Scharren des Metalls zog er den Kopf zwischen die Schultern. Er schmiegte sich dicht an den Pfeiler, löste den rechten Arm und packte die Balkonkante mit beiden Händen. Dann zog er sich hinauf auf die mit Teerpappe ausgelegte Fläche.

Er hörte keinen Laut, und so nahm er sein Schrotgewehr auf und schlich auf Zehenspitzen zu dem Spaliergitter, um einen Durchgang zu finden. Eine Tür gab es hier nicht, aber in der Mitte des Gitters war ein Teil der Holzlatten gebrochen, so daß man dort hindurchkriechen konnte. Lloyd sah keinen anderen Ausweg; er zwängte sich hindurch und zersplitterte dabei einen weiteren großen Teil des Gitterwerks. Das Krachen war wie eine Explosion in seinen Ohren, und er schloß die Augen, um das Gefühl niederzukämpfen, die ganze Welt müsse ihn gehört haben. Als er sie wieder öffnete, war es immer noch still, und er merkte, daß sein Zeigefinger den Abzug der Pumpgun halb durchgedrückt hatte.

Das Licht des frühen Morgens fiel durch die Lücken des Spaliergitters und spielte auf den Fensterscheiben im Obergeschoß. Lloyd schlängelte sich zwischen Stapeln von Liegestühlen hindurch zu den Fenstern; er hoffte, mindestens eines unverschlossen vorzufinden. Er fing an, die Riegel zu untersuchen, als er sah, daß das mittlere Fenster weit offenstand.

Das Schrotgewehr im Anschlag, ging er darauf zu und zog die Vorhänge beiseite, die ihm den Blick nach drinnen versperrten. Sein Blick fiel in ein leeres Schlafzimmer; er stieg hinein und tappte zur Tür. Mit zitternder Hand drehte er den Türknauf; die Tür öffnete sich nach innen, und er schaute hinaus in einen langen, mit Teppichboden ausgelegten Korridor. Marty Bergens Stimme ertönte *ringsumher*: »Wir sind doch vernünftige Menschen, oder? Der Kompromiß ist die Basis der Vernunft, nicht wahr? Wir –«

Lloyd drückte die Tür wieder zu; er überlegte, wie es kommen mochte, daß Bergens Stimme von zwei verschiedenen Stellen an sein Ohr drang. Dann ging ihm ein Licht auf: In William Naglers Tagebuch hatte er gelesen, daß Thomas Goff die Gruppensitzungen im »Mutterleib am Meer« auf Tondband aufgenommen hatte. Offenbar war das Haus mit Lautsprechern, Verstärkern und Lauschanlagen ausgestattet. Bergen und Havilland sprachen unten miteinander, und oben übertrug ein Lautsprecher ihre Unterredung. Lloyd zog die Tür wieder auf und spähte hinaus. Er spitzte die Ohren, um festzustellen, wo der Lautsprecher stand. Ein verstärkerübertragenes Husten verriet es ihm: Es war ein Zimmer auf der anderen Seite des Ganges, zwei Türen weiter. Linda ging ihm durch den Sinn, doch dann zerstörte Havillands Stimme das Bild. »Aber was Sie wollen, ist Unschuld für Jack, und die können Sie nicht bekommen. Und was Hopkins will, ist die Frau, und sie kann er nicht bekommen. *Jetzt!*«

Und dann war Linda leibhaftig da, von einer unsichtbaren Kraft aus dem Lautsprecherzimmer gestoßen. Lloyd sprang in den Gang hinaus, als er sie sah, und verschwommen nahm er etwas Bewegliches hinter ihr wahr, das sie abzuschirmen schien. Als Linda ihn erblickte, schrie sie: »Nein!« und versuchte, geduckt ins Zimmer zurückzuflüchten. Hinter ihr wurde Richard Oldfield sichtbar. »Hopkins, nicht!«

Linda stolperte und fiel zu Boden. Oldfield erstarrte in der Tür. Lloyd feuerte zweimal in Augenhöhe; Oldfields zurückweichender Schatten und der halbe Türrahmen zerbarsten. Pulverqualm und explodierendes Holz erfüllten den Korridor. Lloyd rannte durch die Wolke und fand Linda auf den Beinen. Sie versperrte ihm den Eingang zum Schlafzimmer. Mit harten Fäusten hämmerte sie auf ihn ein, bis er sie zur Seite schob und ein leeres Zimmer und ein halb offenes Panoramafenster sah, in dem sich eine hinabkletternde Gestalt spiegelte. »Oldfield!« brüllte Lloyd. Er pumpte eine Patrone in die Kammer und ließ das Spiegelbild und das Fenster zerstieben. Er starrte in den Glasregen und suchte nach rotem Spray, der ihm verraten würde, daß erstes Blut geflossen war. Aber er sah nichts als den gläsernen Fallout, und er hörte und fühlte nichts als Linda, die kreischend auf ihn eindrang. »Nicht!«

Und dann hallte ein Schuß stereophon von unten und aus dem Lautsprecher und riß ihn von Linda weg und durch den Korridor zur Treppe. Von oben sah er, wie Havilland und Bergen auf dem Boden miteinander um Bergens .38er rangen; sie traten, schlugen und würgten einander, verknotet zu einem einzigen Wesen, so daß ein sauberer Schuß auf den Doctor unmöglich war.

Lloyd feuerte blindlings auf die hintere Wand im Erdgeschoß. Die Explosion ließ Bergen und Havilland erschrocken auseinanderfahren, und der .38er kollerte zwischen ihnen auf den Boden. Lloyd sprang die Treppe hinunter, pumpte eine neue Patrone in die Kammer und zielte im Laufen auf Havillands Kopf. Er war so dicht herangekommen, daß er ihn nicht mehr verfehlen konnte, als Havilland mit der linken Hand den Revolver an sich raffte und auf Bergens Bauch zielte. Bergen rollte sich herum und riß die Knie hoch, um Havillands Arm beiseite zu treten, und wieder geriet er Lloyd in die Schußbahn.

Der Finger des Doctors preßte zweimal den Abzug. Der erste Schuß prallte vom Hartholzboden ab, der zweite zerriß Bergens Kehle. Lloyd sah, wie *unschuldiges* Blut durch die Luft spritzte, und er schrie. Er hörte, wie sein eigenes, von Grauen erfülltes Heulen im Donner der Pumpgun ertrank, die in einem wilden Reflex feuerte; gleich darauf, das Echo war noch nicht verhallt, knallte der .38er dreimal. Als sein tränenverschwommener Blick sich klärte, sah er, wie Havilland mit einem kurzen Messer auf Bergens Leib einstach.

Lloyd spürte, wie alles ringsumher sich zu donnernder Zeitlupe verlangsamte. Langsam zog er den Repetiergriff seiner Waffe hin und her. Langsam ging er auf die Todesszene zu und richtete die Mündung aus nächster Nähe auf Havillands Kopf. Langsam blickte der Doctor von dem auf, was sein Schicksal war in der zweiten Generation, und er ließ das Messer fallen und lächelte.

Lloyd drückte ihm die Mündung an die Stirn und zog den Abzug durch. Das Klicken des Schlagbolzens auf der leeren Kammer dröhnte wie hohler Donner, ließ die Zeitlupensequenz zerreißen und alles mit halsbrecherischer Geschwindigkeit durcheinanderstürzen. Plötzlich hatte Lloyd das Schrotgewehr umgedreht und schlug Havilland den Kolben ins Gesicht, wieder und wieder, bis zackenrandig ein Stück Fleisch aus der Wange riß und das Blut aus den Ohren quoll. Dann verringerte sich die Geschwindigkeit, das Licht verdunkelte sich schwindelerregend, und aus den Tiefen des Nichts rief eine wunderschöne Stimme: »Geh, Richard. *Geh.*«

27

Die Gesetzesmaschinerie setzte sich in Gang, und volle neun Tage lang sah Lloyd, vorläufig vom Dienst suspendiert und im Parker Center unter Verschluß gehalten, dabei zu, wie der Staat Kalifornien und City und County Los Angeles Dr. John Havilland unter einer Lawine von Anklagen begruben und ein Sperrfeuer von Strafverfahren gegen ihn eröffneten, alles auf der Grundlage des vierundneunzig Seiten starken Verhaftungsberichts und Havillands eigener schriftlich und als Tonbandmitschnitt vorliegender Memoiren.

Der erste Anklagepunkt war der Mord an Marty Bergen. Der Bezirksstaatsanwalt von Malibu rechnete mit einem kurzen Prozeß, denn ein hochgeachteter, altgedienter Polizist war Zeuge des Verbrechens gewesen, und der Angeklagte schien keine bekannten Verwandten oder Freunde zu haben, die peinliche Prozesse gegen Sergeant Lloyd Hopkins oder das L.A.P.D. wegen irgendwelcher Zuständigkeitsfehler bei der »Verhaftung« führen würden.

Weitere Klagepunkte sprudelten nur so zutage, als die Bundespolizisten, die den Mord an Howard Christie untersuchten, Havillands Praxis in Century City, seine Wohnung in Beverly Hills und das Haus in Malibu durchsuchten und *alles* beschlagnahmten. Allein seine handschriftlichen Notizen führten zu drei Mordanklagen, nachdem Schriftexperten authentische Handschriftproben des Doctors mit Tagebucheintragungen verglichen hatten, in denen er konstatierte, er habe

Thomas Goff angewiesen, »den Besitzer des Schnapsladens am Hollywood Freeway/Sunset zu töten und damit zu beweisen, daß er wirklich den Wunsch habe, über sein Äußerstes hinauszugehen«. Die Schriften stimmten überein – Resultat: drei Mordanklagen und eine Anklage wegen Bildung einer kriminellen Vereinigung.

Die FBI-Agenten fanden auch die Besitzdokumente für ein Lagerhaus in East Los Angeles, und als sie es durchsuchten, entdeckten sie einen gelben Toyota und den verwesten Leichnam des Thomas Goff. Am Armaturenbrett des Wagens wurde ein Abdruck von Dr. Havillands rechtem Zeigefinger gefunden. Der Bezirksstaatsanwalt von Los Angeles City erhob eine weitere Mordanklage. Die Bundesbeamten fanden keine korrekten Hinweise darauf, daß Havilland etwas mit dem Mord an Christie zu tun hatte, und gaben auf.

Am vierten Tag der Zwangsklausur besuchte Captain Fred Gaffaney Lloyd in seinem Schreibmaschinenlager-Domizil und gab ihm zu verstehen, daß *jeder* Bericht, der eine Begründung für Marty Bergens Anwesenheit in dem Haus am Strand lieferte, akzeptiert werden würde, wenn er sich bereit fände, jede Erwähnung des verstorbenen Officer Jacob Herzog sowie jede Erwähnung der gestohlenen L.A.P.D.-Akten und der Sicherheitsunternehmen und deren Akten zu unterlassen. Die Staatsanwälte, die bisher an dem Fall beteiligt waren, hatten sein vierundneunzigseitiges Epos gelesen; sie hielten es für »ziemlich indiskret« und befürchteten »potentielle Peinlichkeiten für die Strafverfolgungsbehörden«. Lloyd war einverstanden. Gaffaney grinste und meinte, das sei klug von ihm – er wäre unverzüglich gefeuert worden, wenn er sich geweigert hätte. Bevor er ging, fügte Gaffaney noch hinzu, daß Lloyd in zwei Tagen vor der Anklagejury zu erscheinen habe – und ob es etwa noch Informationen gebe, die er zurückgehalten habe. Lloyd log. »Nein.«

John Havillands Jünger wurden festgenommen, verhört und wieder freigelassen, nachdem sie die Protokolle ihrer Aussagen über ihre Beziehung zu »Doctor John« unterschrieben hatten. Man engagierte einen freien »Deprogrammer« für Gefangene religiöser Sekten, der die Staatsanwälte und ihre Untersuchungsbeamten bei den Vernehmungen unterstützte. Die vereinte Überredungskraft führte bei vier von fünf Leuten zum Erfolg und erbrachte detaillierte Berichte über Gehirnwäsche, Drogenexperimente und sexuelle Erniedrigungen. Nur William Nagler ließ sich nicht zu einer Aussage verleiten. Er kreischte sein Mantra und faselte von »Horrorfilmen«, und schließlich überführte man ihn in die Obhut seiner Eltern, die ihn in einem teuren Privatsanatorium unterbrachten. Alles in allem waren die Staatsanwälte mit den Ergebnissen der Vernehmungen zufrieden; die Aussagen waren ein saftiges Fressen für die Anklagejury, und den bemitleidenswerten Gehirnwäscheopfern würde die Pein eines Auftritts vor Gericht erspart bleiben.

Lloyd blieb diese Pein nicht erspart. Er redete vier volle Stunden lang; beinahe wörtlich verlas er seinen neuverfaßten Verhaftungsbericht. Herzog, die Sicherheitsakten und Marty Bergens unverhältnismäßige Rolle in dieser Angelegenheit erwähnte er mit keinem Wort. Bergens Anwesenheit im Todeshaus erklärte er damit, daß es sich um einen hartnäckigen Reporter gehandelt habe, der hinter einer heißen Story hergewesen sei. Als Lloyd seine eigene Story beendet hatte, war von Richard Oldfield oder Linda Wilhite ebenfalls nicht die Rede gewesen, und auch der Grund für seine Bewußtlosigkeit beim Eintreffen der ersten Deputies aus dem Sheriffbüro am Tatort blieb im dunkeln. Als er zum Zeugentisch zurückkehrte, erwartete Fred Gaffaney ihn mit einem Augenzwinkern und einer guten Nachricht: Sein Verstoß gegen die Vorschriften des L.A.P.D. würde ihn dreißig Tage unbezahlte

Suspendierung und einen Klaps auf die Finger wegen Rabaukentums im Dienst kosten.

Der letzte Zeuge, der vor Gericht auftrat, war ein Gerichtsmediziner von Los Angeles County, der erklärte, seiner Meinung nach sei der Wust von Anklagen, mit dem Havilland überhäuft wurde, der schiere Overkill, denn unmittelbar vor der Verhaftung sei der Doctor die Treppe hinuntergestürzt, und eine Folge dieses Unfalls sei ein schwerer und irreparabler Hirnschaden. Havilland würde den Rest seines Lebens besinnungslos verbringen, ohne zu wissen, wer, was oder wo er sei. Durch die Wucht des Sturzes hätten sich Läsionen geöffnet, die er bei einer früheren Kopfverletzung davongetragen habe, und die neurologischen Schäden hätten sich dabei vervierfacht. »Ich habe versucht, dem Mann begreiflich zu machen, daß ich Arzt bin und ihn untersuchen soll«, schloß der Gutachter. »Es war, als wollte ich einer Möhre die Relativitätstheorie erklären. Er sah mich ständig nur kläglich an. Er hatte keine Ahnung, daß es vorüber war.«

Aber Lloyd wußte, daß es nicht vorüber war. Da war noch die ungeklärte Sache mit dem »Horrorfilm« und das große Fragezeichen hinter Lindas Benehmen im Strandhaus. Und wenn das erledigt wäre, bliebe die Hommage an Marty Bergen.

Neun Tage nach dem Ereignis, das in der Presse als »Massaker von Malibu« bezeichnet wurde, wurde Lloyd aus seinem »freiwilligen Arrest« im Parker Center entlassen. Von den dreißig Tagen seiner Suspendierung hatte er noch einundzwanzig vor sich, und man wies ihn an, für die nächsten zwei Wochen in Los Angeles zu bleiben und sich den Myriaden von Mitarbeitern der Staatsanwaltschaft zur Verfügung zu halten, solange diese den Fall Havilland bearbeiteten. Zudem verbot man ihm, mit Vertretern der Medien zu sprechen und sich in irgendeiner Weise als Polizist zu betätigen.

Als Lloyd sich wieder frei durch Los Angeles bewegte, stellte er fest, daß John Havilland inzwischen zum Gegenstand leichenfledderischer Verehrung geworden war. Nachrichten über den Psychiater waren immer noch Stoff für die Seite eins, und mehrere Nachtclub-Komiker hatten ihn zum Mittelpunkt ihrer Show gemacht. Im *Big Orange Insider* nannte man ihn den Hexendoktor, und ein Schlager aus dem Jahre 1958, »Witch Doctor« von David Seville and the Chipmunks, wurde neu aufgelegt und stieg bis in die Top Forty auf. Charles Manson wurde in seiner Zelle im Gefängnis Vacaville interviewt, und er erklärte Dr. John Havilland zu »'ner coolen Type«.

Die medizinischen Autoritäten in der geschlossenen Station des L.A. County Hospitals erklärten den Doctor für Gemüse, und Lloyd unterdrückte seinen eigenen leichenfledderischen Drang, seinen Widersacher in der Gummizelle aufzusuchen und ihm das Wort »Mordfilm« in das zu rammen, was von seinem Gehirn übrig war. Statt dessen, und statt nach Hause zu fahren, begab er sich zum Haus Nummer 4109 im Windemere Drive.

Türen und Fenster waren nicht mit L.A.P.D.- oder FBI-Stickern versiegelt; in den Ritzen zwischen Türen und Türrahmen lag unberührter Staub. Ein ganz gewöhnlich aussehendes Tudor-Cottage in den Hollywood Hills. Lloyd seufzte, als er das Haus zu Fuß umkreiste. Es war verschlossen. In keinem seiner offiziellen Berichte und ersten Stellungnahmen hatte er Oldfield erwähnt, und die Bundesbeamten, die Havillands Besitz beschlagnahmt hatten, waren entweder ebenfalls nicht auf Oldfields Namen gestoßen, oder sie hatten sich dafür entschieden, ihn zu ignorieren. In ihrem angstvollen Bestreben, den Fall Herzog zu vertuschen, ließen L.A.P.D. und FBI die schlafenden Hunde, John Havillands Getreue, lieber schlafen.

Lloyd stieg durch eines der hinteren Fenster in das Haus ein und begab sich schnurstracks in das Schlafzimmer. Auf dem Teppichboden lag eine Matratze, identisch mit der, die er auf dem Filmstreifen gesehen hatte. Ein rötlichbrauner Fleck befand sich auf einem Teppichstück in der Nähe des Fensters. Lloyd mußte an den Klebstreifen denken, den er einen Tag vor der Apokalypse in Malibu hier auf dem Rasen des Vorgartens gefunden hatte, und er ließ sich auf die Knie nieder und untersuchte den Fleck. Blut.

Er durchsuchte den restlichen Teil des Hauses und stellte fest, daß es keinerlei persönliche Habe mehr enthielt. Keine Männerkleidung, keine Toilettenartikel, keine Rechtsdokumente, keine persönlichen Papiere. Lebensmittel, Geräte und Mobiliar waren noch da. Oldfield war geflohen. Und nach dem Staub an der Tür zu urteilen, hatte er einen ordentlichen Vorsprung.

Lloyd fuhr zurück nach Parker Center; nachdem er jeden Gedanken an Linda Wilhite aus seinem Kopf verbannt hatte, kam er zu einem handfesten Schluß: Havilland oder Oldfield hatten den Film vernichtet. Wenn das Departement oder das FBI ihn entdeckt hätte, wäre er darüber informiert worden. Wieder hatte er es mit Theorien und Indizien zu tun.

Officer Artie Cranfield brauchte knapp zehn Minuten, um das rötlichbraune Zeug auf dem Teppich als Blut der Gruppe 0+ zu identifizieren. Solcherart mit Fakten bewaffnet, rief Lloyd die Vermißtenabteilung des L.A.P.D. an und orderte die Daten zu allen weißen Frauen zwischen fünfundzwanzig und vierzig mit Blutgruppe 0+, die innerhalb der letzten zehn Tage als vermißt gemeldet worden waren. Nur eine Frau entsprach dieser Beschreibung – Sherry Lynn Shroeder, einunddreißig Jahre alt, sechs Tage zuvor von ihren Eltern als vermißt gemeldet. Lloyd weinte, als die Angestellte in der Vermißtenabteilung ihm den Namen des letzten bekannten Arbeitgebers mitteilte: Junior Miss Cosmetics.

Er hatte zugesehen, wie sie durch die Tür ins Haus gegangen war.

Mit tränenüberströmtem Gesicht lief Lloyd durch die Gänge des Parker Centers und zur Tür hinaus. Er wußte, daß er frei von Schuld war und daß das nicht genügte; er wußte, daß die Frau, die er lieben wollte, unschuldig war an dem Netz des Bösen, das über allem lag – ein Wahnsinniger hatte sie seelisch verwundet. Auf dem Parkplatz schlug er mit den Fäusten auf die Motorhaube seines Wagens, er trat vor den Kühlergrill, brach die Antenne ab und verbog sie zu einem Wurfgeschoß des Hasses; als er sie gegen den zwölfstöckigen Monolithen schleuderte, der alles definierte, was er war, sandte er einen Schwur an Sherry Lynn Shroeder und machte sich dann auf, um zu ergründen, wie tief seine Hure/Geliebte verwundet worden war.

Ein Anruf bei Telecredit ergab, daß Linda Wilhite insgesamt über Guthaben von $ 71 843.– verfügte und mit keiner ihrer Kreditkarten in letzter Zeit größere Einkäufe vorgenommen hatte. Richard Oldfield hatte seine drei Konten aufgelöst und ein großes Paket IBM-Aktien für $ 91 350.– veräußert.

Eine Fahrt zum L.A. International Airport, ausgerüstet mit zwei Fotos der beiden, die ihm die Fahrzeugregistrierungsbehörde verschafft hatte, erbrachte die Information, daß Richard Oldfield vier Tage nach dem Blutbad in Malibu nach New York geflogen war. Er hatte sein Ticket bar bezahlt und einen falschen Namen angegeben. Linda hatte ihn zum Gate begleitet. Ein aufmerksamer Gepäckdisponent erzählte Lloyd, daß die zwei nicht wie ein Liebespaar ausgesehen hätten, sondern eher wie Geschwister – die Schwester »flott«, der Bruder »von der Rolle«.

Lloyd fuhr zurück in die Stadt; er war eifersüchtig und müde, und irgendwie hatte er Angst davor, nach Hause zu fahren, denn er befürchtete, es könne noch etwas geben, das er vergessen hatte. Er würde Linda bald entgegentreten müssen, aber vorher mußte er noch einem gefallenen Kameraden die Ehre erweisen.

Marty Bergens Wirtin öffnete ihm die Tür zu dessen Appartement und erzählte ihm, die Leute vom *Big Orange Insider* seien vorbeigekommen und hätten seine verschlissenen Möbel und seine Schreibmaschine mitgenommen; er habe, so hatten sie behauptet, dem Blatt diese Dinge in seinem Testament hinterlassen. Sie hatte sie mit dem Zeug abziehen lassen, denn es war nichts wert gewesen; aber die Schachtel mit dem Buch, an dem er gearbeitet hatte, habe sie behalten, denn er sei ihr zwei Monatsmieten schuldig gewesen, und vielleicht könne sie das Manuskript ja an eine richtige Zeitung verkaufen und ihren Verlust damit wiedergutmachen. Ob das etwa ein Verbrechen sei?

Lloyd schüttelte den Kopf. Er zog seine Brieftasche hervor und gab ihr das gesamte Bargeld, das sie enthielt. Dankbar grapschte sie danach und rannte den Gang hinunter zu ihrer eigenen Wohnung; kurz darauf kehrte sie mit einer großen Pappschachtel zurück, die von maschinengeschriebenen Seiten überquoll. Lloyd nahm ihr den Karton ab und wies zur Tür. Unter ständigem Knicksen verzog sich die Frau aus dem Appartement und ließ ihn allein, damit er lesen könne.

Das Manuskript umfaßte mehr als fünfhundert Seiten, und die Maschinenschrift war von redaktionellen Kommentaren in roter Tinte eingerahmt – offenbar hatten zwei Autoren an diesem Text gearbeitet. Es war die Geschichte zweier mittelalterlicher Krieger, der eine ein Lebemann, der andere Asket, die dieselbe Frau liebten, eine Prinzessin, die man nur erringen konnte, wenn man konzentrisch angeordnete Feuerwände durchschritt; jeder dieser Ringe aber war bevölkert von immer schrecklicheren und blutrünstigeren Ungeheuern. Die beiden Krieger begannen ihren Kampf als Rivalen, aber sie wurden

Freunde, als sie der Prinzessin näher kamen. Sie kämpften gegen Dämonen, die in sie eindringen wollten, wann immer sie in einen neuen Feuerkreis eindrangen, und sie wurden zu Telepathen und Wächtern ihrer Seelen. Als aber die letzte Feuerwand vor ihnen loderte, begehrten sie auf gegen diese Symbiose und schickten sich an zu einem Kampf auf Leben und Tod.

An dieser Stelle endete das Manuskript; den Schluß bildeten kontroverse Argumente in zwei verschiedenen Handschriften. In den letzten Kapiteln hatte die Qualität der Prosa abgenommen. Lloyd sah Jack Herzog vor sich, von dem Hexendoktor an den Rand des Äußersten getrieben, wie er versuchte, aus dem Grauen seines flackernd verglimmenden Lebens noch Dichtung zu schmieden. Als Lloyd das Buch schließlich aus der Hand legte, wußte er nicht, ob es gut war, schlecht oder bedeutungslos – aber er wußte, daß es gedruckt werden mußte, als Hymne für die Toten von Los Angeles.

Die Hymne wurde zu einem Trauergesang, als er zu Linda Wilhites Wohnung fuhr; er hoffte, sie werde nicht daheim sein, so daß er nach Hause fahren und sich ausruhen und das Gefühl von dem, was hätte sein können, noch ein wenig länger genießen könnte.

Aber sie war da.

Lloyd trat durch die halbgeöffnete Tür ein. Linda saß im Wohnzimmer auf dem Sofa und studierte die Kleinanzeigen in der *Times*. Als sie aufblickte und lächelte, schauderte ihm. Schluß mit dem, was hätte sein können. Sie würde ihm die Wahrheit sagen.

»Hallo, Hopkins. Du kommst spät.«

Lloyd deutete mit dem Kopf auf die Anzeigenseite. »Suchst du 'n Job?«

Linda lachte und wies auf einen Sessel. »Nein, ein Geschäft. Mit fünfzig Riesen Anzahlung und einer Bankbürgschaft bekomme ich eine ›Burger King‹-Franchise. Was hältst du davon?«

Lloyd setzte sich. »Ist nicht dein Stil. In letzter Zeit mal 'n guten Film gesehen?«

Linda schüttelte langsam den Kopf. »Ich habe eine Vorschau gesehen, und einer der Hauptdarsteller hat mir eine detaillierte Inhaltsangabe gegeben. Die einzige Kopie, die es gab, wurde vernichtet. Von mir. Ich hatte vergessen, wie gut du bist, Hopkins. Ich dachte nicht, daß du über diesen Teil der Sache Bescheid weißt.«

»Ich bin der Beste. Ich weiß sogar, wie das Opfer hieß. Möchtest du den Namen hören?«

»Nein.«

Lloyd preßte seine Hände zusammen und hob sie vor die Brust, doch er hielt inne, als er merkte, daß er unbewußt Billy Naglers Gebetspose einnahm. »Warum, Linda? Was zum Teufel ist zwischen dir und Oldfield gewesen?«

Linda formte ein Spitzdach mit ihren Händen; dann sah sie, was sie da tat, und vergrub die Hände in den Taschen. »Der Film war eine geisteskranke Darstellung vom Tod meiner Eltern. Havilland hat Richard dazu getrieben. Er hat mir den Film in seiner Praxis zum Teil vorgespielt. Ich drehte durch und fing an zu schreien. Richard packte mich, und sie setzten mich unter Drogen und fuhren mit mir hinaus nach Malibu. Richard und ich redeten dort miteinander. Ich fand das Körnchen Vernunft und Anstand, das er noch in sich hatte. Ich überzeugte ihn davon, daß er zur Tür hinausspazieren könne, als hätte es den Film und Havilland nie gegeben. Wir waren im Begriff zu gehen, als Havilland sein ›Jetzt!‹ rief. Marty Bergen hätte mit uns hinausspazieren können. Aber da kamst du mit deinem Schrotgewehr.«

Als Lloyd schwieg, sagte Linda: »Baby, du hast es richtig gemacht, und ich liebe dich dafür. Richard und ich sind davongelaufen, und du hättest uns die Cops hinterherschicken können, aber wegen deiner Gefühle für mich hast du es nicht getan. Da ist nichts richtig oder falsch. Weißt du das nicht?«

Lloyds Blick kehrte aus dem weiten Nirgendwo zurück. »Nein, das weiß ich nicht. Oldfield hat eine unschuldige Frau getötet. Dafür muß er bezahlen. Und *wir* sind auch noch da. Was ist *damit*?«

»Richard hat bezahlt.« Lindas Stimme war ein Flüstern. »Gott, und wie er bezahlt hat. Zur Information: Er ist längst fort. Ich weiß nicht, wo er ist, und ich will es auch nicht wissen, und *wenn* ich es wüßte, würde ich es dir nicht sagen.«

»Ist dir eigentlich klar, was du da getan hast? *Ahnst du es,* verdammt noch mal?«

Lindas Flüstern war kaum hörbar. »Ja. Ich dachte mir, ich könnte davonspazieren, und ich habe jemanden davon überzeugt, daß er es auch könnte. Er hat die Chance verdient. Schieb mir nicht deine Schuld in die Schuhe. Wenn Richard nicht Havilland in die Falle gegangen wäre, hätte er nie auch nur einer Fliege etwas zuleide getan. Wie groß sind die Chancen, daß er noch einmal jemandem wie dem Hexendoktor über den Weg läuft? Es ist vorbei, Hopkins. Laß es gut sein.«

Lloyd ballte die Fäuste und starrte an die Decke, um eine Flut von Tränen zurückzudrängen. »Es ist nicht vorbei. Und was ist mit uns?«

Linda legte ihm zögernd die Hand auf die Schulter. »Ich habe nie gesehen, wie Richard jemandem weh getan hat. Aber ich habe gesehen, was du mit Havilland gemacht hast. Wenn ich es nicht gesehen hätte – vielleicht hätten wir's versuchen können. Aber jetzt ist auch das vorbei.«

Lloyd stand auf. Lindas Hand fiel von seiner Schulter, und er sagte. »Ich werde Oldfield suchen. Ich will versuchen, deinen Namen da rauszuhalten, aber wenn ich es nicht kann, werde ich es nicht tun. So oder so – ich werde ihn kriegen.«

Linda stand auf und nahm Lloyds Hände. »Daran zweifle ich keinen Augenblick. Jetzt wird die Sache komisch und traurig und unheimlich, Hopkins. Willst du mich für einen Moment in den Arm nehmen und dann gehen?«

Lloyd schloß die Augen und umarmte die schönste Frau, die er je gesehen hatte, und der L.A.-Teil des Falles Havilland war abgeschlossen. Als er spürte, daß Linda sich aus seiner Umarmung löste, wandte er sich ab und ging hinaus, und er dachte daran, daß es vorbei war und niemals vorbei sein würde, und er fragte sich, wie er das Buch von Herzog und Bergen wohl würde veröffentlichen können.

Draußen leuchtete die Nacht in den reißenden Lichtströmen des Straßenverkehrs und in den Flammen eines Buschfeuers in der Ferne. Lloyd fuhr nach Hause und schlief auf der Couch in seinen Kleidern ein.